MARCUS IMBSWEILER
Bergfriedhof

DUNKLE VERGANGENHEIT Leichen gehören auf den Friedhof, auch im beschaulichen Heidelberg. Bloß wurde diese hier nicht ordnungsgemäß bestattet, sondern liegt auf dem Grab eines Kriegsopfers. Privatdetektiv Max Koller steht vor einem Rätsel. Wer ist der Tote? Und wer ist der Mann, der ihn mitten in der Nacht an diesen Ort beordert hat? Als Koller am nächsten Morgen zum Bergfriedhof zurückkehrt, ist die Leiche verschwunden. Eine mühsame Recherche beginnt, die den Ermittler in die wohlhabenden Kreise der Universitätsstadt führt, zu Burschenschaftern und Industriellen. Koller wird in studentische Grabenkämpfe verwickelt und holt sich mehr als nur ein blaues Auge. Immer an seiner Seite: sein phlegmatischer Freund Fatty und seine Exfrau Christine. Und irgendwann wird dem Detektiv klar, dass die Antwort auf all seine Fragen in der Vergangenheit liegt, in jenen Weltkriegstagen, als Bomben auf die ansonsten verschonte Stadt am Neckar fielen.

© Jule de Bruyn

Marcus Imbsweiler lebt in Heidelberg. Der Germanist und Musikwissenschaftler arbeitete zunächst als freier Musikredakteur für Rundfunksender und große Sinfonieorchester. Im Jahr 2007 begann er mit dem Schreiben. Ein weiterer Schwerpunkt Imbsweilers gilt dem Thema klassische Musik. Hier legte er verschiedene Erzählungen und Romane vor. Der Autor ist Vater von fünf Töchtern und begeisterter Läufer. Unterwegs kommen ihm die besten Ideen.

MARCUS IMBSWEILER

Bergfriedhof

Kriminalroman

GMEINER

Immer informiert

Spannung pur – mit unserem Newsletter informieren wir Sie
regelmäßig über Wissenswertes aus unserer Bücherwelt.

Gefällt mir!

Facebook: @Gmeiner.Verlag
Instagram: @gmeinerverlag
Twitter: @GmeinerVerlag

MIX
Papier aus verantwor-
tungsvollen Quellen
FSC® C083411

Besuchen Sie uns im Internet:
www.gmeiner-verlag.de

© 2007 – Gmeiner-Verlag GmbH
Im Ehnried 5, 88605 Meßkirch
Telefon 0 75 75 / 20 95 - 0
info@gmeiner-verlag.de
Alle Rechte vorbehalten
1. Neuausgabe 2021

Lektorat: Claudia Senghaas, Kirchardt
Herstellung: Mirjam Hecht
Umschlaggestaltung: U.O.R.G. Lutz Eberle, Stuttgart
unter Verwendung eines Fotos von © eyetronic / stock.adobe.com
Druck: CPI books GmbH, Leck
Printed in Germany
ISBN 978-3-8392-0003-2

Personen und Handlung sind frei erfunden.
Ähnlichkeiten mit lebenden oder toten Personen
sind rein zufällig und nicht beabsichtigt.

1

Das Theater, so habe ich einmal gelesen, hält der Gesellschaft einen Spiegel vor. Da haben reiche Säcke und arme Schlucker ihren Auftritt, Wichtige und Unwichtige, Pechvögel und Glückspilze. Die einen treten, die anderen werden getreten. Für die Besucher eines Theaters gilt das übrigens auch. Während sich unsereins um die letzten freien Plätze im Parkett prügelt, schauen die Spitzen der Gesellschaft aus ihren Logen belustigt auf uns herab. Und von den Leuten, die sich im dritten Rang auf den Stehplätzen drängeln, nimmt niemand Notiz. Mit denen wollen wir nichts zu tun haben.

Auch auf Heidelbergs Theater trifft dies zu und erst recht auf das größte Theater der Stadt: den Bergfriedhof.

Fährt man unten durch die Rohrbacher Straße, am Haupteingang des Bergfriedhofs vorbei, stellen sich sofort die entsprechenden Assoziationen ein: Da ist die weitläufige Ebene, die sich hinter dem klassizistischen Eingangsportal auftut, dann der sanft ansteigende, später immer steilere Hang des Odenwalds, von dem man über das Rheintal bis hinüber zum Pfälzer Wald blickt; da sind die terrassenartigen Grabreihen, die erhöhten Logenplätze, die wohltuende Stille ... ein Theater, was sonst? Der Zuschauerraum eines Schauspielhauses für die verstorbenen Bürger Heidelbergs, denen ein letztes, grandioses Stück geboten wird: der Fluss der Deutschen auf seinem langen Weg zum Meer. Dieses Theater ist ausverkauft bis in die Ewigkeit.

Unten, im Parkett des Bergfriedhofs, herrscht graue Normalität. Da liegen die Müllers und Meiers, ihre Gräber sind rechteckig und einförmig, auf schlichten Marmorplatten stehen ewige Lichter, liegen frische Blumen. In den Logen darüber feiert die Steinbildhauerkunst Triumphe: trauernde Figuren, bittende Engel, Stelen, Sarkophage, Mausoleen. Und was für Namen stehen auf diesen Monumenten! Die Namen der Erfolgreichen und Großkopferten, der Heidelberger Ehrenbürger und promovierten Besserwisser: Ebert, Reichspräsident. Weber, Soziologe. Furtwängler, Dirigent. Speer, Architekt. Und dann gibt es noch die schmalen Terrassen, die sich schwindelerregend steil den Hang hinaufziehen, auf denen die Erde karg wird und der Bewuchs immer dichter. Das sind die Oberränge des Bergfriedhofs. Schattige, verwitterte Gräber, dem Fels abgezwungen und durch bemooste Kieswege verbunden. Ganz oben, an der Friedhofsgrenze, stemmt sich ein mannshoher Zaun gegen das Eindringen des Waldes.

Der Mann, der es sich vor mir auf einem dieser Gräber bequem gemacht hatte, war kein Theaterbesucher. Aber er passte hierher. Ein schlecht gekleideter, toter alter Mann.

So, wie er da lag, auf dem Rücken, alle viere von sich gestreckt, hätte man ihn für einen Penner halten können. Seine weit aufgesperrten Augen starrten in eine endlose Ferne. Hin und wieder fuhr eine ruppige Windbö durch sein graues Haar, schien ihn aufwecken, aufrütteln zu wollen. Schaff dich fort, Alter, fauchte der Wind, das hier ist kein Platz für dich, die Vorstellung beginnt. Weiß und trübe leuchtete der Mond zwischen hohen Kastanienbäumen hindurch, oben im Wald schrie ein Käuzchen, junge Blätter raschelten lispelnd, ansonsten hörte man keinen Laut. Bis auf ein heftiges Wummern in meiner Brust, dumpf und dröhnend wie von einer großen Glocke. Mich fröstelte.

Es war kurz nach 11 Uhr abends. Kein Zutritt nach Einbruch der Dunkelheit, stand auf einem Schild am Seiteneingang des Bergfriedhofs. Ich hatte es ignoriert, auftragsgemäß.

Von einem Toten war bei dem Auftrag nicht die Rede gewesen. Nur von dem Treffpunkt auf dem Friedhof.

Ich beugte mich über den Mann. Er war unrasiert, das Haar zerzaust, sein Mund stand ein wenig offen. Kein Mantel, nur ein schäbiger Anzug über einem weißen Hemd. Und dieser Geruch ... Er erinnerte mich an das Mottenpulver meiner Mutter. Die schlechten Zähne des Toten fielen mir auf, die dicken, gebogenen Fingernägel. Er hatte getrunken, nicht zu knapp offenbar, und der Alkohol dampfte noch durch seinen Leib. Vorsichtig berührte ich einen dunkel schimmernden Fleck, der sich über der Herzgegend ausgebreitet hatte.

Er fühlte sich warm an.

Ich schnellte hoch und sah mich um.

Nichts. Der Wind in den schweren Kastanienästen, sonst nichts. Der Mond war eine käsig helle Scheibe, in der Stadt gähnten die Menschen und schalteten den Fernseher ab, manche schliefen, andere konnten nicht schlafen. Es war alles in Ordnung.

Alles in Ordnung ...

Ich suchte in meinen Taschen nach einem Gegenstand, mit dem ich mich notfalls verteidigen konnte. Kein Gegenstand. Ich gehöre zu jenen Privatdetektiven, die keine Waffe besitzen. Und besäße ich eine, wäre sie nicht auffindbar. Oder defekt. So schnell bringt mich nichts aus der Fassung, aber in diesem Moment wäre mir sogar eine defekte Waffe recht gewesen. Irgendetwas, an dem ich mich festklammern, hinter dem ich mich verstecken konnte.

Was sollte ich tun? Stehenbleiben? Davonrennen? Das eine konnte ebenso falsch sein wie das andere. Vielleicht wartete der Mörder des alten Mannes hinter einem Grabstein, bis die Luft rein war. Oder er schlich bereits Richtung Friedhofsausgang, nagende Angst im Nacken, ein gejagtes, wildes Tier. Ich durfte das Tier nicht provozieren.

Also tat ich nichts. Ich wischte mir bloß die Finger im Gras ab und schaute mich nach allen Seiten um. Es blieb ruhig.

Obwohl ruhig nicht das richtige Wort ist. Erst wenn man darauf achtet, wenn man den Atem anhält, merkt man, was für ein Spektakel sich mitten in der Nacht auf einem einsamen Friedhof ereignet. Wie belebt so ein Totenacker ist: Mal knackt es, mal schwirrt etwas vorbei, Schatten zucken und greifen nach einem. In der Ferne schrie wieder das Käuzchen, und um mich herum rauschten die Laubbäume mit ihren zarten, jungen Blättern. Sie wisperten und flüsterten, aber ihre Unterhaltung war nicht für menschliche Ohren bestimmt.

Und dann gab es noch ein Geräusch: ein fernes Rumpeln und Ächzen. Unten fuhr die Straßenbahn aus Leimen durch die Rohrbacher Straße, Metall presste auf Metall, Funken sprühten. Sie existierte also noch, die Welt jenseits der Friedhofsmauern, die Zivilisation mit ihren Alltagsgeräuschen, vom Quietschen der Bremsen bis zum Hüsteln der Passagiere.

Meine Muskeln entspannten sich. Akute Gefahr schien nicht zu drohen. Ich lebte, ich atmete, ganz im Gegensatz zu dem armen Teufel vor mir auf dem Grab. Er lag da, als hätte er schon immer an dem Platz gelegen. Als gehörte er hierher. Hätte er sich keine schönere Stelle aussuchen können? Das hier waren so ziemlich die armseligsten Ruhestätten, die der Bergfriedhof zu bieten hatte. Eine lange Reihe roh behauener Steinplatten, am Kopfende jeweils ein Holzkreuz, auf den Platten selbst der Name, die Lebensdaten, hie und da ein frommer Spruch. Dahinter die nackte Felswand des Berges, davor ein schmaler, verwachsener Pfad, den ein niedriges Geländer zum Tal hin begrenzte. Die reinsten Armengräber.

Wie alt der Mann wohl war? 75? 80? Er hatte wirklich etwas von einem Penner, selbst wenn er nicht unbedingt verwahrlost wirkte, trotz seines Alkoholatems und des muffigen Kleidergeruchs. Nein, er sah eher aus wie ein Mann, der es aufgegeben hatte, sich um seine äußere Erscheinung zu kümmern.

Und das sollte mein Auftraggeber sein?

Das Alter mochte stimmen, aber sonst stimmte überhaupt nichts. Der Mann, der mich telefonisch zum Bergfriedhof beordert hatte, war von ganz anderem Kaliber gewesen. Ein Mann mit Geld, mit Übersicht und Selbstbewusstsein. Einer, der wusste, was er wollte. Der sich niemals unrasiert, in einem derart abgewetzten Anzug auf die Straße gewagt hätte. Obwohl man sich in solchen Dingen ja irren konnte. Die Stimme eines Menschen am Telefon verriet einiges, aber nicht alles.

Wie auch immer, mein Honorar war futsch. Ich hatte die Verabredung eingehalten, Punkt 11 auf dem Bergfriedhof, und der Einzige, den ich antraf, war nicht in der Lage, mir die versprochene Anzahlung zu leisten. Wie heißt es doch? Das letzte Hemd hat keine Taschen …

Vielleicht fand sich etwas in den Taschen des Toten. Nachschauen kostete nichts.

»Ist er tot?«, fragte jemand hinter mir.

Ich fuhr herum.

Vor mir stand ein älterer Mann. Er musste sich auf Zehenspitzen angeschlichen haben: ein gut gebauter Senior in Kaschmirmantel und Hut, der offenbar sein Vergnügen an bizarren Auftritten hatte.

Ich sagte: »Wer sind Sie?« – weil mir nichts Besseres einfiel. Meine Stimme klang seltsam. Irgendwie krächzend.

Statt einer Antwort nieste der Alte. Er zog ein Stofftaschentuch aus einer Hosentasche hervor und schnäuzte hinein. Ich nutzte die kleine Pause, um ihn von Kopf bis Fuß zu mustern. Er war ein paar Zentimeter größer als ich, hielt sich kerzengerade, ein rüstiger Rentner mit klaren blauen Augen hinter der randlosen Brille. Unter der Hutkrempe lugten weiße Haare hervor. Sein faltiger Hals schmiegte sich in ein Seidentuch. Nur diese Falten und seine Haut verrieten, dass er die 70 bereits weit hinter sich gelassen hatte.

»Und?«, fragte er. »Ist der Mann tot?«

Ich nickte.

»Haben Sie ihn untersucht?«

»Verdammt, ich habe Sie was gefragt«, entfuhr es mir. »Wo kommen Sie jetzt plötzlich her?«

Sorgfältig zusammengefaltet, wanderte das Taschentuch zurück an seinen ursprünglichen Platz. Ein Lächeln huschte über die Lippen des Mannes.

»Habe ich Sie erschreckt?«, entgegnete er. »Dann entschuldigen Sie bitte vielmals, Herr Koller.«

Ich starrte ihn schweigend an. Wenn der Mann meinen Namen kannte, musste er es sein, der mich vor wenigen Stunden angerufen hatte. Ich hatte niemandem von der Verabredung auf dem Bergfriedhof erzählt, nicht einmal meinem besten Freund Fatty. Also stand ich meinem Auftraggeber gegenüber.

»Verstehe«, sagte ich. »Ihretwegen bin ich hier. Und das ist Teil Ihres Auftrags?« Ich zeigte auf die Leiche.

»Damit«, sagte er, »habe ich nichts zu tun. Aber auch nicht das Geringste.«

»Was?«, lachte ich. »Sie machen wohl Witze!«

Das war natürlich Unsinn. Ich hatte den Mann noch nie gesehen, aber dass er keine Witze zu machen pflegte, war offensichtlich. Einen Witz hielt er vermutlich für etwas Unanständiges. Oh, ich kenne diese Typen, in Heidelberg gibt es viel zu viele davon. Sie sind satt und intelligent, sie bekleiden wichtige Posten in der Industrie oder an der Universität, sie duzen eine Handvoll Bundestagsabgeordnete, tragen Seidenschals und italienische Lederschuhe, sie fördern harmlose Kunstprojekte und langweilen sich in ihren schicken Wohngettos zu Tode. Ab und zu stirbt einer von ihnen an Krebs, dann haben die Ärzte gepfuscht. Und wenn sie zusammensitzen, bestätigen sie sich gegenseitig ihre ungebrochene Potenz und lästern über die Einöde, in die es sie verschlagen hat. So einer war der Alte in meinen Augen.

Und weil es so schön passte, begann der Unbekannte mich mit einer Geringschätzigkeit zu mustern, die ihresgleichen suchte. Er legte den Kopf ein ganz klein wenig zur Seite und ließ seine Blicke über mich gleiten. Von oben bis unten, von rechts nach links, über meine komplette Durchschnittlichkeit hinweg. Wie ein Lehrer seinen schwächsten Prüfling examiniert. Abtreten, Koller. Versetzung gefährdet.

»Was soll das?«, herrschte ich ihn an. »Wer ist dieser Mann und warum sollte ich auf den Bergfriedhof kommen? Ihren Namen könnten Sie mir auch verraten.«

»Wie lange sind Sie schon hier?«

»Was weiß ich! 10 Minuten, eine Viertelstunde. Ich war pünktlich.«

»Und Sie haben den Mann so vorgefunden?«

»Ja.«

»Was ist ihm zugestoßen? Sie sind der Fachmann, Herr Koller. Ein Herzinfarkt?«

Mir platzte der Kragen. »Hören Sie mal, großer Häuptling«, rief ich, und es fehlte nicht viel und ich hätte ihn geschüttelt. Er wich zurück. »Sie halten mich wohl für bescheuert! Klären Sie mich gefälligst auf, was hier gespielt wird. Was ist mit dem Mann passiert? Warum liegt er auf dem Grab? Was tue ich hier? Und erzählen Sie mir nicht, Sie hätten den Kerl nie gesehen.«

»Bitte, Herr Koller.«

»Nichts da! Beantworten Sie meine Fragen.«

Er räusperte sich. »Ich kenne den Mann nicht. Glauben Sie mir.«

»Ach, nein? Und warum bin ich dann hier?«

»Tja, warum sind Sie hier?« Er sah mich ernst, fast sorgenvoll an. Plötzlich aber erblühte ein winziges Lächeln in seinen Mundwinkeln, ein kaum wahrnehmbares Zeichen dafür, dass er sich über irgendetwas prächtig amüsierte, und er sagte: »Vielleicht als Zeuge?«

»Wie?«

»Ja, als Zeuge für meine Unschuld. Für die Tatsache, dass ich mit dem Tod dieses Mannes nichts zu tun habe. Rein theoretisch natürlich, denn Sie werden keine Aussage machen müssen.«

»Als Zeuge, so ein Quatsch. Wer weiß schon, was Sie in der letzten halben Stunde getrieben haben.«

»Jedenfalls keinem meiner Mitmenschen Gewalt angetan«, sagte er bestimmt. »Sehe ich vielleicht so aus? Und hätte ich Sie dann herzitiert? Ich weiß nicht, wie dieser Mann zu Tode gekommen ist, und ich habe nichts damit zu tun.«

»Aber Sie kennen ihn. Sie wissen, wer der Mann ist.«

»Nein.«

»Verarschen kann ich mich alleine!«, brüllte ich in die Nacht hinaus.

Er schwieg. Hielt meinem wütenden Blick ein paar Sekunden stand, um dann erneut sein Taschentuch zu zücken und sich zu schnäuzen. Sogar diese Handlungen wirkten herablassend.

»Umgekehrt wird eher ein Schuh daraus«, erklärte er. »Womit haben Sie eigentlich die letzten 30 Minuten verbracht, Herr Koller?«

»Machen Sie sich nicht lächerlich«, schnaubte ich.

»Lächerlich, ich?«, fuhr er auf. »Wer sind Sie, dass Sie das behaupten können, Sie Privatdetektiv? Ich weiß nicht, ob und welche Erfolge Sie in Ihrem Leben schon gefeiert haben, aber ich wäre verdammt vorsichtig damit, einem Mann wie mir Lächerlichkeit vorwerfen zu wollen. Wenn Sie 100 Menschen fragen könnten, wem von uns beiden sie zutrauen würden, etwas mit dem Tod dieses Mannes zu tun zu haben, was würden diese 100 wohl sagen?«

Ich grinste. Der Mann gefiel mir. Er gefiel mir, weil er durch sein Verhalten all meine Vorurteile bestätigte, die ich gegen seinesgleichen hegte. Ich bin nicht stolz auf diese Vorurteile, ganz im Gegenteil, und ich weiß, dass sie im Einzelfall an der Realität scheitern. Trotzdem helfen sie einem, sich wenigstens grob im Dschungel des Lebens zu orientieren.

»Die verfolgte Unschuld«, höhnte ich. »Wusste gar nicht, dass Sie Laienschauspieler sind. Haben Sie es schon einmal bei einer studentischen Theatertruppe versucht? Die suchen immer Nachwuchs.«

Er antwortete wieder mit einem Niesen. Mit dreimaligem Niesen, um exakt zu sein. Hatte es ihm die Sprache verschlagen?

Nein, das war es nicht. Er zückte wieder sein unvermeidliches Taschentuch, widmete dem Auswurf einen müden Blick und sagte: »Pollen.«

»Bitte?« Ich kapierte überhaupt nichts.

»Pollen«, wiederholte er. »Sogar nachts quälen sie einen. Kennen Sie das?«

»Allergien kann ich mir nicht leisten«, brummte ich. »Sind was für Besserverdienende.«

Er nickte und nieste noch einmal. Ich hatte keinen blassen Schimmer, wie dieses Spielchen weitergehen sollte. Vielleicht tauschten wir am Ende alte Hausrezepte aus, oder wir empfahlen uns gegenseitig unsere Lieblingsärzte. Keine Ahnung. Ich wusste nur, dass ich allmählich müde wurde.

»Herr Koller«, sagte der Unbekannte, nachdem er fertig war mit seinem zermürbenden Geniese, »ich mache Ihnen einen Vorschlag.«

»Tatsächlich?«

»Lassen Sie uns gehen.«

»Gehen? Wohin?«

Einladend griff er nach meinem Oberarm, als wolle er mich

mal eben zum Tanz auffordern. »Ich habe Sie in etwas überstürzter Manier um dieses Treffen auf dem Bergfriedhof gebeten. Gegen ein anständiges Honorar. Ich möchte nun, angesichts der veränderten Situation«, er gönnte dem Toten einen kurzen Seitenblick, »meinen Auftrag erweitern. Wieder gegen ordentliche Entlohnung, das versteht sich. Lassen Sie uns dieses Treffen vergessen. Sie sind niemals hier gewesen, ich auch nicht. Wir wissen von nichts und haben nichts gesehen. Was ja, im Großen und Ganzen, der Wahrheit entspricht. Einverstanden?«

Ich gebe zu, der Mann verblüffte mich. Er reagierte schneller auf Situationen, als man es bei seinem Alter hätte erwarten können. Dass er nicht mit dem Toten auf dem Grab gerechnet hatte, schien offensichtlich. Also disponierte er um. Gab neue Anweisungen. Dirigierte seinen Büttel Max Koller, wie es ihm gefiel.

»Sie wollen ihn«, sagte ich und zeigte auf die Leiche, »Sie wollen ihn hier liegen lassen und sich aus dem Staub machen? Einfach so?«

»Können Sie ihm noch helfen?«, gab er trocken zurück.

»Nein, aber wir könnten …«

»… herausfinden, wer der Mörder ist? Wenn es Ihnen Spaß macht, Herr Koller. Aber nicht in meinem Auftrag, bitte schön. Ich möchte nicht in diese Angelegenheit hineingezogen werden.«

»Sie sind schon drin, Herr … wie, sagten Sie, war der Name?«

Er lächelte schwach. »Es wird Ihrer Aufmerksamkeit nicht entgangen sein, dass ich Ihnen ein mehr als angemessenes Honorar in Aussicht gestellt habe. Daran halte ich mich. Aber nur, wenn wir beide diesen unangenehmen Ort verlassen. Und zwar so rasch wie möglich. Sie können meinetwegen von zu Hause die Polizei informieren. Nur lassen Sie mich aus dem Spiel. Im Gegensatz zu anderen Personen habe ich noch einen Ruf zu verlieren.«

Ich war zu sehr mit meinen eigenen Gedanken beschäftigt, um seine letzte Bemerkung zu parieren. Er wollte mich kaufen. Gut, das taten alle Kunden, wenn sie sich an mich als Privatflic wandten. Normalerweise zahlten sie für meine Ermittlungen, der hier zahlte für mein Schweigen. Warum tat er das? Nur um seine Ruhe zu haben? Es hätte mich gereizt, das herauszufinden. Vor allem hätte mich gereizt, ihm die Antwort am Ende meiner Nachforschungen auf den Tisch zu knallen, gegen seinen erklärten Willen und mit der Überlegenheit dessen, der ein reines Gewissen hat. Hatte er ein reines Gewissen? Wohl kaum. In jedem Fall durfte man vom Alter des Mannes nicht auf seine Konstitution schließen. Er war kein tattriger, verkalkter Greis, sondern ein knallhart kalkulierender Silberrücken, ein hellwacher, abgeklärter Opa aus Granit.

»Noch mal zum Mitschreiben«, sagte ich. »Wir lassen die Leiche hier liegen, gehen unserer Wege, und bevor wir uns trennen, stellen Sie mir einen Scheck aus.«

»Richtig.«

»Und dann?«

»Den Rest erledigen unsere pflichtbewussten Gesetzeshüter. Wie gesagt, Sie können die Polizei gerne vom heimischen Herd aus anrufen, aber halten Sie mich und meinen Namen außen vor.«

»Interessant.«

»Finden Sie? Es ist eine einfache Abmachung, die wir treffen, und für deren Einhaltung zahle ich gerne. Sie haben sich spät am Abend hierher bemüht, Herr Koller. Ein solches Engagement schätze ich und möchte es honorieren.«

»Und der Mann dort?«

»Übermorgen werden Sie in der Zeitung lesen können, wie er umgekommen ist.«

»Was schlagen Sie vor?«

Er setzte zu einem Niesen an, ließ es jedoch bleiben.

»Selbstmord«, erklärte er.

2

Der Einzige, der in meiner Wohnung konstant arbeitet, ist mein Anrufbeantworter. Vom Kühlschrank abgesehen, aber der hat schließlich nichts mit meinem Beruf zu tun. Ich selbst liege auf dem Sofa, mache Besorgungen, starre auf den Fernseher oder denke mir Fälle aus, die nur ich zu lösen imstande bin – nicht unbedingt ein nachhaltiger Beitrag zum deutschen Bruttosozialprodukt. Meinem Anrufbeantworter ist das egal, er wacht stumm auf dem Schreibtisch und kommentiert meinen Lebenswandel nicht. Unliebsame Anrufer hält er hin, sein Band ist immer dann voll, wenn ein flüchtiger Bekannter seine Handynummer hinterlassen möchte, und blinkend verbreitet er gute Laune. Solche Mitarbeiter braucht man als selbstständiger Unternehmer, keine sonst.

Wozu auch? Den Rest der Arbeit erledige ich schon alleine. Ich bekomme selten Aufträge, und davon nehme ich nur einen

Teil an. Manchmal passt mir die Nase eines Kunden nicht, dann schütze ich Überlastung vor, ein andermal ist mir die Sache zu widerwärtig. Dass eine Arbeit meine Kräfte überstiegen hätte, ist mir leider noch nicht passiert. Auf diesen einen spektakulären Auftrag, auf die große persönliche Herausforderung warte ich bislang vergebens. Was passiert schon bei uns in der Provinz? Eine Brieftasche wird vermisst oder ein Schoßhündchen, hier und da verliert ein gestresster Bankdirektor den Überblick über die aktuellen Liebhaber seiner Frau, zweitklassige Firmen lassen das Privatleben drittklassiger Bewerber durchleuchten, bevor sie sie nicht einstellen. Das wars. Keine Erpressungen, keine Entführungen, kein Mord im Halbweltmilieu, geschweige denn eine Halbwelt – und falls doch, rücken sofort die Bullen an, froh, dass sie auch mal was zu tun bekommen.

Unter die Privatdetektive geriet ich eher zufällig. Einige Jahre arbeitete ich ganz klassisch als Taxifahrer, für einen Ehrenmann aus dem Pfaffengrund, der sich jeden Sonntagmorgen mit Küsschen von seinen Kindern verabschiedete, um sich erst in den Gottesdienst und anschließend in den Puff zu begeben. Seine Angestellten verachtete er, mich ganz besonders, weil ich vorlaut war und meine Nase in Dinge steckte, die mich nichts angingen. Eines Tages aber kam ihm das gerade recht, er bestellte mich in sein Büro und gab mir die Anweisung, seiner Frau hinterherzuschnüffeln. Gegen ein Extrahonorar. Nun, ein Zubrot verdiente ich mir gerne, und wenn sich gleichzeitig ein Brandsatz in das morsche Ehegebäude meines Chefs legen ließ, umso besser. Also stellte ich der Frau nach, zu Fuß und im Taxi, mit einer geliehenen Kamera. Ich erwischte sie tatsächlich mit einem Liebhaber – schwer war es nicht, sie knutschten auf offener Straße –, später mit einem zweiten; einen dritten und vierten erfand ich hinzu. Meinen Chef traf fast der Schlag, als er meinen Bericht hörte. Und erst die Fotos! Natürlich ließ er sich nicht scheiden, der Feigling, er verprügelte seine Frau nicht einmal, wie er es sonst hin und wieder tat, und angeblich reduzierte er sogar seine Puffbesuche. Genau weiß ich das allerdings nicht, denn da hatte ich die Firma bereits verlassen. Mit dem Typen war es einfach nicht auszuhalten.

Anschließend tat ich eine Zeit lang nichts, ging meiner damaligen Frau auf die Nerven und hasste alle Welt. Bis mir klar wurde, welchen Ertrag das bisschen Schnüffelei gebracht hatte und dass mein natürliches Interesse an meinen Mitmenschen (beziehungsweise an deren Schwächen) ein Pfund war, mit dem ich wuchern konnte. Warum diese Begabung nicht zu meinem Beruf machen? Als ehemaliger Taxifahrer kannte ich die Stadt wie meine Westentasche, ich kannte die Verhältnisse, die Typen, die hier lebten, und was mir an Intelligenz fehlte, ersetzte ich durch Frechheit. Was sprach noch dagegen?

Gesagt, getan. Ich richtete ein Zimmer unserer Wohnung als Büro ein – das heißt, ich räumte meinen Schreibtisch auf – und schaltete eine Zeitungsannonce: Max Koller, Ermittlungen aller Art. Dann harrte ich der Dinge, die da kommen sollten.

Als Christine das sah, hielt sie mich endgültig für übergeschnappt. Ein knappes Jahr später trennten wir uns.

Ob das eine mit dem anderen etwas zu tun hatte, meine berufliche mit unserer persönlichen Neuorientierung nämlich – keine Ahnung. Es hat mich nicht interessiert. Die Sache ist vorbei, gegessen. Natürlich fand Christine mein Privatflicabenteuer kindisch, aber so urteilte sie über vieles, was ich anpackte. In dem einen Jahr, das wir noch gemeinsam verbrachten, hatte ich vielleicht ein Dutzend Aufträge. Für den Anfang ganz ordentlich; um einer ehrgeizigen Frau zu imponieren, jedoch viel zu wenig. Schwamm drüber.

Inzwischen hat sich die Zahl meiner Aufträge auf niedrigem, aber konstantem Niveau eingependelt. Ich komme über die Runden, das kann in Zeiten der Rezession nicht jeder von sich behaupten. Und im Gegensatz zu vielen, die ich kenne – an erster Stelle meine Exfrau – arbeite ich mich dabei nicht tot. Die freie Zeit nutze ich für Radtouren durch den Odenwald, für eine Schachpartie oder für ein Gespräch über Gott und die Welt im *Englischen Jäger*, meiner Lieblingskneipe. Mehr Aufträge könnte ich mir möglicherweise gar nicht leisten, höchstens besser honorierte.

Und die Konkurrenz? Bescheiden. Da gibt es eine Mannheimer Detektei, die regelmäßig in den Heidelberger Zeitungen und Anzeigenblättchen inseriert. Zwischen Discountern und Heimwerkermärkten, und genau da gehört sie auch hin. Wer ein paar Jungs braucht, die anpacken können, liegt bei ihr goldrichtig. Schließlich arbeitete ihr Geschäftsführer früher bei einer Sicherheitsfirma. Das Kontrastprogramm bieten zwei Einserjuristen in der Heidelberger Altstadt, jung, smart, gepflegte Büroräume, gepflegter Auftritt. Arbeit unter freiem Himmel gehört nicht zu ihren Spezialitäten, dafür der Bereich Wirtschaftskriminalität: globaler Wettbewerb, Industriespionage, Betriebsgeheimnisse, Patentklau und so weiter. Am liebsten durchforsten sie dickleibige Gesetzeskommentare und die Marianengräben des Internets. Nicht mein Ding. Ich kann keine Fälle am PC lösen, nur Daten und Zahlen vor Augen und als Dialogpartner eine Handvoll flimmernder Bits. Immerhin, der Laden der beiden scheint zu laufen. Sie sind auch privat ein Paar, heißt es, führen ein schickes Leben und verbringen die Hälfte des Jahres auf Bali. Abwechselnd, vermutlich.

Dann gibt es noch einen älteren Kollegen in Handschuhsheim, einen ehemaligen Polizisten, dessen Beine nicht mehr so recht wollen. Ein harmloser Kerl, beliebt bei der Klientel über 60, im Nebenberuf Winzer. Seine einzige erwähnenswerte Qualität besteht im Besitz eines badehandtuchgroßen Wingerts oberhalb der Bergstraße, den er seit drei Jahrzehnten eisern bewirtschaftet, trotz seiner Beine. Und zwar mit erstaunlichem Erfolg. Das Tröpfchen, das er seiner Handvoll Trauben abpresst, ist ein Gedicht; Wildschweine und Spaziergänger hält eine Selbstschussanlage Marke Eigenbau von seinen Rebstöcken fern. Gemeinsam nehmen wir manchmal einen zur Brust, und wenn er dann mit einer seiner heiligen Flaschen aus dem Keller (noch so ein Hochsicherheitstrakt) gehumpelt kommt, seine Frau ins Bett geschickt hat und im Westen eine rote Herbstsonne hinter den Pfälzer Bergen versinkt, erzählen wir die Geschichte vom Malteser Falken neu und wie wir an Nicholsons Stelle die Fortsetzung von *Chinatown* gedreht hätten.

So viel zu den schönen Momenten eines Privatfliclebens in der Kurpfalz.

Und die weniger schönen? Die gibt es natürlich auch: wenn sich über Wochen niemand mit einem Auftrag bei mir meldet, keine kühle Blondine in hochhackigen Schuhen, kein zwielichtiger Zigarrenraucher mit vernarbter Wange. Nicht einmal der besorgte Vater einer pubertierenden Tochter; man wird ja bescheiden. Auch in Heidelberg fällt das Geld nicht vom ewig blauen Himmel, und soll ich vielleicht meine Nachbarn zum Verbrechen ermuntern, nur damit bei mir die Kasse klingelt?

Ich nehme daher von Zeit zu Zeit einen dieser fragwürdigen Jobs an, bei denen fürs Leben zu wenig und fürs Sterben zu viel herausspringt und auf die sie drüben in den USA so stolz sind. Helfe bei der Spargelernte, klebe Plakate für die FDP, spende Thrombozyten. Manchmal, wenn sich mir die Waagschale der Konjunktur unverhofft zuneigt, darf ich Medikamente vor ihrer Markteinführung ausprobieren und frage mich anschließend, ob man von Placebos Zungenbläschen bekommt. Beklagt habe ich mich noch nie über dieses Leben. Dazu besteht kein Anlass. Nur, dass mein forscher Unternehmergeist so wenig gesellschaftliche Anerkennung findet, verstimmt mich ab und zu.

Aus diesem Grund bedeutete der Auftrag, der mir an jenem Freitagabend erteilt wurde, eine mehr als kleine Überraschung für mich. Ich war gerade zur Tür hereingekommen, Auberginen, Okraschoten, Olivenöl und Lammhack unterm Arm, als das Telefon klingelte. Kurz überlegte ich: das Gespräch meinem Anrufbeantworter überlassen oder selbst rangehen? Es hätte mein Freund Fatty sein können, also stellte ich das Olivenöl beiseite und nahm den Hörer von der Ladestation.

»Herr Koller?«

»Am Apparat.«

»Sind Sie heute Abend frei? Ich brauche Ihre Hilfe in einer dringenden Sache.«

Ich ging hinüber zum Kühlschrank und stieß ihn mit der Fußspitze auf. »Heute Abend? Wäre machbar. Worum geht es denn?«

»Das erzähle ich Ihnen später. Unter vier Augen.«

»Aha. Darf ich Ihren Namen erfahren?«

»Der Auftrag an sich ist nicht ungewöhnlich«, sagte der Anrufer, als habe er meine Frage überhört. »Es geht um einige Nachforschungen zu einer Person, um die ich Sie bitte. Mir ist nur eines wichtig: Diskretion.«

»Oh, ich kann wahnsinnig diskret sein«, lachte ich und begann, meine Einkäufe mit einer Hand in den Kühlschrank einzuräumen.

»Genau das verlange ich. Mein Name tut nichts zur Sache. Dafür garantiere ich gute Bezahlung. Verdoppeln Sie Ihren üblichen Satz.«

»Den kennen Sie doch noch gar nicht.«

»Verdoppeln Sie ihn. Und kommen Sie bitte heute Abend Punkt 23 Uhr zum Bergfriedhof, nicht zum Haupteingang, sondern oben zu der kleinen Seitentür am Steigerweg. Dort warte ich auf Sie, und dort können wir alles Weitere besprechen.«

»Wie bitte?« Ich blieb verdattert an der geöffneten Kühlschranktür stehen. »Auf dem Bergfriedhof soll ich Sie treffen?
Was haben Sie denn da vor?«

»Erkläre ich Ihnen dort«, antwortete er müde.

»Moment, so einfach geht das nicht. Ich werde mich doch
nicht mitten in der Nacht mit einem Unbekannten auf einem
Friedhof …«

»Warum nicht?«

»… ohne zu wissen, um was es geht und was ich zu tun
habe!«

»Warum nicht, Herr Koller? Ich möchte Sie beauftragen,
aber anonym bleiben. Das ist alles. Und dass wir uns auf dem
Bergfriedhof treffen, hat seinen Grund, den ich Ihnen vor
Ort erläutern werde. Die Sache ist dringend, deshalb biete
ich Ihnen ein doppeltes Honorar. Nehmen Sie an?«

Ich schwieg. Was war denn das für ein seltsamer Typ? Jedenfalls keiner, der lange um den heißen Brei herumredete. Klare
Bedingungen, klare Gehaltsvorstellungen. So vergab man pro-
fessionell Aufträge. Ja, wahrscheinlich hatte der Anrufer sein
ganzes Leben lang Aufträge erteilt, und nun war eben Max Koller dran. Er klang völlig anders als später bei unserer Begegnung
auf dem Bergfriedhof, ohne Sarkasmus, ohne Schärfe in der
Stimme, eher gelangweilt, der Sache überdrüssig – so, als habe
er sich die Finger wund gewählt und wolle endlich zu einem
Ende kommen. Nehmen Sie an oder lassen Sie es, Herr Koller.

Dabei brannten mir verschiedene Fragen auf der Zunge.
Warum erklärte er mir den Auftrag nicht am Telefon? Warum
dieser alberne Treffpunkt mitten in der Nacht? Wie konnte
der Anrufer anonym bleiben, wenn ich ihm gegenübertreten
würde? Vielleicht wohnte er ja um die Ecke. Und was war so
wichtig, dass er mir so viel Geld bot?

Liebend gerne hätte ich ihn all das gefragt. Aber es war klar,
dass ich keine Antwort bekommen würde.

»Was ist, Herr Koller? Sind Sie interessiert? Oder soll ich mich an die Konkurrenz wenden?«

»Vergessen Sie die Konkurrenz«, entgegnete ich, und das war ja nicht einmal übertrieben. Wenn sich jemand auf seine haarsträubenden Bedingungen einlassen würde, dann nur ein Hallodri wie ich. »In Heidelberg werden Sie niemanden finden, der Ihre Spielchen mitmacht, das gebe ich Ihnen schriftlich. Für mich stellt sich ein anderes Problem.«

»Die Sache ist völlig ungefährlich. Da brauchen Sie …«

»Das meinte ich nicht«, unterbrach ich ihn. »Wenn ich Sie heute Abend treffen will, muss ich einen Termin verschieben. Und je nachdem, wie Ihr Auftrag sich gestalten sollte, wird das in den nächsten Tagen immer wieder der Fall sein. Ich habe schließlich nicht nur einen Kunden.«

»Natürlich«, sagte er, und vielleicht glaubte er mir sogar.

»Da ist mir die mündliche Honorarzusage durch einen Mann, der anonym bleiben will, ein bisschen dürftig, wenn ich ehrlich bin.«

Der Anrufer zögerte nicht eine Sekunde. »Sie bekommen heute Abend von mir 2000 Euro bar auf die Hand; und wenn ich Ihnen einen doppelten Tagessatz verspreche, dann bleibt es auch dabei. Um solche Peanuts zu feilschen, ist mir zu dumm.«

Peanuts! Er sagte es tatsächlich. Mir blieb der Mund offen stehen. 2000 Euro bar auf die Kralle, und er sprach von Peanuts. Hatte er die Scheine unterm Briefbeschwerer liegen? Am liebsten hätte ich ihm in die Fresse geschlagen. Von diesem Augenblick an war mir der Unbekannte zutiefst unsympathisch.

Nur die 2000 Euro waren mir nicht unsympathisch, die nicht.

»Und wenn ich den Auftrag, nachdem ich ihn kenne, nicht übernehme?«, hakte ich nach.

»Dann behalten Sie das Geld als Aufwandsentschädigung«, versprach er, und zum ersten Mal schwang ein wenig Ärger in seiner Stimme mit. »Was ist nun, Herr Koller? Kommen Sie oder kommen Sie nicht?«

»11 Uhr am Steigerweg? Die Seitenpforte?«

»Richtig.«

Die Kühlschranktür stand immer noch offen und ich davor. Meine Knie wurden allmählich kalt. Mit dem Lammfleisch wollte ich morgen die Auberginen füllen, vielleicht mit den Okraschoten als Beilage. Das Zeug war teuer gewesen, außerdem musste ich ja irgendwann eine Entscheidung treffen. Ich warf die Kühlschranktür zu.

»Okay«, sagte ich. »Ich komme. Zum Bergfriedhof.« Verdammt, war ich neugierig!

»Bis später«, erwiderte er und legte auf.

3

»Selbstmord?«, fragte ich. »Selten so gelacht. Wer hat Ihnen das denn eingeredet?«

»Für alle die beste Lösung. Keine Fragen, keine Nachforschungen. Niemand wird behelligt, weder ein Privatdetektiv von mäßigem Leumund noch sonst jemand.«

Mäßiger Leumund? Möglich. Aber woher wusste er das? Hatte er Erkundigungen über mich eingezogen oder sah man mir meinen Ruf an? Denkbar war beides. Es war sogar denkbar, dass sich der Mann gezielt an mich gewandt hatte: an einen Ermittler, der ab einer bestimmten Summe jeden Auftrag akzeptieren würde.

»Selbstmord«, nickte er nachdenklich. »Ich denke, damit können wir alle gut leben.«

»Wir, ja. Nur der Mann auf dem Grab nicht.«

Er schmunzelte leicht und nahm den Fuß vom Gaspedal.

Wir saßen im Wagen des Alten, einem beigefarbenen BMW mit schwarzen Ledersitzen und Furnierholz am Armaturenbrett. Seine bläulich-weißen Lichter strichen über die Stämme des Heidelberger Stadtwalds. Ab und zu kam uns ein Auto entgegen. Noch einige 100 Meter, dann würden wir auf Höhe des Schlosses in die Klingenteichstraße einbiegen. Der Weg hinab in die Stadt war kurvig. Mit einer Hand hielt ich mich am Griff über dem Beifahrerfenster fest.

»Ich möchte meinen Auftrag umformulieren«, sagte der Mann am Steuer. »Auch wenn Ihnen das ungewöhnlich vorkommen mag. Mein neuer Auftrag an Sie lautet: keine Nachforschungen. Vergessen Sie, dass wir uns begegnet sind. Das Treffen hat nie stattgefunden. Genießen Sie das Wochenende und den Feiertag. Das Wetter soll ja schön werden.«

»Quatsch«, sagte ich. »Es ist Regen gemeldet.«

»Dann ist eben Regen gemeldet. Auch gut.«

»Auch gut«, echote ich wütend. »Auch gut, Mister Unbekannt. Nun passen Sie mal auf: Mit mir haben Sie Pech. Ich bin neugierig. Eine Berufskrankheit, unheilbar. Genau wie Ihre Allergie.«

Er warf mir einen kurzen Seitenblick zu und schaltete vor der nächsten Kurve einen Gang zurück.

»Verdammt neugierig sogar«, sagte ich. »Wer der Mann auf dem Grab ist, interessiert mich nämlich brennend. Mich interessiert, warum er da liegt und weshalb ich nachts um 11 auf dem Bergfriedhof erscheinen sollte. Meinen Sie wirklich, Sie können mir diese Neugier abkaufen?«

Nun gönnte er mir einen ausgiebigeren Blick.

»Natürlich«, sagte er verwundert. »Was denn sonst?«

Ich lachte.

»Natürlich kann ich das«, behauptete er in einem Ton, als hätte ich bezweifelt, dass zweimal zwei vier ist. »Ich beauftrage Sie, Ihre berufsbedingte Neugier, für die ich im Übrigen größte Sympathie hege, ausnahmsweise zu unterdrücken. Nur dieses eine Mal. So lautet mein Auftrag, und dafür zahle ich. Wenn Sie mein Honorar nicht akzeptieren, verhandeln wir. Sehen Sie, ich bin ein alter Mann ...« – verdammter Lügner, dachte ich, denn er war alles Mögliche, aber nicht das, was man sich unter einem alten Mann vorstellte – »Ich bin ein alter Mann, Herr Koller, und mir ist meine Ruhe einiges wert. Wenn Sie einmal mein Alter erreicht haben, werden Sie das verstehen.«

»Ich bin gerührt. Darf ich Ihnen die Schnabeltasse reichen?«

Gelangweilt zuckte er die Achseln. Antworten wie diese hatte er wohl schon tausendmal in seinem langen Leben vernommen.

»Gut«, sagte ich. »Nehmen wir an, ich lasse mich auf den Deal ein und schnüffle anschließend trotzdem hinter Ihnen her. Was dann?«

»Warum sollten Sie das? Was bringt es Ihnen?«

»Keine Ahnung.«

»Eben. Also können Sie es auch gleich lassen. Wenn Sie hoffen, mir etwas anhängen zu können – vergessen Sie es. Mit der Leiche auf dem Grab habe ich nicht das Geringste zu tun. Ich wollte Sie in einer Familienangelegenheit um Ihre Hilfe bitten, aber nun ist mir die ganze Sache zu heikel geworden. Reichen Ihnen diese Informationen?«

»Wer ist der Tote?«

»Ich weiß es nicht.«

»Natürlich wissen Sie es. Ein alter Studienfreund vielleicht? Ein Kumpel aus dem Lions Club?«

»Herr Koller, bitte …«

»Oder hat Sie der Mann letzte Woche in der Fußgängerzone angeschnorrt?«

Ohne den Blick von der Straße zu wenden, verzog mein Chauffeur das Gesicht zu einer Grimasse, als würde ihm gleich ein Backenzahn gezogen; meine Anwesenheit schien ihm physische Schmerzen zu bereiten. Ein paar Sekunden verharrten seine Gesichtszüge in dieser Stellung, dann entspannten sie sich wieder. »Sehen Sie, Herr Koller …«, begann er. Er nahm die rechte Hand vom Lenkrad und tastete in dem Fach unterhalb des Radios nach einer Bonbondose. Auf der Hand wuchsen dunkle und einige schon ergraute Haare. Lange, starke Haare.

»Sehen Sie …«, wiederholte er, dabei gab es nichts zu sehen. Er kramte weiter in dem Fach herum und ließ die Fahrbahn nicht aus den Augen. Endlich wurde er fündig und warf ein Hustenbonbon ein.

»Es war ein anstrengender Tag, Herr Koller. Ich würde ihn gerne zu einem guten Ende führen. Akzeptieren Sie meinen Vorschlag, und ich werde Sie weiterempfehlen. In meinem Bekanntenkreis benötigt man immer mal wieder die Dienste eines verlässlichen Detektivs. Wenn ich ein gutes Wort für Sie einlege, werden Sie sich vor Aufträgen kaum noch retten können.«

»Leichen auf dem Bergfriedhof inklusive?«

»Apropos: Ich weiß nicht, ob Sie die Polizei über diesen … diesen Vorfall informieren möchten.«

»Erste Bürgerpflicht, finden Sie nicht?«

»Dann rate ich Ihnen, anonym zu bleiben. Zu Ihrer eigenen Sicherheit, verstehen Sie? Die Behörden hegen gewisse Vorurteile gegen Ihren Berufsstand.«

»Wer hegt die nicht?«, lächelte ich. »Was arbeiten Sie eigentlich, Herr ...?«

»Oh, ich bin Rentner«, wehrte er ab. »Ich habe mein Berufsleben lange hinter mir.«

»Also doch Schnabeltasse. In welchem Altersheim verdämmern Sie wohl Ihren Lebensabend?«

Nun brachte er ein kleines Lächeln zustande; nicht zu viel, nicht zu wenig, gerade richtig, seiner Ansicht nach. Vermutlich fand er mich recht drollig und bemitleidenswert, weil ich so weit unten am Fuß der Gesellschaftspyramide beheimatet war, Lichtjahre von seiner eigenen Position entfernt.

»Es gibt mehr suizidgefährdete alte Menschen, als man ahnt«, murmelte er nachdenklich vor sich hin. Sein Bonbon wanderte von einem Mundwinkel in den anderen. Er war überhaupt nicht nachdenklich, tat aber so.

»Und seine Waffe?«, brummte ich. »Die hat er wohl verschluckt?«

»Die wird sich finden. Vielleicht haben Sie sie eingesteckt.«

»Habe ich. Und deshalb verraten Sie mir jetzt Ihren Namen, sonst gibt es ein Blutbad.«

»Oder es war ein Unfall. Nachts, im Dunkeln, wer weiß ... Die Polizei wird es herausfinden, da vertraue ich auf unsere Behörden.«

Mir gefiel nicht, wie er ›unsere‹ sagte. Wahrscheinlich verachtete er Polizisten genauso wie Privatflics. Hielt sie wohl beide für käuflich. Natürlich, er als geschröpfter Steuerzahler, an dessen starke Schulter sich Vater Staat in Zeiten der Rezession lehnte. Ermittelt wurde immer mit seinem sauer verdienten Geld. Mit seinen Steueralmosen und seinen Honoraren. Deshalb verachtete er uns. Zugeben würde er das freilich nicht, beschwor vielmehr wortreich die Gemeinschaft der Werktätigen, holte uns alle in sein großes Wir-Boot, ohne dabei rot zu werden. Er musste ja nicht ewig lügen. Noch fünf Minuten, dann war er mich los.

Der Wagen surrte zufrieden. Unter uns leuchteten die Lichter der Altstadt. Wir hatten diesen Umweg nehmen müssen, weil der Steigerweg, der zur Seitenpforte des Bergfriedhofs führte, einseitig gesperrt war. Die halbe Straßenbreite hatten sie wegen Kanalarbeiten aufgerissen. Auf dem Hinweg war ich durch die Weststadt gekommen und am Alois-Link-Platz von der Rohrbacher Straße abgebogen. Der Rückweg führte uns notgedrungen weiter bergan, durch den Wald Richtung Schloss und in engen Serpentinen hinab in die Altstadt. Wir erreichten die Friedrich-Ebert-Anlage und bogen links ab. Die Straßen waren menschenleer, nur hinter den erleuchteten Fenstern strich ab und zu ein Schatten vorbei.

Wenn es wenigstens in dem BMW einen Hinweis auf den Besitzer gegeben hätte! Aber der Innenraum des Wagens war penibel aufgeräumt, da hing nicht einmal ein Talisman vom Rückspiegel. Ich sah mich um. Keine Musikkassette, die Hutablage verwaist, die Heckscheibe ohne einen einzigen Aufkleber. Nur die dämliche Bonbondose und ein paar Autokarten in den Türfächern. Der BMW erwies sich als genauso verschwiegen wie sein Besitzer.

Vielleicht war es die falsche Entscheidung gewesen, den Friedhof zu verlassen. Ich hätte den Toten untersuchen können; irgendein Hinweis auf seine Identität hätte sich bestimmt gefunden. Aber der Silberrücken hatte zum Aufbruch gedrängt. Er wollte fort von der Leiche, runter vom Friedhofsgelände. Mein Geld liege im Wagen, hatte er behauptet. Ich war ihm schließlich gefolgt. Wenn es eine Chance gab, seinem Namen auf die Spur zu kommen, dann jetzt. In seinem Wagen, im Gespräch mit ihm, an seiner Seite. Der Tote würde noch die ganze Nacht auf seinem Grab liegen. Auch wenn es gar nicht sein Grab war.

So kam es, dass ich in den BMW des Unbekannten eingestiegen war. Wenn ich während der Fahrt nichts über den Mann in Erfahrung bringen konnte, musste ich mir halt das Nummernschild des Wagens merken. Mein Fahrrad blieb einsam an der Friedhofsmauer zurück.

»Suchen Sie etwas?«, fragte der Alte, als ich mich im Innenraum des Wagens umschaute. Wir näherten uns bereits dem Bismarckplatz.

»Suchen wir nicht alle irgendetwas?«, murmelte ich und fixierte das verschlossene Handschuhfach. »Sind wir nicht ständig auf der Suche?«

»Wenn es um Ihr Honorar geht, machen Sie sich mal keine Sorgen. Ist Ihnen Barzahlung recht?«

In diesem Fall wäre mir ein Verrechnungsscheck mit Namenszug lieber gewesen. Ich öffnete das Handschuhfach, entnahm ihm ein Buch und einige Papiere. Lauter belangloses Zeug, das sah man auf den ersten Blick.

»Was soll das, Herr Koller?«, protestierte der Alte. »Das bringt doch nichts. Unsere Abmachung war …«

»Welche Abmachung?«, schnitt ich ihm das Wort ab. Bei dem Buch handelte es sich um die übliche technische Beschreibung des Wagens, die Papiere gingen in die gleiche Richtung. *Was tun im Notfall?* und *So funktioniert Ihr Airbag.*

»Nun lassen Sie doch die Finger von den Sachen!«, schimpfte er.

Fort mit dem Zeug. Es lagen noch weitere nichtssagende Zettel im Fach. *Die neue fondorientierte Mittelkonsole, made in Germany.* Ein alter Parkschein, bunte Prospekte, ein kleiner Faltplan der Frankfurter Innenstadt. Nichts, überhaupt nichts. Es war zum Heulen.

Der BMW kam zum Stehen. Wir waren jenseits des Neckars in Neuenheim angelangt, kurz hinter dem Brückenkopf. Nur wenige Fahrzeuge huschten über die sonst so stark frequentierte Brückenstraße mit ihren rundum erneuerten Straßenbahngleisen.

»Verdammt noch mal!«, herrschte mich der Alte an, aber nicht einmal diese Erregung schien mir echt. »Wollen Sie nun auf mein Angebot eingehen oder nicht, Herr Koller? Dann hören Sie auf, hier herumzusuchen. Es hat Sie nicht zu interessieren, wer ich bin und was ich ursprünglich von Ihnen wollte. Mein Auftrag lautet: Es hat nie einen Auftrag gegeben, verstanden? Also: Nehmen Sie an, ja oder nein?«

Ich grinste ihm ins Gesicht. »Es gibt nichts, was ich lieber täte«, sagte ich. »Ich werde meinem Wohltäter ewig dankbar sein und ihm eine Kerze anzünden, sobald ich zu Hause bin.«

»Ich bin nicht Ihr Wohltäter«, entgegnete er und schnallte sich los. »Ich will bloß meine Ruhe.«

»Richtig, Sie sind ja ein alter, pflegebedürftiger Mann.«

Er griff in die Innentasche seines Mantels und hielt mir einen Umschlag unter die Nase. »Das hier sind 5000 Euro, Herr Koller. 5000. Mein Honorar für Ihr Stillschweigen. Ich vertraue Ihnen.«

Er vertraute mir, wie schön. Ich musterte den Mann. Er hatte ein großes, quadratisches Gesicht, leicht gerötet und von weißen Haaren gekrönt. Eine markante Nase, rechteckige, randlose Brillengläser. Die wässrigen Augen eines Greises. Er benutzte ein würziges Aftershave oder eine Gesichtslotion, und er trug ein blaues, geblümtes Seidentuch. In der Hand hielt er einen Umschlag mit 5000 Euro, für ihn ein Klacks, aber ein satter Betrag für einen arbeitsscheuen Privatflic.

Zugreifen, sagte eine innere Stimme.

Und dann? Stillhalten? Die Hände in den Schoß legen?

Mal sehen. Seit wann zählt ein Versprechen gegenüber so einem Typen, der jede Menge Dreck am Stecken hat?

»Na los, nehmen Sie schon«, sagte der Alte. »Ich werde Sie weiterempfehlen. Diskretion ist ein wichtiges Argument, wenn man einen Privatdetektiv benötigt.«

Diskretion, da war das Wort wieder. Ich nickte und streckte eine Hand aus. Der Umschlag war dick und fühlte sich angenehm an. Sollte ich ihn öffnen? Nachzählen? Auf ein Scheinchen mehr oder weniger kam es dem Mann wohl kaum an.

»Ich vertraue Ihnen«, wiederholte er. »Trotzdem, Herr Koller ... Es tut mir leid.«

Ich wandte den Kopf und blickte in die Mündung einer kleinen Spraydose. Als es zischte und ich die Augen schloss, war es bereits zu spät. Ich schrie auf. Das Zeug brannte wie Feuer, im ersten Moment glaubte ich, es würde mir die Pupillen wegätzen. Anstatt den Alten zu packen oder wenigstens wild um mich zu schlagen, krümmte ich mich und wischte wie ein Wahnsinniger in meinen Augenhöhlen herum. Mein Sicherheitsgurt wurde geöffnet, dann die Beifahrertür, und ich spürte seine Hände an meiner linken Seite. Im nächsten Moment lag ich auf dem Bürgersteig.

Er war wirklich alles andere als altersschwach, der Silberrücken.

4

»Pfefferspray!«, rief Fatty. »Verdammt noch mal! Da hat er dich aber ganz schön gelinkt.«

Ich zuckte die Achseln.

»Pfefferspray? Das haben doch sonst nur Frauen dabei, wenn sie abends joggen gehen. Ein Teufelszeug.«

»Hm«, machte ich.

»Mensch, Mensch, Mensch«, bemerkte Fatty kopfschüttelnd. »Das darf doch nicht wahr sein. Hat der dich zugerichtet! Der hätte dich, ja alles Mögliche hätte der dich, ist dir das klar?« Er war wirklich sehr besorgt.

»Reg dich ab und setz dich. Was willst du trinken?«

»Deine Augen sind immer noch knallrot. Wann war das? Gestern Abend? Ich würde es mal einem Arzt zeigen.«

»Was du trinken willst, Fatty.«

»Danke, nichts.«

»Hab ich nicht.« Ich lotste ihn durch die zwei Zimmer meiner Wohnung auf meinen Balkon. Eine Bonsaiausgabe von Balkon, schattig zudem, aber ich halte mich gerne dort auf. Wenn man einmal sitzt, sitzt man. Ringsumher Steine, keine Blumen, kein Grün, bloß nackte, kahle Backsteinwände und eine hohe Brandmauer. Über dir versperrt der Balkon der Nachbarn den Blick zum Himmel und nur im Hochsommer schafft es die Sonne, für ein paar Stündchen in den sorgfältig gefegten Hof zu lugen. Es sind seltene Augenblicke, in denen die Natur Mitleid mit den Mauerblümchen der Gesellschaft hat. Jetzt noch nicht, denn wir schrieben Ende April. Wenigstens war es warm genug, um sich am frühen Abend ein Stündchen draußen aufzuhalten.

Fatty stellte seinen Rucksack ab und zwängte sich an dem kleinen Esstisch vorbei auf seinen Platz.

»Komisch finde ich allerdings«, sagte er, »dass man von Pfefferspray auch blaue Augen bekommt. Genauer gesagt ein blaues Auge.«

»Ja, sehr komisch.«

»Wie kommts?«

»Erzähle ich dir. Schön der Reihe nach. Willst du wirklich nichts trinken?«

»Nein, danke. Erst mal nichts.«

Ich machte mir ein Bier auf, setzte mich und berichtete. Vom Anruf des Unbekannten bis zu seinem Verschwinden. Von dem Toten auf dem Grab, von unserer Fahrt durch die Nacht und meiner unsanften Bekanntschaft mit dem Neuenheimer Asphalt. Fatty klappte den Mund auf und zu und machte große Augen. Nachdem der Alte fortgebraust war, lag ich noch einige Minuten zusammengekrümmt auf dem Bürgersteig, bis mir ein besorgter Passant in Anzug und Krawatte aufhalf. Er kam gerade von einem Empfang, war verdammt lustig drauf und wollte mich unbedingt ins Krankenhaus bringen. Ich verzichtete; der Typ schwankte mehr als ich. Tränenblind und Verwünschungen gegen den Alten ausstoßend schleppte ich mich nach Hause.

»Konntest du den Weg überhaupt sehen?«, fragte Fatty.

»Nö. Bloß tasten. Und riechen.«

»Riechen?«

»Vor allem war ich nicht in der Lage, das Kennzeichen des BMW zu lesen. Und genau darum ging es dem Alten.«

»Verstehe.« Fatty nickte beeindruckt. »So sind sie, die Bonzen. Ledersitze, sagst du?«

»Ledersitze.«

»So sind sie, die Bonzen«, wiederholte er. »Verdammte Spießer, die sich die Finger nicht schmutzig machen wollen.

100 Prozent Arroganz im Blutkreislauf. Pfui Spinne.« Er lehnte sich zurück und seufzte tief. Über ihm rieselte etwas Sand von der Backsteinmauer.

Ich nahm einen Schluck Bier und schwieg. Friedhelm Sawatzki, genannt Fatty, zog eine sorgenvolle Miene, aber er war nicht besorgt, im Gegenteil. Er war hochzufrieden. All seine Vorurteile – bezüglich der Bonzen, ihrer Autos, ihres Auftretens – hatten sich wieder einmal bestätigt, und das machte ihn froh. Ein Beweis für die Korrektheit seines Weltbildes, das von der ewigen Feindschaft zwischen Ausbeutern und Arbeitern, Spießern und Entrechteten, Kapitalisten und Antikapitalisten lebt. Er selbst ist Erzieher in einem Heidelberger Kindergarten, und so erübrigt sich die Frage, auf welcher Seite der Gesellschaft er steht. Ja, Fatty hat vor vielen Jahren, während seiner pubertären Sturm-und-Drang-Zeit, einen revolutionären Schub bekommen, hat den Klappentext des *Kapital* studiert und nicht verstanden. Seitdem ist die Sache für ihn klar, und immer, wenn er von Begebenheiten wie der Geschichte mit dem Unbekannten erfährt, wirft er seine Floskeln unters Volk: »Siehst du, da haben wir es wieder … So sind sie, die Bonzen dieser Welt. Habe ich es dir nicht gleich gesagt, Max?« Natürlich hat er. Oft genug.

In den meisten Fällen decken sich Fattys Ansichten mit meinen. Im Gegensatz zu ihm verzuckere ich allerdings nicht jedes Ärgernis mit pseudomarxistischen Thesen, um es zu verarbeiten. Und schon gar nicht bin ich der Meinung, dass man an den Verhältnissen etwas ändern könnte, wie Fatty steif und fest behauptet. Er selbst ändert am allerwenigsten. Ich sage den Leuten zumindest bei Gelegenheit, was mir an ihnen nicht passt, Fatty hingegen entrollt die vergilbte Fahne der proletarischen Revolution, ruft von meinem Hinterhofbalkon zum aktiven Widerstand auf und steht am nächsten Morgen um halb acht wieder brav vor seinen Vierjährigen, der dickste und freundlichste Erzieher, den es in ganz Heidelberg gibt.

»Und du hast keine Ahnung, wer der Alte sein könnte?«, fragte er. »Keinen blassen Schimmer?«

»Nein.«

»Aber wiedererkennen würdest du ihn?«

»Das schon.«

»Dann musst du ihn suchen! Heidelberg ist doch ein Kaff. Oder hast du Schiss?«

»Schiss?« Ich winkte ab. »Sagen wir mal so: Ein Mann von 70 Jahren oder mehr, der es ohne sein Pfefferspray bestimmt nicht mit mir aufgenommen hätte ...« – aus dem Mund eines, der gerade mal 67 Kilo auf die Waage bekommt, klang das allerdings etwas großmäulig –, »... dieser alte Knacker, so arrogant und überheblich er aufgetreten ist, hat es trotzdem geschafft, mir auf gewisse Weise Respekt einzuflößen.«

»Wie, Respekt?«

»Der Typ war hellwach, die gesamte Zeit über. Immer auf der Höhe des Geschehens. Den konntest du nicht mal so eben austricksen. Der überließ nichts dem Zufall, hat sein Vorgehen genau kalkuliert. Dass er mir eine Ladung Spray verpassen würde, wusste er, bevor ich in seinen BMW einstieg.«

»Ach, so meinst du das.«

»Unterschätzen sollte man ihn jedenfalls nicht.«

Fatty nickte. »Waren tatsächlich 5000 Euro in dem Umschlag?«

»5000.«

»Kleingeld für einen Bonzen, aber dafür, dass du keinen Finger gerührt hast, ein ordentlicher Stundenlohn.«

»Richtig.«

»Der Mann muss doch zu finden sein!« Fatty schüttelte den Kopf. »Wenn ich mir vorstelle, was dir hätte passieren können! Warum hast du mir nicht wenigstens gesagt, was du vorhast?«

»Ich bringe mal das Essen.«

Fatty seufzte. Ich stand auf und holte die gefüllten Auberginen aus dem Backofen. Kochen gehört zu den wenigen Dingen, die mir wirklich wichtig sind, und für gutes Essen verzichte ich auf einige andere Annehmlichkeiten. Daran hat sich auch durch meine Trennung von Christine nichts geändert. Zu einer befriedigenden Mahlzeit gehört meiner Meinung nach nämlich keine zweite Person, mir schmeckt es auch alleine gut.

Trotzdem deckte ich zwei Teller.

»Danke, für mich nichts«, wehrte Fatty ab. »Hab schon … hab schon gegessen.« Ich hätte ihm die Worte diktieren können.

»Was denn? Ein Löffelchen Cornflakes, heute Morgen?«

Er wiederholte stumm seine abwehrende Geste.

»Na, also.« Ich stellte die Auberginen auf den Tisch.

»Ach, gibt es wieder diese … diese Dinger da?«

»Auberginen«, half ich. »Eierfrüchte. Es gibt nichts Gesünderes. Bitte schön …«

»Nein, danke, wirklich nicht. Max, du weißt doch …«

Natürlich wusste ich. Wusste, dass er am Abnehmen war, seit 10 Jahren ungefähr. Bloß, es interessierte mich nicht.

»Sei brav, Fatty und gib den Teller her. Auberginen haben null Kalorien.«

»Und das fiese Zeug da, das Fett drumherum und all das?«

»Olivenöl. Ohne Olivenöl wären sie nicht so gesund.«

»Meinetwegen. Aber bitte kein Fleisch.«

»Seit wann macht Fleisch dick? Bestes mageres Lammfleisch? Der reinste Muskelspender!«

Seufzend beobachtete Fatty, wie eine gefüllte Auberginenhälfte auf seinen Teller wanderte und mit Soße übergossen wurde. Ein Stück Weißbrot, Öl zum Nachgießen, Salz, Pfeffer, alles da. Ich füllte meinen Teller, stellte die Kasserolle wieder in den Backofen, und als ich aus der Küche zurückkehrte, stand eine Flasche mit braunem Inhalt vor Fatty auf dem Tisch.

»Was ist denn das?« Ich zeigte auf die Flasche.

»Cola light. Bevor du auf den Gedanken kommst, mir Wein einzuschenken.«

»Ich glaube, ich spinne!«

»Wieso? Das Zeug hat viel weniger Kalorien als richtige Cola.«

»Du kannst dieses Gift verklappen, wo und wann du willst, aber nicht auf meinem Balkon. Nicht, wenn ich gekocht habe, Fatty. Außerdem, du als Antikapitalist …«

»Verdammt, sie hatten nur noch Cola in dem Laden.«

»Und die Saccharine? Die Süßstoffe, die da drin sind? Was würden die Zuckerrohrbauer der Dritten Welt dazu sagen, wenn sie wüssten …«

»Max«, rief Fatty und hob die Arme, »lass mich einfach hier sitzen und trinken, was ich möchte. Ich bin ja bereit, deine … deine gefüllten Eierbomben da zu essen, aber halts Maul und gönne mir meine Cola.«

»Marx würde sich im Grab umdrehen«, stellte ich fest und verschränkte die Arme vor der Brust.

»Marx wurde auch nicht von Engels derart gemästet«, entgegnete Fatty finster.

»Wenn du die Fortsetzung meiner Geschichte hören willst, dann weg mit dem braunen Gift.«

»Will ich gar nicht«, sagte er und zog einen Flunsch.

»Kann ich verstehen. Sehr spannend ist sie nicht gerade. Ein blaues Auge, Gott ja … Chaos in der Altstadt … Max Koller wird gejagt … die geheimnisvolle Leiche auf dem Grab … würde mich auch nicht interessieren.«

Fatty schaute beleidigt. »Dummes Geschwätz. Das sagst du nur, um mich rumzukriegen.«

»Steck die Flasche weg. Aubergine ohne Rotwein geht nicht.« Er schwieg trotzig.

»Na, komm. Abnehmen kannst du morgen noch.«

»Ach, hols der Teufel«, seufzte er. »Ein letztes Mal. Aber du bist schuld, wenn wir beide mit diesem Balkonwrack in die Tiefe stürzen.«

Ich grinste und schenkte ihm ein. Seit Deutschland nur noch aus Fitnessstudios und Wellnesstempeln besteht, haben es Leute wie Fatty schwer. Er ist umzingelt von laufenden, steppenden, hüpfenden, walkenden Mitbürgern, die Lifestylezeitschriften lesen, Kuren und Diäten machen oder sich die Fettpolster absaugen lassen. In den Talkshows reden sie darüber, in der Werbung zeigen sie ihm, wie er auszusehen hat. Seine Kolleginnen im Kindergarten bejubeln jedes Gramm, das sie abgenommen haben. Ringsum Erfolgsmeldungen. Friedhelm Sawatzki dagegen schwabbelt vor sich hin wie eh und je.

Dabei war das nicht immer so. Der Junge ist deutlich älter als sein Spitzname. Wir kennen uns seit Schulzeiten, besuchten dasselbe Gymnasium, machten uns in derselben Tanzstunde lächerlich. Von fett konnte bei ihm damals noch keine Rede sein. Er war spindeldürr und ich ein mopsiger Teenager mit Pickeln. Im Sommer radelten wir zusammen mit Schulfreunden durch Frankreich, den Tour-de-France-Etappen nach, und er immer vorneweg. Essen konnte er wie ein Scheunendrescher, aber das konnten wir alle. Mit 17 nahmen wir die Pyrenäen in Angriff, peitschten uns gegenseitig die Hänge hoch, die Etappen wurden länger und länger. Dann leisteten wir uns, ausgehungert und dehydriert, an einem heißen Sonntagmittag ein gigantisches Festmahl, eine Wurstplatte vorweg, Fleischberge hinterher und Käsequader zum Abschluss. Alle lagen wir in den Büschen, krümmten und übergaben uns. Nur einer nicht: Friedhelm Sawatzki. Er schwang sich aufs Rad, nahm den Tourmalet in Angriff, ließ sich auf dem Gipfel von Touristen knipsen und kippte plötzlich aus dem Bild. Kreislaufkollaps. Am nächsten Tag besuchten wir ihn im Krankenhaus. Er konnte nicht einmal Piep sagen. Dafür sagte der Arzt ihm einiges und es klang verdammt ernst. Seitdem hat er sich nie wieder überfressen. Und ging auf wie ein Hefeteig. Ein Ernährungswissenschaftler versuchte, es uns zu erklären: Durch den

Zusammenbruch war in Friedhelms Stoffwechsel irgend etwas umgekippt, zerstört, und nun legte der Körper Fettpolster an für kommende harte Tage. Verstanden hat das keiner von uns. Aber wir erfanden bald einen Namen für seine Krankheit: das Tourmalet-Syndrom. Und ihn nannten wir Fatty.

Längst erweist er diesem Namen alle Ehre. 115 fröhliche Kilos auf knapp 1,80 m verteilt – das ist eine Kampfansage an den Schlankheitswahn unserer Tage. Sport treibt Fatty keinen, wie er sich überhaupt ungern bewegt, nur auf Diäten verlegt er sich alle sechs Monate, wenn es ihn überkommt. Sein Abendbrot besteht dann aus einem traurigen Stillleben: Knäckebrot, ein Scheibchen junger Gouda, Gurke, Stilles Wasser. Und dahinter, ein dickes Häuflein Elend, mein Freund Fatty. Erfolge zeitigen diese Fastenkuren natürlich nicht.

»Prost«, sagte ich und stieß mit ihm an.

»Schlecht ist er nicht, dein Wein. Bloß … Wein. Alkohol.« Auch das Essen schien ihm zu schmecken, denn er verlor kein schlechtes Wort mehr über die gefüllten Dinger mit dem fiesen Fettzeug drumherum. »Okay, zurück zu deiner Geschichte. Wie war das? Der Alte über alle Berge, du halbblind und auf dem Bergfriedhof ein toter Mann … Was hast du gemacht?«

»Was werde ich gemacht haben mit Augen voll Pfefferspray? Mich ins Bett gelegt und geheult wie ein Schlosshund.«

»Warst du nicht in der Lage, zurück zum Friedhof zu fahren und die Leiche zu untersuchen?«

»In dem Zustand? Nein, kein Gedanke. Aber auch sonst wäre es eine Überwindung gewesen, mitten in der Nacht den ganzen Weg bergauf noch einmal in Angriff zu nehmen. Als ich zu Hause ankam, habe ich den Wecker auf sechs Uhr gestellt …«

»Und zwar sobald du wieder sehen konntest«, merkte Fatty unschuldig an.

»Korrekt. Sobald ich meine rasenden Schmerzen mit Morphium bekämpft hatte und die Welt wieder in Umrissen wahrnahm, stellte ich den Wecker, um heute möglichst früh auf dem Friedhof zu sein.«

»Sechs Uhr«, nickte Fatty. »Wusste gar nicht, dass dein Wecker so eine Zeit im Programm hat.«

»Der Wecker schon.«

»Du auch?«

»Frag nicht. Noch ein Auberginchen, der Herr?«

»Wenn es weg muss.«

»Muss.«

»Wann warst du vor Ort? Sieben? Halb acht?«

»Um Viertel nach acht.«

»So spät? Kurz vor Mittag?«

»Wie mans nimmt«, sagte ich düster. »Mir persönlich war nicht klar, wie viele wache Menschen sich um diese Uhrzeit in den Straßen herumtreiben.«

»Erzieher zum Beispiel. Wenn auch nicht am Samstag. Aber Viertel nach acht kann nur eines bedeuten: dass die Polizei längst alarmiert war und sie den Friedhof großräumig abgesperrt hatte.«

»Die Polizei? Nein.«

»Oder die Friedhofsverwaltung, was weiß ich.«

Ich schüttelte den Kopf.

»War die Leiche denn noch nicht entdeckt? Das glaube ich nicht.«

»Welche Leiche?«

»Wie, welche Leiche? Dein Toter auf dem Grab!«

»Das Grab war da.«

»Natürlich war es da!«

»Aber die Leiche nicht.«

»Was? Sie war weg?«

»Ja. Weg. Fort. Perdu. Keine Leiche mehr. Ich habe genauso blöd geschaut wie du jetzt.«

5

Die Tendenz zum Zweitrad wird immer stärker, sagt man. Ich besitze vier Räder, dafür kein Auto. In Heidelberg selbst kommt man ganz gut ohne aus, und für berufliche Fahrten ins Umland steht mir Fattys Mini immer zur Verfügung. Fatty selbst würde das eventuell etwas anders formulieren. Vier Fahrräder also, auch wenn sie abwechselnd kaputt sind: ein altes, unansehnliches Rennrad; ein grellrotes Mitbringsel vom Sperrmüll mit einer Teufelsgesichthupe; für schnelle Besorgungen ein Damenrad mit Korb; und ein schönes stabiles Tourenrad, das ich in der Stadt nie verwende. Momentan war das Damenrad platt, die Rennmaschine stand am Bergfriedhof, sodass für die morgendliche Fahrt dorthin nur Nummer zwei, die rote Mähre, infrage kam. Ich saß auf und fuhr los.

Geschlafen hatte ich gut. Erstaunlich gut sogar. Keine Alpträume, keine längeren Wachphasen. Bloß die Augen hatten geschmerzt, als ich um halb eins ins Bett gefallen war, und sie schmerzten beim Aufwachen immer noch. Dieses verdammte Pfefferspray! Die Lider waren geschwollen, die Wimpern verklebt, alles juckte. Ich legte mir zwei kalte Waschlappen auf die Augen, seufzte auf – und nickte noch einmal ein. Max Koller ist wirklich alles andere als dämmerungsaktiv.

Gegen sieben schreckte ich hoch. Helles Frühlingslicht fiel durch die offenen Vorhänge. Vertan die Chance, als Erster den Bergfriedhof zu betreten. Die Frühaufsteher unter den Senioren zupften bestimmt schon das Unkraut von den Gräbern, die Friedhofswärter würden ihre Runde drehen. Die Polizei war längst alarmiert, wenn auch nicht durch den Silberrücken.

Der hatte sich nach einem stillen Gebet und einem maßvollen Schluck Asbach Uralt zur Ruhe gelegt, um schmunzelnd seiner Pfeffersprayattacke und des übertölpelten Privatdetektivs zu gedenken. Am nächsten Morgen würde er gemütlich frühstücken und während des Studiums der Börsenkurse auf eine ganz bestimmte Radiomeldung warten: Gegen sechs Uhr 30 fanden Wärter des Heidelberger Bergfriedhofs eine bislang unidentifizierte männliche Leiche …

Ich ging ins Bad und wusch mir ausgiebig das Gesicht. Meine geröteten, geschwollenen Augen ließen sich nur halb öffnen: schmale Sehschlitze, durch die ich mich prüfend betrachtete. Ich war angeschlagen, übernächtigt und schlechter Laune. Am liebsten hätte ich mich wieder ins Bett gelegt, die Decke über den Kopf gezogen und von gefüllten Auberginen geträumt. Aber da war noch was.

Da war ein Mann mit weißen Haaren und Brille, ein Mann ohne Namen, der mich verachtete, weil ich nicht sein gesellschaftliches Niveau besaß. Der die Menschheit in Macher und Marionetten einteilte und mich, die Ermittlermarionette, einen ganzen Abend lang nach Gutdünken hatte herumtanzen lassen. Nur heute Morgen sollte ich nicht tanzen, da sollte ich brav im Bett liegen bleiben. Das war die Rolle, die er sich für mich ausgedacht hatte, und ich ertappte mich dabei, wie ich nach unten schielte, um die Fäden zu entdecken, an denen meine Marionettenglieder hingen.

So nicht, alter Mann. So nicht. Ich schüttelte mich, zog mir einen Pullover über und verließ meine Wohnung.

Um Viertel nach acht stellte ich die rote Mühle zu meinem Rennrad neben den Seiteneingang. Unten bollerten die Autos über das Kopfsteinpflaster der Rohrbacher Straße. Ich schwitzte, aber die frische Luft hatte meinen Augen gut getan.

Eine Weile stand ich nur da und lauschte. Es gab nichts Besonderes zu hören. Auch nicht zu sehen. Nur das Übliche:

Fußgänger auf dem Weg in die Stadt, Kinder, die hinter offenen Fenstern spielten, ein Bus, der sich langsam an der Baustelle vorbeiquälte. In den Baumkronen des Bergfriedhofs sangen Vögel, irgendwo hustete jemand laut. Alles wie immer, alles normal, und das fand ich überhaupt nicht normal.

Wo war die Menschenansammlung, wo waren die Absperrungen, der Notarztwagen, der Leichenbestatter? Selbst wenn der Mann auf dem Grab keine medizinische Hilfe mehr benötigte und selbst wenn er auf die diskreten Dienste der Pietät Soundso verzichten konnte – schließlich lag er im Prinzip schon dort, wo er hingehörte –, selbst dann vermisste ich jemanden.

Wo blieb die Polizei?

Es klickte leicht, als ich den Ständer meines Fahrrads mit dem Fuß umlegte. Ich schloss es ab und steckte den Schlüssel ein. Die ganze Sache kam mir komisch vor. Die Seitentür des Friedhofs stand offen. Ich betrat das Gelände, sah mich um und ging langsam denselben Weg wie gestern Abend um 11. Eine ältere Frau kam mir entgegen, klein und energisch, bestimmt schon seit Stunden wach. Sie nickte mir kurz zu. Nach einigen Metern blieb ich stehen und schaute hinunter ins Parterre des Bergfriedhofs. Morgendliche geschäftige Betriebsamkeit. Verwelkte Blumen wurden auf den Kompost geworfen, neue eingepflanzt, Frauen – kein einziger Mann war zu sehen – harkten, schnitten und putzten, gossen und begutachteten. Ganz in der Nähe spielten drei Kinder zwischen den Gräbern Verstecken, ihre junge Mutter hielt sie nur mühsam im Zaum. Die Sonne lachte vom Himmel. War das derselbe Ort, an dem ich keine 10 Stunden zuvor einen Toten gefunden hatte?

Ich bog um eine Ecke und sah die Grabplatten von gestern vor mir. Die Gräber – aber keinen Toten. Da war der schmale Weg, da waren die Büsche, die Wurzeln, die Steinplatten, die Namen darauf und sonst nichts. Kein Aufruhr, keine Absperrbänder, kein Polizist und vor allem: keine Leiche. Tabula rasa.

Ich stand unter den mächtigen, leise rauschenden Kastanienbäumen und kratzte mich im Nacken. Natürlich, wo es keine Leiche gab, brauchte man auch keine Behörden. Aber wer hatte den Mann weggebracht? Und wohin, warum, wann?

Oder war ich vielleicht, nein, Unsinn. Irrtum ausgeschlossen: Ich war punktgenau an der richtigen Stelle gelandet, hatte exakt den Weg von gestern Abend eingeschlagen. Die Gräber waren nicht zu verfehlen, es waren schließlich die einzigen weit und breit, die man schmucklos, fast unansehnlich gelassen hatte. Rechteckige Grabplatten aus den Kriegsjahren, roh behauen, darüber ein paar schäbige Holzkreuze. Die üblichen mitteleuropäischen Abschiedsworte: Hier ruht in Frieden …, Der Herr spricht …, auf manchen lediglich der Name, die Daten. Spatzen saßen auf einem Kreuz. Ein warmer Frühlingstag, sonnig.

Eins der drei spielenden Kinder rannte vorbei und stolperte über die eigenen Füße. Wie ein junger Hund, der noch keine Kontrolle über seine tapsigen Gliedmaßen hat. Es rappelte sich auf, lachte über das ganze dreckige Gesicht und rannte zu seiner Mutter zurück. Diesmal unfallfrei. Ich sah ihm nach und rieb mir das Kinn. Verdammt noch mal, wo war der Kerl?

Wo steckte er? Im Grab vielleicht? Auf welchem hatte er überhaupt gelegen?

Dann ein Déjà-vu-Erlebnis: das leichte Zittern der Erde, ein rumpelndes Geräusch von unten, aus der Ebene. In der Rohrbacher Straße fuhr die Straßenbahn aus Leimen Richtung Stadt.

Ich schaute mich um; niemand beachtete mich. Eine Hand am Kinn, wiederholte ich langsam die Schritte, die ich tags zuvor gemacht hatte. Ging noch einmal zurück zum Seiteneingang, kehrte um, versuchte mich an Details der Umgebung zu erinnern. Wie lange hatte ich gebraucht, wo hatte ich gestanden, wo genau war ich gestolpert? Am Ende gelangte ich zu einer der mittleren Grabstellen. Jakob Burkhardt stand auf dem altersdunklen Kreuz. Er war 17 Jahre alt gewesen, als er starb. Sie hatten ihm die gleiche nackte Steinplatte gegeben wie den anderen auch, er hatte ihr Schicksal geteilt. Rechts neben ihm lagen Männer mit polnisch klingenden Namen, links eine Frau, Margarete Neubusch, und alle waren sie im letzten Kriegsjahr umgekommen. Nur auf dem Grab der Frau standen frische Blumen.

Burkhardt … ich glaube, ich hatte mal einen Schulkameraden, einen Alkoholiker, der so hieß.

Und meine Leiche?

Ich setzte mich auf Jakobs Grab, riss ein paar Grashalme aus und überlegte. Theoretisch gab es mehrere Möglichkeiten, die Abwesenheit der Leiche zu erklären. Theoretisch. Zum Beispiel die: Der Tote war gar nicht tot, sondern scheintot und, nachdem er mich ordentlich erschreckt hatte, quietschfidel aufgesprungen und in die nächste Kneipe geeilt. Prima Vorschlag.

Möglichkeit zwei: Der Silberrücken war zurückgekommen, hatte die Leiche in den Kofferraum gepackt und irgendwo entsorgt. Schon besser. Möglichkeit drei: Ein ganz anderer war aufgetaucht, der den Toten kannte oder auch nicht, und hatte aufgeräumt. Aber wer sollte das gewesen sein? Und schließlich viertens: Die Polizei hatte noch in der Nacht einen anonymen Anruf erhalten, den Toten identifiziert und den ganzen Fall aufgeklärt. Das war nicht nur unwahrscheinlich, sondern ausgeschlossen. Man weiß, wie deutsche Behörden arbeiten.

Nein, eines war sicher: Sobald die ersten Wärter oder Besucher des Friedhofs hier ihre Runden drehten, hatte die Leiche nicht mehr an ihrem Platz gelegen. Sie war weggebracht worden, von meinem Freund, dem Pfeffersprayer, oder von einem anderen.

Ich stand auf und ging zurück zum Seiteneingang. Ein Weg von mindestens 100 Metern. Sollte der Silberrücken dazu imstande sein? Ein 70-Jähriger sollte einen ausgewachsenen

Mann geschultert, zum Auto geschleppt und in den Kofferraum verladen haben? Sicher, er konnte den Wagen direkt vor
dem Seiteneingang geparkt haben, um Anstrengung und Risiko
zu minimieren. Trotzdem: eine beachtliche Leistung.

Zurück am Grab begann ich, die nähere Umgebung nach
Spuren abzusuchen. Das war eigentlich die einfachste Sache der
Welt. Nur, dass ich nicht wusste, wonach ich suchte. Die Wege
zwischen den Gräberreihen bestanden aus festgetretenem Kies
und Sand; abgesehen von der einen, mir wohlbekannten Baum-
wurzel waren sie eben und wiesen keine Schleif- oder Tritt-
spuren auf. Ich spähte über sie hinweg. Ich ging in die Hocke.
Ich ließ mich auf die Knie nieder. Erstaunlich, wie vielfarbig
Kies ist, wenn man ihn aus der Nähe betrachtet. Nach einigen Minuten wandte ich mich dem Gras zu, das zwischen den
Gräbern wuchs. Und dort wurde ich zum ersten Mal fündig:
ein Knopf, klein und braun, mit vier Löchern. Ein Allerwelts-
knopf, überhaupt nichts wert. Der konnte von jedem Fried-
hofsbesucher jeglichen Geschlechts stammen. Aber besser als
nichts. Ich steckte ihn ein.

Und so ging es weiter: Je weiter ich meine Nachforschungen ausdehnte, desto mehr fand ich. Nichts davon wies in eine
eindeutige Richtung. Zu dem Knopf gesellte sich der morsche
Holzgriff eines kleinen Küchenmessers; dann kamen Papier-
taschentücher hinzu, ein Einmachgummi, ein Bonbon, eine
Zigarettenschachtel, ein Fetzen Papier mit unleserlicher Auf-
schrift, eine kaputte Trillerpfeife, ein weiterer Knopf und ein
Gießkannenaufsatz. Und ein nagelneuer Euro, immerhin.

Das also war das Ergebnis meiner Nachforschungen: ein
Geldstück und wertloses Strandgut der Zivilisation. Machte
hier niemand sauber? Das Papier versuchte ich zu entziffern,
aber die Schrift war vom Tau so verwaschen, dass man nur
mit Fantasie den Namen Kurt oder Karl und eine sechsstel-
lige Zahl, vielleicht eine Telefonnummer, hineinlesen konnte.

Murrend und meinen Beruf verfluchend, suchte ich auf allen vieren weiter, bis ich zwei Schuhe fand.

Zwei braune Schuhe. Schuhe, in denen noch die Füße der Besitzerin steckten.

»Nun sagen Sie mal«, schallte es aus der Höhe herab. »Was machen Sie denn da unten?«

Ich richtete mich auf. Vor mir stand die Frau, der ich am Friedhofseingang begegnet war. Eine mindestens 80-jährige Großmutter, Urgroßmutter, mit schluchtentiefen Falten im Gesicht, die Gießkanne in der einen, die Harke in der anderen Hand. Sie war keine eins 60 hoch, aber ihre hellen Augen blitzten wach und misstrauisch.

»Na, was ist, junger Mann? Suchen Sie was?«

Die hatte mir gerade noch gefehlt. Ich stand auf und klopfte mir den Sand von den Knien.

»Sozusagen, ja«, brummte ich.

»Wissen Sie, wie das aussah? Als würden Sie den Boden abschnuppern.«

»Wenn Sie das sagen …«

»Und wozu, wenn ich fragen darf?«

Natürlich durfte sie. Ihre Stimme erinnerte mich an meine Großmutter. Ein Pfälzer Knochen mit eisernen Prinzipien und viel Humor, auch wenn das widersprüchlich klingt. Von ihr bekam ich mehr Ohrfeigen als von der gesamten Restverwandtschaft, dennoch habe ich sie in bester Erinnerung. Sie brachte mir bei, dass Erwachsene auch nur Menschen sind, fragwürdig wie alles andere, und dass ich meinen eigenen Vorstellungen folgen sollte, nicht den verquasten Plänen meiner Eltern. Wenn die gute Frau wüsste, was aus mir geworden ist … Im Übrigen war meine Großmutter die Einzige ihrer Generation, mit der man über das reden konnte, was vor 1945 geschehen war. Die Einzige, die das Wort Schuld in den Mund nahm.

Die alte Frau auf dem Bergfriedhof war ganz anders als meine Großmutter. Aber ich glaubte zu bemerken, dass ihre scheppernden Worte von einem fröhlichen Zwinkern im Augenwinkel begleitet wurden. Einem versteckten Zwinkern freilich.

»Das ist ein Test«, sagte ich. »Man schnuppert hier herum, weil ... wir nennen es Schnuppertest.«

Sie kniff die Augen zusammen und schwieg.

»Das ist natürlich nicht der offizielle Name. Schnuppertest. Da geht es um so eine Art Voruntersuchung. Wir vom Landesamt für Naturschutz ...«

»Naturschutz?«, blaffte sie mich an. »Auf dem Friedhof?«

»Gerade da. All die Leichen, ich meine die Bestatteten, mit ihren Prothesen und Goldzähnen und den vielen Tabletten. Haben Sie sich mal überlegt, wo das Zeug hinsickert, wo das verbleibt? Ich weiß, das klingt jetzt nicht schön, aber technisch gesprochen ist es Giftmüll, was da aus den Särgen rausgeschwemmt wird. Schwermetalle, chemische Cocktails. Sicher, hier liegen Ihre Angehörigen, für Sie ist das etwas Besonderes. Eine Kultstätte. Aber aus Behördensicht ist der Bergfriedhof eine Halde voller Gefahrgut. Eine Zeitbombe. Und wenn die hochgeht, mein lieber Scholli.«

»Schnuppertest, nie gehört«, sagte sie. »Und was haben Sie mit Ihren Augen angestellt?«

»Das sind die Probleme, mit denen wir tagtäglich zu kämpfen haben. Der Widerstand der Bevölkerung. Handgreiflicher Widerstand. Dabei geht es nur um einen Schnuppertest.«

Sie schwieg. Das ermunternde Zwinkern in ihren Augenwinkeln war verschwunden. In der Hand hielt sie die Harke wie eine Waffe.

»Okay, ich habe etwas gesucht«, sagte ich. »Habs gestern Abend hier verloren, und jetzt ist es weg.«

»Soso«, machte sie.

Ich zuckte die Achseln und grinste schwach. Und als sie immer noch schwieg, sagte ich: »Tut mir leid. Ich quatsche halt gerne.«

»Schon gut«, meinte sie. »Viel Erfolg bei der Suche.«

Dann ging sie. Ich sah ihr nach, bis sie hinter einer Biegung des Weges verschwunden war. Sie schlurfte, hielt sich aber bemerkenswert aufrecht. Ein wenig ähnelte sie wirklich meiner Großmutter.

Die Lust auf weitere Schnuppertests war mir vergangen. Ich packte meine Fundstücke ein und verließ den Friedhof. Stieg auf mein rotes Fahrrad, ergriff die Lenkstange des anderen und fuhr davon. Den Kopf voller Gedanken, die Taschen voller Müll.

6

»Das kann doch nicht sein, Max!«, rief Fatty und ruderte mit seinen kurzen Armen. »Eine Leiche verschwindet nicht einfach so.«

»Sie war aber nicht mehr da.«

»Dann hat sie einer weggebracht. Dein Pfeffersprayer, wer sonst? Und den muss einer gesehen haben.«

»Wer denn?«

»Überleg doch mal, dieses Risiko. Da läuft einer mit einem Toten huckepack über den Friedhof und fährt ihn dann durch halb Heidelberg. Dafür muss es doch Zeugen geben!«

»Mitten in der Nacht? Nein, muss es nicht. Angenommen, der Alte hat einen guten Grund, den Mord zu vertuschen. Zum Beispiel weil er persönlich darin verwickelt ist, auf welche Weise auch immer. Dann muss er die Leiche beseitigen. Und so groß ist sein Risiko nicht. Dieser obere Teil des Friedhofs liegt ziemlich einsam, ein paar Meter nur, dann ist er am Ausgang, und wenn er seinen Wagen geschickt geparkt hat, sieht ihn kein Mensch.«

»Und der Einzige, der von dem Toten weiß, liegt kampfunfähig im warmen Bett. Du bist mir ein schöner Ermittler.«

Ich sah Fatty zu, wie er mit vorwurfsvoller Miene ein Stück Weißbrot in die Olivenöltunke stippte.

»Die Schmerzen«, sagte ich, »die Schmerzen waren einfach unerträglich. Schlimm war das. Schlimm.«

Er hielt inne und betrachtete mich eingehend von oben bis unten, bevor er das öltriefende Stück Brot in den Mund steckte.

»Schlimm«, wiederholte ich und schaute gequält zur Seite.

»Schmerzen machen stark«, bemerkte er kauend. Dann leckte er sich gedankenverloren die Finger ab. Er sah aus, als habe er gegen einen zweiten Teller Lamm und Aubergine nichts einzuwenden.

Lautes Klirren ließ uns hinunter in den Hof schauen. Eine Bewohnerin des Hinterhauses stieg gerade von ihrem Rad, im Lenkerkorb purzelten Bierflaschen in einer Plastiktüte durcheinander. Die Frau war dürr und hässlich und Zahnarzthelferin. Zumindest hatte sie Letzteres mir gegenüber einmal behauptet. Jeder im Block kennt sie, weil sie sich regelmäßig mit ihrem Freund streitet, der großformatige Aktbilder malt und möglicherweise sogar verkauft. Sie streiten lange und laut. Man hört es im Hinterhaus, im Vorderhaus, in den Nachbarhäusern. Einmal kam sogar der Besitzer der Apotheke vis-à-vis, klingelte und fragte, ob er helfen könne. Er hatte Pflaster und Mullbinden mitgebracht. Weswegen die beiden streiten, weiß ich nicht. Jedenfalls nicht wegen der Aktbilder. Der Mann malt immer nur aus dem Gedächtnis; Modelle kann er sich nicht leisten.

Die dürre Frau stellte ihr Rad ab und nahm die Plastiktüte mit den Bierflaschen aus dem Korb. Sie schlurfte zum Hintergebäude und kramte nach ihrem Hausschlüssel, ohne ihn zu finden. Kurz überlegte sie, dann stellte sie die Tüte auf den Boden und öffnete eine Flasche. Mit den Zähnen. Trinkend blickte sie sich schuldbewusst um; nach oben wanderte ihr Blick allerdings nicht.

Wir schauten uns schweigend an. Mit den Zähnen, Respekt. Und das von einer Zahnarzthelferin. Vielleicht kam sie billig an Prothesen.

»Der Tote«, begann Fatty, als die Frau im rückwärtigen Gebäude verschwunden war. »Hast du eine Idee, wer er sein könnte?«

»Schwer zu sagen.«

»Kein Anhaltspunkt? Nichts Besonderes an ihm? Beschreibe ihn mal.«

Achselzuckend stellte ich mein Glas auf den Tisch. »Ich habe ihn ja nur kurz gesehen. Er war im Pensionsalter, über 70 wahrscheinlich, mittelgroß, hageres, fast knochiges Gesicht, markante Nase und die Augen… starr und weit geöffnet halt. Braune Augen. Ein abgetragener Anzug. Dunkle Hosen, dunkle Schuhe, alles recht unansehnlich. Das Einprägsamste waren seine Augen.«

»Jean-Louis Trintignant.«

»Da gab es doch mal diesen jüdischen Nobelpreisträger aus New York, der so heißt wie ein Tier, na …?«

»Katzehundtiger?«, half Fatty freundlich.

»Nee, was Netteres. Egal. Ich komm schon noch drauf. Übrigens roch er nach Mottenpulver.«

»Nach Mottenpulver?«

»Ja, nach Mottenpulver. Kann ich auch nichts dafür. So wie es bei dir riecht, wenn du deinen Kleiderschrank öffnest.«

»Ich hab noch nie Mottenpulver benutzt. Weiß gar nicht, wie das riecht.«

»So wie der halt. Vielleicht war es auch etwas anderes, keine Ahnung. Eigentlich kam er mir vor wie ein …« Ich überlegte. »Ja, wie ein Ausländer.«

»Wie ein Ausländer?«

»Mhm …«

»Verstehe ich nicht.« Fatty runzelte die Stirn. »Wie riechen denn Ausländer?«

»Wieso riechen? Ich habe nicht gesagt, dass er wie ein Ausländer roch.«

»Natürlich hast du das.«

»Quatsch, ich habe gesagt, dass er mir wie ein Ausländer vorkam.«

»Du hast gesagt«, unterbrach mich Fatty, »dass er nach Mottenpulver roch, vielleicht aber auch nach etwas anderem, und du ihn deshalb für einen Ausländer hältst. Und nun frage ich mich, wie er deiner Meinung nach wohl riecht, der genormte Standardausländer? Nach Knoblauch? Nach Mülltonne?«

»Verdammt, Fatty, dreh mir das Wort nicht im Mund rum!«

»Ich drehe nicht. Du drehst!«

»Ich wollte bloß diesen Geruch beschreiben. Einen fremdartigen, ungewöhnlichen Geruch, klar?«

»Ungewöhnlich ist noch lange nicht ausländisch.«

Abwehrend hob ich die Hände. »Ich nehms zurück, okay?«

»Aber Ausländer …«, begann er.

»Vergiss es!«, schnitt ich ihm das Wort ab.

Er zuckte die Achseln.

Pause. Ich goss Wein nach.

Du meine Güte, ich bin doch nicht fremdenfeindlich! Nur weil ich hin und wieder eine unbedachte Bemerkung fallenlasse? Mein ganzes Dasein besteht aus unbedachten Bemerkungen, und die treffen Ausländer ebenso wie Einheimische. Dass mir bestimmte Menschen fremder sind als andere, Asiaten fremder als Europäer, Osteuropäer fremder als Westeuropäer – das sagt gar nichts. Ich bin nun mal im Südwesten der Bundesrepublik aufgewachsen, und ich lebe dort; das prägt. Ob mir allerdings Bayern, Lausitzer oder Nordfriesen näher stehen als Elsässer, Schweizer oder Luxemburger, wage ich zu bezweifeln, und beim Kochen verhalte ich mich eindeutig undeutsch. Mein Gaumen ist ein heimatloser Geselle. Daran denkt jemand wie Fatty natürlich nicht.

Trotzdem, das mit der weltoffenen Küche mag stimmen, aber es stellt bloß die eine Seite der Medaille dar. Auf der anderen Seite sind weniger schmeichelhafte Dinge verzeichnet. Zu diesen Dingen gehört meine reflexartige Abwehrhaltung, wenn sich Zugnachbarn einer Sprache bedienen, die ich für Serbisch halte. Dazu gehören meine Aversionen gegen türkische Halbstarke mit Gel im Haar und Goldkettchen an den Handgelenken, die gelangweilt auf dem Bahnhofsvorplatz herumlungern, gegen ihre verschleierten Mütter und ihre rauchenden, Filme glotzenden Väter. Nein, ich bin nicht so offen und tolerant, wie ich es gerne wäre und wie es die öffentliche Meinung verlangt. In der Schülerzeitung schrieb ich einmal, wir bräuchten mehr Exoten in diesem verstaubten Land, ohne Afrikaner oder Asiaten würden wir in unserem eigenen Mief ersticken. Die Provokation gelang prächtig, unser Religionslehrer bekam einen Wutanfall, und in einigen Fächern wurden meine Noten plötzlich schlechter. Aber dann kam der Tag, an dem mein Cousin eine Senegalesin heiratete und ich einsah, dass ich mir in die Tasche gelogen hatte. Mit einer Schwarzen leben? Das wäre mir im Traum nicht eingefallen. Warum nicht? Ich wagte nicht, genauer darüber nachzudenken. Und wenn man schließlich noch anführt, dass meine Eltern mich mit 14 zum Schüleraustausch in die Bretagne schickten und ich erst nach drei Wochen, nach drei schrecklichen Wochen, in denen ich heulte und mich übergab und heulte und abnahm, zurück nach Hause durfte, dann existiert möglicherweise doch der eine oder andere Hinweis auf eine tief in Max Koller verankerte Fremdenangst.

Mag sein.

Nur brauchte ich mir das nicht von einem Friedhelm Sawatzki vorhalten zu lassen. Nicht von einem politisch überkorrekten Kindergärtner mit schlesischen Vorfahren, der stets weiß, welche sozialkritische Stunde geschlagen hat, der mit 15 das *Kapital* … Aber das erwähnte ich ja schon.

Zurück zu unserem Abendessen auf einem der brüchigsten Hinterhofbalkone Heidelbergs.

»Okay«, sagte Fatty versöhnlich. »Lassen wir den Toten in Ruhe, Mottenpulver hin oder her. Schenkst du mir noch mal ein?«

Ich grinste.

»Was ist mit deinem Auftraggeber? Wer könnte das gewesen sein?«

»Keinen blassen Schimmer.«

»Lass uns logisch vorgehen. Ein Heidelberger? Auswärtiger? Wie sprach er? Kannte er sich aus?«

Ich überlegte. »Er sprach lupenreines Hochdeutsch, dialektfrei. Trotzdem schien er ein Ortsansässiger zu sein. Er kannte den Bergfriedhof, wusste, wie er über den Gaisberg zu fahren hatte.«

»Also ein Heidelberger. Was ist dir noch aufgefallen?«

Ich zuckte die Achseln. »Nichts Besonderes. Er hat Geld, Selbstbewusstsein, Bildung und er gibt gerne Kommandos, kommt sofort zur Sache, wenn nötig, kann bei Bedarf aber auch um den heißen Brei herumreden.«

»Das heißt?«

»Könnte ein Wirtschaftstyp gewesen sein. Ehemaliger Aufsichtsrat, Abteilungsleiter, so was in der Art. Vielleicht aber auch ein Juraprofessor oder ein Oberarzt.«

»Sein Wagen?«

»Ein beigefarbener BMW, ziemlich breit, ziemlich protzig.«

»Ausstattung?«

»Keine Ahnung. Normal, würde ich sagen.«

»Normal«, lachte Fatty verächtlich. »Und du willst Privatdetektiv sein? Schaff dir mal ein Auto an, vielleicht achtest du dann mehr auf das, was andere Leute fahren.«

»Mir reicht, wenn ich einen Mini von einem BMW unterscheiden kann.« Fatty liebt seinen Mini und hat ihm sogar einen Namen gegeben. Einen weiblichen natürlich.

»Das dachte ich mir.« Er kniff die Augen zusammen und spielte mit seinem Glas, in dem sich nur noch ein winziger Rest Wein befand. »Pass auf, Max: Morgen früh machst du einen Spaziergang an der Bergstraße entlang, einschließlich aller Nebenstraßen rechts und links, und hältst Ausschau nach deinem BMW. Spätestens um 14 Uhr hast du deinen Unbekannten gefunden.«

»Habe ich? Um 14 Uhr?«

»Oder 14.30 Uhr. Prost!«

»Interessant. Und wie kommt Friedhelm Sherlock Sawatzki zu dieser Annahme?«

»Durch Nachdenken«, entgegnete er ernst. »Durch die Kraft der reinen Vernunft. Grips, verstehse? Hier oben.« Er tippte an seinen runden Schädel.

»Wahnsinn«, meinte ich. »Wahnsinn im Quadrat. Wo holst du das nur her? Kannst du mir seine Adresse diktieren? Und seine Blutgruppe? Ich bin manchmal ein bisschen schwer von Begriff.«

Fatty rülpste zufrieden. »Bergstraße«, wiederholte er. »Bergstraße und nirgendwo sonst.«

»Nur weil er Kohle hat? Deswegen muss er gleich ...«

»Nicht nur Kohle, Max. Stil, Statur, das richtige Alter. Schon mal was von soziologischem Profil gehört?«

»Nee.«

»Gibts auch nicht. Habe ich gerade erfunden. Aber Tatsache ist, dass solche Typen wie er mit an Sicherheit grenzender Wahrscheinlichkeit hier in Neuenheim am Hang wohnen, damit sie die Sonne genießen und dem Rest der Welt aufs Dach spucken können.«

»Neuenheim ist groß. Warum nicht am Neckar, in einer der Villen?«

»Zu laut, zu nahe am gemeinen Volk.«

»Und die Weststadt? Da ist es schön ruhig, und es gibt ...«

»Weststadt? Vergiss es. Mit den Türkenläden im Erdgeschoss und der Studenten-WG im Hinterhaus? Nein, ausgeschlossen. In Handschuhsheim haust der Studienrat mit Gattin, und beide schielen neidisch nach Neuenheim. In der Altstadt will schon lange keiner mehr wohnen, da bleibt nur noch die Bergstraße. Das Paradies für die Spießerelite der Stadt.«

»Und was ist mit dem Schlosswolfsbrunnenweg auf der anderen Neckarseite?«

Fatty wiegte abschätzend sein Haupt. »Ja, möglich. Die einzige realistische Alternative. Wobei die Leute, die dort wohnen, nun wirklich stadtbekannt sind. Die stehen alle naslang in der Zeitung, und danach hörte sich dein Mann nicht an.«

»Bergstraße also«, sagte ich. »Gott, ja, ich kann es versuchen. Mit Soziologie hat das allerdings nichts zu tun, Fatty. Soziologie light vielleicht, passend zu deiner Cola.«

»Sehr witzig«, brummte er beleidigt. »Da lässt man sich herab und schüttet literweise Rotwein in sich hinein, nur damit ... Pass auf, Max: Wir wetten drum. Bergstraße plus angrenzende Nebenstraßen; wenn du den Alten dort findest, zahlst du mir eine Kiste von dem Roten.«

»Eine Kiste?«, lachte ich. »Wer soll die trinken? Deine Oma vielleicht?« Fattys Großmutter stammt aus Polen und verträgt mehr als wir beide zusammen, selbst wenn uns eine durchschnittlich trinkfeste Seniorenfußballmannschaft verstärkt.

»Was ist? Wetten wir oder wetten wir?« Seine Augen funkelten vor Begeisterung.

»Wenns dir Spaß macht. Vielleicht weißt du ja auch, wo sich das Opfer befindet?«

Er überlegte. Nagte an der Unterlippe, drehte Däumchen. »Das ist nicht so einfach«, sagte er schließlich. »Obwohl man die Schwierigkeiten, eine Leiche verschwinden zu lassen, nicht unterschätzen sollte.«

»Das klingt, als hättest du jede Menge Erfahrung in dieser Hinsicht.«

»Denk doch mal nach, Max! Dein Unbekannter oder wer auch immer kommt mitten in der Nacht zum Friedhof, um den Toten wegzuschaffen. Er braucht erstens ein Auto. Zweitens einen Ort, an dem die Leiche so schnell nicht entdeckt wird, am besten über Jahre nicht. Wie war das noch mal mit der Todesursache?«

»Ich schätze, er hatte eine Schussverletzung. Wobei ich keinen Schuss gehört habe.«

»Vielleicht ein Schalldämpfer? Jedenfalls kann der Mörder so keinen Unfall vortäuschen. Die Leiche in einem Steinbruch zu deponieren, scheidet also aus. Was sonst? Ein stillgelegtes Bergwerk, eine Sondermülldeponie … nein.« Er entkorkte die Rotweinflasche und schenkte sich nach.

»Red nur weiter.«

»Ich würde ihn verbrennen. Besser als im See versenken oder klein gehackt einfrieren. Beim Verbrennen bleibt nichts übrig, wenn man es richtig macht.«

»Mit anderen Worten: Ich brauche nur in der Bergstraße nach heimlichen Feuerchen hinterm Haus Ausschau zu halten.«

»Das wäre zumindest ein Anfang. Natürlich musst du die Tatwaffe finden.«

»Wenn es weiter nichts ist.«

»Und du musst klären, warum dich der Alte zum Bergfriedhof bestellt hat.« Er nickte anerkennend. »Ein ordentliches Programm für die nächsten Tage, Respekt. Da heißt es, rechtzeitig aufzustehen. Der frühe Vogel fängt den Dings. Den Wurm.«

»Wiesel, richtig.«

»Vogel, nicht Wiesel. Wiesel fressen keine …«

»Der Nobelpreisträger. Jetzt fällt es mir wieder ein. Elie Wiesel hieß der. Und genau so sah mein Toter aus.«

7

Am Steigerweg hatten sie ganze Arbeit geleistet. Die Straße war von ihrem tiefsten Punkt am Alois-Link-Platz bis zum nördlichen Nebeneingang des Bergfriedhofs aufgebaggert, und nur auf einer Seite hatte man einen schmalen Streifen für den Verkehr freigelassen. Die Heidelberger Stadtbusse passten so eben hindurch, mussten allerdings den Bürgersteig mitbenutzen. Befahrbar war der Durchlass bloß in einer Richtung; wer hinunter in die Stadt wollte, musste, wie der Silberrücken in der gestrigen Nacht, den Umweg über den Gaisberg in Kauf nehmen.

Ich erwähne das nur, weil es Folgen für den weiteren Verlauf der Geschichte hatte. Natürlich ließ ich mich sofort hügelabwärts rollen, um den Steigerweg gegen die vorgeschriebene Richtung zu durchfahren. Keine Chance. Von unten kamen nicht viele Autos, aber sie kamen regelmäßig, und zwischen der Friedhofsmauer und der Baustellenabsperrung gab es keinen Platz zum Ausweichen. Außerdem war ich mit meinen beiden Fahrrädern – eines unter, eines neben mir – fast so breit wie ein PKW.

Ich wendete also schweren Herzens und fuhr bergauf. Noch vor der ersten Serpentine bog ich links ab und nahm eine Abkürzung durch den Wald, die mich zum Johannes-Hoops-Weg führte. Eine kurze Strecke musste ich schieben. Nassgeschwitzt kam ich oben an. Die restliche Strecke war kein Problem, es ging relativ eben an der Riesensteinkanzel vorbei und dann die Klingenteichstraße hinunter in die Altstadt.

Allerdings gab es hier deutlich mehr Verkehr, als ich erwartet hatte. Ob es an der Umleitung lag? Oder war das schon Heidelbergs Wochenendtourismus? Wie auch immer, ich war kaum in die talwärts führende Klingenteichstraße eingebogen, als sich auch schon eine lange Schlange hupender PKWs hinter mir bildete. Für die schmale Straße war mein Doppelsitzer einfach zu breit.

Ganz ruhig, sagte ich mir, bis nach unten ist es nicht weit, wir haben Samstagmorgen, kein Grund zur Eile. Leider sah der motorisierte Rest der Bevölkerung das anders. Ich glaubte, die Trompeten von Jericho hinter mir zu haben: Es wurde gehupt, Bremsen winselten, einer lehnte sich aus dem Beifahrerfenster und beschimpfte mich. Und was sie mir erst zuriefen, wenn sie mich überholten! Ich sehnte mich in die Stille des Bergfriedhofs zurück.

»Was erwartest du, Max?«, hätte Fatty gesagt. »Spießer sind das. Spießer, wie sie im Buche stehen. Und zwar in keinem schönen Buch.«

Vermutlich hatte er recht. Es waren Spießer, aber sie regten mich auf. Sogar ihre Autos regten mich auf, diese albernen Corollas und Civics und Passat Kombis. Es war immer dasselbe Spiel: Ein Motor heulte auf, man scherte nach links, zog an mir vorbei, gestikulierte und fluchte, dann sah ich nur noch die Hinterfratzen dieser scheußlichen Kleinwagen, regelrechte Metallgrimassen, die Rücklichter blitzten verächtlich, die Stoßstangen waren flach und breit und ähnelten zusammengekniffenen Lippen.

Wie elend lange diese Straße aber auch war! Und ich musste ja vorsichtig fahren.

Irgendwann löste sich meine linke Hand wie von selbst von der Lenkstange, fuhr zur Faust geballt nach oben und ließ den Mittelfinger gen Himmel zeigen. Ich weiß, man soll sich nicht auf das Niveau der anderen herablassen, aber es waren bloß noch ein paar 100 Meter hinab in die Altstadt, und danach gab es zweispurige Straßen, Platz zum Überholen, Abbiegemöglichkeiten. Außerdem tat es verdammt gut.

Hinter mir wurde gehupt.

Ich ließ die Hand in der Luft. Nebenbei gesagt, war es kein kleines Kunststück, sekundenlang freihändig eine steil abfallende Straße hinunterzurollen, mit der Rechten ein unbemanntes Rennrad zu dirigieren und mit der Linken nonverbal zu kommunizieren. Verständnis für diese akrobatische Leistung erwartete ich dennoch nicht.

Eine letzte Kurve, dann war es geschafft. Wieder hupte es hinter mir, lange und aufdringlich. Ich warf einen kurzen Blick über die Schulter und dann noch einen, um mich zu vergewissern. Ein Streifenwagen.

Das war natürlich Pech. Großes Pech sogar. Nicht ein einziger Polizist auf dem Bergfriedhof, und nun saßen sie mir im Nacken: zwei ehrgeizige Ordnungshüter auf der Jagd nach Verkehrssündern. Überm Steuer hing ein junger Sportsmann mit Schnauzbart, angespornt von einer kleinen Blonden, die eine hübsche Zahnreihe blitzen ließ, und beide sahen nicht gerade freundlich aus.

Was tun?

Bremsen? Aufgeben? Selbst wenn ich mich dazu entschlossen hätte – und einfach wäre es nicht geworden, bei meinem Tempo, mitten in der Abfahrt, zwei Fahrräder steuernd –, selbst wenn ich ihren Aufforderungen brav Folge geleistet und angehalten hätte, wären wir keine Freunde geworden. Ich hätte ihnen gestehen müssen, dass der Grund meiner rasanten Fahrt eine Leiche war, die sich in Luft aufgelöst hatte, dass mir ein Unbekannter im Kaschmirmantel die Augen verätzt hatte und dass ich ein Privatflic war, der sich mit anonymen Auftraggebern nachts auf einem Friedhof verabredete, einfach so. Eine nette Unterhaltung wäre das geworden.

Also tat ich nichts. Ich ließ den Dingen, das heißt: den Rädern, ihren Lauf und flitzte das letzte Steilstück der Klingenteichstraße hinab ins Tal, die Kirchtürme der Altstadt bedrohlich nahe vor Augen. Es war ein warmer Aprilmorgen, die Sonne schien mit erstaunlicher Kraft, ich schwitzte, hinter mir hupte es.

Die Klingenteichstraße mündet unten in die viel befahrene Friedrich-Ebert-Anlage, und spätestens dort war es vorbei mit der wilden Jagd. Ich würde an der Ampel halten müssen oder mich wie ein Lemming in die Kreuzung stürzen. Und selbst wenn ich es lebend über die vier Spuren der Anlage schaffte, würden sie mich bekommen. Ich hätte im Bett bleiben sollen.

Noch 200 Meter, noch 150 ... Mein Doppelsitzer war kaum zu kontrollieren. Ich flitzte an parkenden Autos und überraschten Fußgängern vorbei, an einer etwas heruntergekommenen Jugendstilturnhalle, in der ich eines vergangenen, eines sehr fernen, sehr schönen Tages einmal Fußball mit einer Gruppe trotzkistischer Philosophen gespielt hatte. Dann kam mir ein Gedanke.

Er kam mir in Gestalt des Klingentores entgegen, eines ebenso pittoresken wie nutzlosen Baus rechts der Straße, vom Stadtteilverein liebevoll gepflegt und vom Tourismus missachtet. Es ist ein schmales Tor, zwei Fahrräder passen mit Mühe hindurch, allerdings hat bei seiner Errichtung im Mittelalter niemand an Fahrräder gedacht, denn der Torweg besteht aus Kopfsteinpflaster, das in einige Treppenstufen übergeht. Daran dachte ich allerdings in diesem Moment nicht. Ich sah nur das Klingentor und die Möglichkeit, meine Verfolger abzuhängen.

Jetzt oder nie! Ich riss meine beiden Fahrräder nach rechts, der Polizeiwagen schoss an mir vorbei und ich mitten durch das Klingentor hindurch. Szenenapplaus. Nun kamen die Stufen. Vier Räder, und alle verloren sie den Bodenkontakt. Ich biss die Zähne zusammen, ohne die Lenkstangen loszulassen. Dann der Aufprall. Keine Ahnung, wie ich es schaffte, aber ich stürzte nicht.

Links und rechts quietschten Reifen. Die Friedrich-Ebert-Anlage. Mein eigenes Bremsmanöver kam zu spät, umso schneller reagierten die übrigen Verkehrsteilnehmer. Wahrscheinlich hatte ihre Ampel gerade erst auf Grün geschaltet, ihr Tempo war nicht besonders hoch. Gleichwie, sie verhinderten eine Katastrophe. Ich schlitterte über die vierspurige Anlage, die Peterskirche vor Augen, bis zum Beginn der Grabengasse. Hinter mir wieder ein Hupkonzert.

Wenn ich nun geglaubt hatte, die Jagd sei zu Ende, dann hatte ich mich geirrt. Einige 100 Meter entfernt, in Höhe der Einmündung der Klingenteichstraße, heulte ein Martinshorn auf. Die beiden Polizisten verschafften sich an der Kreuzung, Gott weiß wie, freie Bahn, bogen verkehrswidrig rechts ab und preschten über die Friedrich-Ebert-Anlage auf mich zu. Verflucht, waren die empfindlich! Ich nahm wieder Fahrt auf, wollte zunächst der Grabengasse folgen, mitten hinein ins Herz der Altstadt, doch dann kam mir eine bessere Idee. Links von der Universitätsbibliothek, die ich inzwischen erreicht hatte, zweigt die Plöck ab, ein schmales Altstadtsträßchen, nur in eine Richtung befahrbar. Genauer gesagt gilt der Einbahnstraßenpfeil für Kraftfahrzeuge, nicht für Fahrradfahrer; wenn ich nun in westlicher Richtung in die Plöck einbog, verhielt ich mich völlig korrekt. Einmal abgesehen von der Tatsache, dass kein Verkehrsplaner an einen Doppelsitzer gedacht hatte, wie ich einen fuhr.

Im Prinzip war ich gerettet.

Leider nur im Prinzip, denn ich hatte nicht mit der Entschlossenheit meiner Verfolger gerechnet. Vielleicht gehörten sie einer neuen Generation an, der athletische Schnauzbart und seine blonde Kollegin, vielleicht wollten sie sich gegenseitig etwas beweisen, vielleicht auch verwechselten sie die Situation mit einem Videospiel, und ich, Max Koller, war ein Alien auf vier Rädern, den sie so schnell wie möglich wegpusten mussten, um den nächsten Level zu erreichen. Was interessierte da ein ›Durchfahrt-verboten‹ Schild?

Ich war bereits einige Häuser weit gekommen, als ich das Martinshorn hinter mir durch die Plöck schallen hörte. Sie ließen also nicht locker. Sie wollten mich haben, unbedingt.

Ich fuhr weiter. Trat in die Pedale, so schnell ich konnte, die linke Hand bremsbereit, denn die Plöck war schmal und belebt. Vor mir stoben drei junge Mädchen auseinander, als ich sie anbrüllte, eine Gruppe behelmter Mountainbiker, die mir entgegenkam, machte bereitwillig Platz. Fußgänger drückten sich unter wütenden Zurufen an die Hauswände. Wenn mir nur kein Lieferwagen mit quadratischer Vorderfront begegnete! Ein kleines Auto dagegen wäre mir gerade recht gekommen: eines, an dem ich knapp vorbei passte, nicht aber meine Verfolger.

Doch da war kein Auto, bloß die Mountainbiker, die Fußgänger, fassungslose Passanten. Sie hörten das Martinshorn, und sie sahen einen Mann auf zwei Fahrrädern, der von einem Streifenwagen verfolgt wurde. Was sie wohl dachten? Ich hatte keine Gelegenheit, dem nachzugehen, denn im nächsten Moment war meine Jagd zu Ende. Es war kein Auto, das mich stoppte, kein Lieferwagen, auch kein überraschter Tourist.

Sondern eine Schule.

Eine Schule und davor 30, 40 Schüler mit Pausengetränk und Kippe. Sie standen einfach da und glotzten in meine Richtung. Wer hatte denn Schulstunden an einem Samstagmorgen? Fatty meinte hinterher, es müsste sich um Nachhilfeunterricht oder ein Blockseminar gehandelt haben, vielleicht auch um ein Theaterprojekt oder Orchesterproben. Egal. Jedenfalls standen sie da, Samstag hin oder her, sie sahen die Gefahr, die sich ihnen näherte, aber sie reagierten nicht. Zumindest nicht schnell genug. Die Ersten ließen ihre Kippe fallen, die Nächsten begannen zu schreien, andere rannten los, wieder andere stolperten ihnen entgegen, sie fielen schon übereinander, bevor ich in sie hineinraste.

Die Katastrophe war unvermeidlich. Ich konnte nicht ausweichen, überall standen sie, diese 14-, 16-, 17-Jährigen, und bis sich so eine träge Meute mal in Bewegung setzt... Kurz vor dem Aufprall, immer noch hoffend, da würde sich eine winzige Lücke auftun, bremste ich. Zu spät.

Ich weiß nicht genau, was geschah. Alles wirbelte durcheinander: die Schreie der Jugendlichen, Sirengeheul und Bremsenquietschen, ich sah bunte Flecken vor mir, rote, schwarze, blaue, Farbtupfer, die wohl von Schulranzen und Jeansjacken herrührten, ließ mein Rennrad los und tauchte ein in diese gigantische Malerpalette. So ähnlich dürften sich Hippies in ihren Kifferträumen gefühlt haben, beim Sprung in prallbunte, dreidimensionale Halluzinationen, beim Planschen im Innern einer Hammondorgel. Sogar eine olfaktorische Seite hatte dieses Erlebnis: Ein intensives, billiges Parfüm wehte mir um die Nase, schrecklich, mit was sich diese Halbwüchsigen begießen! Dann prallte ich gegen weiche Gegenstände, wurde gebremst von Bäuchen und Brüsten, Schenkeln und Hintern und landete schließlich in einer Hecke, die einen kleinen Spielplatz begrenzte. Dort roch es auch; allerdings nicht mehr nach Parfüm.

Ich schnappte nach Luft und rappelte mich auf. Zwei bleiche Jungs mit Elvis-Tolle starrten mich entsetzt an. In einiger Entfernung quietschten Reifen. Schüler kauerten am Boden, es gab Hilferufe und Tränen, Schulhefte flatterten durch die Luft. Vor mir lag meine rote Mühle, das Vorderrad noch in wilder Drehbewegung. Jemand schrie mich an, einfach so, ohne Sinn und Verstand.

Ich hasse Schule, dachte ich und hob das Rad auf.

Sekundenbruchteile später saß ich wieder im Sattel und setzte meine Flucht fort.

8

Diese Geschichte machte mich bei Maria zum Helden. Einzubilden brauchte ich mir allerdings nichts darauf. Jeder, der sich mit den Bullen anlegt, wird im Gasthaus *Zum Englischen Jäger*, so heißt Marias Kneipe offiziell, zum Revolutionär erklärt, da gilt schon ein Sozialhilfeempfänger als Robin Hood. Und von Sozialhilfeempfängern wimmelt es bei Maria. Was hier herumlungert, würde so manchem anständigen Heidelberger schlaflose Nächte bereiten: Penner, gescheiterte Akademiker, linke Jugend, Bettler, Punks und Freaks. Aber auch das genaue Gegenteil dieser Kundschaft, nämlich alt eingesessene Heidelberger, deren Horizont exakt vom einen Ende der Bergstraße bis zum anderen reicht, keinen Meter weiter. Hier begegnen einem Gestalten, denen einfach alles zuzutrauen ist, knorrige Fremdenlegionäre mit Tätowierungen am Hals, vernarbt und schweigsam, am selben Tisch friedliche Trottel, die sich abends von ihrem Betreuer ins Heim bringen lassen, außerdem selbsternannte Propheten, Ökofritzen, Aussteiger, Wanderprediger, Hausbesetzer und Ex-Knackis. Alle vereint ein und derselbe schlichte Wunsch: in Ruhe ein billiges Bier zu trinken und über die oberen Zehntausend herzuziehen.

Hier war ich goldrichtig.

Ich traf am Sonntagnachmittag gegen drei ein, um von meinen Abenteuern zu berichten und dem schönen Herbert zu zeigen, wie man Schach spielt. Übrigens gleichzeitig, doch das störte keinen, am wenigsten Herbert. Beim Spielen hat er keine Eile: überlegt, kratzt sich knirschend die Bartstoppeln, überlegt, stopft sich die Pfeife, puhlt in den Zähnen herum, verzieht sich aufs Klo, um dort weiter zu überlegen ... Ich quatsche derweil mit Maria, der Glatzköpfigen, bestelle ein Bier nach, lese Zeitung. Irgendwann kehrt Herbert zurück, legt die Pfeife zur Seite, macht eine fatalistische Geste und entschließt sich unter Seufzen und Wehklagen vielleicht zu einem Zug. Je inbrünstiger er dabei jammert, desto sicherer stehe ich vor dem baldigen Matt.

»Die Eröffnung, Max«, lautet sein Lieblingsspruch. »Schon meine Eröffnung war ein Fiasko.« Heute bekam ich ihn dreimal zu hören.

Der schöne Herbert ist zwar nicht schön – angeblich war er das nie –, aber bemerkenswert pessimistisch – das war er schon immer –, und er hat nur einen Arm. Ob das eine mit dem anderen zusammenhängt, wage ich nicht zu beurteilen. Vielleicht hat er als Jugendlicher noch ein wenig fröhlicher in die Welt geblickt, bevor ihm ein Blindgänger den rechten Arm bis zur Schulter abriss. Das war im Jahr 48 in Mannheim-Feudenheim, als er und seine Freunde taten, was alle Jungs ihres Alters taten: Sie liefen durch die Gegend, buddelten in der Erde herum und spielten mit den Gegenständen, die sie fanden. Zwei von ihnen überlebten es nicht, Herbert verlor seinen Arm. Da war er sieben. Aus irgendeinem Grund wurden seine Eltern viel zu spät benachrichtigt, und als er aus der Operation erwachte, war lediglich eine Krankenschwester im Raum, die ihm erklärte, worauf Vater und Mutter bei der Pflege zu achten hätten. Meine Mutter ist verschüttet, sagte Herbert, und mein Vater in Stalingrad vermisst; die Schwester wurde blass, doch eine Viertelstunde später standen Herberts Eltern im Zimmer und verpassten ihm eine Ohrfeige. Warum auch immer.

Herbert erzählt diese Geschichte gerne, um seine Zuhörer zu amüsieren, aber wann er selbst zum letzten Mal herzhaft gelacht hat, weiß keiner. Mit links kommt er prima zurecht, behauptet er. Wird schon stimmen.

Jedenfalls gaben seine langwierigen Denk-, Kratz- und Pfeifenstopfpausen mir Gelegenheit, häppchenweise von meinem heroischen Widerstand gegen die Staatsgewalt zu berichten. Die halbe Kneipe lauschte aufmerksam: die Schachkiebitze an unserem Tisch, die Alten vom Stammtisch, zwei langhaarige Motorradfahrer an der Theke und natürlich Maria. Außer Hörweite, auf der anderen Seite des Raumes, saßen noch ein knutschendes Pärchen, drei Penner, von denen einer sanft entschlummert war, und ein träger Dicker, der gelangweilt an seiner Limo nippte.

Als ich berichtete, wie meine Verfolger mit Blaulicht, aber gegen die Fahrtrichtung in die Plöck eingefallen waren, gab es kein Halten mehr.

»Sind die jetzt gedopt?«, rief Tischfußball-Kurt begeistert; an der Theke lachten die beiden Motorradfahrer, dass ihre Wampen wackelten. Ein Langer mit Nickelbrille auf der spitzen Nase, den ich für höchstens 35 hielt, stammelte ergriffen: »Wie damals! Wie damals!« und erklärte zu meiner Überraschung, er habe schon 1968 vom Dach der Alten Aula herab zum bewaffneten Kampf und zur Bildung von Bürgerwehren aufgerufen, was ihm drei Wochen Knast eingebracht habe; da wollten die anderen nicht zurückstehen und prahlten mit den 70er-Jahren in Heidelberg, als letztmals Seminare geräumt, Studenten verhaftet und Brandreden gehalten wurden. Der heiße Herbst, jawohl! Berufsverbote, Staatsterrorismus, denen haben wir es aber gezeigt! Das waren noch Zeiten, schrien die Altrevoluzzer und klopften mir anerkennend auf die Schulter.

Selbst der schöne Herbert lächelte trübsinnig vor sich hin.

»Schon gut«, wehrte ich ab. »Im Grunde wollte ich doch nur, dass die zwei mich nicht kriegen ...«

Maria brachte Nachschub an Bier. »Auf die Räterepublik!«, schrie einer. Laune und Umsatz stiegen.

»Und wie ging es weiter?«, fragte Tischfußball-Kurt, der Mann, der sich ausschließlich von Orangensaft ernährt.

Ich erzählte von meiner Flucht durch die Plöck und von den Schulkindern, die mir als Puffer dienten.

»Das ist verdammt typisch«, kommentierte die Nickelbrille. »Typisch für die heutige Jugend. Träge, weiche Masse. Bremst alles ab. Kein revolutionärer Impetus.«

»Na, ich war froh drum«, sagte ich. »Fliege nach der Vollbremsung in hohem Bogen durch die Gegend, links und rechts kippt das Gemüse zur Seite, rennt auseinander, fängt an zu flennen.«

Schade, ich war gerade so schön am Fabulieren. Weiter kam ich nicht, denn nun geschah etwas völlig Unerwartetes. Es war nicht ganz so verheerend wie der Blindgänger von Mannheim-Feudenheim, aber ähnlich eindrucksvoll.

Im ersten Moment hätte ich auf ein fernes Erdbeben getippt. Das Grollen eines geschundenen Planeten, tektonische Verschiebungen unterhalb des *Englischen Jägers*. Gläser klirrten, Stühle rumpelten, eine leere Flasche fiel zu Boden. Die Revolutionäre an meinem Tisch drehten sich um und hielten den Atem an. Plötzlich wurde es sehr still in der Gaststube.

Das Epizentrum des Erdbebens schien drüben beim Stammtisch zu liegen. Ich bemühte mich, zwischen den Köpfen und Schultern meiner zahlreichen Zuhörer hindurchzulugen. Ohne Erfolg; doch dann tauchte über ihnen ein anderer Kopf auf wie ein Krake aus der Tiefsee. Der Kopf war rot, rund und groß. Es ließ sich erahnen, welche Ausmaße der dazugehörige Körper hatte. Aber als meine zurückweichenden Vorderleute die Sicht freigaben, war ich doch überrascht. Was für ein Klumpen Fleisch! Solange die Stammtischler saßen, achtete man nicht auf ihre Statur, und sie saßen eigentlich immer.

»Was ist los?« fragte ich.

In dem großen Kopf befand sich ein großer Mund, und dieser Mund öffnete sich wie ein Scheunentor. »Du warsch des also«, dröhnte es aus dem Mund. »Du!«

Eine scheppernde Bassstimme, aber es war kein Mann. Es war eine Frau, und sie schwankte, als sie ihren tonnenschweren Leib auf unseren Tisch zu bewegte.

»Du also«, keuchte sie. »Wart du nur …«

»Moment, Moment«, sagte ich.

Ich konnte mir nicht helfen, in diesem Augenblick musste ich an ein Bilderbuch aus meiner Kindheit denken. Es erzählte, wie die Soldaten Alexanders des Großen von den Elefanten der indischen Heere in Angst und Schrecken versetzt wurden. Alles an der Frau war breit und mächtig, ihre Hüfte, ihre Brust, von den Oberarmen ganz zu schweigen. Auf der Oberlippe sprossen dunkle Bartstoppeln, über dem Kehlkopf schaukelte träge ein mächtiges Doppelkinn. Hinter ihr feixten ihre Freunde, diese Clique von Bergstraßen-Mafiosi, die von ihren Mieteinnahmen leben wie die Maden im Speck und sich trotzdem nur Marias billigsten Landwein leisten.

»Du warsch der Dorschgegnallde«, grollte die Naturerscheinung, »vun dem mei Ängelin vazählt hett. Des ahme Schessica!«

»Was? Wie?«, stotterte ich.

»Des ahme Schessica.«

»Jessica?«

Sie rückte näher. Alles, was im Weg stand – Stühle, Tische, Gäste –, räumte sie mit rudernden Armbewegungen beiseite. »Kommt des Mäde geschdern hemm, flennt Rotz unn Wassa unn vazählt vun so nem Beglobbde uffem Rad, wos iwwerfahre hett. Is de ganze Dah nur noch am Flenne, des ahme Ding!«

»Das tut mir sehr leid«, stammelte ich hilflos, »aber …«

»Mensch, er war doch auf der Flucht«, sprang mir Tischfußball-Kurt dankenswerterweise bei. »Die halbe Polizei der Stadt war hinter ihm her.«

»Schessica«, schnaufte die Frau unbeeindruckt, »mei ahmes Schessica« – und schon befand ich mich in Reichweite ihrer astdicken Arme. Sie schien zum Äußersten entschlossen. Meine Revolutionäre wichen zurück, drückten sich an die Wand, und der mit der Nickelbrille hätte fast seine Zigarette verschluckt. Ich war starr wie ein Kaninchen im Scheinwerferlicht. Diese Tonne war doch kein Gegner! Da holte sie auch schon zum Schlag aus. Ich duckte mich, wich zur Seite aus und sprang über ein paar Stühle, bis ich hinter Herbert Deckung fand. Bevor sich entschied, ob mir das Weib nachsteigen würde, trat ihr Maria in den Weg. Und das war keine Selbstverständlichkeit. Denn die glatzköpfige Wirtin war zwei Köpfe kleiner als das tobende Monstrum und dreimal so leicht. Doch die Angst um ihr Mobiliar verlieh ihr Löwenkraft.

»Basta!«, schrie sie. »Schluss jetzt! Boxe kennt ihr drauße, signorina, aber net in meine trattoria. Finito!«

Das half. Marias kurpfälzisch-sizilianischer Mischmasch wirkte wahre Wunder; schnaubend zog sich die Dicke zurück, dann gab es eine Flasche Rotwein aufs Haus, und ein paar Minuten später war das Donnergrollen vorüber.

Wir atmeten auf.

Bewacht von Maria, blieb Jessicas Großmutter folgsam, wenn auch finstere Verwünschungen murmelnd, vor einem winzigen Weinglas sitzen; ringsum meckerten die Stammtischler vor Freude über den gelungenen Auftritt, bohrten in der Nase und fragten sich, wann sie zum letzten Mal so herzlich gelacht hatten. Wir Helden nahmen still an unserem Tisch Platz, die grimmigen Blicke der Alten brannten wie Feuer auf uns. Eine Zeit lang sprach keiner.

Auch ich schwieg. Das war das Ende meiner schönen Geschichte. Selbst wenn sie nach der Fortsetzung verlangten, würde ich sie ihnen nicht erzählen, diesen Hasenfüßen. Räterepublik, von wegen. Dach der Alten Aula, lachhaft. Sie würden nie erfahren, was ich auf dem Bergfriedhof und in der Umkleidekabine der Boutique in der Plöck erlebt hatte. Mich so im Stich zu lassen!

Immer noch herrschte betretene Stille, unterbrochen nur vom Klicken der Feuerzeuge und dem leisen Klirren behutsam abgesetzter Gläser; dann aber merkte ich, dass Herbert in aller Seelenruhe einen Zug getan hatte. Einen verdammt guten Zug. Ich fluchte. Meine Dame war in akuter Gefahr und meine Konzentration dahin.

»Meine Eröffnung«, sagte Herbert entschuldigend. »Wenn die erst mal verkorkst ist, geht nix mehr.«

»Man siehts, alter Jammerlappen«, brummte ich.

Herbert zog nachdenklich an seiner Pfeife, dann nahm er sie aus dem Mund, zeigte auf mein linkes Auge und meinte: »So ganz haben dich die Jessicas dieser Welt aber nicht auffangen können, oder?«

»Die haben halt nicht die Konsistenz ihrer Großmütter«, flüsterte ich zurück. Die Alte am Stammtisch spitzte bestimmt ihre fetten Ohren. Hätte mein prächtiges Veilchen gerne um ein weiteres ergänzt. Oder mir die Nase krumm geschlagen. Ich verzichtete dankend. Lieber flüstern.

Ich machte einen Zug mit dem Springer. Gut war er nicht, aber er lenkte ab. Sollten Herbert und die anderen ruhig denken, ich hätte mir die Schrammen beim Sturz zugezogen. Diese Maulhelden ahnten ja nicht, was man in Heidelberg so alles erlebte.

9

Zumindest erlebte man etwas, wenn man zum falschen Zeitpunkt durch die Plöck raste und auf eine träge Masse von Schulkindern traf. Lauter Jessicas – aber das wusste ich gestern Mittag noch nicht. Ich saß auf meinem roten Fahrrad und schaute mich um. Wer war bloß auf den unglückseligen Gedanken gekommen, die Straße zum Schulhof zu machen? Und wo befanden sich meine Verfolger?

Ich sah sie nicht. Wahrscheinlich hatten sie ihren Wagen rechtzeitig zum Stillstand gebracht und kämpften sich nun zu Fuß durch die Menge. Lange würden sie nicht auf sich warten lassen. Ich schob ein paar Halbwüchsige beiseite, blaffte Mädchen in rosa T-Shirts an – ja, glotzt nur blöd, ich bin ein Meteorit! – und hatte endlich wieder freie Bahn. Von meinem Rennrad keine Spur. Unter so vielen Anstrengungen hatte ich es hierher geschleppt, doch nun musste ich es der Ordnungsmacht opfern. Verdammt ärgerlich war das.

Egal. Ich musste weiter. Rechts und links von mir stob alles auseinander.

Aber ich kam nicht recht vorwärts. Das Hinterrad schien verzogen zu sein, der Reifen schleifte am Rahmen. Eine Folge des Sturzes wahrscheinlich. So ein Mist! Ich biss auf die Zähne, machte unter äußerster Kraftanstrengung ein wenig Boden gut, fuhr an einer Zeitungswand vorbei, wo ich in früheren, besseren Zeiten oft gestanden hatte. Morgen würde ich wieder dort stehen: in der Zeitung.

Aber noch war ich frei und unerkannt. Ich fluchte, ich kämpfte, ich schwitzte – und brachte mit Mühe einen guten

Steinwurf zwischen mich und die Unglücksstelle. Dann verfehlte mein linker Fuß die Pedale, und ich stürzte hin. Ich rappelte mich sofort wieder auf, aber nun blockierte das Hinterrad vollständig. Was tun?

In diesem Moment kam mir zum ersten Mal ein Auto entgegen; kein Kleinwagen, sondern eine schwarze Geländemaschine mit Breitreifen und Stoßstangen, die dir auf Safari einen ausgewachsenen Elefanten weghauen. Sehr langsam fuhr der Jeep, zögerlich fast. Das kam mir gerade recht. Ich packte mein Rad, warf es in eine Hofeinfahrt, wartete, bis der Wagen an mir vorübergeschlichen war, und schlüpfte, hinter ihm Deckung suchend, in das nächstbeste Geschäft. Eine helle Klingel ertönte.

Dann war endlich Ruhe.

Wohltuende Ruhe.

Als sich die Ladentür sanft schloss, hielt ich mich irgendwo fest und atmete erst einmal tief durch. Ließ die Lungenflügel arbeiten wie ein vorm Ertrinken Geretteter. Wenn die Rettung auch nicht von Dauer war: Wenigstens diese eine Tür befand sich zwischen mir und meinen Verfolgern. Hier war das Paradies. Fehlte nur noch der Engel mit dem Flammenschwert, der den beiden Uniformierten den Eintritt verweigerte. Oder eine Schlange oder ein Teufel, egal.

In meinem Paradies, immerhin, musste man nicht nackt herumlaufen. Nicht ganz jedenfalls. Da gab es Blusen, T-Shirts, Unterwäsche, Dessous ... eine Damenboutique. Klassische Musik rieselte aus Deckenlautsprechern. Vor einem hohen Spiegel stand eine schlanke Verkäuferin neben einer weniger schlanken Kundin. Sie nickte mir geschäftig zu.

»Meinen Sie?« fragte die Kundin. »Ich weiß nicht. Ich bin wirklich verunsichert. So kann ich meinem Mann nicht kommen.«

Ich ging nach hinten und betrat eine Umkleidekabine. Ohne Kleidungsstück, aber es war ja auch eine Damenboutique. Ich zog den Vorhang vor und ließ mich auf einen gepolsterten Hocker fallen.

Jetzt trennten mich eine Tür und ein Vorhang vom Rest der Welt.

Was soll ich groß erzählen? In solchen Momenten, in denen die Spannung halbwegs von einem abfällt und Furcht an ihre Stelle tritt, ereignet sich nicht viel Berichtenswertes. Ich saß auf diesem blöden Hocker und starrte gegen den dunkelroten Vorhang. Er bewegte sich leicht im Luftzug. Die Stimme der Kundin drang gedämpft zu mir.

Ich saß da und wartete. Ganz ruhig. Mein Hintern wärmte den Hocker, der Hocker war gepolstert. Meine Füße standen flach auf dem Boden, schön parallel nebeneinander, wie es sich für Füße gehört. Ganz ruhig. Die Knie rechtwinklig, die Unterarme auf den Oberschenkeln, die Hände gefaltet. Ich wartete. Den Kopf hielt ich ein wenig gesenkt, ich starrte auf eine Stelle des Vorhangs, die sich annähernd einen Meter über dem Erdboden befand. Nein, eher weniger, ich will nicht übertreiben. Vielleicht 85 Zentimeter. Es käme auf meine Entfernung vom Vorhang an, das heißt auf die Entfernung des Hockers, an dessen Platzierung ich nichts geändert hatte, und somit auf die meiner Augen vom Vorhang. Wäre diese Entfernung bekannt, könnte man mithilfe einer einfachen Winkelgleichung – natürlich flösse meine spezifische Kopfneigung mit in die Rechnung ein – die Höhe jener Vorhangstelle exakt ermitteln. Ich will nicht für kleinkariert gelten, aber mir liegt an der korrekten Beschreibung meiner Haltung, denn sie soll verdeutlichen, dass ich mich in diesen Minuten nicht mehr rührte als der Schlussstein der Alten Brücke und dass ich rein äußerlich vom Inventar der Boutique nicht zu unterscheiden war.

Die Betonung liegt auf äußerlich.

In meinem Kopf hingegen spielte ein halbes Dutzend Kinos

lauter verschiedene Filme zur gleichen Zeit ab, und sie brachten mich beileibe nicht alle zum Lachen. Einige Horrorszenarien waren auch dabei. Ich sah vermummte Polizisten mit gezogener Dienstpistole durch die Plöck hasten, Haustüren aufbrechen, in Megaphone brüllen, harmlose Passanten links und rechts gegen die Wand schleudern. Ich hörte das Trommeln ihrer Stiefel auf dem Asphalt. Sie wurden immer mehr und mehr, Mannschaftswagen, grüne Minnas kamen von allen Seiten, spuckten Hundertschaften aus, MGs im Anschlag, Helikopter kreisten, Gullydeckel hoben sich, Laternenmasten fingen an loszuballern. Polizeihunde schnüffelten hechelnd herum, schlugen bei meinem Rad an, fanden meine Fährte, hetzten in Richtung Boutique, wo sich zwei Frauen ängstlich hinter dem Ladentisch verkrochen.

Draußen blieb alles ruhig. Ich blieb ganz ruhig.

Ich wechselte das Kino. Ein anderer Film: kleines Fernsehspiel. Alle meine Freunde kamen darin vor, sie formierten sich zum Chor einer griechischen Tragödie und riefen gemeinsam: Du verdammter Idiot!

Ich schwieg, denn ich wusste, sie hatten recht.

Du verdammter Idiot! hallte es durch meinen Schädel, welcher Teufel hat dich geritten, eine Verfolgungsjagd mit der Polizei anzuzetteln? So etwas darf einem Privatflic einfach nicht passieren. Darf es nicht, Max! Deinen Job kannst du an den Nagel hängen. Oder such dir eine andere Stadt. Hier kommst du auf keinen grünen Zweig mehr, zieh Leine.

Vielleicht ... vielleicht finden sie mich ja nicht.

Kennst du eine griechische Tragödie mit Happy End? – Ich sah meine Ex-Frau mitten in dem Chor stehen; sie blickte am vorwurfsvollsten von allen.

Ich kenne überhaupt keine griechische Tragödie. Außerdem sind wir hier in Heidelberg.

Vergiss es, Max. Die Geschichte mit dem Toten auf dem

Bergfriedhof kannst du abhaken, ein für allemal. Außer Spesen nichts gewesen. – Abgang Chor zur Seite.

Ganz ruhig. Ein Zeh meines linken Fußes juckte ein wenig. Ich rührte mich nicht. Sie hatten ja recht. Es war vorbei. Außer Spesen nichts gewesen. Nix, absolut nix gewesen. Nur gelesen, die Besen, der Tresen. Im Senegal wohnen die Senegalesen. Und wer wohnte auf dem Bergfriedhof? Keiner, der sich reimte.

Ich horchte. Das Spielfilmchaos in meinem Kopf verebbte. Der Abspann lief.

Ganz, ganz ruhig.

Okay, noch hatten sie mich nicht, und vielleicht gab es eine kleine Chance, unerkannt hier herauszukommen. Aber sie brauchten bloß meine beiden Fahrräder zu finden, schon war ich geliefert. Das Rennrad trug eine registrierte Seriennummer.

Draußen ging die Türklingel.

Ich lauschte angestrengt. Es war nichts Deutliches zu vernehmen: zwei, drei leise Stimmen vielleicht. Nach bewaffneten Hundertschaften hörte sich das nicht an.

Der Vorhang bewegte sich wieder sachte. Ich hob zum ersten Mal nach langer Zeit den Blick und ließ ihn langsam, sehr langsam den dunkelroten Vorhang hinaufwandern. Einen Zentimeter, noch einen Zentimeter … Bis ich meinen Kopf gerade hielt.

Die Minuten verstrichen. Nichts passierte, nichts war zu hören. Totenstille.

Was war da los? Stand die geballte Staatsmacht der Bundesrepublik Deutschland mit Gewehr im Anschlag vor dem Geschäft und wartete, bis ich auftauchte? Unsinn. Ich sah zu viel fern. Es herrschte Stille in der Boutique, es herrschte Stille vor der Boutique, und der naheliegendste Grund hierfür war der, dass mich meine übermotivierten Verfolger aus den Augen verloren hatten. Entweder tappten sie immer noch verzweifelt durch das Labyrinth aus Schulkindern, oder mein simples

Manöver mit dem Geländewagen hatte gefruchtet. Vielleicht gelang es mir sogar, meine Fahrräder zu retten. Es bestand also noch Hoffnung.

Ich wartete. Nun juckte auch ein Zeh rechts.

Nach endlos langer Zeit, in der wirklich überhaupt nichts passierte – was war eigentlich mit der dicken Kundin? –, nach quälend leeren, ereignislosen Minuten entschloss ich mich, mein Versteck zu verlassen. Der Entschluss war das eine. Es dauerte aber fast noch einmal so lange, bis alle meine lädierten Körperteile, von den juckenden Zehen bis zum brummenden Schädel, sich bereit und willens zeigten, diesem Entschluss Folge zu leisten.

Und dann war es so weit: Langsam schob ich den roten Vorhang einen klitzekleinen Spalt zur Seite.

Als Erstes traf mein Blick auf einen kurzen blauen Rock, der zwei Meter entfernt an einem Kleiderbügel hing. Das freute mich. Was ich als Nächstes sah, freute mich weniger. Zugegeben, es war nur ein kurzer freudloser Moment, aber der hatte es in sich.

Für den Bruchteil einer Sekunde erkannte ich deutlich und klar eine Faust vor meinen Augen. Eine Faust: geballt und kräftig und bereit zuzuschlagen.

Der Vorhang dämpfte den Schlag minimal; mit einem Seufzen sank ich in mein Versteck zurück und fiel gegen den gepolsterten Hocker.

10

Die Küchentür des *Englischen Jägers* öffnete sich. Ein Tablett, auf dem sich etliche Portionen Pommes frites türmten,
wurde hereingetragen; dahinter glänzte der kahle Schädel der
Wirtin. Maria musste ihre kurzen Arme ganz ausstrecken und
das Kreuz durchbiegen, um unter ihrer Last nicht zusammenzubrechen. Sie zwängte sich durch den engen Gast-raum, am
voll besetzten Stammtisch vorbei, verscheuchte einen Langhaarigen, der im Weg stand, schob einen Stuhl mit der Hüfte
zur Seite, verlor unterwegs aber nicht ein einziges Pommes-
Stäbchen. An unserem Tisch stellte sie das Tablett ab und verteilte die Portionen.

»Ketchup«, sagte Tischfußball-Kurt. »Nicht Mayo, verdammt.«

»Cool«, strahlte der mit der Nickelbrille.

Jeder am Tisch bekam seine Portion. Der eine ertränkte sie
in Mayonnaise, der andere bestellte Salz nach. Und natürlich
Bier, wegen des Salzes.

»Ich auch ein Bier.«

»Weizen. Kannst gleich zwei bringen. Aber nacheinander.«

»Orangensaft«, bellte Tischfußball-Kurt. »Ohne Eiswürfel, verdammt.«

»Mensch, Maria«, sagte der schöne Herbert, »deine Portionen waren auch schon mal größer.«

Das stimmte natürlich nicht. Marias breite Pizzateller werden immer bis zum Rand gefüllt. Ihre Pommes-frites-Portionen sind Legende, und daran wird sich so schnell nichts ändern.
Das wusste auch Herbert, und deshalb zeigte sich zum ersten

Mal so etwas wie Zufriedenheit auf seinem trübsinnigen Antlitz, was er durch seinen Kommentar zu verbergen suchte. Er schnappte sich zwei Pröbchen Ketchup, die Maria in die Mitte des Tischs geworfen hatte, bevor Tischfußball-Kurt sie alle einheimsen konnte, und vergaß für einen Moment sein geliebtes Schachspiel. Kurt moserte noch ein wenig herum, doch seine Lippen glänzten bereits fettig.

»Ich würd auch noch eins nehmen«, sagte ich und hielt Maria mein leeres Bierglas hin. Nickend und stumm die Bestellung memorierend, zog sie sich zurück.

Ich sah ihr nach. Manche Dinge werde ich nie verstehen. Warum tut diese Frau das alles? Warum ist sie so, wie sie ist? Jeden Tag 15 Stunden in einer schäbigen, verqualmten Kneipe, kein Ruhetag, eine Woche Urlaub über Weihnachten, die Klientel fragwürdig, der Verdienst minimal. Einer wie Maria würden die Neuenheimer Wohlstandsbürger nicht einmal die Hand schütteln wollen. Sogar ihre Kundschaft vorne am Stammtisch verachtet sie und kommt nur wegen der günstigen Preise. Maria ist Sizilianerin, sie hat eine Glatze, spricht schlecht Deutsch, und wenn sie irgendwann einmal aufgibt, wird der *Englische Jäger* sofort in eine Tapas-Bar oder einen Sushi-Treff verwandelt.

Aber sie gibt nicht auf. Für die unteren Einkommensklassen hat die kleine Frau mehr getan als alle Sozialgesetze der letzten 10 Jahre. Sie ist es, die Heidelbergs dritten Stand vor dem Hungertod bewahrt. Inflation, Erhöhung der Mehrwertsteuer, explodierende Preise, sinkendes Durchschnittseinkommen … na und? Marias Fritten kosten immer noch das, was sie kosteten, als ich nach Heidelberg kam. Nur, warum das so ist, konnte mir noch niemand erklären. Weil Maria zum Samariterorden gehört? Weil sie die Gesetze der Marktwirtschaft nicht kapiert hat? Weil sie schwer von Kapee ist? Vielleicht. Nichts davon ist auszuschließen. Vielleicht aber auch,

weil sie weiß, dass ihr die paar Cent, die sie ihren Quartals-
trinkern und all den anderen Angeschwemmten aus den löch-
rigen Taschen ziehen könnte, nicht weiterhelfen würden. Oder
weil Menschen wie Maria grundsätzlich auf der Verliererseite
des Lebens stehen. Ich fände das sympathisch.

Denn, wie es der Zufall will, da stehe ich auch. Kein Mitleid, bitte schön, man muss den Tatsachen ins Auge sehen. Als
ich einmal vor der Wahl stand, mit dem attraktivsten Mädchen
des Landkreises zum Abschlussball der Tanzstunde oder ohne
sie zu einem Europapokalspiel des 1. FC Kaiserslautern zu
gehen, baute sich meine Mutter mächtig vor mir auf und fragte
mich mit bebender Stimme: Willst du denn ewig auf der Seite
der Verlierer stehen, Max? Ich verstand damals nicht, was sie
meinte. Die Roten Teufel aber schieden zu Hause gegen eine
dieser Knochenbrechermannschaften aus dem Ostblock aus –
welche war es noch? Steaua Bukarest? Universitatea Craiova? –,
und ich stand heulend in der Westkurve, über die gerade ein
Wolkenbruch niedergegangen war. Mein Vater hatte sich an
diesem Tag nicht eingemischt, weil er ein grauenhafter Tän-
zer war und mich als Fünfjährigen in die Kultstätte Betzen-
berg eingeführt hatte. Seine Stunde schlug zwei Jahre später,
als ich durchs Abitur rasselte. Der Sohn eines Pfarrers, und
wegen Latein durchgefallen! Das traf ihn tief.

Es traf ihn so sehr, dass er mir wohl am liebsten eine gescheu-
ert hätte. Ich war nämlich zu spät und übernächtigt zur entscheidenden Klausur erschienen und hatte deshalb die nötige
Punktzahl verfehlt. Dann aber kam meinen Eltern zu Ohren,
dass ich die Nacht vor der Prüfung im Hause des Gemeindebibliothekars, dessen Tochter als läufiges Mädchen galt, zuge-
bracht hatte; und schon regte sich in meinem Vater (der vor seiner theologischen Laufbahn ein echter Schwerenöter gewesen
war) ein klein wenig Verständnis für seinen triebgesteuerten
Sohn, auch wenn er es nicht zugab. Wieder etwas später jedoch

machte ein neues Gerücht die Runde, und dieses besagte, dass es mein bester Freund jener Zeit, unser Schulsprecher, gewesen war, der sich mit dem Mädchen vergnügt hatte, während ich mit ihrem Bruder, dem Sohn des Gemeindebibliothekars also, bis zur Morgendämmerung im Hobbykeller gesessen und gekifft hatte, was die Lunge hergab.

Als mein Vater das hörte, zitierte er mich, schwer getroffen an Körper und Seele, in sein Arbeitszimmer. Er wies auf die vergilbten Fotos, die über seinem Schreibtisch hingen: Schau dir unsere Vorfahren an, sagte er. Sie alle waren Meister darin, erfolglos, nutzlos, verantwortungslos durchs Leben zu stolpern, und nun hast du dich ihrer als würdig erwiesen.

Wieso?, fragte ich. Haben die auch gekifft?

Max, antwortete mein Vater ernst, und man sah, wie schwer es ihm fiel, die richtigen Worte zu finden. Max, sagte er, über unserer Sippe liegt ein Fluch, glaub mir das. Ein Fluch. Wer den Namen Koller trägt, den hat das Schicksal zum Verlierer bestimmt.

Sicher, mein Vater ist Pfarrer, und er hielt sich für die einzige Ausnahme seines unglücklichen Geschlechts. Trotzdem habe ich damals nicht über seine pathetischen Worte gelacht, und genauso wenig lache ich heute darüber. Das Abi holte ich im Folgejahr nach, aber auch das änderte nichts. Leute wie ich mögen schneller sein als ein Streifenwagen, dem Fluch entkommen sie nicht.

Ich betrachtete die Schachfiguren vor mir. Die Partie stand auf Messers Schneide. Meine Türme waren zur Bewegungslosigkeit verurteilt, dafür wurde es für Herberts Dame allmählich eng. Es war ein gutes Gefühl, vor dem Schachbrett sitzen und in Ruhe ein Bier trinken zu können, ein gutes Gefühl, dem Chaos in der Plöck entronnen zu sein – aber was hiervon war mein Verdienst? Was hatte ich dazu beigetragen? Hier lief doch ein Spiel, dessen Regeln mir keiner mitgeteilt hatte.

War ich ein Turm, ein Springer? Oder reichte es mal wieder nur zu einem Bauern?

Der schöne Herbert verzog sein Gesicht zu einer leidenden Grimasse. Nun konnte es nicht mehr lange dauern, bis er mich matt setzte.

Ich befühlte meine linke Augenpartie. Der Bluterguss über dem Jochbein schmerzte. Es war dreist gewesen, mir in diesen Damenwäscheladen zu folgen und so lange vor der Umkleidekabine zu warten, bis ich aus einem Vorhangspalt herauslugte. Wer tat so etwas? Wer konnte so kräftig und präzise zuschlagen? So präzise, dass ich nicht ohnmächtig geworden war, sondern nur eine Weile bewegungsunfähig auf dem Boden herumgelegen hatte, wie in dicken, wattierten Nebel eingehüllt. Während ich vor mich hinstöhnte, waren in der Ferne gedämpfte Frauenstimmen und das helle Bimmeln der Türklingel zu hören.

Und dann? Irgendwann gelang es mir, mich aufzurappeln. Ich stellte den Hocker wieder hin und ließ mich auf ihn fallen. Rücken und Kopf an die Wand gelehnt, stöhnte ich ein Weilchen weiter, betastete die schmerzenden Stellen und versuchte einen Sinn hinter all diesen absurden Handlungen zu entdecken. Warum hatten es plötzlich alle auf mich abgesehen? Ein Silberrücken mit Pfefferspray, zähnebleckende Streifenpolizisten, ein geheimnisvoller Boxer. Liefen nur noch Verrückte durch die Stadt? War zu viel Testosteron in der Luft?

Es blieb bei diesen stummen Fragen. Keiner antwortete, keiner half mir. Ich richtete mich auf, setzte zwei wacklige Beine in Bewegung, torkelte an der Verkäuferin vorbei und trat hinaus auf die Straße.

Alles ruhig. In der Hofeinfahrt gegenüber lag mein rotes Fahrrad.

Eine halbe Stunde später war ich zu Hause.

»Jaja«, brummte Herbert von der anderen Seite des Schachbretts. »Jaja, schau, schau.« Er wusste längst, dass er das Spiel gewonnen hatte. Zugeben würde er es nicht. Denk doch nur, Max, bei der Eröffnung, bei dem Katastrophenbeginn ... Wie soll man da erwarten, dass am Ende ... Da hab ich aber noch mal Glück gehabt.

Gegen Herbert zu verlieren, ist keine Schande. Ich machte einen Verlegenheitszug.

Wir saßen zu sechst am Tisch. Die revolutionäre Brigade hatte sich verzogen, nur der lange Nickelbrillentyp leistete uns noch Gesellschaft, unterhielt sich aber hauptsächlich mit seinem Schnaps. Ihm gegenüber kraulte Tischfußball-Kurt seine beiden Dackel, flankiert von einem Intellektuellen mit grauem Rauschebart und einem Zimmermann auf Wanderschaft, der seinen Mund nur für einen gelegentlichen Rülpser öffnete. Maria hatte ein waches Auge auf den Koloss am Stammtisch, während im Hintergrund die drei Penner Skat kloppten; das knutschende Pärchen und der Dicke mit der Limo hatten sich nicht von der Stelle gerührt. Die Teller mit den Pommes frites wurden mit atemberaubender Geschwindigkeit geleert.

Was sich genau auf dem Bergfriedhof abgespielt hatte, hatte ich meinen Zuhörern verschwiegen. Es genügte, wenn sie wussten, dass mich ein namenloser Geldprotz erst beauftragt und dann in die Wüste geschickt hatte – was meinen Glauben an die Menschheit derart erschüttert hatte, dass ich mich mit zwei Fahrrädern gleichzeitig vom Schlossberg hinunter in die Stadt gestürzt hatte. Nachfragen wehrte ich ab. Tut mir leid, Leute, die Sache ist heikel. Ihr wisst ja, als Privatdetektiv ... Man kommt da mit unschönen Dingen in Kontakt. Ja, das verstanden sie im *Englischen Jäger*.

»Okay, Herbert«, sagte ich kurz darauf und kippte meinen König mit dem Zeigefinger um. »Das wars.« Soeben verließ Jessicas Großmutter die Kneipe, nicht ohne mir einen drohenden Blick zuzuwerfen.

»Ach, komm«, machte Herbert enttäuscht. »Schon aufgeben? Schau dir mal deinen Turm da an. Und die zwei Bauern.«
Wollte mich noch ein wenig zappeln lassen, der einarmige Bandit.

»Vergiss es. Bin heute nicht bei der Sache. Außerdem brauche ich eine Auskunft von euch.« Ich winkte Maria heran, um ihr und den anderen meinen Auftraggeber so ausführlich wie möglich zu schildern. Beschrieb sein Auftreten, seine Kleidung, seine Stimme und natürlich seinen Wagen. Ahmte seine Haltung nach, seinen Gang, seine Gesten.

»Und? Habt ihr eine Idee, wer das sein könnte?«

»Nee«, sagte Herbert.

»Könnte jeder sein«, rief Tischfußball-Kurt. »In Neuenheim jeder.«

»Aber nicht jeder fährt so einen Wagen. Absolut auffällig, die Karre.«

Einhelliges Achselzucken. Kopfschütteln.

»Überlegt doch mal: so ein satter Rentner, könnte hier um die Ecke wohnen. Ehemaliger Großverdiener, Expolitiker, Manager, Ehrendoktor ... na, dämmert euch was?«

Nichts dämmerte. Auch Maria schüttelte den Kopf. »No«, sagte sie. »Nie gesehe, Max.«

»Moment«, sagte der Intellektuelle mit dem Rauschebart. Er hört auf den schönen Namen Leander und ist allgemeiner Einschätzung nach zu gut für diese Welt. »Moment.« Dann schwieg er.

»Wie, Moment?«, fragte ich.

Er sah mich aus wasserblauen Augen an. Sagte aber keinen Ton.

»Was ist? Kennst du den?«

»Ich überlege«, antwortete er würdevoll.

Herbert machte eine abwehrende Geste und trank sein Bier aus. Ich blickte Leander auffordernd an. Er behauptete zu überlegen, sah aber nicht danach aus. Sah eher aus, als durchforste er die Mundhöhle mit der Zungenspitze nach Pommesresten.

»Ich bin ganz Ohr«, meinte ich. Immer freundlich.

Er nickte. Dann kniff er die Augen zusammen und fragte: »Wie, sagtest du, heißt dein Mann?«

»Welcher Mann? Der, den ich suche?«

»Ja.«

»Ich weiß nicht, wie er heißt. Das versuche ich gerade herauszufinden.«

»Ach so. Verstehe.«

Jetzt schwiegen wir beide. Er musterte mein lädiertes Auge.

»Aber hast du nicht eben …?«, begann er, sah sich hilfesuchend am Tisch um und schnappte nach Luft. »Hast du nicht … geht es nicht um diesen Professor?«

»Was für ein Professor?«

»Na, dieser Soziologie …«

»Soziologieprofessor? Ein Soziologe?«

»Nein, ein … ein Professor der Soziologie, der …«

»Der was?«

»Nicht so hektisch, Max«, warf Tischfußball-Kurt ein und hob einen seiner Dackel auf den Schoß, um ihn abzuknutschen.

»Ja, schon gut. Also, Leander, was für ein Professor?«

»Der mit dieser Villa oben am Philosophenweg … diese schöne Villa … mit der schönen Frau drin …«

»Ach, der«, sagte Herbert. »Fehlalarm, den kenne ich. So'n Männchen mit Halbglatze. Keine ein Meter 60 hoch.«

Leander fing an zu zittern. »Aber seine Frau, eine schöne Frau ist das. Und in der Garage ein Boot, das weiß ich genau.«

»Ja«, sagte Herbert.

»Ein schönes Boot …«

»Schon gut«, meinte ich.

»Damit fährt er jedes Jahr nach Irland, an die Westküste,

um zu diesen Inseln im Atlantik, diesen … diesen schönen Inseln …, und zwar mit seinem Boot …« Leanders helle Stimme kippte ins Schrille, als er den längsten Satz, den er an diesem Abend begonnen hatte, nicht zu Ende brachte.

»Jaja«, nickten wir und tätschelten beruhigend seine Hand.

»Seine Frau ist auch dabei«, sagte er abschließend und hatte den Satz also doch noch fast zu Ende gebracht.

»1,58«, murmelte Herbert. »Höchstens.«

»Tut mer leid«, sagte Maria. »Kenn den Mann net.«

Dann ließ Tischfußball-Kurt plötzlich eine Faust auf den Tisch krachen, dass der Dackel auf seinem Schoß jaulend das Weite suchte.

»Verdammt, ich habs«, rief er. »Du musst den Schorsch fragen, Max.«

»Schorsch? Welchen Schorsch?«

»Welchen Schorsch?« Er sah mich an, als hätte ich ihn gefragt, wo sich die Öffnung einer Bierflasche befindet. »Den Ungarn natürlich!«

»Er meint György«, erklärte Herbert. »Den Rennfahrer.«

»Ja, verdammt, dann halt György, elender Besserwisser!«

»Ach so, György«, sagte ich. »Der Ungar.«

»Sag ich doch die ganze Zeit. Beziehungsweise der Sohn vom Schorsch.« Er fuchtelte mir mit dem Zeigefinger vor den Augen herum. »Schorschs Kleiner, der Dings, na, wie heißt der Depp gleich?«

»Ah, Francesco«, half Maria. Sie warf einen Blick auf die fast blinde Uhr über dem Durchgang zur Küche. »Sì, sì, komme gleich her. Le due. Giorgio e Francesco.«

Dann eben Giorgio e Francesco. Oder Schorsch und Franz. Je nachdem, ob man wie Maria aus Piazza Armerina stammt oder wie Kurt aus Ilvesheim. Im Prinzip sprechen sie alle die gleiche Sprache.

»György«, wiederholte ich. »Das ist doch dieser Typ, der

schon ewig hier lebt, nicht wahr? So ein Kurzer, Zappeliger?«
Ich kannte den Mann nur flüchtig. Kleine Kanonenkugel nannten sie ihn im *Englischen Jäger*.

»Und ein Schwätzer vor dem Herrn«, nickte Tischfußball-
Kurt. »Wenn alle Ungarn so sind, will ich da nie hin. 1956 hat
er rübergemacht.«

»In den goldenen Westen«, brummte Herbert und verdrehte
die Augen.

»Richtig, in den goldenen Westen, und seitdem sitzt er da
und quatscht dich voll.«

»Und sein Sohn?«

»Der Franz?« Kurt zündete sich eine Zigarette an. »Also,
der Franz ist ein Depp. Volldepp.«

»Was heißt das, ein Depp?«

»Na, wie würdest du das nennen, wenn einer ein bisschen
gaga ist? Leicht gestört, plemplem, ein Idiot eben.«

»Ein Depp«, nickte Herbert.

»Aber völlig fanatisch, was Autos angeht«, ergänzte Kurt.

»Ach so. Jetzt kapiere ich.«

»Der Junge kennt jeden Wagen in Heidelberg«, sagte Kurt
begeistert und aschte versehentlich in Herberts Bier. »Und
wenn ich sage jeden, dann meine ich jeden. Der leiert dir die
Seriennummern aller Neuzulassungen runter. Ohne Punkt
und Komma. Ein Depp, aber ein Zahlenwunder. Max, der
verrät dir, wo dein BMW steht, bevor du piep sagst. Und
den Kilometerstand gleich dazu.« Seine beiden Dackel kläff-
ten zustimmend. Er nennt sie Coppick und Hansen, nach
zwei berühmten Gladbach-Spielern aus den 70ern, wie er
behauptet. Komisch; hießen die nicht Köppel und Jansen?
Egal. Jedenfalls verdankte ich Kurt den Tipp mit György
und seinem Sohn.

Gut, dann hieß es also nur noch warten. Gedankenverloren schaute ich Coppick und Hansen zu und betastete mein

schmerzendes Veilchen. Vielleicht war ein Depp aus Ungarn der erste Hauptgewinn in diesem Spiel.

Es wurde allmählich auch Zeit.

11

Bevor ich mich aufmachte, den Sonntagnachmittag im *Englischen Jäger* zu verbringen, hatte ich meinen Freund Marc Covet angerufen. Für einen Lokaljournalisten wie ihn musste die Identifizierung meines anonymen Auftraggebers doch ein Klacks sein.

Dem Journalismus widmet Marc allerdings nur die eine Hälfte seiner Aufmerksamkeit, die andere gilt dem Trinken. In beiden Arbeitsgebieten ist er zu Höchstleistungen fähig, bewundert von Chefredakteuren und Kneipiers, gefürchtet von der Konkurrenz. Es hat schon viele gegeben, die ihn aus der Redaktion schreiben oder unter den Tisch saufen wollten und grandios scheiterten.

Außerdem, was heißt das schon: trinken? Es gibt so viele verschiedene Möglichkeiten, sich Flüssigkeiten hinter die Binde zu kippen, dass man sie keinesfalls über einen Kamm scheren sollte. Im *Englischen Jäger* kann man einige von ihnen studieren. Da gibt es den Quartalstrinker und den Dauertrinker, den Gelegenheits- und den Anlasstrinker. Manche trinken Marias Roten, weil er ihnen schmeckt, den alt Eingesessen von der Bergstraße schmeckt er nicht, aber ihr Geiz lässt ihnen keine Wahl. Die einen trinken mit schlechtem Gewissen, die anderen mit gutem. Der schöne Herbert behauptet, er trinke nur, damit Maria einen Verdienst habe; fehlt nur noch, dass Maria eines Tages sagt, sie betreibe ihre Kneipe bloß, damit wir was zu trinken hätten. Mein Freund Fatty gehört zu den Leuten, die sich ein Besäufnis vornehmen wie einen Theaterbesuch; sie schauen in den Kalender, suchen sich einen günstig gelegenen Freitag aus und streichen ihn rot an: Hoch die Tassen! Ich selbst würde mich eher als einen Bauchtrinker bezeichnen, der dann zum Alkohol greift, wenn es die innere Stimme befiehlt. Selbst wenn sie es mitten in der Woche um 10 Uhr morgens befiehlt. Ob das ein Laster ist, sollen andere entscheiden. Christine machte einmal eine Andeutung in diese Richtung, da verwies ich nur auf Tischfußball-Kurt, der niemals Alkohol trinkt. Nie! Dafür Orangensaft in rauen Mengen, pur, als Schorle, im Müsli, auf Vanilleeis, mit Früchten. Grauenhaft.

Bei Marc ist das alles anders. Marc trinkt äußerst ernsthaft, nicht einfach zum gelegentlichen Vergnügen oder nebenher, sondern gründlich, mit Vorsatz und Kenntnis, wie einer, der Bodenproben in einem Naturschutzgebiet nimmt. Bier lässt er in der Regel links liegen, Wein reichen sie ihm bei den zahlreichen Empfängen und Premieren, die er besuchen muss; seine Leidenschaft aber gilt schärferem Zeug, Whisky, Grappa, Aquavit. Über schottische Brennmethoden und französische Destillationstricks weiß er alles. Bevor der Absinth wieder in Mode kam, hielt Marc Covet als einziger Heidelberger – man verzeihe die Formulierung – dessen Fahne hoch. Nicht ohne

Eitelkeit übrigens, denn Covet ist ein verdammt selbstgefälliger Snob. Macht gerne einen auf Zyniker und Kunstkenner; und wenn sich in der Nähe ein Weiberrock blicken lässt, läuft er zur Hochform auf: Showmensch Marc Covet. Seine größte Rolle allerdings spielt er, wenn er sich selbst nachahmt. Covet imitiert Covet und lacht sich darüber kaputt: wie er säuft, wie er seine Marotten pflegt, wie er sich über Gott und die Welt beklagt. Alle Achtung, diese Fähigkeit haben nur wenige.

Wahrscheinlich muss er deshalb so viel trinken.

Wie auch immer, attraktiv ist der Mann. Und er weiß das. Rennt Woche für Woche zum Friseur, um diese Attraktivität zu bewahren; sein Bart ist stets auf dieselbe Millimeterlänge gestutzt, seine Lockenpracht immer in dem gleichen satten kastanienbraunen Ton gehalten. So etwas schafft Eindruck. Sein Friseur säuft übrigens auch. Reine Schutzmaßnahme, sagte Marc, als ich ihn wieder einmal wegen seines Schönheitswahns und seines notorischen Durstes aufzog; Präparation von innen und von außen, um gegen die Hässlichkeit dieses Lebens gefeit zu sein. So sagte er und schaute ungewöhnlich ernst drein, aber ich glaubte ihm nicht.

Auch Marc Covet gelang es nicht, die Identität des Pfeffersprayers zu lüften. Dabei kennt er nach eigener Aussage und nach der seines Chefs jeden Stein in Heidelberg, jeden Einwohner, der einmal in der Zeitung gestanden oder einen zähnebleckend aus dem Lokalteil angegrinst hat, kennt sämtliche Affären, jedes Getuschel, jeden Klatsch. Er weiß, was politisch gespielt wird und wer sich mit wem über wen oder was zerstritten hat. Marc Covet ist, mit einem Wort, der Chronist unserer Epoche. Noch ein Grund für seine Sauferei.

Und ein Grund für seinen Arbeitgeber, über seine Eskapaden hinwegzusehen. Zur einzigen Heidelberger Tageszeitung, den stockkonservativen *Neckar-Nachrichten*, hatte es bis in die 90er-Jahre hinein eine ernst zu nehmende, wenngleich ideologisch kaum unterscheidbare Konkurrenz gegeben; man befehdete sich nach Kräften, und die härtesten Kämpfe wurden auf den Lokalseiten ausgefochten. Irgendein pfiffiger Schreiberling der *Neckar-Nachrichten* hatte eines schönen Tages die Idee, den jungen Covet in die Lokalredaktion zu berufen, und kurz danach machte das andere Blatt dicht. Es wird nicht allein an dem neuen Redakteur gelegen haben, aber mitentscheidend war dieser Schachzug schon. Marc ist Perfektionist, sein Stil unnachahmlich, und was er schreibt, ist gründlicher recherchiert, stichhaltiger, aktueller als der Rest der Zeitung. Vor allem aber haben seine Beiträge jenes gewisse journalistische Etwas: eine Mischung aus distanzierter Anteilnahme, kumpeligem Schulterschluss und kauziger Selbstironie – Eigenschaften, die sich, so könnte man meinen, ausschließen. Nicht bei Marc Covet. Er hätte ein Lokalblatt im Alleingang aufmachen können, und es wäre der Renner geworden. Aber er wollte noch Zeit für seinen Grappa haben. Und für die Weiber natürlich.

Ich erwischte ihn ausnahmsweise zu Hause. Das ist deswegen die Ausnahme, weil er dort nur eine eiserne Ration Alkohol aufbewahrt. Nicht, dass er in den eigenen vier Wänden keinen Tropfen hinunterbekäme; er trinkt nun mal lieber in der Öffentlichkeit, unter den Leuten, die sich tags darauf in seinen Artikeln wiederfinden.

Covet saß also nicht in seiner geliebten *Hinterbühne*, dem Theatercafé, sondern lag zu Hause auf dem Sofa und lauschte meinem Bericht. Ich beschrieb ihm den beigefarbenen BMW, entwarf ein Phantombild des Alten – er schüttelte nur den Kopf. Jedenfalls denke ich mir das, schließlich telefonierten wir.

»Marc, streng dich ein bisschen an«, sagte ich. »Du hast einen Ruf zu verlieren.«

»Ruf?«, gab er unwirsch zurück. »Ich habe überhaupt nichts zu verlieren und schon gar keinen Ruf.«

»Na, hör mal, du als Heidelberger.«

»Als Heidelberger Lokalgröße, ja? Wolltest du das sagen? Ich danke. Aber jetzt pass mal auf, du komischer Schnüffler: Ich versuche mir die ganze Zeit jemanden aus dem Kreis hiesiger Besserverdienender vorzustellen, der dich engagieren würde.«

»Und?«

»Gibt es nicht.«

»Aber der Typ hat mich engagiert.«

»Ein Widerspruch in sich. Ein Oxymoron. Schwarzer Schimmel.«

»Apropos: Der BMW hatte schwarze Ledersitze. Außen beige. Fällt dir dazu was ein?«

Er gähnte. »Nein, nichts. Was ist das überhaupt für eine Farbe: beige? Die gibt es nicht als Autolack. Wahrscheinlich meinst du ocker oder gelbbraun.«

»Meine ich nicht. Ich meine beige.«

»Eklige Farbe«, murmelte er.

»Wieso eklig? Die gleiche Farbe wie bei deinen Whiskys, die du immer ...«

»Was?«, brüllte er. »Gehts dir noch gut? Whisky ist nicht beige! Du hast ja keine Ahnung, Max! Goldgelb, bitte schön, so sieht ein Whisky aus. Oder bernsteinfarben, so wie durchsichtiges Messing, wie der Flaum einer Rotkehlchenbrust. Verstehst du das?«

»Bravo, Marc, so kenne ich dich! Endlich bist du wach. Fangen wir noch mal von vorne an.«

Er seufzte. »Du kannst mich mal, Max ...«

Pause. Schenkte er sich ein? Spülte er bernsteinfarbenes Hochlandgold durch seine Hirnwindungen? Oder linste er hinüber zu dem großen Spiegel und kontrollierte seine Frisur?

»Was ist los, Marc? Schlechter Tag heute?«

»Kann man wohl sagen«, seufzte er wieder.

»Hast du Besuch?«

»Leider nicht. Oder Gott sei Dank. In meinem derzeitigen Zustand … Weißt du, gestern Abend … im Grunde ist Hopper daran schuld.«

»Hopper? Der Schauspieler?«

»Nein, der Maler. Edward, nicht Dennis. Der mit den bunten Schwimmbecken.«

»Verstehe. In einem von denen bist du gestern abgesoffen.«

»So ungefähr. Der Kunstverein hatte Ausstellungseröffnung.« Jetzt gähnte er wieder. »Jugendskizzen von Hopper. Total minderwertiges Zeug, nicht ein Stück von Belang dabei. Das muss er unter der Schulbank zusammengekritzelt haben.«

»Interessant.«

»Superinteressant, du sagst es. Das Beste an der ganzen Ausstellung war der Trollinger, und das Beste am Trollinger war, dass wir ihn um zwei ausgetrunken hatten. Sonst läge ich jetzt noch im Koma.«

»Und wie soll ich da meinen Fall aufklären? Hast du dir das vielleicht mal überlegt, hm?«

»Ich hasse diese Kunstbanausen«, murmelte er. »Beige soll mein Whisky sein, das muss man sich mal …«

»Kunstbanause stimmt«, sagte ich, »aber mit intakter Leber.«

»Spießer. Was wolltest du nun von mir wissen?«

»Denk noch mal nach, wer der Typ vom Bergfriedhof sein könnte. Du kennst doch diese Leute alle.«

»Den nicht. Der muss von auswärts sein.«

»Ein Mann mit Kohle und Einfluss, das kann doch nicht so schwer sein. Ein Politiker vielleicht, mit zu viel Übergangsgeld. Wirtschaft. Rhein-Neckar-Mafia.«

»Mafia?«

»Kurpfälzer Camorra, was weiß ich. Na, komm schon!«

»Tut mir leid, da muss ich passen. Keine Aktennotiz vorhanden. Dieser Mann ist in keinem Heidelberger Verein Kassenwart, kein Straftäter, kein Lokalpolitiker und auch nicht das alles zusammen. Über den habe ich noch nichts geschrieben.«

»Hättest du wenigstens eine Idee, wie ich weitermachen soll? Wo ich mit meiner Suche anfangen könnte?«

»Tja«, sagte er. »Tja.«

Eine schöne Hilfe, dieser Journalistenfreund. Derart fantasielos war er sonst nur in stocknüchternem Zustand.

»Fatty meinte, ich solle es in Neuenheim versuchen. Vorzugsweise die Gegend um die Bergstraße und darüber, am Hang.«

»Ja, klingt vernünftig. Wenn er gegen alle Wahrscheinlichkeit in Heidelberg wohnen sollte, dann dort.«

»Oder im Schlosswolfsbrunnenweg.«

»Nein«, entgegnete Covet, und zum ersten Mal klang er, als wüsste er, wovon er sprach. »Dort oben nicht. Diese Pappenheimer kenne ich alle persönlich, jeden Einzelnen. Samt Vergangenheit. Und Zukunft. Such dir nächstes Mal einen von denen aus, dann erzähle ich dir eine Romantrilogie über deinen Klienten.«

»Werde ich mir merken.«

»Apropos Neuenheim. Hör doch mal in deiner Lieblingskaschemme nach, dem *Englischen Jäger*. Wenn der Typ dort in der Nähe wohnt, kennt man ihn und seinen unappetitlichen Wagen. Von deinen Proletariern hat bestimmt schon einer gegen diesen BMW gepinkelt.«

»Meine Proletarier«, erwiderte ich, »pinkeln nicht gegen bernsteinfarbene, pardon: beigefarbene Bonzenkarossen. Die haben den bewaffneten Kampf aufgegeben und vertrauen nun ganz auf die Macht des Wortes. Das der liberalen Presse zum Beispiel.«

»Dazu müssten sie lesen können«, murmelte er. Unsere Diskussionen, wie lange Marc noch guten Gewissens der Reaktion (jawohl, der Reaktion, aber natürlich auch der Redaktion) seine Arbeitskraft zur Verfügung stellen und wann er endlich zur *taz* oder wenigstens zur *Süddeutschen* wechseln werde, sind Legion. Wenigstens Freiberufler könnte er doch werden. Tausendmal habe ich ihm vorgerechnet, dass ihm *Marc Covets Spirituosenführer* Millionen einbrächte. Wenn er ihn nur einmal schriebe. Alles vergebens.

»Im Ernst«, meinte er, »da sitzen doch genug von diesen Eingeborenen rum, die den Neckar nur mit Reisepass überqueren. Hör dich dort mal um.«

»Danke für den Tipp, Marc. Aber auf den Gedanken bin ich selbst schon gekommen.«

»Weil er angesichts von Marias Pommesportionen so naheliegend ist. Klar. Wie würdest du eigentlich die Farbe frischer Pommes frites beschreiben? Ist das auch beige für dich?«

»Nein, whiskyfarben natürlich«, lachte ich. »Wie fritierte Rotkehlchenbrust. Kartoffel im Messingbad.«

»Schade, dass ich keine Flasche Trollinger mehr dahabe. Um sie dir über den Schädel zu ziehen.«

»Das würdest du nicht, wenn du wüsstest, wie ich aussehe.«

»Weiß ich doch. Und zu verschlimmern gibt es da nichts.«

»Hör zu, Hemingway, wenn dir in der Redaktion eine Vermisstenmeldung begegnet, sagst du mir Bescheid. Ein hagerer Mann um die 70, dunkle Augen, Hakennase, leicht verwahrlost. Okay?«

»Jaja.« Er seufzte mal wieder.

»Leute wie dich kann man immer brauchen.«

»Schön wärs.«

Mehr war an diesem Tag nicht aus dem Journalisten herauszuholen. Er versprach mir noch, einen Kollegen zu fragen, der einen kannte, dessen Schwester einen Polizeihauptmeister geheiratet hatte. Oder heiraten wollte. Vielleicht war dort eine Vermisstenanzeige eingegangen, oder es gab Hinweise auf meinen anonymen Auftraggeber. Erwarten solle ich aber nichts, sagte Covet; aus diversen lokalpolitischen Gründen sei die Zusammenarbeit mit der Polizei momentan nicht optimal. Na, wem sagte er das! Wir jammerten noch ein wenig über die schlechten Zeiten, dann legten wir auf.

12

Gegen halb sechs kam der Ungar. Na, endlich! Im Schlepptau einen weißblonden Schlaks mit hängenden Schultern und einer Brille aus getöntem Panzerglas. Beim Versuch, sich hinter seinem zu kurz geratenen Vater zu verstecken, stolperte er fortwährend über die eigenen Füße. Der sollte mir weiterhelfen? Meine Pechsträhne schien überhaupt kein Ende mehr zu nehmen. Die beiden steuerten einen einsamen Tisch am anderen Ende des Raumes an. Maria schüttelte den Kopf und zeigte auf uns; Tischfußball-Kurt schnippte wild mit den Fingern. Seine Dackel schreckten aus einem gemeinsamen Nickerchen.

Nun begann das Drama: Die zwei Neuankömmlinge wollten sich nämlich nicht zu uns setzen. Das heißt, der Alte wollte schon, aber der Junge nicht. Zierte sich, bockte, schüttelte ängstlich den Kopf, während ihm sein Vater gut zuredete. Ein

Hin und Her war das! Zu guter Letzt saßen sie doch bei uns am Tisch. Der Ungar war ein fast zwergenhaft kleiner, kräftiger Mann mit rundem Kopf und lebhaft zwinkernden Augen, fuchtelte dauernd mit seinen fleischigen Händen herum und wirkte überhaupt ein wenig überdreht. Dass es zwischen ihm und der bemitleidenswerten Gestalt an seiner Seite eine direkte verwandtschaftliche Bindung geben sollte, schien undenkbar. Franz oder Ferenc, wie ihn der Herr Papa nannte, war spindeldürr, fast unterernährt. Er hatte nicht nur weißes Haupthaar, sondern auch seine Augenbrauen schimmerten schlohweiß. Dazu Kaninchenaugen hinter der Schutzbrille und helle, zarte, kostbar wirkende Haut: ein Albino.

Wir bestellten. Der Vater einen süßen Roten, der Sohn ein Spezi, Kurt einen weiteren Orangensaft und wir anderen Bier. Maria kam und stellte die vollen Flaschen und Gläser neben die leeren auf den Tisch. Auf den Gedanken abzuräumen kommt sie übrigens nie. Die Abende im *Englischen Jäger* finden ihren natürlichen Abschluss, sobald ein Tisch bis zum letzten Quadratzentimeter mit leer getrunkenen Flaschen bedeckt ist. Am nächsten Morgen sind die Flaschen verschwunden, und das Spielchen kann von vorne beginnen.

Wir prosteten uns zu.

Tischfußball-Kurt übernahm die Gesprächsführung. Ohne rot zu werden, bezeichnete er mich als Heidelbergs Topermittler, erste Adresse für die Schönen und Reichen der Stadt, unabhängig und überparteilich. Ehrfürchtiges Staunen. Händeschütteln. Zum Glück fragten sie mich nicht nach Autogrammkarten. Und dieser Superschnüffler, fuhr Kurt fort, sei mitten drin in einer Ermittlung, brandheiße Sache, alleroberste Geheimhaltungsstufe, sie verstünden schon, leider fehle ihm eine kleine Information, ein Detail, nichts Besonderes, für den Gesamtzusammenhang aber unverzichtbar. Eine Information, die vielleicht er, der junge Mann hier, Schorsch junior, geben könne.

»Oberste Geheimhaltungsstufe«, knurrte Tischfußball-Kurt. »Ihr wisst, was ich meine?«

Der Vater wusste. Nickte ehrfurchtsvoll.

Sein Sohn hingegen … nun, beeindruckt schien er nicht gerade. Vielleicht hatte er überhaupt nicht verstanden, was Kurt gesagt hatte. Hin und wieder räusperte er sich nervös. Durch seine dicke Brille starrte er auf die stehen gebliebenen Schachfiguren, bewegte die blassen Lippen … – und ich hatte das unbestimmte Gefühl, er könne die komplette Partie rekonstruieren. Ein seltsamer Knabe. Was sich hinter diesen Glasbausteinen wohl verbarg?

Es gab nur einen einzigen Weg, das Vertrauen des Schweigsamen zu gewinnen, und der führte über seinen Vater. Für uns ein steiniger Weg, denn der Vater hatte seine eigene Vorstellung vom Ablauf des Gesprächs. Warum nicht selbst im Mittelpunkt unserer Unterhaltung stehen? Warum dem Topermittler Heidelbergs nicht die eigene, spektakuläre Lebensgeschichte servieren? An der Überleitung sollte es nicht scheitern: Ja, das Verbrechen, sagte der Ungar nickend, das Verbrechen laure überall, davon könne er ein Lied singen. Nicht wahr, es sei nicht alles Gold, was glänze; nicht einmal hier, im goldenen Westen. Der Ehrliche sei eben doch der Dumme. Und wenn man irgendwo lerne, sich durchzuboxen, dann hier, im Kapitalismus. Er selbst zum Beispiel, das müsse er uns jetzt einfach erzählen …

»Ich komme gleich wieder«, unterbrach ihn Tischfußball-Kurt, schnappte seinen Orangensaft und seine beiden Dackel und verzog sich zu Maria an die Theke. Herbert stützte sich mit geschlossenen Augen auf seinen Arm, der Lange mit der Nickelbrille war hinter seinem Schnaps eingedöst. So waren Leander und ich die Einzigen, die Interesse an Schorschs Lebensweg heuchelten.

»Passen Sie auf, meine Herren«, fabulierte er, und sein runder Kopf baumelte auf dünnem Hals hin und her. »So etwas hören Sie nicht alle Tage.«

1956 war er nach Deutschland gekommen, er, Balant György aus Kecskemet. Hatte sich über Wien nach Köln durchgeschlagen, war in Kassel untergekommen – Heiliger Stefan, was für ein trostloses Nest! Kassel ... – und schließlich in Heidelberg. Bei guten, sehr guten Freunden. Lieben Menschen. Zu Hause hatten sie ihn den besten Rennfahrer Ungarns genannt, nicht wahr, den schnellsten und berühmtesten des ganzen Landes; aber wer in Deutschland hätte ihm, Balant György aus Kecskemet, dafür auch nur eine Mark gezahlt? Antwort: niemand. Er habe sich beweisen müssen, im goldenen Westen, nicht wahr, Tag für Tag, Rennen für Rennen. Und so wurden Nürburgring und Hockenheimring zu seiner zweiten Heimat. Dann folgte eine lange Liste seiner Siege und Preise und Auszeichnungen, Leander nickte sprachlos, ich schaute gelangweilt aus dem Fenster, der Albino nippte an seinem Spezi. Als rührseliges Intermezzo servierte er uns die Geschichte, wie er in den 70ern Budapest besucht und alte Freunde wiedergesehen hatte, auch seine alte Mutter und einige der Parteikader, die ihn damals zur Ausreise gezwungen hatten. Heiliger Stefan, was hatten die geflucht! Inzwischen deutscher Staatsbürger, brauchte er, Balant György aus Kecskemet, sich vor nichts und niemandem mehr zu fürchten, außer vor der kommunistischen Weltherrschaft.

»Denn der ist noch nicht besiegt, der Kommunismus«, sagte er und nickte bedeutungsschwanger. »Der ist noch nicht besiegt. Der steht auf aus seinem Grab und kommt wieder, nicht wahr?«

Was in diesem Moment mit einem leisen Pfiff riss, war vermutlich mein Geduldsfaden. Mit einer unwirschen Handbewegung seinen Hockenheimring und alle Streckenrekorde vom Tisch fegend, sagte ich, nein, es sei absolut nicht wahr,

dass der Kommunismus wiederkomme, der sei mausemause-
tot, da hätten Dreifelderwirtschaft und Scherbengericht mehr
Zukunft als der Kommunismus, aber das nur nebenbei, eigentlich wollte ich sagen, dass ich zeitlich leider knapp dran sei, auf
dem Sprung, wichtige Termine, sie verstünden, und ich würde
jetzt gerne meine Frage stellen.

Der Albino zuckte zusammen und versuchte vergeblich,
sich hinter seinem Vater zu verstecken; Kurt eilte von seinem
Thekenplatz herbei, um nach dem Rechten zu sehen, aber nun
schwieg der Ungar wenigstens. Im Übrigen nahm er mir die
Intervention nicht krumm, sondern grinste zuvorkommend.
Ein freundlicher Schwätzer.

Maria baute neue Flaschen vor uns auf. Wir schoben die leeren etwas zusammen. Der Lange mit der Nickelbrille schreckte
auf, sah erschöpft auf sein Schnapsglas und schüttelte den Kopf.

Zum zweiten Mal an diesem Nachmittag entwarf ich ein
Phantombild meines Auftraggebers, diesmal nur eine grobe
Skizze, denn es ging ja weniger um den Alten selbst als um
seinen Wagen. Ich müsse den Mann unbedingt finden, erklärte
ich, sehr viel hinge davon ab.

»Und wir reden hier nicht von Diebstahl oder sonstigen
Nebensächlichkeiten«, knurrte Tischfußball-Kurt, der hinter den beiden Ungarn stand. Er zog die Brauen zusammen
und strich ganz cool mit der Spitze seines Daumens am Hals
vorbei.

»Nein«, bestätigte ich, »mit Nebensächlichem gebe ich
mich grundsätzlich nicht ab.«

Herbert hob eines seiner beiden Augenlider, sah mich kurz
an und schloss es wieder.

»Vielleicht könnt ihr mir weiterhelfen?«, bat ich. »Der Mann
fuhr einen auffälligen Wagen. Der einzige Anhaltspunkt, den
ich habe. Ein BMW, beige lackiert.«

»Bés?«, fragte der Ungar.

»Hellbraun«, übersetzte Kurt beflissen.

»Sandfarben«, verbesserte Leander.

Ich schwieg.

»Was für ein BMW? Welches Fabrikat? Diesel, Automatik?«

»Wenn ich das wüsste. Ziemlich groß, ziemlich neu. So einer zum Protzen.«

György blickte mich skeptisch an. Wahrscheinlich hielt er nicht viel von Leuten, die sich mit Autos nicht auskennen. Topermittler hin oder her.

»Ein Automatik war es nicht«, fügte ich hinzu.

»Nein, tut mir leid.« Er schüttelte den Kopf. »Sagt mir nichts, Ihre Beschreibung.«

»Und du?«, wandte ich mich an den Knaben. »Hast du den BMW schon mal gesehen?«

Keine Antwort. Mit mir wollte der nichts zu tun haben. Kuschelte sich angstvoll an seinen redseligen Vater und schielte unter den Tisch. Da hätte ich aus Coppick und Hansen mehr herausgekriegt.

Vater Balant, der Rennfahrer aus Kecskemet, tätschelte ihm beruhigend die Wange und flüsterte ihm etwas auf Ungarisch zu. Ich denke mal, dass es Ungarisch war. Oder eine Geheimsprache, das Familienrotwelsch ausgewanderter Kommunistenhasser. Und tatsächlich: Erst schaute er sich noch furchtsam um, der Albino – nein, da ist niemand, der dich fressen will –, und dann öffnete er zum ersten Mal seinen Mund. Zwar nur, um seinem Herrn und Meister etwas Unverständliches zuzuhauchen, wahrscheinlich wieder auf Ungarisch, aber György war so freundlich, es uns zu übersetzen.

»Mein Ferenc«, grinste er, »mein Ferenc kennt den Wagen.«

»Ehrlich? Kein Witz? Er hat ihn schon mal gesehen?«

»O ja, o ja.« Das Lächeln des Ungarn wurde breiter und breiter. »Nicht nur das. Er weiß auch, wo sein Besitzer wohnt, nicht wahr.«

»Na, hab ichs dir nicht gesagt?«, rief Kurt und ließ seine Hand klatschend auf meine Schulter fahren. Ich glotzte den Albino verblüfft an.

»Und? Wo? Adresse?«

»Er weiß die Straße. Oberer Auweg. Da hat er den BMW schon oft gesehen, nicht wahr.«

Fantastisch. Der Junge war unbezahlbar. Vorausgesetzt, er band mir keinen Bären auf. Aber wieso sollte er?

»Vielleicht kennt er auch den Namen des Besitzers?«, hakte ich nach.

Der Vater sah seinen Sohn fragend an. Der schüttelte so heftig den Kopf, dass ihm fast das Brillenungetüm von der Nase fiel. »Nein«, übersetzte György beflissen. »Den kennt er nicht.«

Danke, das hatte ich schon kapiert. War ja auch egal; meinen Mann würde ich jetzt finden. Fatty und Marc hatten beide recht gehabt. Der Obere Auweg war eine kleine, steile Seitenabzweigung von der Bergstraße, die zu höher gelegenen Villen führte. Nicht, dass ich einen der dortigen Anrainer kennen würde. Aber es war die perfekte Wohngegend für Kaschmirträger und BMW-Fahrer, das wusste ich: horrende Mieten, splendide Fernblicke, Sonnenterrassen, Abgeschiedenheit, Frischluft. Ich nickte dem Jungen anerkennend zu.

»Alle Achtung, Franz. Hör mal, du hast mir sehr geholfen. Wenn du noch einen zur Brust nehmen willst oder dein Vater – geht auf mich, ist doch klar.«

»Nein, nein«, sagte Schorsch, »Ferenc nicht. Zu viel Spezi ist ungesund, nicht wahr? Ich nehme ein Bier für ihn.«

Bevor ich eine Runde ordern konnte, drehte der Knabe den Kopf zur Seite und flüsterte seinem Vater eine neue Botschaft ins Ohr. Der Alte strahlte noch breiter als vorher, nickte glücklich und machte mit stolz geschwellter Brust den Herold: »Mein Ferenc«, verkündete er und blickte erwartungsvoll in die Runde.

»Ja?«

»Mein Ferenc hat mir soeben das Kennzeichen des Autos genannt. Das hat er sich gemerkt.«

»Was?«, rief ich verdattert. »Das kann doch nicht wahr sein!«

»O ja, o ja. Das Autokennzeichen. HD-NC 80. Falls Sie bitte notieren wollen.«

13

Die Jagd konnte beginnen. Endlich! Ich schnappte mir Marias altes Telefon, das von einer fettigen Staubschicht überzogen auf der Theke schlummerte, und eilte damit in die Küche. Vom Stammtisch warfen sie mir misstrauische Blicke hinterher, als ich die Tür hinter mir zuzog und das Telefonkabel einquetschte. Ja, da schauten sie, die Neuenheimer! Max Koller war wieder im Geschäft.

Ich machte es mir auf einem dreibeinigen Holzhocker neben der Spüle bequem und begann zu wählen. Als Erstes, ich tat es mit schlechtem Gewissen, rief ich Christine an. Es mag nicht eben von Feingefühl zeugen, sich nur dann bei seiner Exfrau zu melden, wenn man ihre Hilfe benötigt. Andererseits ist doch gerade das der Sinn und Zweck einer Freundschaft: einem in Notsituationen Unterstützung zu bieten, hilfreich zur Seite zu stehen. Ja, ich habe Freundschaft gesagt. Mit voller Absicht. Denn genau in dieser Beziehung stehe ich zu Christine: Sie ist ein Freund, ein Kumpel, ein Kamerad – nicht mehr und nicht weniger, da kann sie sich auf den Kopf stellen. Schön nüchtern bleiben und die Dinge beim Namen nennen. Bitte keine Sentimentalitäten, kein Gefasel von Nähe, die nicht existiert. Diese Emotionskiste zwischen uns, das war einmal, ich möchte nicht daran erinnert werden. Dann lieber auf Distanz gehen und eine hanseatisch geschäftliche Beziehung pflegen. Damit fahre ich hervorragend.

Leider sieht Christine das etwas anders. In regelmäßigen Abständen fängt sie wieder an mit der alten Leier: dass ich ihr angeblich noch viel bedeute, dass wir es noch einmal versuchen könnten, sie mit mir, ich mit ihr, ganz anders natürlich als früher, abgeklärter, reifer. Tut mir leid, aber mich macht dieses lauwarme Geschwätz aggressiv. Es regt mich auf. Vorbei ist vorbei.

Nun, das klingt vermutlich negativer, als es in Wahrheit ist. Von außen betrachtet, haben wir uns leidlich arrangiert; haben einen Modus vivendi gefunden, würde Leander sagen, sofern ihm der Begriff in endlicher Zeit einfiele. Ab und zu besuche ich meine Ex hinten in Waldhilsbach, wo sie zur Untermiete bei einem älteren Metzgerehepaar wohnt. Das heißt, Metzger ist nur der Mann, doch den ideologischen Überbau zu seinem altehrwürdigen Handwerk liefert sie, die Hausfrau: singt in Zeiten des grassierenden Vegetarismus das Hohelied auf die letzten Fleischermeister dieses Landes, während es ihrem Mann im Rückblick wohl ziemlich schnuppe ist, ob er sein Leben lang Schweinehälften gespalten hat oder Kartoffeln geerntet oder Zahnstocher gespitzt. Beide haben sie

Herzprobleme, Bluthochdruck und Schwimmringe um die Hüften, doch das kommt nicht vom Bauchspeck, den er verkauft, sondern von den Schwarzwälder Kirschtorten, die sie backt. Nein, ich schweife nicht ab, ich bin beim Thema: In Waldhilsbach bin ich schon oft mit Schwarzwälder Kirschtorte begrüßt worden. Die guten Metzgerleutchen freuen sich nämlich, wenn ich vorbeischaue. Christine freut sich, wenn ich vorbeischaue. Mich freut es hingegen manchmal, wenn ich wieder fahren kann. Aber auch das klingt zu negativ. Tatsache ist vielmehr, dass ich …

Ich nahm den Telefonhörer in die andere Hand. Auch er fühlte sich verdammt klebrig an. Also: Tatsache ist, dass Christine unsere Trennung nicht überwunden hat. Sie hat sie herbeigeführt, aber nicht überwunden. Das ist die Wahrheit, und genau diese würde sich Christine nie eingestehen. Vielleicht ist es bloß meine Wahrheit, jenseits der es noch eine andere gibt. Möglich. Aber muss man deswegen gleich alles, was geschehen ist, ungeschehen machen wollen? Die Uhr zurückdrehen, sich in die Vergangenheit beamen? Immer wieder ihre hilflosen Versuche, mich zu etwas zu zwingen, wozu ich selbst mich nicht zwingen möchte. Das Resultat dieser Anmaßung: kompletter Rückzug meinerseits.

Jetzt hingegen brauchte ich Christine. Ich wählte ihre dreistellige Waldhilsbacher Nummer und erwischte sie vorm Fernseher. Gestört? Ach, woher denn, überhaupt nicht, war doch nur 'ne blöde Soap.

Ja, sie würde mir helfen. Selbstverständlich. Ja, sie würde nach dem Namen des Kraftfahrzeughalters – das war ihre Formulierung: Kraftfahrzeughalter –, nach dem Namen des BMW-Schnösels forschen. Gleich morgen früh. Die Kollegen vom Amt wären sicher behilflich.

»Sag mal … Morgen ist nicht übel, aber heute wäre besser.«

»Heute? Du weißt, welchen Tag wir haben?«

»Ein Freiberufler kennt den Begriff Wochenende nicht«, sagte ich großmäulig. »Sonntag, Montag – Arbeitstag.«

»Sehr witzig.«

»Nein, im Ernst: Es wäre mir wichtig. Sehr wichtig. Ich brauche den Namen heute Abend.«

»Wie stellst du dir das vor?«, rief sie aufgebracht. »Soll ich mich jetzt vielleicht runter in die Stadt quälen, am Sonntagabend zur besten Sendezeit? Du hast sie doch nicht alle!«

»Das mit der besten Sendezeit ist ja wohl ein Eigentor«, grinste ich. So aufgebracht war Christine schon immer am attraktivsten gewesen.

»Ich bin verdammt froh, wenn ich mein Büro mal einen Tag nicht sehe.«

»Du hast es gestern nicht gesehen, heute nicht, und übermorgen ist erster Mai.«

»Na und?«

»Tu mir den Gefallen«, bat ich. »Ich will dem Kerl heute noch unter die Augen treten. Morgen ist vielleicht alles zu spät.« Das war natürlich Nonsens, aber nach derart vielen Rückschlägen – ich betastete mein geschwollenes Auge – hatte mich das Jagdfieber gepackt.

»Jetzt ist niemand mehr im Haus«, wandte sie ein, schon halb überredet.

»Na, umso besser. Dann schaut dir auch niemand über die Schulter. Du kommst doch wohl an den entsprechenden Computer ran, oder?«

»Eigentlich nicht«, sagte sie zögernd und seufzte. Ein verklausuliertes Ja.

»Eigentlich?«

»Das Passwort …«

»Sag bloß, das kennst du nicht?«

»Doch. Manfred hat es mir gesagt. Mein Chef.«

»Und?«

»Offiziell darf ich nicht und will auch nicht.« Sie wand sich, überlegte. »Ich könnte … Wenn Manfred da wäre …« Ein letztes Aufbäumen: »Dir ist schon klar, dass ich dafür riesigen Ärger bekommen kann?«

»Ich weiß«, sagte ich sanft. »Riesigen Ärger. Aber tu es mir zuliebe, ja?«

Das war das letzte Druckmittel, und mit ihm war die Schlacht gewonnen. Max zuliebe … Sie seufzte noch einmal langanhaltend, murmelte etwas Abfälliges über Männer (und Ehemänner und Exehemänner) und versprach, so bald wie möglich zurückzurufen.

Ich gab ihr die Nummer der Kneipe und drückte die Gabel einmal nieder.

Während ich Fattys Nummer wählte, versuchte ich mich über den klebrigen Telefonhörer zu ärgern; ein kleines Ablenkungsmanöver, um aufkommendem Mitleid mit meiner Exfrau nicht allzu viel Raum zu geben. Warum ließ sie sich auch immer wieder von einem Windhund wie mir herumkriegen? Arme Christine. Sie hatte nicht einmal gefragt, wozu ich den Namen brauchte.

Auf eine Antwort meines dicken Freundes musste ich lange warten. Es klingelte und klingelte. Keine Reaktion. Vielleicht war er einer Überdosis Cola light zum Opfer gefallen. Maria kam aus der Gaststube hereingeschlurft, lächelte mir zu und warf einige Kilo Kartoffelschnitze in die Friteuse. Es prasselte und zischte, dann vernahm ich endlich Fattys verschlafene Stimme am anderen Ende.

»Hast du gepennt oder was?«, raunzte ich ihn an.

»Mhm. Kleiner Schönheitsschlaf«, brummte er. »Gut für die Linie.«

So leicht brachte den keiner aus der Ruhe. Erst meine Erfolgsmeldungen ließen ihn aufleben.

»Na, hab ichs nicht gesagt, Alter?«, triumphierte er. »Bergstraße, am Hang. Wie prophezeit. Wir hatten eine Kiste Schnaps gewettet. Oder war es Whisky?«

»Der billigste Tafelwein, den man in Heidelberg kriegen kann. Und jetzt hör mal zu: Ich werde mich spätestens in einer Stunde aufmachen, Richtung Auweg. Christine wird mich hoffentlich noch wegen des Namens anrufen, aber wenn nicht, finde ich den Kerl auch so. Ich will, dass du im Bilde bist.«

»Im Bilde? Meinst du, der wird dich …?«

»… na, umlegen nicht gerade. Trotzdem ist es immer beruhigend, wenn noch einer Bescheid weiß. Sollte ich mich bis um 10 nicht bei dir gemeldet haben, dann unterbrich deinen Schönheitsschlaf und such mich im Auweg. Im Oberen Auweg, um genau zu sein.«

»Wird gemacht, Chef«, sagte Fatty ernst. »Pass auf dich auf.« Er klang besorgt.

»Klar.«

»Du, sag mal, Max …« Er klang sogar sehr besorgt.

»Ja?«

»Könntest du den Wetteinsatz eventuell vorher noch bei mir vorbeibringen?« Von wegen besorgt. So ein Arschloch. Er kicherte.

Maria schlurfte wieder davon, mehrere Weizenbierflaschen unterm Arm. Ich folgte ihr in die Gaststube, setzte mich zu den anderen und ließ mich vom Wortnebel der Kanonenkugel aus Kecskemet einhüllen. Leander lauschte beeindruckt, Tischfußball-Kurt schäkerte mit seinen Dackeln. Kurz nach dem Grand Prix Monte Carlo klingelte Marias Telefon. Ich stand auf.

Auch in der Küche herrschte dichter Nebel. Die Friteuse prasselte.

»Und? Hast du den Namen?«

»Na, hör mal. Würde ich sonst anrufen?«

Endlich ging es voran. Christine buchstabierte.

»Wie diese Teefirma?«, fragte ich.

»Ja. Lustig, was?«

»Mäßig lustig.«

Na, also. Der Silberrücken hatte eine Identität. Und Max Koller einen Gegner. Nun konnte der Tanz beginnen.

Ich schmatzte Christine durch die Leitung von oben bis unten ab, und es kam ausnahmsweise von Herzen. Sie schien gerührt, brachte es aber doch fertig, ihrem Ärger darüber Luft zu machen, dass sie sich immer wieder von mir zu solchen Aktionen breitschlagen ließ, immer wieder auf meine schleimige Tour hereinfiel, immer wieder dies und jenes.

»Ich weiß«, sagte ich. »Du hast ja recht.«

»Und ob ich recht habe!«, rief sie. Da saß sie nun in ihrem gottverlassenen Büro, und was hatte sie davon? Nichts. Musste trotzdem wieder alleine nach Hause fahren; sich alleine dämliche Soaps reinziehen; alleine ins Bett gehen. Während ihr Ex … Es war immer dasselbe. Zum Trost versprach ich ihr einen Abend zu zweit. Beim Griechen. Nur wir beide. Demnächst. Ja, bald.

»Wann bald?«

»Ich ruf dich an.«

»Wann?«, bohrte sie weiter. »Wie wäre es zum Beispiel morgen?«

»Morgen«, überlegte ich angestrengt. »Wart mal, morgen …«

»Alles, was jetzt kommt, ist nur 'ne blöde Ausrede.«

»Ausrede? Hab ich nicht nötig.« Ich winkte ab, friteusennebelumhüllt.

Sie holte tief Luft und sagte langsam und deutlich, jedes Wort betonend: »Ich möchte morgen Abend mit dir essen gehen, Max Koller!«

Das klang verdammt ernst. Sie würde diesmal nicht locker lassen. Und das mit Recht: Moralisch stand ich bei ihr in der

Kreide. Sie war für mich in ihr Büro geeilt, hatte den Namen des Unbekannten ermittelt und sich so einen Abend beim Griechen redlich verdient. Also fügte ich mich. Ging meinen prall gefüllten Terminkalender Tag für Tag, von oben bis unten durch – mit dem Ergebnis, dass ich mir unter Umständen, allein ihr zuliebe, mit Müh und Not am nächsten Abend ein paar Stündchen freischaufeln würde können. Mit Müh und Not! Aber, wie gesagt, ihr zuliebe.

»Schön«, freute sie sich. »Das passt hervorragend, am Tag drauf ist ja Feiertag. Da können wir einen heben.«

»Können wir«, stimmte ich zu und ergab mich in mein Schicksal. Erster Mai, Tag der Arbeit ...

Damit neigte sich meine Telefonkonferenz ihrem Ende zu. Noch einmal Fatty vom Ruhepolster aufgescheucht, den Namen durchgegeben und seine wohlmeinenden Ratschläge entgegengenommen. Beim Auflegen merkte ich, dass sich ein leichter Fettfilm auf meine Hände gelegt hatte. Diese Pommes frites! Überall stank es danach.

Die Gaststube hatte sich inzwischen geleert. Das verknallte Pärchen zahlte, der Dicke war verschwunden. Lediglich die Penner kloppten unbeirrt weiter Skat. Ich tätschelte dem verschreckten Albino gönnerhaft die Schulter, nickte seinem Rennfahrervater zu und verabschiedete mich von Herbert, Kurt und Leander. Coppick und Hansen schliefen selig.

14

Ich pfiff leise vor mich hin. Alle Achtung, was für ein Haus!

Da lebt man nun schon so lange in dieser Stadt ... und dann das. Ein Luxusobjekt in Luxuslage, von einem Luxusgarten umgeben. Ein Gegenstand allgemeinen Interesses, da jeder Heidelberger von einer solchen Villa träumte – und doch der Öffentlichkeit entzogen, denn niemals würde dieses Gebäude im Immobilienteil der *Neckar-Nachrichten* auftauchen. Solche Häuser wurden nicht verkauft und schon gar nicht von einem Makler mit Kurpfälzer Akzent, sie wurden vererbt oder verschenkt oder einer Stiftung vermacht, wenn es der Steuerberater empfahl. Solche Häuser existierten im Grunde nicht. Sie standen abseits der Straßen, abseits des Touristenverkehrs, kein Wanderweg führte in ihrem Rücken vorbei, Mauern schirmten sie ab. Für die Denkmalpflege waren sie zu jung, auf dem Stadtplan verbargen sie sich hinter einem roten Viereck wie andere Häuser auch. Obwohl ich nun schon ein Jahrzehnt in Neuenheim lebte und oft mit dem Fahrrad unterwegs war, hatte ich den Oberen Auweg noch nie betreten. Damit befand ich mich vermutlich in bester Gesellschaft, denn wer außer den Anwohnern hätte einen Grund, diese steile Sackgasse hinaufzufahren? Niemand, der nicht in eine der Villen, die nach oben hin immer eleganter wurden, eingeladen war.

Wie beschrieb man das Gebäude? Von außen betrachtet, war es ein weiß gestrichener Würfel, dessen oberes Drittel – das zweite Stockwerk – ein wenig zurückgesetzt war. Alle drei Etagen hatten mannshohe Fenster, und von diesen Fenstern schaute man auf einen dichten Bestand an Laubbäumen, deren

Wipfel so gestutzt waren, dass sie den Rundblick in die Weite der Rheinebene gestatteten. Ein graues Zinkdach mit halbrunden Gauben, das ganze Haus eingebettet in eine steile Hanglage, die sich in mehrere bunt bewachsene Stufen gliederte. Vor meinem geistigen Auge sah ich ein Heer von Dienstleistern, Leibeigene der Neuzeit, wie sie das Grundstück in den frühen Morgenstunden auf Vordermann brachten. Bloß die Herrschaft nicht stören! Der Rasen wirkte gepflegter als Marc Covets Fingernägel, und die waren ein Meisterstück der Maniküre. Ob der Gärtner zu Fortbildungsveranstaltungen nach Wimbledon flog? Die helle Fassade lachte einen gewinnend an, die Lampen blitzten, und alleine die Vorstellung, wie der Kies der Auffahrt unter Rädern und Schuhsohlen knirschte, bereitete Vergnügen.

Ich stand hinter hohen Gitterstäben, die das Gelände umgaben, und lachte grimmig in mich hinein. Das also war er, der Fuchsbau des Alten, genauso exklusiv wie der Mann selbst und genauso falsch. Eine abweisende, abgeschottete Residenz, imponierend in ihrer Perfektion, aber bewohnt von einem windigen Geldsack, der anderen Leuten die Augen verätzte und sich ihr Schweigen zu erkaufen versuchte. Welten trennten diesen Architektentraum von den protzigen Ritterburgimitaten auf der anderen Neckarseite, und doch war sein Besitzer nur ein mieser Geschäftemacher.

Im Übrigen stimmte das mit der perfekten Fassade des Hauses auch nicht. Es gab nämlich sehr wohl einen baulichen Missgriff: den Eingang zur Villa. Vor die Haustür hatte man ein überdachtes Portal gesetzt, das von vier weißen ionischen Säulen getragen wurde. Ob der Architekt seine humanistische Halbbildung dokumentieren wollte? Oder hatte der Erbauer auf einem antiken Feigenblatt bestanden? Mich erinnerte die stille Einfalt dieses Griechenportals jedenfalls an einen Historienschinken in Technicolor. Little Paestum in Neuenheim – scheußlich.

Und das Innere der Villa? Man konnte es sich leicht ausmalen, brauchte nur seine Fantasie ein wenig spielen zu lassen: eine kühle Eingangshalle, spiegelblankes Parkett, handgeknüpfte afghanische Läufer, links ein schwarz lackierter Flügel, rechts Vasen der Ming- oder Ding-Dynastie. Vielleicht auch hier ein Ausflug ins Hellenistische: ein Diskuswerfer in Gips; bemalte Krater, von bläulichen Spots illuminiert …

Neid, Max Koller? Natürlich war ich neidisch. Grenzenlos neidisch. Schließlich war das der Hauptzweck des ganzen Arrangements: die Außenstehenden neidisch zu machen, und bei mir funktionierte es perfekt. Was hatte ich diesem Villenbesitzer und Pfeffersprayer schon voraus? Ein reines Gewissen, ja, möglicherweise. Aber selbst da war ich mir nicht sicher.

Zwei Frauen schoben sich ins Blickfeld.

Die jüngere von beiden schob einen Rollstuhl. Die ältere saß in dem Rollstuhl. Sie steuerten auf den Eingang der Villa zu, hielten davor, und während die junge Frau umständlich nach einem Schlüssel in ihrer Hosentasche kramte, hatte ich Gelegenheit, beide in aller Ruhe zu mustern. Die mit dem Schlüssel war ein schlankes, attraktives Mädchen um die 25, mit schulterlangen braunen Haaren, weit auseinanderliegenden Augen und einem schnippischen Gesicht. Fräulein Tochter vielleicht oder eher die Enkelin. Jetzt hustete sie mehrmals kräftig; schien sich verschluckt zu haben. Beim Husten wurde ihr Gesichtsausdruck ärgerlich, sie runzelte die Stirn, und das machte sie nur noch hübscher. Sieh an. Ein Hustenanfall zur rechten Zeit, und jeder Mann im heiratsfähigen Alter würde sich darum reißen, ihr ein Taschentuch zu spendieren. Oder einen Drink. Wenn sie das wusste – und ich wette, sie wusste es –, dann brauchte sie sich um abendliche Zerstreuungen nicht zu sorgen.

Und die andere?

Der konnte man solche Komplimente nicht machen. Zumindest nicht mehr. In ihren Gesichtszügen hallte eine Ahnung von verblühter Schönheit nach, mit kerzengerader Haltung mühte sie sich um einen Rest verwitterter Würde. Mehr Positives ließ sich beim besten Willen nicht über diese Person sagen. Leichenblass hockte sie in dem Rollstuhl, wächsern, starr, bewegungslos, ausdruckslos, eine Vogelscheuche aus Marmor, die knochigen Hände um die Armlehnen gekrampft. Gelblichweiße Haare und ein wie zum Hohn bunt geblümtes Sommerkleid, auf dem eine Perlenkette schimmerte. Gegen sie war der Tote vom Friedhof ein Karnevalsprinz, mein Albino ein Partylöwe. Sie schien nicht einmal zu atmen.

Zugegeben, zwischen mir und den beiden Frauen lagen mindestens 30 Meter; halb hinter Sträuchern verborgen, erahnte ich die entscheidenden Details eher, als dass ich sie wahrnahm. Vielleicht bildete ich mir das hübsche Stirnrunzeln der Jungen nur ein, vielleicht bemerkte ich auch die Perlenkette der Alten erst viel später. Aber eines weiß ich ganz gewiss: Als ich diese Frau im Rollstuhl zum ersten Mal sah, lief mir ein Schauer über den Rücken. Selbst aus 30 Metern Entfernung wirkte die Behinderte so charmant wie eine Mumie: erloschen, vertrocknet, eingefallen, verstummt. Sie hätte bei Madame Tussaud anheuern können.

Und dagegen die blühende Jugend! Ein seltsames Paar. Falls es sich bei dem Mädchen um die Enkelin handelte, so sah sie ihrer Großmutter überhaupt nicht ähnlich. Aber wer ähnelte mit 25 schon einer lebenden Leiche?

Endlich hatte die Brünette den Schlüssel gefunden. Sie öffnete die Tür weit und schob den Rollstuhl ins Haus. Keine der Frauen sprach ein Wort; bei der Alten rechnete man auch gar nicht damit, dass eine einzige Silbe über ihre trockenen Lippen kommen könnte.

Die Tür wurde geschlossen. Stille lag über dem abendlichen Gelände, nicht einmal die Vögel sangen. Ich stand am Zaun, die Hände um die Gitterstäbe gelegt, und knabberte an meiner Unterlippe.

Komisch, ein kurzer Auftritt nur, aber er zeigte Wirkung. Mein ursprünglicher Elan war dahin. Um mich einmal einer ungewohnten Ausdrucksweise zu bedienen: Es kam mir vor, als sei ich Gevatter Tod persönlich begegnet. Nicht dem grinsenden Sensenmann aus mittelalterlichen Totentänzen, sondern dem des 20. Jahrhunderts, dem bösen Geist der Intensivstationen und Sterbezimmer. Dem überarbeiteten, ausgemergelten Medicus in lindgrüner Montur, der nach Desinfektionsmittel roch, der Kanülen legte und Herzkatheter und Bypässe. Und der nur so, aus Spaß und aus Dienstbarkeit gegenüber seinen allmächtigen Apparaturen, Maschinen und Geräten, auch diese plastinierte Frau, ihre Handvoll Knochen und Adern, ihre müde pulsierenden Organe zusammenhielt. Auf dass sie ewig dahinvegetierte, den Blick starr geradeaus, unbeeindruckt von der rumpelnden Fahrt im Rollstuhl ...

Solch düstere Gedanken passten gar nicht zu mir. Da war diese Frau, sicher, aber da waren auch noch Bäume, Vögel, Tiere, ein kleiner Teich, der Wald, der sich weiter hinten den Heiligenberg hinaufzog, und da waren meine beiden warmen Hände, die sich um die Gitterstäbe klammerten. Ich schüttelte mich, atmete tief durch, dann schritt ich die mannshohe Umfriedung ab, bis ich eine günstige Stelle zum Überklettern fand. Es ging ganz einfach, nur auf die scharfen Spitzen der Stäbe musste man achten.

Auf der anderen Seite landete ich zwischen Buschwerk und niedrigen, dichten Tannen. Ich kroch gebückt durch die Zweige und betrat den vorbildlich gestutzten Rasen; er sah nicht nur aus wie ein weiches Willkommen, er fühlte sich auch so an. Auf diesem Götterrasen Fußball spielen. Nur einmal!

Ich befand mich nun hinter der Villa. Bevor ich meinen großen Auftritt zelebrierte, wollte ich noch ein wenig herumschnüffeln. Da waren zum Beispiel zwei Erdgeschosszimmer an der Rückseite des Hauses. Beide lagen sie im Schatten großer Buchen, sodass meine Augen sich erst an das Dämmerlicht gewöhnen mussten, bis ich Konturen unterscheiden konnte. Das linke Zimmer war mit Büchern vollgestopft wie eine Bibliothek, aber ich entdeckte auch ein Bett darin, einen Kleiderschrank, einen kleinen Schreibtisch, Bilder an der Wand, einen Stuhl, einen Fernseher, eine Stereoanlage. Außerdem Krimskrams auf dem Boden, auf Regalen und auf einem Nachttisch: Weinflaschen, Kerzenständer, eine Hantel, Comics, Landkarten. Nicht unbedingt das, was ich erwartet hatte. Von den fehlenden Kleiderstapeln einmal abgesehen, erinnerte mich der Raum an eine Junggesellen- oder Studentenbude.

Das Zimmer rechts wirkte dagegen karg und leer; auch hier standen ein Bett, ein Hocker und ein kleiner Tisch, sonst jedoch praktisch nichts. Eine Lampe, eine Truhe, ein Teppich und zwei Bücher am Kopfende des niedrigen Bettes, das war alles. Wenn hier jemand wohnte, dann befanden sich seine Habseligkeiten entweder an einem anderen Ort, oder er besaß einfach nichts.

Gerade als ich meine Inventarliste geschlossen hatte, wurde drinnen die Tür geöffnet, und die Brünette von vorhin trat ein. Ohne zum Fenster zu blicken, zog sie sich im Hereinkommen den Pulli aus, kickte die Tür mit der Hacke zu, setzte sich pfeifend aufs Bett und streifte die Schuhe ab. Den einen warf sie in eine Ecke, an dem anderen entdeckte sie einen Krümel oder einen kleinen Fleck, den sie stirnrunzelnd abwischte, dann flog auch dieser Schuh in die Ecke.

Das gefiel mir.

Ihr Pfeifen, ihr Stirnrunzeln, der Umgang mit den Schuhen, der Verzicht auf den Pulli – sehr schön. Auch als sie niesen musste, gefiel es mir. Sie war die Ungezwungenheit in Vollendung. Vielleicht zu vollendet; ich befand mich schließlich auf dem Grundstück eines erwiesenen Geheimnistuers und Leuteverschauklers, da musste man vorsichtig sein. Am Ende hatte sie mich längst bemerkt und spielte diese kleine Szene für mich: eine Nachwuchsschauspielerin in ihrer Paraderolle. Mir auch recht. Ich war gespannt, wie es weitergehen würde.

Es ging mit ihrer Hose weiter. Die wurde als Nächstes ausgezogen, und ich durfte in Ruhe ihre Unterwäsche bewundern. Alles, was sie abgelegt hatte, wanderte in die Truhe, aus der sie stattdessen ein schwarzes Kleidchen hervorzauberte. Das zog sie an. Ich kam mir vor wie im Kino. Ein sehr hübsches Kleid an einem ebenso hübschen Körper. Immer noch pfeifend, fummelte sie an einem Reißverschluss herum, schlüpfte in ein neues Paar flacher Schuhe und stolzierte hinaus.

Die Vorstellung war zu Ende.

Nein, das war keine Tochter oder Enkelin. Ich korrigierte: Diese junge Dame kam dem altehrwürdigen Beruf einer Kammerzofe nach, mit allem Drum und Dran. Kochen, servieren, den Hund Gassi führen und dem Herrn des Hauses das Kinn kraulen. Mich hätte interessiert, was sie am besten konnte.

Auch in diesen Erwägungen spielte der Neid eines unterbeschäftigten Privatermittlers auf einen erfolgreichen Stadtteilnachbarn eine nicht unbedeutende Rolle. Nicht lange jedoch, dann schreckte mich ein wohlbekanntes Geräusch auf. Wohlbekannt deshalb, weil es bereits durch meine Fantasie gegeistert war: das Knirschen des Kieses vor der Villa. Dazu das Summen eines ankommenden Wagens. Ich verließ die Rückfront des Hauses und spähte Richtung Einfahrt. Nichts zu sehen. Vorsichtig tastete ich mich an der Seitenwand entlang, bis ich die vordere Gebäudeecke erreicht hatte. Die Abendsonne tauchte das Gelände in goldenes Licht. Eine Autotür fiel zu. Kein BMW stand da, sondern ein kleinerer Audi in silbermetallic. Der Fahrer schloss ab und schritt dem Eingangsportal der Villa entgegen.

Der falsche Wagen. Aber der richtige Mann.

15

»Hanjo Bünting!«, brüllte mir Covet ohne Vorwarnung ins Ohr. Stolz wie Oskar.

Ich brachte eine Armlänge Distanz zwischen meinen Kopf und den Hörer. Montagmorgen, acht Uhr 50. Mein Journalistenfreund war einen halben Tag zu spät dran. Nichts ist so alt wie die Nachricht von gestern.

»Bist du noch dran?«, piepte es aus dem Hörer.

»Oberer Auweg 10«, antwortete ich. »Um die 70. Fährt einen beigefarbenen BMW 318i mit dem amtlichen Kennzeichen HD-NC 80. Außerdem einen silbernen Audi 100, der ...«

»Verdammt noch mal«, unterbrach mich Covet, »wenn du das alles schon weißt, weswegen laufe ich mir dann die Hacken ab?«

»Damit dein Säuferhirn nicht einrostet. Deswegen.«

»Du kannst mich mal, du beschissener ...«

Ein paar Flüche und Erklärungen später hatte er sich wieder beruhigt. Natürlich sei ich an seinen Informationen interessiert, sagte ich, ja, ich würde ihn deswegen sogar persönlich aufsuchen. Ich selbst hätte so gut wie nichts herausgefunden, von einem kurzen, unergiebigen Gespräch mit dem Mann einmal abgesehen.

»Ach, nee«, staunte Marc. »Du hast mit ihm gesprochen? Du warst bei ihm?«

»In einer halben Stunde bin ich bei dir.« Ich legte auf, zog mich an, trank einen schnellen Kaffee und radelte los. Um halb 10 betrat ich die Redaktionsräume der *Neckar-Nachrichten*.

»Völlig überflüssig, dass du dich hierher bemühst«, empfing

mich Covet. »Du glaubst doch nicht, dass ein Lokalreporter wie ich über Informationen verfügt, die du nicht längst …«

»Ja, ja, ganz ruhig, du Mimose. Ich tu alles, was du willst. Küsse dir nach jedem Satz die Füße, wenn du magst.« Ich zeigte mit dem Daumen nach draußen. »Sollen wir …?« Wir waren nämlich nicht alleine im Raum. Ein beleibter Blonder saß vor einem PC und wischte den Monitor mit einem kleinen Putztuch ab.

Covet schüttelte den Kopf. »Das ist Lothar. Lokalsport. Lothar, mein Freund Max, der sich nach Bünting erkundigt hat.«

»Morgen«, sagte der Dicke, fuhr auf seinem Drehstuhl herum und nickte mir zu.

›Lokalsport?‹, lag es mir auf der Zunge. ›Mit der Figur?‹

»Rugby«, grinste der Dicke, als habe er meine Gedanken erraten. Dann fuhr er fort, den Monitor zu pflegen.

Ich setzte mich. »Schieß los, Marc. Was hast du rausgekriegt?«

»Ach, was werde ich schon rausgekriegt haben? Hier einen Namen, da eine Jahreszahl. Nichts, was der Herr Privatdetektiv nicht längst ermittelt hätte.«

»Ich habe nichts ermittelt. Bin bloß hin zu dem Alten und habe mir angesehen, wie er wohnt. Du weißt doch, ich ein Mann der Tat, du ein Mann des Wortes. Das nenne ich Arbeitsteilung.«

»Ein hinterhältiger Nebelkerzenwerfer«, knurrte Marc. »Das bist du.«

»Dein Tipp, mich bei Maria umzuhören, war übrigens goldrichtig.«

»So?«

»Unverzichtbar, Marc. Ein Volltreffer.«

»Danke. Ich bin, na, wie heißt das noch? Gerührt bin ich.«

»Na, siehst du. Und jetzt raus mit den Informationen!«

»Was werden das schon für Informationen sein.«

»Alter Jammerlappen!«

Der alte Jammerlappen zierte sich noch ein wenig, dann wischte er nicht vorhandenen Staub von einem Zettel mit Notizen und setzte seine Lesebrille auf.

»Also, Bünting heißt der Mann«, begann er. »Aber du unterbrichst mich sofort, wenn ich dir etwas Bekanntes berichte. Hab meine Zeit ja nicht gestohlen.«

»Ich auch nicht.«

»Hanjo Bünting, geboren 1928 in Altona. Arbeiterfamilie, zuhause bescheidene Verhältnisse.«

»Jahrgang 28? Dafür sieht er noch prächtig aus, alle Achtung.«

»Mag sein. Ein Jahr vor Kriegsende wird er einberufen, da ist er gerade mal 16. Verschiedene Stationen in Deutschland, Verwundung, daraufhin ein Einsatz im Südwesten, an der Heimatfront, ein paar Wochen verbringt er auch in Heidelberg. Im Frühjahr 1945 türmt er, versteckt sich auf dem Land, bis die ganz Chose vorbei ist.« Er sah mich über seine Lesebrille hinweg an. »Interessant, nicht wahr?«

»Wenn du das sagst«, murmelte ich. Typisch Covet: wenn er etwas aufarbeitet, dann gründlich. Ohne weltpolitische Hintergrundsskizze und historische Zusammenhänge geht da nichts. Mir wäre eher mit handfesten Details aus der Gegenwart gedient, aber seis drum.

»Bitte?«

»Nichts. Ich hoffe bloß, dass du den Sprung ins Hier und Heute noch schaffst.«

»Willst du nicht erfahren, wie Bünting zu seiner atemberaubenden Prosperität kam?«

»Sicher nicht durch Desertion. Prosperität! Du kennst Ausdrücke. Mach einfach weiter.«

Er seufzte. »Nach Kriegsende taucht Bünting in Frankfurt

wieder auf. Holt das verlorene Schuljahr nach, macht Abitur und beginnt ein Chemiestudium. Zunächst in München, später in Erlangen. Legt in München die Promotion ab. Ja, und da haben wir es schon, das Geheimnis seines Wohlstandes.«

»Chemie?«

»Genau. Er steigt erst in Hannover bei einer kleinen Firma ein, die längst nicht mehr existiert: Gutfreund Chemikalien. 1959 wechselt er zur BASF nach Ludwigshafen, Abteilung Pharmazeutika. Ziemlich rasante Karriere dort, ist an der Entwicklung einiger wichtiger Medikamente beteiligt. Im Jahre 1966 geht er zu den DACH, den Darmstädter Chemiebetrieben, wo er auch gleich eine führende Position einnimmt. Von 1968 an sitzt er ununterbrochen im Vorstand; die DACH mausern sich derweil vom mittelständischen Unternehmen zum weltweit agierenden Exporteur. Filialen in den USA und Asien, Zehntausende Mitarbeiter, davon circa 1500 in Deutschland.«

»Die DACH sind für Darmstadt ein ziemlich wichtiger Arbeitgeber, soviel ich weiß.«

»Ein enorm wichtiger Arbeitgeber. Und Bünting galt einmal als der wichtigste Industriemanager Südhessens.«

»Das stimmt«, warf der Dicke unvermittelt ein. »Der wichtigste!« Seine Säuberungsaktion war beendet, er faltete das Tüchlein sorgfältig zusammen und steckte es zurück in seine Hülle.

»Galt?«, fragte ich.

»Kommt sofort. Die DACH stehen natürlich im Schatten der großen Pharmaunternehmen Hoechst, BASF und Bayer, und man hatte in den 90ern auch das ein oder andere schlechte Jahr. Aber soweit ich das verstanden habe, blieben die Darmstädter durch Konzentration auf einige Produkte im Rennen. Sie sind hauptsächlich im Bereich der Nahrungsmittelindustrie tätig: Konservierungsmittel, Aromastoffe, Geschmacksverstärker.«

»Verstehe. Das Kleingedruckte auf den Tütensuppen. E 330 und 176.«

»So ungefähr. Anscheinend nehmen die DACH in einigen Produktbereichen eine Art Monopolstellung ein.«

»Und Bünting war der Chef des Ladens.«

»Nicht ganz. Eine entscheidende Figur, das war er zweifellos. Allerdings gab es da auch noch die Nachkommen des Firmengründers.«

»Und wann ist er ausgeschieden?«

»Tja, das ist so eine Sache. Offiziell 97. Aber er hat sich nicht vollständig von den DACH verabschiedet. Bei wichtigen Sitzungen ziehen sie ihn dazu, als Berater und ›elder statesman‹, dessen Wort nach wie vor einiges gilt.«

»Umsonst? Aus Liebe zur Firma?«

»Kaum. Er hat einen Beratervertrag mit den DACH, heißt es. Wie viel Geld dabei fließt, ist umstritten. Bünting wird zu Meetings geladen, mischt bei manchen Gesprächen und Verhandlungen mit, aber immer als Patron der Firma, als ein Stück gelebter DACH-Geschichte oder als Freund der Meyers. Die Meyers, das ist die Gründerfamilie. Es spricht einiges dafür, dass dein guter Hanjo Bünting nicht weniger verdient als früher.«

Ich lehnte mich zurück und ließ mir diese Informationen durch den Kopf gehen. Der Alte hatte tatsächlich den Eindruck gemacht, als könne er ein Unternehmen mit links leiten. Wahrscheinlich nahm er in jeder Sitzung den DACH-Leuten, diesen Meyers, nach fünf Minuten das Heft aus der Hand und verhandelte im Alleingang über die Zukunft der Firma. Selbstbewusst, unangreifbar, gelangweilt – so gab er sich, so agierte er. Und zwar überall, in Konferenzsälen wie auf Bergfriedhöfen.

»Mit anderen Worten«, fasste ich zusammen, »der heimliche Herrscher der DACH heißt Hanjo Bünting.«

Lothar, der Rugbyspezi, zwinkerte mir schmunzelnd zu. Irgendwie irritierte mich der Typ. Wenn er mir etwas zu erklären hatte, dann raus mit der Sprache.

»Heimlicher Herrscher ist vielleicht übertrieben«, sagte Covet. »Die neueren Meldungen über Bünting lesen sich so, als mische er noch eifrig mit. Als ginge wenig ohne ihn. Auch wenn die Enkel des Firmengründers weiterhin die Mehrheit an den DACH halten. Cajetan und Caspar Meyer heißen die, beide Mitte 40. Solide Unternehmer wahrscheinlich, aber von denen lässt sich einer wie der Bünting mit seinen fast 50 Jahren Berufserfahrung doch nichts sagen.«

»Cajetan? Der heißt wirklich so?«

»Und Caspar junior. Was ist daran komisch? Ein Neffe von mir heißt auch Kajetan. Allerdings mit K, während die beiden Meyers Wert auf ihr C legen. Ich habe dafür vollstes Verständnis.«

»Schnickschnack.«

»Ich«, kam es aus Lothars Ecke, »bin auch schon ohne H geschrieben worden. Das muss man sich mal vorstellen.«

»Und sonst?«, seufzte ich. »Noch was von Belang?«

»Es gibt Anspielungen«, sagte Covet, »Andeutungen, dass Büntings Abschied aus der Firma nicht ganz freiwillig verlief. Oder sagen wir: nicht ganz reibungslos.«

»Wahrscheinlich haben sie ihn rausklagen müssen.«

»Konkreteres weiß ich nicht, da muss ich noch ein wenig recherchieren.«

»Okay. Und was ist mit seiner Familie? Seine Verbindung zu Heidelberg, seit wann wohnt er hier?«

Covet spitzte die Lippen und zog einen zweiten Notizzettel zurate. »Bünting hat zweimal geheiratet, zunächst 1958 in Hannover, mit 30 Jahren. Eine Frau namens Celestine Weißenborn.«

»Schon wieder mit C«, murmelte ich.

»Acht Jahre hält die Ehe, dann lässt er sich scheiden, kurz, nachdem sein Sohn zur Welt kommt. Im selben Jahr übrigens, in dem er zu den DACH wechselt.«

»Was passiert mit der Frau?«

»Keine Ahnung. Die liebe Celestine verschwindet im Dunkel der bundesrepublikanischen Nachkriegsgeschichte. Zweite Eheschließung 1968 mit Isolde von Mattern in Heidelberg. Keine Kinder, keine Scheidung. Ob da ein Zusammenhang besteht?«

Ich lachte. Marc Covet, der Frauenheld, hasst Kinder.

»Bestimmt, Marc. Und mit dieser Adligen ist er immer noch verheiratet?«

»Offensichtlich. Das muss deine Wachspuppe im Rollstuhl gewesen sein. Ich kenne ihre Familie, die Matterns. Ein Name, der in Heidelberg einen guten Klang hat, wie man so schön sagt. Hier passt das gut, denn die Matterns sind Wagner-Enthusiasten. Deshalb auch der Name Isolde. Alte Bankiersdynastie, immer per du mit dem großen Geld. Verschwiegen, aber einflussreich. Bünting hat seine Frau hier kennengelernt. Er wohnte 1959 zunächst in Ludwigshafen, zog aber noch während seiner BASF-Zeit um. Im Auweg residiert er schon Jahrzehnte.«

»Und zwar standesgemäß. Erstaunlich, dass du ihn nicht kennst, wo du doch ...«

»Überhaupt nicht erstaunlich«, fiel er mir ins Wort. »Natürlich kenne ich den Mann. Kommt darauf an, was man unter Kennen versteht. Über den Weg gelaufen sind wir uns schon öfters, bei Industriellentreffs und so. Und in Darmstadt ist er stadtbekannt. Aber hier in Heidelberg lebt er absolut zurückgezogen. Lässt sich so gut wie nie blicken, mischt sich nicht unters Volk. Kein Vereinsleben, keine politische Betätigung, kein Ehrenmitglied in der Schützengilde.«

»Doch«, mischte sich der Dicke ein. »Er ist Rugby-Sponsor. Beim SC Neuenheim steht sein Name auf einer der Malstangen.«

»Und wie oft beehrt er eueren Sportplatz?«, blaffte Covet seinen grinsenden Kollegen an. »Siehst du? Überhaupt nicht. Der Mann scheut die Öffentlichkeit. Und wer die scheut, taucht in meinem virtuellen Karteikasten nicht auf. So ist das nämlich.« Er klappte die Lesebrille zusammen und legte sie vor sich auf den Schreibtisch. »Du hättest mir schon ein Polaroid von ihm bringen müssen.«

»Und wie bist du dann auf ihn gekommen?«

»Durch Lothar.«

Lothar grinste noch breiter als zuvor. »Genau«, sagte er zufrieden und schien den Punktsieg über seinen Kollegen unendlich zu genießen.

»Sie kennen ihn vom Rugby?«

»Yep«, sagte der Dicke, vollführte mit seinem Stuhl eine halbe Drehung, um sich mir zuzuwenden, und kratzte sich lässig unter einer Achsel. »Einmal war er da, und das ist auch schon Jahre her. Bei dieser Malstangengeschichte. Die Sponsorennamen, wissen Sie. Sein BMW war ganz neu, der ist uns aufgefallen, und wir haben Witzchen drüber gemacht. Als Marc mich gestern fragte, wusste ich, das Auto kennst du. Nur der Besitzer fiel mir ums Verrecken nicht ein. Heute Morgen dann …« Er machte eine halbe Drehung zurück, griff hinter den PC-Monitor und hielt triumphierend einen Becher hoch.

»Bünting-Tee«, sagte ich. Der Dicke strahlte.

»Was für ein Glück, dass Lothar kein Kaffeetrinker ist«, brummte Covet.

Der Dicke brach in schallendes Gelächter aus. »Was für ein Glück«, japste er, »was für ein Glück, dass der Mann nicht Tchibo heißt.«

Covet lächelte säuerlich.

16

Ich ließ Bünting in aller Ruhe sein Auto abschließen, sich die Nase schnäuzen, auf dem Absatz kehrtmachen und zum Eingangsportal gehen. In der Hand trug er eine braune Aktentasche. Seine Schuhe knirschten auf dem hellen Kies: ein Alltagsgeräusch für ihn, für mich der Trommelwirbel der Revolution! Er hatte kaum die Tür zu seiner Villa geöffnet, als ich aus meinem Versteck huschte und hinter ihm über die Schwelle trat.

Er hörte meine letzten Schritte und drehte sich um.

»Guten Abend«, grinste ich und zog einen imaginären Hut.

»Sie!«, sagte er. Mehr nicht.

Natürlich war er überrascht, ich meine, jeder wäre das, aber verdammt noch mal, anmerken ließ sich der Alte nichts. Staunen, Bestürzung, Erschrecken? Fehlanzeige. Lediglich um seine Habsburgernase zuckte es, doch das konnte mit seiner Allergie zu tun haben. Wo um alles in der Welt hatte er dieses erstaunliche Maß an Selbstbeherrschung gelernt?

»Sie!«, sagte er, und es klang ärgerlich und gelangweilt; wie wenn unsereins im Sommer zu müde ist, lästige Fliegen zu vertreiben.

Nun, dann wollte ich meine Fliegenrolle konsequent zu Ende spielen.

»Reden wir drinnen weiter?«, fragte ich und schob ich mich an ihm vorbei in die Villa. Vielleicht hatte er insgeheim mit so viel Dreistigkeit gerechnet. Trotzdem hätte er mir zuliebe ein wenig zetern können. Aber nicht einmal diese Genugtuung gönnte er mir, er schüttelte nur missbilligend den Kopf und seufzte. Sollte er seufzen! Die Hände auf dem Rücken verschränkt, spazierte ich durch das Foyer seines Hauses und sah mich um. Bünting blieb abwartend in der Tür stehen. Die Abendsonne warf seinen riesenhaften Schatten durch den ganzen Raum.

»Was soll das, Koller?«, meinte er. »Was wollen Sie hier? Ihre Eitelkeit befriedigen?«

Um ehrlich zu sein, Büntings Foyer enttäuschte mich. Es war bieder eingerichtet, überhaupt nicht geschmackvoll oder extravagant. Schwerer Steinfußboden, zwei schmale Läufer, eine Couch (wieso hier eine Couch?), Holztäfelung an den Wänden, ein paar Ölbilder à la Canaletto, zwei barocke Statuetten. Weiter hinten stand eine große Bronzestatue, die einen jungen Mann mit Pfeil und Bogen darstellte. Außer einem Lorbeerkranz hatte er nichts an. Höheres Spießertum, meiner Meinung nach.

Ich kehrte zu Bünting zurück. Baute mich vor ihm auf und legte den Kopf ein wenig schief.

»Hübsch haben Sie es hier. Hübsch hässlich. Mein Vater hatte mal einen Wohnwagen, in dem sah es genauso aus.«

»Koller, hören Sie auf, dummes Zeug zu quatschen«, fauchte er. Zum ersten Mal, seit ich ihn kannte, zeigte er Nerven. Er warf die Tür hinter sich zu und legte die Aktentasche auf einen kleinen Tisch, der als Ablage diente. Dann wandte er sich mir zu.

»Was Sie hier tun, Koller, ist Hausfriedensbruch, und über kurz oder lang werde ich die Polizei rufen. Außerdem stehlen Sie mir meine Zeit. Sagen Sie mir, was Sie wollen und dann lassen Sie mich in Ruhe.«

»Was ich will, Herr Bünting? Gar nichts will ich. Überhaupt nichts. Wollte Sie nur mal kennenlernen. Wie Sie wohnen. Was Sie so tun, wenn Sie nicht gerade auf Friedhöfen rumturnen.«

»Sie sind …«, begann er, brach aber ab, denn wir waren nicht mehr allein.

Ich drehte mich um. Eine Tür hatte sich geöffnet, und die ansehnliche Dienstmagd war eingetreten. Augenscheinlich hatte sie nicht erwartet, zwei Personen anzutreffen.

»Guten Abend«, grüßte sie, und es klang wie eine Frage. Ich schenkte ihr mein charmantestes Lächeln, das aber kein Echo fand.

Bünting schickte sie mit einer Handbewegung fort. »Los, kommen Sie«, fuhr er mich an. »Wir gehen nach oben. Ich gebe Ihnen fünf Minuten, Koller, danach verschwinden Sie. Und zwar für immer.« Er wandte sich nach links, wo eine breite, gewundene Treppe in den ersten Stock führte.

Ich folgte ihm und sah aus den Augenwinkeln, wie sich die Tür hinter dem Mädchen geräuschlos schloss.

Oben betraten wir ein geräumiges Arbeitszimmer. Alles darin war schwer und dunkel: der Mahagoni-Schreibtisch, die Schränke, die Regale, die Ledersessel. Der Hausherr nahm hinter dem Schreibtisch Platz, ich setzte mich unaufgefordert in einen der Sessel. Man konnte über Bünting sagen, was man wollte, auf der faulen Rentnerhaut lag er jedenfalls nicht. Aktenordner ohne Ende, eine überquellende Briefablage, Schreibgerät in unterschiedlichster Ausfertigung, ein Stoß Zeitungen (die *FAZ* und das *Handelsblatt*, natürlich), eine Telefonstation sowie auf einem zusätzlichen Tisch Computer und Faxgerät. Was die Kandinsky-Reproduktion an der rechten Seitenwand zu suchen hatte, erschloss sich mir nicht. Das Bild passte in dieses Zimmer wie die gestrige Faust auf mein Auge.

Ganz in der Nähe des Kandinskys zog eine kleine Familiengalerie meine Aufmerksamkeit auf sich: eine Handvoll gerahmter Fotos von Büntings Angehörigen.

»Ihr Sohn?«, fragte ich und deutete auf das Bild eines jungen Mannes, das aus den 70ern stammte: Der Kerl hatte viel zu langes Haar, viel zu lange Koteletten, und das Grinsen, mit

dem er vor einem Ford Capri posierte, war eindeutig zu dämlich. Bünting antwortete nicht.

»Und der hier? Ein Enkel?« Ein Studiofoto neueren Datums,
der Junge um die 16, mit kurz geschorenem Blondhaar und im
dunklen Anzug. Der stand ihm, als hätte man ihn hineingehus-
tet. Auch nicht sympathischer als seine Verwandten.

Bünting blieb weiterhin stumm. Er saß in sich gekehrt an
seinem Schreibtisch, faltete die Hände und blickte mit gespitz-
ten Lippen ins Nichts. Dann räusperte er sich und schaute mich
ernst, mit geradezu väterlicher Nachsicht an. In meinem Kopf
schrillten die Alarmglocken.

»Herr Koller«, begann er; ich war also wieder zum ›Herrn‹
aufgestiegen. »Herr Koller, ich hege mehr Verständnis für Sie,
als Sie glauben. Sie wollten herausfinden, wer ich bin. Ich habe
damit gerechnet. Schließlich sind Sie Detektiv. Ebenso verstehe
ich, dass es Sie brennend interessiert, welchen Auftrag ich für
Sie hatte und welche Bewandtnis es mit dem Vorfall auf dem
Bergfriedhof hat.«

Bewandtnis, soso. Vorfall. Sag mir, wie du sprichst, und ich
sage dir, wie schlecht dein Gewissen ist.

Bünting machte eine gewichtige Pause und ruderte mit den
silbern behaarten Händen; so, als müsse er erst nach der Fortsetzung seiner Rede suchen. Ich versuchte, die Aufschriften
seiner Aktenordner zu entziffern.

»Aber Sie«, fuhr er fort, »Sie wiederum sollten verstehen,
dass ich Ihnen nur bedingt Auskunft geben möchte. Zwingen
können Sie mich nicht. Ich zwinge Sie ja auch nicht, Ihr Herumschnüffeln aufzugeben. Weder rufe ich die Polizei, noch
schmeiße ich Sie hochkant raus. Mein Angebot war fair, meine
ich: Sie akzeptieren ein angemessenes Ersatzhonorar, und dafür
vergessen wir beide diese Geschichte. Sie waren doch damit
einverstanden, oder täusche ich mich?«

»Ihr Geld interessiert mich nicht«, behauptete ich und

schnipste mir etwas Flaum vom Ärmel. »Das können Sie jederzeit zurückbekommen.«

»Her damit!« höhnte er.

»Oder sagen wir, ich behalte es als einmalige Aufwandsentschädigung. Sie haben nämlich ein Detail übersehen, den kleinen, feinen Unterschied zwischen uns: Ich habe, ganz im Gegenteil zu Ihnen, ein reines Gewissen.«

»Meine Hochachtung«, spottete er. »Ein reines Gewissen! Vielleicht auch eine Wunderlampe und eine goldene Gans? Wenn Sie glauben, ich hätte etwas mit diesem unerfreulichen Todesfall zu tun, dann liegen Sie falsch. Völlig falsch.«

»Natürlich«, lachte ich. »Die Erde ist eine Scheibe und der Zufall regiert die Welt. Haben wir uns denn zufällig auf dem Bergfriedhof getroffen?«

»Nein, ich hatte Sie dorthin bestellt.«

»Dorthin, wo zufällig eine Leiche liegt. Wo kurz zuvor jemand ermordet wurde. Das ist für Sie ein Zufall?«

Er hob die Schultern. »Ein Mord, Selbstmord, ein Unfall ... Wer weiß?«

»Das soll Zufall gewesen sein, Sie Clown?«

Bünting schwieg.

»Zufall auch, dass dieselbe Leiche in der Nacht weggebracht wurde?«

Er stützte beide Ellbogen auf die Lehne seines Sessels, führte die gefalteten Hände zum Kinn und betrachtete mich nachdenklich. »Davon höre ich zum ersten Mal.«

»Ich lasse mich nicht verarschen, Herr Bünting«, sagte ich. »Von wegen Zufall. Solange Sie solche Nebelkerzen werfen und mich dann auch noch mit Pfefferspray besprühen, lasse ich nicht locker. Darauf können Sie Gift nehmen.«

Pause. Er schwieg, ich schwieg. Immer noch hatte sein Blick diesen wohlwollend-väterlichen Zug. Holzauge sei wachsam!

»Sie haben recht«, sagte er schließlich. »Die Sache mit dem Pfefferspray war ein Fehler. Ich entschuldige mich dafür in aller Form bei Ihnen. Wissen Sie, ich bin ein alter Mann und neige manchmal zu Kurzschlussreaktionen.«

»Ich kotze gleich auf deinen Teppich«, murmelte ich.

»Deshalb möchte ich Ihnen sagen ...« Er brach ab und sah zur Seite. Hinter ihm, jenseits der großen Fensterscheiben, spielte das Abendlicht im hellgrünen Laub der Buchen.

Ich wartete.

»Ich habe eine Vermutung, wer der Tote sein könnte«, sagte er. »Fragen Sie mich aber bitte nicht nach seinem Namen. Den kenne ich nicht.«

»Na, also. Geht doch.«

»Als ich ihn auf dem Grab liegen sah, war ich genauso irritiert wie Sie.«

»Und wer war der Mensch? Woher kannten Sie ihn?«

»Ich kannte ihn nicht, wie gesagt. In den letzten Tagen schlich jemand um mein Haus herum. Und am Freitag rief mich ein älterer Mann an. Vermutlich derselbe. Ich fühlte mich bedroht.«

»Bedroht?«

»Ja.«

»Ach, und deshalb haben Sie mich engagiert? Warum keinen Leibwächter?«

»Einen Leibwächter? Wozu?«

»Wenn Sie sich doch bedroht fühlten?«

»Nicht körperlich. Dieser Mensch hat mir telefonisch gedroht. Er wollte mit einer alten Geschichte an die Öffentlichkeit gehen, irgendwelche Geheimnisse ausplaudern, ich denke, es hatte etwas mit meinem Beruf zu tun. Wobei er nicht konkret wurde. Richtig ernst habe ich sein Geschwätz nicht genommen, andererseits ist nicht auszuschließen, dass es nach einem halben Jahrhundert erfolgreichen Berufslebens den einen oder anderen Neider gibt. Deshalb beschloss ich, Sie zu engagieren, um herauszufinden, worum es dem Mann ging.«

»Und weshalb haben Sie ihn dann umgelegt?«

»Reden Sie kein Blech«, sagte er ungehalten. »Sie selbst sind Zeuge, dass ich erst nach Ihnen eintraf. Ich hätte gar keine Gelegenheit gehabt. Und selbst wenn: Wäre ich als Mörder vielleicht zurückgekehrt, um den Verdacht eines Detektivs zu wecken? Ist doch idiotisch. Als ich den Mann auf dem Grab sah, war ich erleichtert, dass sich das Problem auf diese Weise von selbst gelöst hatte. Wenn er es denn war.«

»Aber jemand muss den Mord begangen haben.«

Er zuckte die Achseln. »Was weiß ich, in welcher Gesellschaft sich der Mann bewegte.«

»Sie haben also kein Interesse, den Mörder zu finden?«

»Nein«, sagte er leise, aber fest. »Absolut nein. Wissen Sie was, Herr Koller? Ich bin gottfroh, dass die ganze Geschichte ausgestanden ist.«

»Die ganze Geschichte, sagen Sie? Die ist immer noch ziemlich löchrig, finde ich. Was wollte der Mann genau von Ihnen?«

»Ich weiß es nicht!«

»Hat er Geld gefordert?«

»Natürlich, das wollen sie doch alle.«

»Wie viel?«

»Er nannte keine Summe.«

»Er hat Sie erpresst, nicht wahr? Womit? Wollte er Sie bloßstellen? Ihnen etwas antun?«

»Koller«, er schüttelte müde den Kopf, »geben Sie sich keine Mühe. Die Geschichte ist vorbei. Aus und vorbei.«

War sie das?

Ich schlug die Beine übereinander und verschränkte die Arme hinter dem Kopf. Bünting saß ein wenig nach vorne gebeugt, die Fingerspitzen seiner Hände lagen auf der Tischkante. Lassen Sie es gut sein, sagte diese Haltung, bitte, Herr

Koller, haben Sie Verständnis, ich bin ein alter Mann, ich brauche meine Ruhe. Er hielt den Blick gesenkt, schicksalsergeben.

Nichts war vorbei. Natürlich besaß diese Geschichte eine Fortsetzung. Der Tote auf dem Grab verlangte nach ihr, die Jungs aus dem *Englischen Jäger* wollten sie erfahren, von mir und meinen lädierten Augen ganz zu schweigen. Bünting zog bloß eine Show ab, spielte eine seiner vielen Rollen, in die er nach Belieben schlüpfte: In diesem Augenblick war er der erschöpfte Patriarch, der geplagte Greis, den die Unbilden der Welt bedrückten. In fünf Minuten würde er wieder das Aufsichtsratsmitglied sein, dann der empörte Großbürger, der abgeklärte Souverän, der jammernde Steuerzahler. Nichts davon war echt, und vielleicht kreisten all diese Masken nur um ein großes, gähnendes Loch im Zentrum seiner Seele.

Leider fehlte mir eine Idee, welche Strategie zum Fortgang unserer Geschichte führte. Ich konnte Bünting ja schlecht zwingen, mir die volle Wahrheit über den Alten und seine angeblichen Drohungen zu beichten. Ebensowenig konnte er mich zum Aufgeben zwingen. Eine vertrackte Situation. Beim Schach hätte ich dem Mann ein Unentschieden angeboten.

»Und warum auf dem Friedhof?«, brummte ich schließlich.

»Wie?«, fragte er zurück, von der Tischplatte zu mir hochblickend.

»Warum haben Sie mich auf den Friedhof bestellt und nicht zu sich nach Hause?«

»Ach …« Er wischte den Einwand weg wie Ungeziefer. »Sie fragen und fragen … Warum nicht auf dem Friedhof? Ich wollte Sie testen. Sie verstehen auch gar nichts.«

»Und Sie lügen wie gedruckt«, sagte ich, aber das ging im Klingeln des Telefons unter. Bünting schaute auf das Display und drückte eine Taste; das Klingeln verstummte.

Dann blickte mir der Silberrücken scharf in die Augen, lehnte sich zurück und faltete wieder seine Hände. Die Komödie ›Erfahrenes Alter belehrt ungestüme Jugend‹ neigte sich ihrem Ende zu. Er räusperte sich.

»Fazit«, sagte er in geschäftsmäßigem Ton. »Erstens: Lassen Sie mich und meine Familie in Ruhe, Herr Koller. Wenn Sie sich weiter hier herumtreiben, herumschnüffeln und irgendwelche lächerlichen Aktionen planen – bitte, ich kann Sie nicht einsperren lassen; aber es wird Ihnen nichts einbringen, und gegebenenfalls werde ich mich zur Wehr setzen.«

Aha. Das klang schon wieder vertrauter.

»Zweitens: Lassen Sie die Polizei ihre Arbeit tun. Halten Sie sich da raus, die Beamten wissen, was sie zu tun haben. Ich jedenfalls möchte unbehelligt bleiben, und von Ihnen denke ich dasselbe.«

Das Telefon klingelte erneut. Er scherte sich nicht darum.

»Drittens: Sie genießen die zusätzliche Freizeit, die Sie durch den Tod dieses Menschen erworben haben, und falls Sie in nächster Zeit knapp bei Kasse sein sollten, melden Sie sich. Ich bin bereit, Ihnen ein weiteres Mal unter die Arme zu greifen. Ansonsten möchte ich Sie nie wieder sehen. Verstanden?«

Ich antwortete nicht. Die Vorstellung, mir von Bünting unter die Arme greifen zu lassen, fand ich einigermaßen unappetitlich. Das Telefon klingelte weiter.

»Und falls doch, Herr Koller …« Er legte den Kopf ein wenig zur Seite, gar nicht viel, nur ein ganz kleines bisschen. »Falls doch, möchte ich Sie bitten, nicht mehr so penetrant nach billigem Fritieröl zu riechen.« Er hob den Hörer ab, bellte ein: »Ja?« hinein, gefolgt von einem ungeduldigen: »Dann stell ihn halt durch, in Gottes Namen!«

Ich erhob mich. Bünting schnippte mit den Fingern und bedeutete mir sitzenzubleiben. Fritieröl … dieser alte Sack! Er war es, der in Fritieröl ertränkt gehörte. Und von Maria eigenhändig durch die Friteuse gerührt. Ich kickte den Sessel gegen den schweren Schreibtisch und wandte Bünting den Rücken zu.

»Moment mal, Arndt … Herr Koller!«, hörte ich ihn hinter mir rufen, aber ich kümmerte mich nicht darum, schritt hinaus und schmiss die Tür mit solcher Wucht in die Angeln, dass die Villa erbebte.

17

Eine Tür flog auf, und in der Öffnung stand ein schöner junger Mann. Sein Name war weniger schön, aber für den konnte er nichts: Knöterich. So stand es auf einem Schildchen an der Wand: Herr Benno Knöterich M. A., Pressesprecher der Darmstädter Chemiebetriebe. Der Schönling war Anfang 30, schlank und bester Laune. Was ihm die Natur an dunkler Haarpracht mitgegeben hatte, hatte er auf halbe Daumenlänge gebracht und mit viel Gel gen Himmel gerichtet. Leider hatte dieselbe Natur vergessen, Herrn Knöterich mit einem Kinn auszustatten. Oben Gel, unten nichts. Seine Ohren waren kleine Marzipanschnecken, und auf seinem breiten Nasenrücken ruhte eine braune Hornbrille. Die Tönung seines Gesichts ließ auf eine Zweitwohnung in der Karibik schließen oder wenigstens an der Costa Dorada. Vielleicht auch nur auf eine Dauerkarte für ein Sonnenstudio im Darmstädter Westen.

»Herr Koller.«

»Herr Knöterich.«

Pfötchengeben. Wegen seiner Brille, die intellektuelle Überlegenheit signalisierte, entschloss ich mich spontan, einen auf harmlosen Trottel zu machen. Das würde dem Herrn Pressesprecher gefallen. Umständlich bedankte ich mich für seine Einwilligung zu einem Gespräch, setzte ein leutseliges Lächeln auf, stolperte über Gemeinplätze, bis er mich wie Clinton sanft am Unterarm packte und ins Zimmer lotste. Seine Sekretärin, ein nervöses Huhn, mindestens doppelt so alt wie er, blickte uns finster nach. Drinnen bot er mir einen Sessel an, in dem eine Großfamilie hätte übernachten können. Er setzte sich mir gegenüber, schlug die Beine übereinander und rückte seine Armbanduhr zurecht.

»Ach so, übrigens …«, begann ich, als sei es mir eben erst eingefallen, »ich wollte mich noch bedanken, dass Sie Ihr Einverständnis …«

»Von den *Neckar-Nachrichten* kommen Sie?«, unterbrach er mich.

»Ich schreibe für den Lokalteil. Sehen Sie, es geht da um eine Serie von Porträts bekannter Persönlichkeiten. Menschen aus dem Heidelberger Raum, von Boris Becker bis Paul Kirchhof. Politiker, Künstler, Unternehmer.«

»Verstehe.«

»*Große Köpfe unserer Heimat*«, sagte ich und versuchte, wichtig auszusehen. »So heißt die Serie. Groß im Sinne von, verstehen Sie, nicht groß wie … also nicht körperlich groß.«

Er schmunzelte. Es war kein ermutigendes Schmunzeln, trotzdem gefiel es mir. Knöterich würde mich von nun an wie den Redakteur einer Schülerzeitung behandeln.

»Und jetzt möchten Sie Herrn Bünting porträtieren?«

»Genau. Mein Chef hatte die Idee. Wenn dem einfällt, wir sollten mal wieder was in der *Große-Köpfe*-Reihe bringen, dann zitiert er mich zu sich, macht Druck, und am nächsten Tag muss der Artikel auf dem Tisch liegen. Ich weiß nicht, ob Sie das kennen ...«

Knöterich lächelte höflich und betrachtete seine Fingernägel.

»Wie auch immer, jedenfalls ...«

»Aber morgen ist doch Feiertag«, warf er ein, ohne den Blick zu heben.

»Okay, ich habe leicht übertrieben. Am Mittwoch soll der Beitrag erscheinen.«

»Wie heißt denn Ihr Chef?«

»Covet. Marc Covet. Ich bin jedenfalls sehr froh, dass es heute noch geklappt hat. Sehen Sie, als Redakteur ...«

»Sie entschuldigen mich einen Moment«, unterbrach er meinen Sermon, sich an den schönen Kopf fassend, als sei ihm eben etwas Wichtiges eingefallen. Er eilte hinaus zu seinem Vorzimmerhuhn und schloss behutsam die Tür hinter sich.

Ich atmete durch. Selbst mir fiel es bisweilen schwer, mich so dämlich anzustellen. Die Unterbrechung nutzte ich zu einem Rundblick durch Knöterichs Reich. Viel zu sehen gab es nicht. Die übliche Büroeinrichtung niederer Chargen; zwei große Zimmerpflanzen, ein blitzblank aufgeräumter Schreibtisch, darauf eine Modellbaufregatte. An den Wänden kein Kandinsky wie bei Bünting, dafür Emailschilder mit DACH-Werbung aus Vorkriegszeiten: »Gesundheit für die ganze Familie: Fructolax mit Vitamin C«. Auch eine Art der Corporate Identity.

Aber da war noch etwas. Im Schatten eines großen Aktenschranks voller Geschäftsberichte und ähnlichem hatte Knöterich verschämt den Nachweis seines universitären Ritterschlags angebracht: eine Magisterurkunde im Fach Ethnologie. Ethnologie, alle Achtung! Fremde Nationen, urtümliche Völker ...

und jetzt Ameisensäure und E 505. Ich grübelte ein wenig über den möglichen Werdegang des Magister Artium Benno Knöterich, bis er selbst, schöner als zuvor, über die Schwelle trat.

»So, das war das«, lächelte er. »Wir hatten die Maler im Haus, wissen Sie, und da musste ich der guten Frau Eggebrecht … Entschuldigen Sie bitte.«

Nur gut, dass er gleich nach dem Namen meines Chefs gefragt hatte. Allerdings waren einige Lokalredakteure, der dicke Lothar zum Beispiel, von Covet instruiert worden, falls sich der Pressesprecher tatsächlich bei dem Blatt rückversicherte.

»Der gute Herr Bünting«, sagte Knöterich und kehrte zu seinem Sessel zurück. »Das wird ihn ehren, wenn er von Ihrem Vorhaben hört.« Wie zuvor schlug er die Beine übereinander, stützte die Ellbogen auf die Lehnen und legte die Fingerspitzen zusammen. »Was möchten Sie wissen, Herr Koller?«

Ich begann mit meinem Interview. Einen Notizblock auf den Knien, den Bleistift gezückt, erkundigte ich mich nach der Persönlichkeit des Diplomchemikers Hanjo Bünting, nach seinen besonderen Fähigkeiten und seinen herausragenden unternehmerischen Leistungen. Der Mensch hinter dem Monument H.B. … Das gefiel dem ehemaligen Ethnologen. Nichts tat er lieber, als das Bild seines Brötchengebers in zarten Pastellfarben zu malen. Er tat es mit jenem herablassenden Lächeln, das er für mich reserviert hatte und das seine innere Distanz zu dieser Art von oberflächlichem Lokaljournalismus verriet – aber er tat es gerne. Der gute Herr Bünting … was für ein feiner Mensch. Ein Vorbild! Alte Schule, wenn Sie verstehen, was ich meine. Grandseigneur nannte man das früher. Hochgebildet, voller Visionen. Ein Denker und Lenker, der die Firma noch durch schwierigstes Fahrwasser lotste. Willensstark und durchsetzungsfähig. Einer, der Verhandlungen seinen eigenen Stempel aufdrückt. Beste Verbindungen zur Politik. Legendär sein Auftritt 1973 beim späteren Kanzler Schmidt, damals Finanzminister, und Wirtschaftsminister Friderichs, als er den beiden Alphatieren Sonderkonditionen für die gebeutelten Unternehmen abtrotzte. Was für ein Schachzug! Und mit welchen Folgen für die DACH! Damals wurde der Grundstein für die atemberaubende Entwicklung des Betriebes gelegt. Und so weiter und so weiter.

Ich kritzelte in meinem Notizblock herum. Knöterich war in seinem Element. Er resümierte, verallgemeinerte, brachte gestikulierend auf den Punkt und warf die Stirn in Falten. Alles, was er sagte, troff vor Bedeutung.

»Die 70er und 80er, Herr Koller, das war die Ära der Doppelspitze: Bünting zusammen mit dem Firmeneigner, Herrn Caspar Meyer senior. Auch privat verband die beiden eine, ja, wie soll man sagen, eine innige Männerfreundschaft.« Er warf mir einen spöttischen Blick zu.

»Soso.« Ich war zu Strichmännchen übergegangen. »Und Herr Meyer senior?«

»Ist im Jahre 1988 verstorben«, sagte Knöterich. »Ein Jammer, dass er die deutsche Einheit nicht mehr erleben konnte. Sie war ihm ein Herzensanliegen.«

»Eine traurige Sache«, pflichtete ich ihm nicht ganz eindeutig bei.

»Seither bildeten die beiden Söhne des Patriarchen mit Herrn Bünting ein Triumvirat, wenn Sie den Ausdruck gestatten.« Ich gestattete. »Ein Führungstrio, das bis zum altersbedingten Ausscheiden Herrn Büntings ausgezeichnet funktionierte.«

Altersbedingt? Das konnte ich so nicht stehen lassen, nicht einmal als Redakteur der *Neckar-Nachrichten*.

»Dabei heißt es doch«, sagte ich, »dass sein Rückzug aus der Firma nicht unbedingt freiwillig erfolgte.«

»Wie meinen Sie das?«

»Na ja, Sie wissen schon, sein Ausstieg 1997, so ganz ohne Reibungen lief der ja nicht ab.«

»Reibungen?« Er sah mich misstrauisch an. Ich lächelte unschuldig. Knöterich wechselte die Stellung seiner übereinandergeschlagenen Beine, nahm, da ich nicht antwortete, seine Brille ab und begann sich mit Daumen und Zeigefinger die Nasenwurzel zu massieren. »Reibungen?« wiederholte er.

»Ja, oder? Wissen Sie, ich hatte keine Zeit für intensive Recherchen in unserem Archiv, aber so ein paar Artikel aus den 90ern habe ich mir schon angeschaut. Und das Thema damals ...«

»Die Kartellgeschichte«, sagte er fast ein wenig scharf und fixierte mich aus kurzsichtigen Augen. »Sie meinen diese Kartellgeschichte.«

Ich nickte freundlich.

»Eine saublöde Affäre«, bemerkte er und setzte seine Brille wieder auf. »Saublöd.«

Ich spitzte die Lippen. Herr Knöterich! Ihre Wortwahl!

»Warum wollen Sie ausgerechnet ...?«

»Es wäre hilfreich, einmal die Sicht der Firmenleitung kennenzulernen«, unterbrach ich ihn. »Auch wenn die Kartellgeschichte so unerfreulich für Herrn Bünting verlief. Wissen Sie, kleine Eintrübungen machen eine Biographie noch interessanter. Unsere Leser mögen es, wenn es menschelt. Vor allem unsere Leserinnen.«

Ein prima Stichwort. Die Leserinnen, das leuchtete ihm ein.

»Tja, eine wirklich unerfreuliche Geschichte«, begann er und zuckte mit den Achseln. »Sie hat den DACH ganz schön zu schaffen gemacht. Wobei ich persönlich ... Das Ganze passierte vor meiner Zeit. Lange davor.«

»Selbstverständlich«, beruhigte ich ihn. Knöterich? Er sollte Hasenfuß heißen. Oder Mauerblümchen.

»Der Stein des Anstoßes damals war Sorbinsäure. Ein

wichtiges Konservierungsmittel und eines unserer Hauptprodukte.«

Ich nickte. Klar, wer kennt sie nicht, die gute Sorbinsäure.

»Seit den 60er-Jahren, wenn nicht noch länger, waren die DACH und Hoechst praktisch die Einzigen, die weltweit in großem Maße Sorbinsäure herstellten. Niemanden störte das, niemand machte uns diese Stellung streitig – bis zu den frühen 90ern. Und dann ...« Er sah fast ein wenig verbittert drein.

»Dann?«

»Dann kamen die Chinesen.«

»Die gelbe Gefahr«, entfuhr es mir.

In dem Blick, den er mir zuwarf, schwang keine Spur Ironie mit. »Das können Sie laut sagen. Die Chinesen drängten mit einer eigenen Sorbinsäure auf den Markt. Zu Dumpingpreisen. Wahrscheinlich in Heimarbeit hergestellt. Oder in Arbeitslagern. Man kennt das ja.«

»Die Chinesen«, nickte ich.

»Die Folge: Wir mussten unsere Preise drücken. Gnadenlos. Vielleicht können Sie sich vorstellen, was das heißt. Bei den Lohnnebenkosten in Deutschland! Danach kräht in China kein Hahn. Aber die Qualitätsstandards: Wer garantiert für die, frage ich Sie?«

»Die Qualitätsstandards«, notierte ich.

»Gut, reden wir nicht von den Verlusten, die wir machten. Beziehungsweise die DACH. Aber der dickste Hund kam erst noch.« Wie zuvor stützte er seine Ellbogen auf die Sessellehnen und legte seine Fingerspitzen zusammen. »Dann brachten sich nämlich die Amerikaner in Stellung.«

»Die Amerikaner?«

»Denen fiel nichts Besseres ein, als aus heiterem Himmel ein Kartellverfahren gegen uns anzustrengen. Einer ihrer Anwälte behauptete plötzlich, die DACH und Hoechst hätten bis zum Auftauchen der Chinesen ihre marktbeherrschende Stellung zu Preisabsprachen genutzt. Wettbewerbsverzerrung, lautete der Vorwurf. Mit einem Schlag bestand halb Darmstadt aus Kriminellen.« Er kniff die Augen zusammen.

»Ein amerikanischer Anwalt? Hier in Deutschland?«

»Nein, nein, wo denken Sie hin. Das lief alles in den USA. In Deutschland hatte sich noch nie jemand an unserer angeblichen Monopolstellung gestört.«

»Und wurden Sie ... wurden die DACH verurteilt?«

Er schwieg. Selbst einem Benno Knöterich fiel es schwer, dieses himmelschreiende Unrecht in Worte zu fassen. »Ja«, sagte er schließlich. »Der Kläger bekam Recht. In der Urteilsbegründung hieß es, wir hätten, in Absprache mit Hoechst, die Bürger der USA durch überhöhte Preise jahrzehntelang geschröpft und Millionengewinne gemacht. Und dieses Geld wollten sie zurück. Überlegen Sie mal: ein Land, das sich heute rühmt, Vorreiter der Globalisierung zu sein!«

»Wie hoch war die Strafe?«

Er blickte düster auf seine Schuhspitzen. »18 Millionen Dollar.«

Mir blieb der Mund offen stehen. »18 ...?«

Pause. Vor meinen Augen regneten säckeweise grüne Dollarnoten von der Decke.

»18 Millionen Dollar ... Unglaublich. Wie hat das die Firma verkraftet?«

»Wie wohl? Gar nicht. Stellenabbau, lean management, Kreditaufnahme. Daran knabbern wir heute noch.«

»Und Bünting?«

»Stand im Kreuzfeuer der Kritik. Sicher, er war einer der Hauptverantwortlichen, er hatte die Preispolitik des verstorbenen Herrn Meyer fortgeführt – aber nicht er alleine. Trotzdem wurde ihm eine Hauptschuld an dem Desaster angelastet. Wobei ich mich frage, Herr Koller: Wie soll man Otto Normalverbraucher«, er lehnte sich nach vorne und beschrieb mit dem rechten Arm einen großen, die ganze Menschheit umfassenden Bogen, »wie soll man dem Mann auf der Straße das Wesen der Marktwirtschaft verständlich machen, wenn hier mit staatlicher Willkür das freie Spiel der Kräfte unterbunden wird? Wie soll das funktionieren?«

»Keine Ahnung.«

»Sehen Sie. Denn es war staatliche Willkür, kein Zweifel. Hinter dem Anwalt, der die Klage eingereicht hatte, standen Interessensverbände und hinter diesen die amerikanische Pharmabranche und das Weiße Haus. So läuft es in den Staaten, in der Heimat von John Smith! Bei uns im Werk lästern sie heute noch über die Koalition von Amis und Schlitzaugen.«

Er wandte den Kopf ab und sah aus dem Fenster.

»… Amis und Schlitzaugen«, notierte ich grinsend. Das hätte ich besser nicht getan.

Denn der gute Herr Knöterich schien mit einem Mal zu Eis zu erstarren. Ohne den Blick vom Fenster zu wenden, sagte er leise, aber deutlich: »Ich hasse Amerika.« Dann drehte er sich ruckartig um, sah mich kalt an und fügte hinzu: »Aber das werden Sie nicht schreiben.«

»Nein, nein, keine Angst«, beruhigte ich ihn, doch es war vorbei. Der Pressesprecher verhielt sich von dieser Sekunde an sehr reserviert und sehr korrekt; die Spitzen seines gegelten Haares standen stramm, seine Miene war abweisend. Meine Fragen beantwortete er einsilbig und von oben herab. So viel zur Sorbinsäurenaffäre. Mehr sei nicht zu sagen; man habe das Urteil akzeptiert, fertig. Herr Bünting habe sich bald darauf aus der Firma zurückgezogen. Eine Interpretation der Geschehnisse stehe ihm als Pressesprecher der DACH nicht zu.

Und Büntings Familie?

Bedaure. Über Herrn Büntings Privatleben wisse er nichts. Er kenne den Mann nur als Mitglied der DACH. Selbst auf meine Fragen nach Büntings derzeitigem Betätigungsfeld bekam ich nur vage Antworten: er berate, er knüpfe Kontakte, er vermittle, er repräsentiere. Werfe seine enorme berufliche Erfahrung in die Waagschale. Das Verhältnis zu den beiden Meyers, zu Cajetan und Caspar junior, war offensichtlich nicht schlecht, wenn auch weniger innig als zu deren Vater. Nun gut.

Fürs Erste hatte ich genug erfahren. Wir schmierten uns zum Abschied ein paar Höflichkeiten um die Backen, ich versprach dem Schönling eine Kopie des Artikels und entschwand. Das Vorzimmerhuhn brachte mich gackernd zum Aufzug.

18

Ich und aufgeben? So schnell wurde mich der Alte vom Oberen Auweg nicht los. Dachte er wirklich, ich würde brav meine Schnüffelnase in einen Schmöker stecken und den lieben Gott – oder den lieben Herrn Bünting – einen braven Mann sein lassen? Vermutlich war ihm klar, dass das eine Illusion war, und spielte auf Zeit. Er war längst nicht so souverän, wie er tat. Außerdem beging er einen entscheidenden Fehler, wenn er dauernd mit seinen Geldpaketen wedelte. Sollten Sie in nächster Zeit knapp bei Kasse sein, Herr Koller … Nun, Herr Koller hatte absolut nichts gegen eine großzügige Entlohnung einzuwenden, aber diese ständigen Honorarerhöhungen für mein Schweigen, für mein Vergessen – das weckte meine Neugier. Und schürte meinen Verdacht gegenüber dem Silberrücken. Der alte Schauspieler trug zu dick auf.

Davon abgesehen: Selbst Herr Koller besaß eine Art Berufsehre – das musste doch mal gesagt werden –, und er besaß ein blaues Auge. Letzteres hatte Bünting übrigens mit keinem Wort erwähnt. Hielt es vielleicht für ein Resultat seiner Sprühattacke.

Während hinter mir die Tür zu seinem Arbeitszimmer ins Schloss fiel, plante ich schon die nächsten Schritte. Als Erstes galt es, meinen aktuellen Standortvorteil auszunutzen. Beispielsweise interessierte mich brennend, wer sich noch in dieser Villa aufhielt. Das obere Stockwerk lag totenstill vor mir; ich stieg die Treppe nach unten. Im Foyer öffnete ich die Tür, durch die das Dienstmädchen eingetreten war. Vor mir erstreckte sich ein geräumiger Flur, von dem mehrere Türen abgingen. Ich drückte die nächstbeste Klinke und stand in einer Art Wohnzimmer. Büntings Feierabendparadies.

Vom ästhetischen Standpunkt aus die gleiche Enttäuschung wie in den anderen Räumen: teurer Schmock überall, ein Mix aus badischem Barock und postmoderner Spießigkeit. In der Mitte des Raumes thronte das Auge eines riesigen Fernsehers im Breitwandformat. Ein mächtiges Fenster gab den Blick auf den Garten frei, ein dicker Teppich schluckte jedes Geräusch meiner Schritte. Auch hier hingen ein paar private Fotos an der Wand; ich erkannte den blonden Jüngling wieder, dazu Bünting mit irgendwelchen Großkopferten, wahrscheinlich Managern oder Politikern. Und genau wie oben fehlte etwas: Nicht eine einzige Frau war auf diesen Bildern zu sehen.

Als ich so dastand und mir die Gesichter einzuprägen versuchte, verspürte ich ein unangenehmes Kribbeln im Nacken.

Haargenau jenes Kribbeln, das keine Handbewegung verscheuchen kann, das einem das untrügliche Gefühl gibt, beobachtet zu werden. Ich drehte mich um.

In einem hohen Lehnstuhl hockte die gelähmte Frau und sah mich an. Sie verschwand völlig in den Polstern, und da sie türabgewandt saß, hatte ich sie beim Eintreten nicht bemerkt. Vorsichtshalber hielt ich erst mal meinen Mund.

Draußen tirilierte ein Vöglein, oben bellte Bünting ins Telefon, ein Flugzeug zog brummend am Abendhimmel seine Bahn, aber hier unten blieb es still wie in einem Grab. Sie schwieg, ich schwieg … Es war eine grauenhafte Stille, ein gletscherkalter Block von Tonlosigkeit. Sie sah mich einfach nur an, diese Frau. Unmöglich, ihr Alter zu schätzen. Blonde, zum Teil ergraute Haare hingen in schütteren Strähnen um ihren bleichen Kopf, über die Wangenknochen spannte sich fleckige Haut wie Leder, und in den Augenhöhlen steckten matte blaue Knöpfe. Nur ihr Mund war leuchtend rot geschminkt. Wie eine Ampel.

Und sie sagte nichts, sie sagte kein einziges Wort.

Verdammt noch mal, warum fuhr sie mich nicht an, warum schrie oder schimpfte sie nicht mit dem Eindringling? War sie völlig blöde? Stumm, blind, geistesgestört?

Ja … das war es wohl. Geisteskrank.

Das musste es einfach sein. Ich verlagerte mein Gewicht von einem Bein auf das andere, doch das knackende Geräusch, das dabei entstand, wurde vom Teppichboden aufgesaugt. Meine Gesichtsmuskeln zuckten nervös; die Frau in dem Lehnstuhl glotzte mich unverwandt an. Wortlos, reaktionslos. Nein, diese Person konnte nicht sprechen. Oder das zu Sprechende nicht denken. Oder das zu Denkende verlor sich in den hohlen Gängen ihres mumifizierten Leibes. Ein Stück Holz, ein Termitenbau, ein Sack mit Haaren und geschminkten Lippen! Ohne Gedächtnis, ohne Empfindungen, in ewiger Dunkelheit, in einem unwirtlichen Land beheimatet …

Gefangene einer endlosen Wüste, in der abendliche Besucher, die plötzlich vor einem stehen, ein vernachlässigbares Übel darstellen. Ich schüttelte mich und machte, dass ich diesem Mausoleum entkam.

Draußen im Flur holte ich tief Luft ... und stand einer weiteren Frau gegenüber. Dem Dienstmädchen. Sie sah mich erstaunt an, verkniff sich aber eine Bemerkung. Ich hätte ja ein guter Freund ihres Herrn und Meisters sein können.

»Gut, dass ich Sie treffe«, sagte ich, und meine Erleichterung kam von Herzen. »Ist sie krank? Geistes ... geistesabwesend?«

Sie begriff sofort, von wem ich sprach. »Ja, sie ist sehr krank«, antwortete sie. »Wussten Sie nicht?«

Ich schüttelte den Kopf.

»Wo ist Herr Bünting?« wollte sie wissen. Interessant, wie sie das R rollte. Überhaupt sprach sie gut, aber nicht ganz akzentfrei Deutsch. Dazu ihre hohen Wangenknochen, das runde Gesicht ... ich tippte auf osteuropäische Herkunft. Eine Russin vielleicht.

»Können wir uns einen Moment ungestört unterhalten?«, fragte ich sie. »Nur ein paar Minuten. In Ihrem Zimmer am besten?«

»Unterhalten? Jetzt? Also ... ich habe keine Zeit, muss arbeiten.«

»Arbeiten dürfen Sie ja später noch. Es geht ganz schnell. Nur ein paar kurze Fragen.«

Du meine Güte, wie sie sich sträubte! Erst als ich ihr meinen Namen nannte und mich als Geschäftspartner Büntings vorstellte, wurde sie zutraulicher. Blöde Gans! Umso misstrauischer hätte sie sein sollen. Aber wie erklärte man das einer jungen Russin?

»Ich muss wirklich noch arbeiten«, wiederholte sie, während sie mich in ihr Zimmer führte: in die spartanisch eingerichtete Bude, die ich bereits von außen begutachtet hatte.

Ich setzte mich auf den einzigen Hocker, sie nahm auf der Bettkante Platz und musterte mich misstrauisch. Nahm sie mir den Geschäftsfreund ab? Mit blauem Auge und Frittenöl in den Kleidern? Schwer zu sagen. Ihr Blick jedenfalls zeugte von unverhohlener Skepsis. Sie sah nicht übel aus, aber eine glatte Schönheit war sie auch nicht. Dünn und ein wenig kantig, mit einem kleinen Schmollmund und einer feingliedrigen Nase. Ihre Lider waren bläulich geschminkt. In den späten 60-ern, glaube ich, hatten solche Twiggy-Typen Konjunktur; das Kleidchen stand ihr ganz gut, auch wenn sie es nicht ausfüllte.

»Sie sind die … die Hausangestellte hier?«, begann ich.

Sie nickte.

»Und Sie heißen?«

»Katerina.«

»Woher stammen Sie? Aus Russland?«

Sie schüttelte den Kopf. »Aus der Ukraine. Kiew. War mal Sowjetunion, jetzt ein eigenes Land.«

Ich hob entschuldigend die Hände. »Tut mir leid. Wissen Sie, hier im ungebildeten Westen, spricht man nur von Russland und Putin und Sankt Petersburg. Ich kenne auch bloß ein paar ukrainische Fußballer. Schewtschenko, Woronin, Oleg Blochin …«

»Blochin ist Trainer«, erklärte sie. »Und die Mannschaft hat schlecht gespielt bei der WM.«

Ich grinste. »Ihr Deutsch ist hervorragend.« Das war kein bisschen übertrieben.

»Danke. Ich habe in Kiew Sprachen studiert.«

Und nun putzte sie den Kapitalisten die Doppelglasscheiben, stieg das Leiterchen im kurzen Schwarzen nach oben und wackelte dabei mit dem Hintern. Auf dass es dem Hausherrn warm ums Herz wurde. So blieb wenigstens die Kontinuität gewahrt. Zwei Generationen zuvor hatten wir Zwangsarbeiter aus der Ukraine, mittlerweile kamen sie freiwillig zu uns.

»Und Sie helfen im Haushalt? Putzen, kochen, einkaufen …?«

»Ein Jahr lang. Dann gehe ich zurück nach Kiew und studiere weiter. Und Sie?«

»Wie gesagt, ich bin ein Geschäftsfreund von Herrn Bünting. Es geht da um ein neues Projekt … ziemlich geheim, das Ganze, und noch in der Entwicklungsphase.« Ich legte die Fingerspitzen zusammen. »Wissen Sie, Katerina, der Grund, warum ich mit Ihnen reden möchte, ist der folgende: Mir scheint Hanjo – Herr Bünting – in den letzten Tagen sehr verändert. Unkonzentriert. Belastet. Als wenn ihm etwas schwer auf der Seele liegen würde. Leider möchte er mit mir nicht darüber reden.«

»Soso«, sagte sie, stand auf, nahm eine Packung Zigaretten vom Tisch und zündete sich eine an. Rauchend blieb sie stehen und hörte sich meine lächerliche Geschichte an.

»Mir könnte das im Grunde gleich sein«, fuhr ich fort. »Aber ich kenne Bünting schon sehr lange, und derart angeschlagen habe ich ihn noch nie erlebt. Wissen Sie, unser gemeinsames Vorhaben ist keines, das man auf die leichte Schulter nehmen könnte. Da braucht es einen langen Atem, Standfestigkeit, Durchsetzungsvermögen … Und im Moment bin ich sehr skeptisch, ob mein Freund Hanjo – Herr Bünting – der richtige Partner dafür ist.«

Sie schwieg. Ihre Miene verriet nicht, was sie dachte. Im besten Fall dachte sie wahrscheinlich nichts, und im schlechtesten … nun, sie schickte mich wenigstens nicht raus. Vielleicht war das in der Ukraine auch völlig normal: dass da ein wildfremder Typ in dein Zimmer kommt und dir seltsame Fragen stellt.

»Tja, Katerina … Könnten Sie sich wohl vorstellen, was die Ursache für Herrn Büntings Zustand ist?«

»Nein«, sagte sie. Ihr Gesicht verschwand fast im Zigarettenrauch.

»Hat er in den letzten Tagen nicht ernster gewirkt als sonst? Nervöser?«

»Nein, wirklich nicht.«

»Und seine Frau? Gab es da vielleicht einen Anlass?«

»Sind Sie Polizei?«, fragte Katerina zurück.

»Bitte?«

»Wenn Sie Polizei sind, gehen Sie bitte zu Herrn Bünting und fragen ihn nach meinen Papieren. Sie sind alle da, alle vollständig. Ich bin legal in Deutschland. Im Sommer gehe ich wieder zurück. Kann ich beweisen.«

»Ich bin nicht von der Polizei, mich interessieren solche Dinge überhaupt nicht.«

Sie wischte den Rauch mit einer heftigen Handbewegung zur Seite. »Oder Einwohneramt. Behörde. Ich weiß nicht … Leute, die komische Fragen stellen. Ich bin beim Einkaufen mal gefragt worden. Wie ich hergekommen bin, wer mir geholfen hat, ob ich gemeldet bin, ob ich auf den Strich gehe …«

»Moment, Moment«, rief ich und hob abwehrend die Hände. »Sie sind völlig auf dem falschen Dampfer. Ich bin kein Staatsbeamter. Ich bin privat hier, weil ich mir Sorgen um Bünting mache. Welcher Polizist würde sich bei Ihnen nach Ihrem Arbeitgeber erkundigen?«

Sie überlegte. »Weiß nicht«, sagte sie schließlich. »Die deutsche Polizei ist anders als die ukrainische.«

»Oder nach Frau Bünting? Das passt doch nicht.«

Sie zuckte die Achseln.

»Also, was ist mit Hanjos Frau? Geht es ihr schlechter als sonst?«

»Nein. Sie ist immer gleich. Immer.«

»An welcher Krankheit leidet sie? Wissen Sie, er erzählt nie von ihr.«

»Mir auch nicht. Sie kann nicht sprechen, hat kein Gedächtnis. Sie ist wie tot, schon seit vielen Jahren.«

Wie tot. Ja, das war auch mein Eindruck gewesen. Eine vertrocknete Seele in einem öden Körpergefängnis. Wer diesen Anblick tagtäglich zu Hause genoss, den schreckte eine Leiche auf dem Bergfriedhof nicht.

»Aber irgendwann muss das doch mal angefangen haben. Durch einen Unfall, einen Schock, was weiß ich ... eine misslungene Operation oder eine Krankheit.«

Sie schüttelte den Kopf. »Ich weiß es nicht. Er hat mir gesagt, sie sitzt schon 10, 20 Jahre im Rollstuhl und spricht kein Wort.«

»Verstehe.«

Mann, war diese Ukrainerin ein harter Brocken! War sie wirklich ahnungslos? Oder hatte sie Angst, einem Deutschen, den sie nicht kannte, auch nur eine Frage zu beantworten? Ich sah doch nun wirklich nicht wie ein Beamter aus, mit meinem Veilchen und meiner Alltagskleidung. Außerdem war Sonntag! Ihr Verhalten konnte natürlich auch in Loyalität gegenüber ihrem Arbeitgeber wurzeln: Sei nett zu seinen Freunden, aber halte den Mund ... Ich musste konkreter werden.

»Wenn das also nicht der Grund ist«, fuhr ich fort, »vielleicht gab es dann ein anderes Ereignis, das meinen Freund Bünting aus der Bahn geworfen hat. Wissen Sie, letzten Freitag sitzen wir noch zusammen, alles ist wie immer. Aber schon einen Tag später habe ich das Gefühl, mit ihm stimmt etwas nicht. Ob dazwischen etwas vorgefallen ist?«

»Am Freitag?«

»Ja, da war er noch ganz der Alte.«

»Ich weiß nicht«, seufzte sie. »Es ist immer so viel Arbeit, nie Vergnügen, da vergisst man die Tage, auch die Freitage ... Ich kann nicht sagen, ob der Tag besonders war oder nicht.« Sie ging zum Fenster, öffnete es und stippte die Asche von ihrer Zigarette.

Ich musste grinsen. Immer so viel Arbeit ... nie Vergnügen ... Arme, arme Katerina! Niemals konnte sie ihre schicken Kleidchen ausführen, keinen schmucken Bursch kennenlernen. Was für ein Leben!

»Wohnt sonst noch jemand hier, den ich fragen könnte?«

»Der Enkel von Herrn Bünting. Arndt. Aber nur manchmal. Er hat ein Studentenzimmer am Neckar.«

»Und ist er jetzt im Haus?«

»Nein.«

Dann war das andere Zimmer, das ich von außen gesehen hatte, also die Bude des jungen Bünting gewesen. Eine Zweitwohnung, nicht schlecht. Den Großvater ständig um sich, dafür Tür an Tür mit einer aparten Ukrainerin … Mir fielen diese Geschichten von Anfang des letzten Jahrhunderts ein, in denen der Sohn des großbürgerlichen Hauses zur Dienstmagd geschickt wird, damit er lernt, wo er später in der Hochzeitsnacht Hand anzulegen hat. Was lese ich auch so konservatives Zeug!

»Entschuldigung«, unterbrach sie meine wirren Gedanken, »aber ich muss jetzt das Abendessen auftragen.«

»Kein Problem! Tut mir leid, dass ich Sie aufgehalten habe. Verstehen Sie, ich mache mir Sorgen um meinen Freund Hanjo.« Ich überlegte, ob ich nicht eine wichtige Frage vergessen hatte, doch in diesem Moment platzte er selbst herein: mein Freund und Geschäftspartner Hanjo Bünting.

Der Silberrücken riss die Tür auf und, als er mich sah, seinen Mund dazu. Ich schenkte ihm ein mildes Lächeln.

»Sie sind also tatsächlich noch da!«, zischte er. »Verschwinden Sie auf der Stelle, oder ich schmeiße Sie raus.«

Im Prinzip hätte mich interessiert, wie er das anpacken würde, aber vielleicht ergab sich später einmal die Gelegenheit. Ich stand auf.

»Und Ihnen«, fuhr er Katerina an, »habe ich schon tausendmal gesagt, dass Sie im Haus nicht rauchen dürfen. Verstanden?«

Das Mädchen drückte gelassen ihre Zigarette auf der Fensterbank aus. Ich war schon im Gehen, als mir etwas einfiel. Ich wandte mich um.

»Danke für alles, Katerina«, sagte ich. Und fügte verschwörerisch flüsternd, mit ukrainisch rollendem R an: »Schewtschenko, Andrej Voronin, Oleg Blochin. Da?«

Bünting glotzte mich an, als sei ich gerade vom Mond gefallen. Ich nickte ihm zu und verließ den Raum.

Als ich das Foyer betrat, hörte ich weiter hinten im Haus ein kurzes, scharfes Klatschen. Wie von einer Ohrfeige.

19

Der Ausflug nach Darmstadt hatte mir gut getan. Ich fühlte mich tatendurstig, voller Energie. Dass der Zug auf dem Rückweg mehrfach auf freier Strecke hielt, störte mich nicht; so bekam ich Gelegenheit, über die Ereignisse der letzten Tage nachzudenken. Linkerhand erstrahlte der Odenwald in frischem Grün, und bei den DACH fragte sich ein braungebrannter Pressesprecher, ob er einem Heidelberg Lokaljournalisten nicht zu viel über die Sorbinsäurenaffäre und die gelbe Gefahr verraten hatte. Natürlich hatte er! Ich hätte eine ganze Handvoll schöner Artikel über ihn verfassen können: In seiner viel beachteten ethnologischen Magisterarbeit kommt Herr Benno Knöterich zu dem Schluss, dass Koalitionen zwischen Amis und Schlitzaugen den Untergang des Abendlandes bedeuten ... Wenigstens war er der Ethnologie erspart geblieben. Um die Zukunft der DACH hingegen musste man sich ernsthaft Sorgen machen. Wenn das der alte Bünting wüsste! Na, wahrscheinlich hatte er sich persönlich für den smarten Akademiker eingesetzt.

»Sieben Minuten«, sagte die Frau, die mir gegenübersaß. »Sieben Minuten sind das jetzt schon wieder. Und mit der Baustelle hinter Hähnlein werden es 10, bestimmt. Wenn sich nicht noch einer vor den Zug wirft. Letzten Dienstag habe ich deswegen die OEG verpasst. Und geregnet hat es auch.« Seufzend vertiefte sie sich wieder in ihre Zeitung.

Worüber hatte Knöterich geschrieben? Die Rituale der Hutu, glaubte ich mich zu erinnern. Ja, das gefiel mir. Die Hutu, nackt bis auf ihren Lendenschurz, echte Naturburschen mit unverdorbenem Charakter. Kein Gel, keine Hornbrille, keine Preisabsprachen. Einen von ihnen in seinem Büro auszustellen, das war Knöterichs Lebenstraum. Hinter Glas natürlich, damit er nichts schmutzig machte. Nur hereinspaziert, meine Herren; ist das nicht ein Prachtexemplar; günstig in Uganda erstanden; typisch die strammen Hinterbacken. Und dann würde sich die Unterhaltung doch wieder nur um Säuren und Basen drehen, um giftige Dämpfe und stinkende Lacke. Der Ruf von Chemikern war schlecht genug, schlechter war der Ruf von Leuten, die das Zeug verkaufen mussten. Was für ein trauriges, gut bezahltes Leben führte diese akademische Schlingpflanze.

Nein, Mitleid empfand ich nicht. Sollte Knöterich selbst sehen, wie er mit der großen Sinnfrage zurande kam. Hätte ja nicht zu studieren brauchen; dann würde er jetzt auch nicht auf meine geballten Vorurteile treffen. Er hasste Amerikaner, ich hasste Studenten. Überall begegnen sie dir, auf der Hauptstraße, beim Bäcker, im Kino; palavern über ihre Arbeiten, ihre Lektüren, ihre Noten und die tapsigen, vollbusigen blonden Erstsemesterinnen; halten sich für Abstraktionswunder und die Elite von morgen und können dir nicht mal die Abseitsregel erklären. Vertragen keinen Tropfen. Lauter schwarze Löcher.

Pauschalurteile? Natürlich sind das Pauschalurteile – aber man muss sich doch nur mal anschauen, welchen Müll die Universitäten Jahr für Jahr auskotzen, lauter promovierte Besserwisser und Karrierefetischisten. Die einen lassen sich korrumpieren wie der Diplomchemiker Bünting oder kaufen wie der Volkskundler Knöterich, die anderen sind nur noch in ihren virtuellen Welten lebensfähig, zwischen inflationsbereinigter Teuerungsrate und orthodoxer Subordination. Keine Widerrede, die gibt es. Vor Jahren habe ich mir einmal den Titel einer germanistischen Doktorarbeit notiert: Semasiologie und Onomasiologie der Preißelbeere. Mit scharfem S. Und genau dieses Problem – Preißel oder Preisel? – wurde dann 120 Seiten lang blitzgescheit diskutiert. Noch Fragen?

Sicher, es gibt die eine oder andere Ausnahme. Einige meiner Kumpels haben studiert, einer von ihnen schmückt sich sogar mit einem Doktortitel. Ein Mathematiker. Aber gerade die ziehen am leidenschaftlichsten über ihre ehemaligen Kommilitonen her, und sie müssen es ja schließlich wissen.

Ich weiß es im Übrigen auch: Zwei Semester habe ich mich der Alma Mater an die welke Brust geworfen, zwei verlorene, verplemperte Semester Psychologie. Hin und wieder träume ich von diesen anämischen Intellektuellen-Fratzen mit ihrem verständnisvollen Getue ... widerlich. Unser Institut bestand aus zwei Lagern von Studenten: Die einen wollten unbedingt ihren persönlichen Leidensweg aufarbeiten, die anderen warfen mit Statistiken um sich. Dazu halbseidene Dozenten, die den Verfall der Gesellschaft beklagten, während sie Prosecco schlürften. Erst dachte ich noch, ich hätte die falschen Kurse gewählt. Nach einem Jahr gab ich es auf.

Konsequenterweise hätte ich längst den Wohnort wechseln müssen. Wenn die halbe Stadt dein Feind ist, befindest du dich im permanenten Kriegszustand. Na und? Bis zum Fall der Mauer lebte so die ganze Welt und das nicht schlecht. (Zumindest wir im Westen nicht; die Ukrainer fragte ja keiner.) Außerdem erhöht diese Daueranspannung die Wachsamkeit eines Privatdetektivs, behaupte ich, und es ist ja nicht so, dass ich unter Vereinsamung litte. Da gibt es Fatty, Marc, die Jungs aus dem *Englischen Jäger*, ich war sogar mal verheiratet; und noch mehr Freunde? – ich glaube, das ginge ins Geld. Na ja. Genug politisiert. Ende der Abschweifung.

»Na, was habe ich Ihnen gesagt?«, ließ sich die Frau gegenüber vernehmen. »Jetzt sind es 10 Minuten. Und wir sind noch nicht mal in Friedrichsfeld.«

»Hm«, sagte ich.

»Stellen Sie sich mal vor, es würde regnen.«

»Soll es ja. Morgen oder so.«

»Eine Frechheit ist das«, sagte sie und faltete die Zeitung neu. »Eine Frechheit, das mit der Mehrwertsteuer.«

Unwillkürlich warf ich einen Blick auf ihre Lektüre – die Montagsausgabe der *Neckar-Nachrichten* – und bekam einen Schrecken.

»Entschuldigung ... Dürfte ich mal kurz in den Lokalteil schauen?«

Sie reichte ihn mir. Es war ein Artikel auf Seite drei, der meine Aufmerksamkeit geweckt hatte. Ich überflog ihn und atmete auf. Da erregte sich ein altgedienter Redakteur (nicht Marc Covet) über ein ungeheures Ereignis inmitten der idyllischen Heidelberger Altstadt. Bei diesem Ereignis handelte es sich um nichts anderes als um meine Flucht durch die Plöck; aber die Ungeheuerlichkeit bestand nach Ansicht des Schreiberlings nur zur Hälfte in dieser Harakiri-Fahrt. Gewiss, er tadelte »das unverantwortliche Handeln des Zweiradfahrers« – wusste er, wie recht er mit den zwei Rädern hatte? –, dessen Verhalten von »einer bemerkenswerten Rücksichtslosigkeit« geprägt gewesen sei. (So schön hatte noch nie jemand über mich geschrieben.) Da der Radler jedoch Fahrerflucht begangen hatte und von ihm nicht einmal ein Phantombild existierte, hatte sich der Journalist der *Neckar-Nachrichten* an diejenigen gehalten, die sich nicht verkrümeln konnten: meine beiden Verfolger. Sie an den Pranger zu stellen, war viel attraktiver. Da hatte man Namen, und man hatte Fotos. Der Leser konnte am Frühstückstisch mit dem Finger auf die Beamtenvisagen zeigen und all seine Vorurteile bestätigt sehen. Guck ihn dir nur an, Beate, was hat denn so ein Ochse bei der Polizei verloren?

Ich kratzte mich am Kinn. Der Anblick meiner Verfolger löste gemischte Gefühle in mir aus.

»Polizeimeister Andreas S. und Polizeimeisterin Susanne K.«, schrieb der Journalist, »müssen sich fragen lassen, ob ihr Verhalten in irgendeinem Maße durch die Sachlage gerechtfertigt war. Bei dem Verfolgten handelte es sich schließlich nicht um einen Kapitalverbrecher. Zwar können die Heidelberger, und vor allem die leidgeprüften Bewohner der Altstadt, ein Lied von der zunehmenden Aggressivität jugendlicher Radfahrer singen. Im aktuellen Fall aber konnten die beiden Polizisten nicht einmal ausschließen, dass sich der Betreffende weitestgehend verkehrsgerecht verhalten hat. Dass der Fahrer durch seine überhöhte Geschwindigkeit andere Verkehrsteilnehmer gefährdete, scheint unstrittig. Wie er dabei jedoch die protokollierten beleidigenden Gesten in Richtung Streifenwagen vollführt haben soll, bleibt das Geheimnis der beiden Beamten. Und selbst wenn sich dieses lüften sollte, kann man ihr filmreifes Eingreifen nur unverantwortlich nennen. Zeugen berichten von chaotischen, panikartigen Zuständen in der Plöck; beim Versuch, dem Streifenwagen auszuweichen, brach sich eine ältere Dame das Schlüsselbein. Mehrere weitere Personen erlitten leichte Verletzungen. Zu einer Katastrophe hätte es vor dem Hölderlin-Gymnasium kommen können, wo S. den Wagen nach Aussage von Beteiligten nur wenige Zentimeter vor Dutzenden von verängstigten Schulkindern zum Stehen brachte. Auch unter den Kindern gab es einige Leichtverletzte, ursächlich hervorgerufen durch den Verkehrssünder, der in die Menge raste. Aber diese Prellungen und Abschürfungen sind nichts im Vergleich zu dem, was passiert wäre, wenn die beiden Staatshüter ihre Amokfahrt fortgesetzt hätten ...«

»Was die Handwerker jetzt kosten«, sagte die Frau mit der Zeitung. »Das muss man sich mal vorstellen. Wenn Sie mich fragen, ich bin für die Reichensteuer. Alles andere geht doch zulasten von die Kleineleut.«

»Ist das nicht unglaublich?«, entgegnete ich und zeigte ihr den Lokalteil. »Was die sich erlauben, mitten in der Altstadt?«

»Wundert Sie das, bei den Studenten? Deshalb bin ich mit meinem Mann aus Heidelberg weggezogen. Hab jetzt ein Häuschen in Eberstadt. Ist auch billiger.« Sie sah auf die Uhr.

Bei den Studenten, da konnte ich ihr nur zustimmen. Wenn mich nicht alles täuschte, war auch der Autor des Artikels ein gestrandeter Akademiker, ehemals Barde der Revolution, der am Neckar gerne Freiheitslieder zur Gitarre sang. Anstatt sein Leben im *Englischen Jäger* zu beschließen wie so viele seiner Brüder im Geiste, hatte er eine Kommilitonin geheiratet, ein Grundstück im Neubaugebiet von Nußloch erworben und zwei süße Töchter gezeugt. Nun kämpfte er, ein Egon Erwin Kisch der *Neckar-Nachrichten*, für mehr Kindergartenplätze, gegen den Müll in den Straßen und für die Initiative ›Hier wacht der Nachbar!‹ Von seiner melodienseligen Radikalität früherer Tage war nur noch ein diffuses Misstrauen gegen ›die da oben‹ geblieben, womit er exakt dem Anforderungsprofil seines Arbeitgebers entsprach.

Das war der Hintergrund für die Empörung des wackeren Schreibers, der seinen Artikel mit einem flammenden Appell gegen staatliche Übergriffe beschloss. Das Verhalten der Beamten, mahnte unser Mann, sei untragbar für eine Stadt, die von ihren Touristen lebe, eine Schande für das Gemeinwesen, das Produkt einer gewaltverherrlichenden Medienwelt. Das Letztere verstand ich zwar nicht ganz, umso besser verstand ich dafür die Argumentation des Kanzelpredigers, dass ich, der Unbekannte, mich im Grunde korrekt verhalten hatte. Gut, ein paar Autofahrer behindert, eine Ampel übersehen, überhöhte Geschwindigkeit, Beamtenbeleidigung … Lappalien! Wer solche Beamten beleidigte, durfte sich als Robin Hood von Heidelberg fühlen. Lediglich in Polizeikreisen – beim Sheriff von Nottingham also – dürfte meine Beliebtheit gesunken sein.

Insofern war ich erleichtert, dass mich niemand erkannt hatte. Die Zeugenaussagen, soweit wiedergegeben, sprachen von einem dicken dünnen jungen alten Mann fragwürdigen Geschlechts, der dem typischen Durchschnittseuropäer wie aus dem Gesicht geschnitten war. Die beiden Polizisten erstatteten Anzeige gegen unbekannt, und einige Eltern überlegten, ob sie ihrerseits Anzeige erstatten sollten. Gegen die Polizisten.

Selbst der Oberbürgermeister rügte das Vorgehen. Die Grünen luden zu einer Diskussionsrunde ein (Thema: Die Polizei und wir – Risiko oder Chance?), der Verkehrsverein fürchtete um das Ansehen Heidelbergs. Die Redaktion bat um Leserzuschriften. Ansonsten: Keine Fakten, den Radler betreffend. Keine sachdienlichen Hinweise. Nur nebulöse Empörung.

Als wir in den Heidelberger Hauptbahnhof einfuhren, kannte ich den Artikel auswendig.

Auf dem Heimweg fuhr ich kurz bei Fatty vorbei, aber er war ausgeflogen. Ich warf ihm einen Zettel in den Briefkasten mit der Bitte, Bünting zu beschatten. Der Alte kannte ihn nicht, das war Fattys Vorzug Nummer eins, der zweite bestand in der Möglichkeit, motorisiert auf Verfolgungsjagd zu gehen. Bünting, dessen war ich mir sicher, würde sich ausschließlich im Auto fortbewegen. Weit weniger sicher war ich, ob sich die Beschattung lohnen würde. Aber irgendetwas musste ich ja tun. Vielleicht erfuhr ich auf diese Weise, wen der Alte besuchte, wen er traf, ob er noch einmal zum Friedhof fuhr oder ob er sonst etwas unternahm, was mir mehr verriet als seine bisherigen kryptischen Aussagen.

Zumindest würde sich Fatty freuen. Schon öfter hatte er mir in den Ohren gelegen, ihn einmal mitzunehmen oder mit einer Beschattungsaufgabe zu betrauen. Dabei ist er ein ziemlicher Feigling. Nie und nimmer wäre er nachts auf dem Bergfriedhof erschienen; wenn Fatty etwas tut, muss die Sonne scheinen und sich eine Flasche Cola light in Reichweite befinden. Also: der richtige Job für ihn. Außerdem – und das ist der vierte Grund, der für Fatty spricht – hat er Zeit. Zumindest nachmittags. Er hat einen Halbtagsjob als Erzieher, das heißt, er ist vormittags Kindergärtner und nachmittags ein freier Mann. Ob Fatty der einzige Kindergärtner von ganz Heidelberg ist, weiß ich nicht; der ideale ist er auf jeden Fall. Einen besseren Kumpel für die Knirpse als meinen gemütlichen, schwabbeligen, schnaufenden Freund kann ich mir nicht vorstellen. Mittlerweile sehen das auch Heidelbergs Mütter so. Der Kindergarten, in dem er arbeitet, kann sich vor Anfragen kaum noch retten. Vor allem die Kids mit Gewichtsproblemen wollen dorthin, kein Wunder. Wer könnte ihnen besser als Fatty zeigen, wie man rund und zufrieden durchs Leben walzt? Dick und depressiv kommen sie, dick und glücklich gehen sie.

So viel zu Fatty. Ich hoffte nur, dass er diesen Auftrag nicht vermasselte. In ›vermasseln‹ steckt schließlich ›Masse‹. Oder ›Massel‹? Keine Ahnung. Der Zettel lag an seinem Platz, ich stieg wieder auf mein Rad – Rad Nummer drei, das rote war reparaturbedürftig – und fuhr nach Hause. Und traute meinen Augen nicht.

Eine faustdicke Überraschung erwartete mich: mein vermisstes Rennrad. Da lehnte es am Zaun, als wäre es nie fort gewesen, und schien sich zu freuen, dass ich endlich kam. Wie ein treues Pferdchen.

20

Das Stadtarchiv liegt im Rücken des Rathauses, etwa 100 Meter vom Marktplatz entfernt. Heute geschlossen. Eigentlich hatte es nie auf. Ich notierte mir die Öffnungszeiten: Dienstag und Donnerstag bis um 18.00 Uhr, Mittwoch und Freitag nur vormittags; morgen war zwar Dienstag, gleichzeitig aber Feiertag und daher sowieso zu. Na prima. Nicht, dass ich mich um diese Art von Recherche gerissen hätte; aber fast zwei volle Tage ohne die Möglichkeit, eine Auskunft über Büntings Vergangenheit zu erhalten, das gefiel mir nicht.

Noch weniger gefiel mir, was sich derweil um mich herum abspielte. Schon bei der Fahrt durch die Altstadt waren mir ungewöhnlich viele Streifenwagen begegnet. An jeder Straßenecke stand einer. Wurde ich die denn nie los? Ich beugte mich tief über die Kruppe meines Stahlrosses und hielt mich im Schatten anderer Radfahrer. Man wusste ja nie. Selbst wenn ich nicht aktenkundig war und mein Fahndungsfoto noch nicht an den Litfaßsäulen hing – schön im Hintergrund bleiben, lautete das Gebot der Stunde.

Doch das war leichter gesagt als getan. Das Pflaster der sonst so ruhigen Mönchsgasse, in der das Stadtarchiv liegt, hallte von den Tritten zahlreicher Menschen wider. Alle schienen in Eile, alle wirkten auffallend hektisch. Vom Neckar her preschte eine grüne Minna die Straße hoch. Ich drehte mich unwillkürlich zur Seite. Nicht weit entfernt, auf dem Karlsplatz, schien die Polizei einen Sammelpunkt eingerichtet zu haben. Dort ließen Beamte auf Motorrädern ihre Maschinen aufheulen, Einsatzleiter schimpften in ihre Walkie-Talkies, Oberbefehlshaber blickten grimmig auf Lagepläne. Ein derartiges Großaufgebot an Polizisten hatte ich noch nie erlebt.

Irgendwo in der Altstadt musste ein wichtiges Ereignis stattfinden. Aber was? Eine Großrazzia unter Touristen? Eine Demonstration der Autonomen? Wurde der aufmüpfige Redakteur der *Neckar-Nachrichten* verhaftet? Eines zumindest war sicher: Mir kleinem Ermittler konnte dieser Aufmarsch nicht gelten.

Wem aber dann?

Ich hätte mich nun natürlich verziehen können. Selbst wenn die Alte Brücke gesperrt oder voller Ordnungshüter gewesen wäre, hätte ich den Neckar weiter östlich auf dem Wehrsteg überqueren und dann zurück nach Neuenheim fahren können. Aber erstens wäre das ein kleiner Umweg gewesen, und zweitens plagte mich die Neugier. Deshalb stieg ich ab, griff mein Fahrrad am Lenker, schob es neben mir her und ließ mich von der Menge treiben. Folgte Touristen und Einheimischen Richtung Marktplatz, mitten hinein ins Vergnügen. Wir bogen eben um die Rathausecke, als die Turmuhr der Heiliggeistkirche sechs schlug. Die feierliche Untermalung für ein seltsames Schauspiel.

Eine große Menschenmenge – Touristen, Studenten, Spaziergänger, auch viele Kinder – versperrten den Blick auf den Brunnen zwischen Rathaus und Kirche. 300-400 Personen mochten es sein. Sie bildeten einen Kreis wie beim Auftritt eines Feuerschluckers in der Fußgängerzone, nur dass dieser hier viel breiter angelegt war. Der restliche Teil des Platzes wurde von den verwaisten Stühlen und Tischen der Marktcafés eingenommen. In den Fenstern hingen Gaffer, es wurde geknipst und gefilmt. Herbeieilende Passanten stolperten über ihre Füße, Babys schrieen, die Penner vorm Rathaus glotzten ... was für ein Auflauf!

Und wer befand sich im Zentrum des Kreises?

Ich stellte mich auf einen Kneipenstuhl, um über die Köpfe der Zuschauer spähen zu können. In diesem Moment begann das Singen. Es kam aus der Mitte der Menschenansammlung, und es hätte mich nicht gewundert, wenn es aus der Tiefe des Marktbrunnens gekommen wäre. Man musste es auch nicht unbedingt als Singen bezeichnen, denn es klang wie das Geschepper von Blechbüchsen nach vier Wochen Regen. Ich unterschied einzelne Wörter: Mai ... Sonne ... heißassa ... Mädel ... Schlagartig wurde mir klar, wer die Verantwortung für dieses zweifelhafte Vergnügen und für das Großaufgebot an Polizeikräften trug: Studentenverbindungen.

Natürlich, ich hätte es wissen müssen: Morgen war 1. Mai. Ein Datum, das nicht nur Gewerkschaftler, Sportvereine und Pfadfinder hinterm Ofen hervorlockt. Auch die Heidelberger Verbindungen trugen alljährlich auf ihre Weise zur Traditionspflege bei, indem sie sich tags zuvor, am 30. April, auf dem Marktplatz zusammenrotteten und ein Ständchen gaben. Mai-Einsingen nannten sie das, Pflege des deutschen Liedguts. Die Büttenrede eines Gießkannenensembles nannte ich das. Live hatte ich die korporierten Faschingsprinzen noch nie erlebt, aber das Ritual war stadtbekannt.

Bekannt – und damit komme ich zur Ursache für die massive Polizeipräsenz an diesem Tag – bekannt war es übrigens auch denen, die das Verbindungswesen verachteten: Linken, Autonomen, Punks. Die hatten ihre eigene traditionelle Weise, den schönen Monat Mai willkommen zu heißen. Sie brachten ebenso viele Aktivisten auf die Beine wie die Burschen, eher noch mehr, und sobald das Singen auf dem Marktplatz anhob, zauberten die Linken Farbbeutel, Tomaten (im April!), Eier und alle möglichen anderen Wurfgegenstände hervor, mit denen sie die in voller Montur angetretenen Choristen bombardierten. Eine Stunde lang war Heidelberg im Ausnahmezustand. Die einen unterstützten die Attackierer, die anderen verteidigten die Opfer, zwischen beiden Lagern irrten die Polizisten hin und her, bekamen das Gros der Farbbeutel ab und wussten nicht, wohin mit ihren Schlagstöcken.

So ungefähr gestalteten sich die Spielregeln.

Die Burschen waren hinterher natürlich stocksauer und beschwerten sich bei den Stadtoberen, weil sie wieder nicht über zwei Gesangsnummern hinaus gekommen waren. Der Stoßtrupp der Linken hatte sich prächtig amüsiert, denn die geputzten und gewienerten Uniformen der Verbindungsstudenten boten eine ideale Zielscheibe, und erwischt wurde im allgemeinen Tohuwabohu kaum ein Störenfried. Am nächsten Werktag lamentierten die *Neckar-Nachrichten* über die Intoleranz radikalmarxistischer Gruppen, über die mangelnde Präsenz der Polizei und das allgemein gesunkene Traditionsbewusstsein. Die Linken hatten ihrem heroischen Kampf für eine bessere Welt ein neues Kapitel hinzugefügt, und die Burschen steckten zähnefletschend ihre Kostüme in die Waschmaschine. Alles nur Hahnenkämpfe. Überkommene Männlichkeitsrituale.

Das also war es, was uns an diesem Abend auf dem Marktplatz erwartete: altdeutsche Liedkunst und fliegende Tomaten. Kein Grund, länger als notwendig hierzubleiben. Auch wenn ich unter den Zuhörern keinen einzigen linken Guerillero entdecken konnte. Ließen die sich von den paar Hundertschaften Polizei einschüchtern? Ich erinnerte mich an martialische Aussagen eines Polizeisprechers, der im Regionalfernsehen augenrollend davor gewarnt hatte, den Aufmarsch der Verbindungen zu stören. Diesmal werde man hart durchgreifen. Sehr hart. Na, das ging mich nichts an.

In diesem Moment erhaschte ich einen zufälligen Blick auf die Sangesbrüder, der in mir einen Sinneswandel bewirkte. Vielleicht ging mich das Freiluftkonzert doch etwas an. Denn eines der Gesichter, das kurz zwischen den Köpfen der Zuschauer aufgetaucht war, kannte ich: ein verkniffenes Gesicht, etwas weichlich, Stupsnase, gescheiteltes Blondhaar. Auf dem Foto bei Bünting sah er jünger aus, aber es bestand kein Zweifel: Er war es. Arndt Bünting. Der Enkel des Silberrückens. Bei den Burschen also, nicht schlecht.

Ich stieg von dem Stuhl herunter und schloss mein Rad an einen Laternenpfahl. Diesen Jüngling wollte ich mir mal aus der Nähe ansehen. Allerdings war das leichter gesagt als getan. Die Menge stand dicht gedrängt, und ich musste mir den Weg regelrecht freistemmen. Ich kam mir vor wie ein Wattwanderer, der bis zur Hüfte im Schlick steckt. Dass diese Touristen aus Miami und Philadelphia aber auch so massig sein müssen! Kameras wie Einfamilienhäuser und Kinder wie Ölbohrinseln. Nur gut, dass ich keine englischen Schimpfwörter verstehe. Zwei Gesangsstrophen und etliche Ellbogenstöße später hatte ich mich durch den Menschenbrei gekämpft und genoss freie Sicht auf den tapferen Jungmännerchor.

»Ich weiß nicht, was soll es bedeu-eu-euten ...«

Nun musste ich wieder kämpfen, und zwar mit dem Lachen. Schön, wenn sich junge Menschen zum Singen treffen. Schön, wenn sie das unter freiem Himmel tun und ihre Mitbürger daran teilhaben lassen. Bloß: mit diesem Gesichtsausdruck? In dieser Habachtstellung? Brust raus, Scheitel stramm, Hände an der Hosennaht? Sie sangen, aber sie sahen aus, als gelte es, Ostpreußen heimzuholen. Natürlich trugen ihre Uniformen eine Mitschuld an diesem Eindruck: bunte Jäckchen, Kappen, Schaftstiefel, ein schräg über die Brust laufendes Band und an der Seite ein Fechtsäbel. Was hatte das mit Frühling und Nachtigallen zu tun?

»Goethe«, sagte ein Japaner neben mir strahlend und nickte seiner Frau zu. »Johann Wolfgang Goethe.«

Wobei ich zugeben muss, dass mir Uniformen generell zuwider sind. Meinen Tanzstundenanzug habe ich verschenkt, um die Bundeswehr konnte ich mich drücken. Warum es für junge Leute attraktiv sein soll, sich in die Einheitsmontur einer Verbindung stecken und Narben ins Gesicht schlagen zu lassen, ist mir ein Rätsel. Gegen ihren Gesang hatte ich nichts, auch wenn er ästhetisch zu wünschen übrig ließ.

»Waren Sie schon im Heidelberger Zoo?«, fragte ich den Japaner neben mir. »Im Elefantenhaus klingt es genauso.« (Das war feige, Max Koller; der Japaner sprach kein Wort Deutsch. Außer ›Goethe‹.)

Der junge Bünting stand in der vordersten Reihe des Chors. Wie seine Bundesbrüder neben ihm trug er eine grüne Montur, und wenn ich mich nicht täuschte, warf er bisweilen verstohlene Blicke in die Menschenmenge. Erst verstand ich das nicht, dann fiel mir auf, dass auch die übrigen Sänger längst nicht so bei der Sache waren, wie sie vorgaben. Sie äugten zur

Seite, linsten nach oben ... na klar, sie hatten Angst vor einer Farbbeutelattacke. Sie trauten dem Frieden nicht.

»Im Frühtau zu Berge, wir ziehn, fallera ...«

»Bravo!«, rief jemand und spendete Beifall. Alles klatschte, am lautesten mein netter Japaner. Die Sänger verzogen keine Miene, Kameras wurden gezückt, Fotohandys hochgehalten. Vor dem nächsten Lied kehrte wieder Stille ein. Die Burschen holten Luft, öffneten den Mund ... und schlossen ihn wieder, denn in diesem Augenblick brach ein ohrenbetäubendes Spektakel los: Trillerpfeifen, Gejohle, schrille Pfiffe, Parolen – ein wüster, kakofoner Kladderadatsch, der alle zusammenzucken ließ. Was war denn das für ein Lied?

Es war kein Lied. Es war der Angriff der Linken. Sie mussten sich diesmal generalstabsmäßig auf die Schlacht vorbereitet haben. Wie auf Kommando erschienen sie plötzlich in den Fenstern, die auf den Marktplatz gingen, machten einen Heidenlärm, und natürlich waren sie bewaffnet. Auf die bedauernswerten Sänger prasselten die obligatorischen Farbbeutel nieder, Obst und Gemüse hinterher, und die Polizisten rannten wie elektrisiert, aber recht planlos über den Platz, ohne mit ihren Schlagstöcken etwas ausrichten zu können.

Respekt. So eine ausgeklügelte Aktion hätte ich diesen Chaoten niemals zugetraut. Wie waren die nur in all diese Häuser gekommen? Während ich mich hinter den breiten Rücken eines Amerikaners duckte, sah ich zu Arndt Bünting hinüber. Wie die meisten seiner Kameraden schwankte er zwischen Flucht und Ausharren. Löste sich die Gruppe auf, ging der Abend in die Binsen, blieb man stehen, die Uniform.

Nach und nach organisierte sich die Polizei. Schwitzende, heisere Einsatzleiter stellten Dreier-Grüppchen zusammen und schickten sie in die Häuser, aus denen die Wurfgeschosse flogen. Das bedeutete über kurz oder lang das Ende der Attacke. Inzwischen hatten sich die meisten Zuschauer jedoch längst verzogen. Fraglich, ob sie noch einmal bereit waren, den Sangeskünsten der jungen Herren zu lauschen.

Und dann, gerade als das Trommelfeuer von oben schwächer wurde und alles nach Deeskalation aussah, ging es richtig los. Ich schaute wieder zu Arndt hinüber und traute meinen Augen kaum: Nun kloppten die Burschen selbst aufeinander herum! Was war denn in die gefahren? Einige Sänger hielten große Plastik-Pumpguns in der Hand, mit denen sie ihre Kollegen vollspritzten. Und diese Wasserpistolen enthielten eine klebrige rote Flüssigkeit, die den Burschenschafterwichs zwar nicht hässlicher, aber auch nicht gerade schöner machte. Die Schützen brüllten vor Begeisterung, die Getroffenen vor Schreck und Überraschung, und erst, als einem der Angreifer die Mütze vom Kopf fiel und lange zusammengebundene Haare freigab, kapierte ich. Offenbar hatten sich fünf oder sechs Linke in Montur unter die Sänger gemischt, um die allgemeine Verwirrung durch das Bombardement von oben zum Losschlagen zu nutzen. Ein perfider Plan! Bis die Burschen ihre Situation begriffen, hatte jeder von ihnen eine Ladung Farbe abgekriegt. Ihre beamteten Leibwächter bollerten derweil gegen Haustüren, stürmten Treppen hoch und bekamen nichts mit.

Innerlich applaudierte ich. Ein überzeugend vorgetragener Angriff verdient immer meinen Beifall, egal ob im Fußball, beim Schach oder auf dem Marktplatz. Aber nur innerlich. Nach außen hin tat ich etwas ganz anderes. Direkt vor mir nämlich war eine Keilerei in Gang und Arndt Bünting ihr Opfer. Er hatte sich auf die Linken gestürzt, Todesverachtung in den Augen – mit dem Ergebnis, dass ihm eine gegnerische Faust genau dorthin, nämlich zwischen die Augen, fuhr. Er heulte auf und sank zu Boden.

Das war zu viel. Ich brauchte den jungen Bünting noch. Wer außer ihm konnte mir Informationen über seinen Großvater geben? Ohne lange zu überlegen, warf ich mich zwischen die Prügelnden.

21

»Na, immer noch beim Schnuppertest?« tönte es hinter mir.

Ich drehte mich um. Tatsächlich, die kleine, resolute Oma. Wie vorgestern mit Harke und Gießkanne bewaffnet, gewellte Haare, schlichtes graues Kleid. Grau hat einfach immer Saison. Und wie sie mich anblickte! Diese Frau gefiel mir. Sie war streng, und sie hatte Humor. Schnuppertest ... sie hatte es nicht vergessen.

»Der Schnuppertest«, dozierte ich. »Oft kritisiert und doch unverzichtbar. Worauf stehen wir in diesem Augenblick? Auf Sedimenten. Auf Ablagerungen der Jahrhunderte ...«

»Reden können Sie wie ein Wasserfall«, unterbrach sie mich. »Aber nur dummes Zeug. Ich habe meinen Neffen gefragt, der ist Physiker, ob er schon mal von so einem Test gehört hat, und er hat gesagt, dass Sie mir einen Bären aufgebunden haben. Alles Humbug, das mit dem Geschnuppere.«

»Physiker!«, rief ich und hob abwehrend die Hände. »Bleiben Sie mir fort mit Physikern. Das ist eine Sache für Geologen und Chemiker. Wissen Sie, die Fachleute von den DACH …«

»Papperlapapp!«, sagte sie und drohte mir mit der Harke. »Ich will jetzt wissen, was Sie hier wirklich suchen. Sie schnüffeln doch andauernd hier herum.«

»Sind wir nicht alle auf der Suche?«, murmelte ich.

»Am Samstag sagten Sie, Sie hätten etwas verloren.«

»Sagte ich das?«

»Ich bin nicht verkalkt, junger Mann, auch wenn ich so aussehe.«

Ich grinste. »Sie sehen nicht so aus. Wissen Sie, heute bin ich hier, um mir Gräber anzusehen.«

»Welche? Die hier?« Sie zeigte auf die Grabplatten aus den Kriegsjahren.

Ich nickte.

»Soso. Interessant. Darf ich fragen, warum?«

»Sagt Ihnen der Name Bünting etwas?« erwiderte ich nach kurzem Zögern. »Hanjo Bünting?«

»Nein, nie gehört.«

»Wirklich nicht? Ein Industrieller, der seinen Altersruhesitz in Neuenheim hat. In einer Prachtvilla.« Und wenn ein kleines Wunder geschieht, fügte ich für mich hinzu, wird demnächst ein Artikel über ihn in den *Neckar-Nachrichten* erscheinen.

Sie schüttelte energisch den Kopf. »Der Name sagt mir nichts, und eine Familie Bünting werden Sie meines Wissens auf dem ganzen Bergfriedhof nicht finden. Hier oben auf keinen Fall. Hier liegen Kriegsopfer, ausgebombte arme Teufel, die kenne ich alle. Und bevor Sie jetzt weiterfragen, sage ich Ihnen etwas, junger Mann: Ich möchte wissen, warum Sie sich ausgerechnet für diese Gräber hier interessieren. Dafür habe ich meine Gründe, aber die verrate ich erst, wenn Sie mir alles gesagt haben.«

»Tatsächlich?«, schmunzelte ich. 80 Jahre, aber geradeaus wie Napoleon.

»Und kein Wort mehr vom Schnuppertest, verstanden?«

»Okay, okay. Sie haben gewonnen. Das mit dem Schnüffeln war schon richtig. Ich bin Berufsschnüffler. Hier ist meine Karte.« Ich reichte Ihr ein Kärtchen, auf dem mein Name zu lesen war, meine Berufsbezeichnung, Adresse und so weiter. Ein schönes Kärtchen, distinguiert und vertrauenerweckend. Hab ich mir mal am Bahnhof vom Automaten ausdrucken lassen.

»Ohne Lesebrille erkenne ich nichts«, sagte sie und gab mir die Karte zurück. »Was heißt das, Berufsschnüffler?«

»Ich bin Privatdetektiv. Stelle Ermittlungen an, Nachforschungen, versuche Leuten zu helfen.«

»Ach.«

»Ist ein ganz normaler Beruf. Völlig unspektakulär.«

»Geht es um Mord?«, fragte sie unschuldig.

»Nicht ganz. Ich kann Ihnen nicht in allen Einzelheiten erzählen, worum es sich handelt. Das hat nichts mit Ihnen zu tun. Ich bin meinem Klienten gegenüber zur Verschwiegenheit verpflichtet.«

»Diesem Bünting?«

»Genau. In seinem Auftrag versuche ich, etwas über diese Gräber hier herauszufinden. Vielleicht können Sie mir weiterhelfen.«

»Ich?«

»Sagten Sie nicht gerade, Sie kannten die Leute, die hier liegen? Und dass Sie ein persönliches Interesse an den Grabstellen hätten?«

»Das kann man doch wohl sagen, wenn hier die eigene Schwester liegt.«

»Ihre Schwester?«

»Ja.« Sie zeigte auf das Grab von Margarete Neubusch. Der Herr hat sie in Liebe zu sich genommen. Geboren 1925, gestorben 1945. »Da hat sie ihre letzte Ruhestätte gefunden, die Kleine. Wegen ihr komme ich immer hierher. Einmal pro Woche, zurzeit öfter, weil es ja gar nicht mehr regnen will.«

Ich ließ meine Blicke über die Gräber gleiten. Bis auf die Blumen war die letzte Ruhestätte der Schwester genauso schlicht gehalten wie alle anderen. Und genauso gepflegt und sauber. Ich hegte den starken Verdacht, dass sich meine Oma um sämtliche Gräber hier oben kümmerte. Frische Blumen hinstellte, das Gras schnitt, die Wege harkte. Wahrscheinlich war sie überhaupt die Einzige, die das tat.

»Und die anderen?«, fragte ich.

»Alles Heidelberger Kriegstote. 1945, kurz vor Kriegsende, wurden wir ausgebombt.«

»Bomben? Auf Heidelberg? Ich dachte, die Stadt wäre verschont geblieben.«

»Ist sie ja auch. Größtenteils zumindest. Aber ein paar«, sie lachte bitter, »ein paar versehentliche Treffer gab es trotzdem.«

»Und deren Opfer liegen nun hier.«

Sie nickte. »Wenn Sie wollen, erzähle ich Ihnen, wie das damals war. Interessiert es Sie? Sagen Sie es einfach, wenn ich Sie langweile.« Sie sah mich scharf an. »Meistens wollen die jungen Leute diese alten Geschichten nicht mehr hören.«

»Nein, nein«, protestierte ich. »Legen Sie los.«

»Schön. Es war im März 1945. Wie gesagt, kurz vor Kriegsende. Wir Deutschen längst auf dem Rückzug, die Amerikaner auf dem Vormarsch. Mannheim und Ludwigshafen hatten sie in Schutt und Asche gelegt, aber Heidelberg war schon als Hauptquartier ausgeguckt. Weil hier vor dem Krieg so viele von ihnen studiert hatten.«

Ich nickte.

»Gezielt bombardiert haben sie nur ein paar Industrieanlagen und Bahnstrecken: die nach Mannheim und nach Karlsruhe und die ins Neckartal. Und Brücken.«

»Die Alte Brücke zum Beispiel.«

»Unsinn«, widersprach sie mir scharf. »Die Alte Brücke haben wir selbst gesprengt. Wir Deutschen, beim Rückzug. Als wenn das noch was gebracht hätte! Wäre es nach dem Willen des Gauleiters gegangen, hätten wir die Stadt mit Mann und Maus verteidigt. Bis zum letzten Blutstropfen. Gott sei Dank waren nicht alle so verblödet wie der. Die Alte Brücke jedenfalls hat man an Ostern gesprengt. Für nichts und wieder nichts. Am Ende wurde sie mit amerikanischen Geldern wieder aufgebaut. So war das.«

»Aha.« Ich nickte brav. Wie in der Schule. Nur zum Mitschreiben hatte ich nichts.

Die alte Frau stellte die Gießkanne ab und zeichnete mit der Harke Figuren in den Sand. »Jedenfalls warfen die Alliierten schon all die Monate vorher Bomben auf solche strategischen Ziele, wie sie es nannten, und irgendwann fielen halt ein paar daneben. Beim letzten Luftangriff im März trafen sie die Bergheimer Straße, ganz in der Nähe des heutigen Betriebshofs. Dort wohnten wir. Eine komplette Familie, sechs Mann hoch, haben sie ausgelöscht. Ja, und dazu meine Schwester. Insgesamt 11 Tote.« Sie zeigte auf die Gräber. »Hier liegen sie nun. Seit über 60 Jahren.«

Pause. Wir schauten hinüber.

»Sie war 19.«

Ich kratzte mich an der Nase. »War sie die Einzige Ihrer Familie, die dabei umkam?«

»Ja, die Einzige«, gab sie zur Antwort und sah mich wieder an. »Wissen Sie, wir hatten keine Veranlassung, das Elend der Welt zu bejammern. Immer wieder haben wir die Feuer über Mannheim gesehen, die nächtliche Flakabwehr, und wir haben sogar gehört, wie sie die Stadt zusammenschossen. Wir hier hatten es noch gut erwischt – vergleichsweise. Drüben in Mannheim wurden ganze Straßenzüge platt gemacht, da war nichts mehr, kein Stein auf dem anderen, ich habs mit eigenen Augen gesehen. Oder nehmen Sie Dresden, Hamburg, Köln … Nur, dass durch diese eine dumme Bombe meine kleine Schwester … Sie war hübsch, viel hübscher als ich, und sie hatte einen Verehrer.« Unvermittelt begann sie zu lachen. »Na, Sie werden sich so eine alte Schachtel wie mich nicht als 20-Jährige vorstellen können. Aber ich rede zu viel!«

Ich grinste, überlegte mir ein paar Komplimente und verwarf sie wieder.

»Und die anderen Opfer? Wer sind die?«

»Alles Leute aus der gleichen Straße«, antwortete sie. »Hier, die Großkopfs, das war die Familie, von denen keiner überlebt hat. Den Pachulke, einen Zwangsarbeiter, hatten sie in der Nacht im Haus, weiß nicht, warum. Die anderen waren Nachbarn, lauter nette Menschen. Na, fast alle«, fügte sie nachdenklich hinzu.

»Und der da?«

»Der Burkhardt? Warum fragen Sie nach dem? Ein junger SS-ler war das, von auswärts. Der wohnte gar nicht in der Bergheimer. Wird sich wohl bei den Großkopf-Mädels rumgetrieben haben, so einer war das nämlich. Na, nichts Schlechtes über die Toten …«

»Kein Heidelberger also?«

»Nein. Gekannt habe ich den nicht. Weiß nur, dass er ein Draufgänger war. Genützt hat es ihm nichts.«

Eine Weile hingen wir unseren eigenen Gedanken nach, dann setzte sie hinzu: »Man hat sie in aller Eile hier oben begraben; später, nach dem Krieg, wurde dafür gesorgt, dass jedes Grab eine schlichte Steinplatte bekam. Zum Zeichen dafür, dass darunter Bombenopfer liegen. Seien wir froh, dass es nicht mehr geworden sind.«

Ich nickte. 19 Jahre … Was hatte ich mit 19 getan? Nichts Sinnvolles jedenfalls.

»Na, junger Mann? Das wird Sie nicht viel weitergebracht haben, oder?«

Wahrscheinlich nicht. Aber man konnte ja nie wissen. Ich bedankte mich für die Geschichtsstunde, füllte der Dame zum Abschied eine Gießkanne und fuhr davon.

Vielleicht konnte ich im Stadtarchiv mehr über diesen Burkhardt erfahren.

22

Es war wie im Film. Die Schatten wurden länger, die Fäuste flogen, die Menge kreischte. Und ich, Max Koller, mittendrin.

Zunächst versuchte ich, Arndts Peiniger abzudrängen, aber die hatten sich bereits ein anderes Opfer gesucht, auf dem sie herumknufften. Arndt lag in Embryohaltung auf dem Boden, hielt sich schützend die Arme vors Gesicht und machte keinerlei Anstalten aufzustehen. Ich ergriff seine Beine und wollte ihn aus der Gefahrenzone schleppen, da rempelte mich eine ganze Gruppe von Streithähnen an und purzelte über mich. Ineinander verhakt wie Nut und Feder, tobten sie sich über mir aus. Es bedurfte einiger energischer Befreiungsschläge, bis ich mich von dieser Last befreit hatte. Heftig nach Luft schnappend, schaute ich mich um. Wer war hier wer? Ringsum prügelten sich ausschließlich junge Männer in Burschenwichs. Echte und falsche Korporierte waren nicht auseinanderzuhalten, vermutlich nicht einmal für die Sangesbrüder selbst. Wer weiß, vielleicht wurden hier nebenbei ein paar alte Rechnungen beglichen.

Unter all den Uniformierten war ich die einzige Person in Zivil. Wie lange mich das vor Angriffen schützte, wagte ich nicht zu sagen. Zumindest verunsicherte es die Kontrahenten. Ein baumlanger Burschenschafter baute sich auf der Suche nach Gegnern vor mir auf, glotzte ratlos und wandte sich wieder ab. Blödmann, rief ich ihm nach, klopfte mir den Schmutz von den Kleidern und ging zu Arndt hinüber. Doch schon stellte sich mir der nächste Chorknabe in den Weg. Eine gruselige Narbe reichte von einem Mundwinkel bis zu seinem Ohr, seine Unterlippe hing herab. »Pass nur auf, du Arschloch!«, brüllte er. Offensichtlich war ihm schnuppe, wen er warum vor den Fäusten hatte. Hauptsache prügeln. Er fixierte mich kurz und schlug zu.

Was für ein Klabautermann!

Seine Faust zischte an meinem Ohr vorbei; ich hatte sie kommen sehen und war rechtzeitig ausgewichen. Er schüttelte sich verblüfft, dann holte er ein zweites Mal aus. Was sollte ich tun? Wie konnte ich in diesem Fall neutral bleiben?

»Tus nicht«, sagte ich. »Es ist Notwehr, wenn ich …«

»Halts Maul«, grölte er.

Ich zog mich ein paar Meter zurück – kleines taktisches Manöver –, ohne den Kerl aus den Augen zu lassen. Ein Gemisch aus Aftershave und Bier wehte zu mir herüber. Mit einem von beiden hatte er sich Mut angetrunken. Im Schutz des Brunnens parierte ich seine unkontrollierten Schläge und antwortete mit einem prächtigen Kinnhaken von unten. Pfeifend fiel er hinterrücks gegen den Brunnenrand. Wenn jetzt keiner herschaute … Es schaute keiner. Klatsch, versetzte ich dem Narbengesicht eine schallende Ohrfeige und kippte ihn in den Brunnen. Hoffentlich konnte er schwimmen.

Ich sah mich um. Die Konfusion hatte ihren Höhepunkt erreicht: Die Polizei war zurückgekehrt und warf sich zwischen die Kämpfer. In ihren Augen prügelten sich Burschenschafter mit Burschenschaftern, und das musste verhindert werden, warum auch immer. Zur Not eben mit Gewalt. Arme Burschen! Kein guter Tag für sie. Nun hatten sie auch noch die Ordnungskräfte gegen sich. Ein paar versuchten, die Situation zu klären, aber ihr Gezeter ging im allgemeinen Lärm unter; andere drehten durch und schlugen auf alles, was sich bewegte, wieder andere bekamen einen Heulkrampf und flüchteten.

Ich suchte Arndt. Über den ganzen Platz waren Bündel von Menschen verteilt, schreiende, zappelnde Knäuel. Bullen jagten Linke, Linke jagten Burschen, und einmal sah ich sogar drei Korporierte, die einem Polizisten hinterherhetzten. Inzwischen hatte auch das Publikum in die Kampfhandlungen eingegriffen. So wurde ein Sänger im Schatten der Heiliggeistkirche von rabiaten Zivilisten in die Mangel genommen. Altachtundsechziger wahrscheinlich, die es den Corpsstudenten einmal zeigen wollten, oder aufrechte Bürger, die dem Anarchistenpack seine gerechte Strafe zukommen ließen. Immer noch gellten von oben die Trillerpfeifen, tönten Kommandos über den Platz, schrillten Sirenen, flogen Gemüse und Fäuste – es war ein heilloses Chaos. Nur die Penner amüsierten sich köstlich.

Man hätte Eintritt erheben sollen.

Dann entdeckte ich Arndt in einer misslichen Lage. Er bekam den Schutzschild eines Polizisten über den Schädel und schloss unsanft Bekanntschaft mit dem Kopfsteinpflaster. Der Bulle zog gleich wieder ab, weil er seinen Schlagstock im Getümmel verloren hatte, aber zwei andere Typen nutzten die Gunst des

Augenblicks und machten sich über den jungen Bünting her. Im letzten Augenblick kam ich hinzu und konnte verhindern, dass sie ihn in den Brunnen hievten. Dort wurde es übrigens schon ziemlich eng. Den einen packte ich am Schlafittchen und schleuderte ihn wie einen Sack Kartoffeln zur Seite, dem anderen gab ich eine Kopfnuss, was ihn aber nicht beeindruckte. Er nahm eine fernöstliche Kampfeshaltung ein und begann nervös mit den Beinen zu tänzeln. Der erste Handkantenschlag kam, ich duckte mich, wich zur Seite aus und stolperte über den immer noch benommen herumliegenden Arndt. Das war gut so; denn über mir zischte die Faust des ersten Typen, der sich berappelt hatte, ins Leere. Ich schnellte nach oben, trat dem Asiaten von hinten so gegen die Waden, dass es mit dem Tänzeln ein Ende hatte. Nun also wieder der Kartoffelsack. Eine Finte links, eine Gerade rechts, aber bevor ich das Kinn meines Gegenübers zurechtrücken konnte, traf mich seine Faust im Magen. Ich taumelte zurück und trat der Nummer zwei auf die Finger. Dieses Gekreische! Sein Genosse stürzte sich auf mich, und ineinander verkrallt rollten wir über den Boden. Hin und her, vor und zurück, wir konnten gar nicht mehr voneinander lassen. Fehlte bloß die Walzermusik.

Währenddessen warf sich Arndt todesmutig auf den anderen Angreifer, nur um schnurstracks neben mir auf dem Pflaster zu landen. Keine große Hilfe, der junge Bünting. Ich sah keine andere Möglichkeit, meinen aufdringlichen Liebhaber loszuwerden, als ihn kräftig ins Ohr zu beißen. Es schmeckte salzig. Brüllend ließ mein Verehrer von mir ab. Kaum auf den Beinen, benötigte Arndt schon wieder meine Hilfe. Der Karatekämpfer versetzte ihm eine Ohrfeige nach der anderen, mit seinen blutigen Fingern rote Spuren durch das verheulte Knabengesicht ziehend. Als er mich sah, stoppte er mitten in der Bewegung, sprang zur Seite und verzog sich. Da hatte ich mir ja ordentlich Respekt verschafft.

Dachte ich.

Im nächsten Moment lag ich selbst auf der Nase, den zähneknirschenden Kartoffelsack neben, den wimmernden Arndt unter mir. Und über mir die Hosenbeine von Polizisten, die uns in sauberer Hürdentechnik übersprangen, auf der Suche nach weiteren Opfern. Also war es doch nicht meine ausgefeilte Boxtechnik gewesen, die den Typen in die Flucht geschlagen hatte. Schade. Aber vielleicht besser so. Denn ringsum machten sich die Bullen daran, die Herrschaft über den Marktplatz zurückzuerobern. Sie waren nun eindeutig in der Überzahl. Die Stunde des ehrenvollen Rückzugs hatte geschlagen.

»Los, abhauen!«, herrschte ich Bünting junior an. Der hielt die Hände vors Gesicht und wimmerte weiter. Seine Lippen waren geschwollen, die Backe war blutverschmiert. Kein Zureden half. Hier und jetzt, mitten auf dem Marktplatz wollte der Knabe sein Leben beschließen. Nicht so schnell, junger Mann! Bevor er von der Welt Abschied nahm, war er mir ein paar Auskünfte schuldig. Ich griff ihn am Kragen seiner Faschingsverkleidung und schleifte ihn übers Kopfsteinpflaster aus der Gefahrenzone. Vor uns wankte der Kartoffelsack, ganz mit seinem zerbissenen Ohr beschäftigt.

Die Kampfhandlungen ringsum verebbten. Schon begann die Aufarbeitung der Geschehnisse, es wurde diskutiert, gestritten, beschuldigt. Die Polizisten machten Jagd auf einzelne Chaoten, die sie für Drahtzieher oder für besonders gefährlich hielten; überall lagen Benommene und K.-o.-Geschlagene herum, richteten sich Gefallene gegenseitig auf, erkannten sich Freunde, trennten sich Feinde. Ein paar mutige Zuschauer zückten ihre Fotoapparate, ein Grüppchen purzelte auseinander, als sich ein übereifriger Beamter in die Menschenansammlung stürzte, andere halfen den unfreiwilligen Brunnenfiguren, aus dem Wasser zu steigen. Freund Narbengesicht war auch darunter.

Unter Aufbietung all meiner Kräfte hatte ich Arndt an eine Hauswand geschleppt, als sich dort ein Hoftor öffnete und mehrere Jungs herausstürmten, eine ganze Horde Gesetzeshüter im Schlepptau. Vermutlich die Kommandozentrale der linken Attacke. Von oben gab es einen letzten Gemüseschauer, noch einmal war der Lärm groß, und das Publikum vor dem Haus stob schreiend auseinander.

Zwei Burschen, ausstaffiert wie Arndt, aber nicht halb so ramponiert, standen plötzlich neben uns. »Ist er okay?«, fragte mich der eine keuchend.

Zum Antworten kam ich nicht mehr. Ein schneidender Schmerz fuhr mir durch die rechte Wange. Ich schrie auf, griff mir ins Gesicht und sah Blut an meinen Fingern. Blut und eine eklige weißlich-gelbe Flüssigkeit. Sie roch entsetzlich. Die beiden Uniformierten glotzten mich dämlich an und fingen an zu stottern. Ich glaube, sie waren kurz davor umzukippen.

»Alles klar? Geht es?«, fragte der eine hilflos.

»Mhm«, murmelte ich und entschied mich spontan für eine kleine schauspielerische Einlage. Meine Hand griff ins Leere, ich schnappte nach Luft und ließ meine Augäpfel kreisen. Dann sackten meine Knie weg, ich taumelte und fiel um. Platt wie ein Fahrradschlauch lag ich neben dem jungen Bünting, blutete aus der Backe und überlegte mir, welcher Gesichtsausdruck wohl zu einem Ohnmächtigen passte.

23

»Mein Gott, wie siehst du denn aus?«, rief Christine entsetzt. Und dann, vorwurfsvoll: »Dass du dich so unter die Leute traust ...«

Na, das war ja eine schöne Begrüßung. Aber keine Überraschung. Die Haut unter meinem linken Auge schillerte dunkelblau, über meine rechte Wange lief ein frischer, blutiger Riss. Meine Unterlippe war geschwollen, an Armen und Beinen hatte ich Schürfwunden davongetragen.

»Ich setze mich erst mal, ja?«

»Bist du gestürzt? Mit dem Fahrrad?«

»Was du hier siehst«, sagte ich, »sind die Wunden meines Kampfes an drei Fronten gleichzeitig. Gegen die Reaktion, gegen die Anarchie und gegen die Repressalien des Staates.«

»Ich bin beeindruckt.«

»Sowie gegen feige Attentäter. Diesen Kampf habe ich allerdings verloren.«

Sie schaute mich missbilligend an. »Ich hätte dir den Namen des BMW-Fahrers nicht heraussuchen sollen. Wenn du danach so aussiehst ...« Sie beugte sich über den Tisch, fuhr mir durchs Haar und gab mir einen Kuss. Ich ließ es geschehen. Sie ist meine Exfrau, also darf sie das.

Draußen, in der Ferne, grollte es wie Donner. Vielleicht würde es heute Nacht endlich einmal regnen. Von der Theke her winkte uns Olli zu.

Dass ich leidenschaftlich gerne esse, habe ich bereits erwähnt. Wo, ist mir ziemlich egal. Christine dagegen legt bei unseren gelegentlichen Verabredungen Wert auf ein passendes Ambiente, wie sie es nennt. Auf Kuschelatmosphäre, sage ich. Deshalb treffen wir uns, wenn wir uns treffen, bei Olli; nicht gerade oft, aber doch so regelmäßig, dass Olli nie auf den Gedanken käme, wir hätten uns getrennt. Soweit ich mich erinnere, haben wir es ihm sogar gesagt; Olli hat gelacht, hat uns zugezwinkert und jedem von uns einen doppelten Ouzo gebracht. Auf die Liebe, flüsterte er verschwörerisch, und dann mussten wir das Zeug kippen, wohl oder übel. An diesem Tag schwor ich mir, seinen Schuppen nie wieder zu betreten, doch schon einen Monat später hatte mich Christine wieder hingeschleppt. In kulinarischer Hinsicht kein Fehler.

Olli ist Grieche. Behauptet er. Außerdem ist er ein furchtbarer Macho, die Brusthaare kriechen ihm aus dem Hemd, ab und zu greift er prüfend an sein Gemächte – alles noch da, alles noch dran! –, doch auf seine Küche lassen wir nichts kommen. Trüge sein Laden nicht diesen lächerlichen Namen, würden wir ihn sogar noch öfter beehren. *Restaurant Romantik* – unter dieser Leuchtreklame muss man sich erst einmal durchtrauen. Olli ist felsenfest davon überzeugt, dass ihm allein der Name 20 Prozent mehr Kundschaft bringt, während ich ihm entgegenhalte, wer sich von solchen Namen verleiten lasse, könne Pommes frites nicht von Spaghetti unterscheiden. Ich weiß nicht, wer von uns recht hat. Vielleicht beide.

»Du willst mir nicht sagen, wer dich so zugerichtet hat«, fragte Christine. Nein, es war eher eine Feststellung als eine Frage. In dieser Beziehung ist sie entsetzlich rücksichtsvoll, meine Exgattin. Wenn sie spürt, dass Nachfragen unerwünscht sind, verzichtet sie darauf. Allerdings so, dass ich geradezu genötigt werde, für ihr Einfühlungsvermögen dankbar zu sein.

Leider lasse ich mich nur ungern nötigen.

»Keine Ahnung«, antwortete ich kurz angebunden.

»Wie, keine Ahnung? Weißt du das nicht?«

»Ja und nein. Wer mir das Veilchen verpasst hat, weiß ich wirklich nicht. Leider. Den Schmiss und all die anderen Beulen gab es vorhin gratis. Nichts von der großen Prügelei auf dem Marktplatz gehört?«

Doch, hatte sie. Das Ereignis war keine drei Stunden alt, aber schon der halben Stadt bekannt. Man musste gar nicht dort gewesen sein, um zu wissen, wer sich daran beteiligt hatte.

»Wenn ich es recht verstanden habe, hat sich dort die zerstrittene Linke zusammengerauft, um es dem Klassenfeind zu zeigen, oder?« Sie zündete sich eine Zigarette an der Tischkerze an.

»So ungefähr.«

»Und du bist dazwischengeraten?«

Ich lachte. »Ja, aber nicht aus Versehen. Ich habe mich heldenhaft in den Kampf gestürzt.«

»Warum das? Seit wann wirst du gegen die Rechten handgreiflich?«

Ich lachte wieder, weil ich mich auf ihre Miene freute. »Ich hab nicht gegen die Rechten gekämpft. Sondern mit ihnen. Gegen die Linken.«

»Wie bitte?«, rief sie und blies den Rauch über den Tisch. »Du willst mich verarschen!«

Ich grinste sie frech an. Christine, muss man wissen, kommt aus einer gut sozialdemokratischen Familie, deren Maximen sie mit der Muttermilch aufgesogen hat. Sicher, auch sie rebellierte einst gegen diese Erblast. Mit einem halbjährigen Afrikaaufenthalt und ein paar Joints, glaube ich. Mit mehr nicht. Längst ist der familiäre Hausfrieden wiederhergestellt, macht sie brav ihr Kreuzchen an der richtigen Stelle und zieht gegen alles, was konservativ oder neoliberal ist, ins Feld. Geistige Sippenhaft nannte ich das mal. Jedenfalls funktionieren die alten Reflexe noch.

»Du willst mich doch verarschen, Max!«, wiederholte sie.

Sie sah gut aus, wenn sie sich ereiferte. Sie sah überhaupt gut aus, meine Christine. Was fand diese Frau nur an einem wie mir?

»Ich will dich nicht verarschen. Ich spreche die volle Wahrheit.«

Sie spielte mit der Kippe zwischen ihren Fingern. Ihre Augen verengten sich. Täuschte ich mich, oder war ihr Kinn härter, eckiger als sonst?

»Einer der Burschen ist ein Klient von mir«, erklärte ich. »Beziehungsweise der Enkel eines Klienten. Das heißt, eines ehemaligen Klienten. Wie auch immer: Ich muss mit dem Kerl unbedingt sprechen und konnte nicht zulassen, dass er krankenhausreif geprügelt wird.«

»Und deshalb hast du dich auf die Seite der Rechten geschlagen?«

»Genaugenommen stand ich auf keiner Seite, sondern zwischen allen Fronten.« Der Narbenmensch, der im Brunnen baden ging, war mein Zeuge. »Außerdem: Wer sagt denn, dass die alle rechts sind?«

»Ich«, antwortete sie kühl. »Sind sie. Reaktionäres Pack. Schau sie dir doch nur an.«

»Hab ich ja. Clowns in Uniform, wenn du mich fragst. Witzfiguren. Aber Clowns gibt es in allen politischen Lagern.«

»Solche nicht«, erwiderte sie heftig. »Militaristische Spätpubertierer – die gibt es nur rechts außen. Haben sie denn nicht die erste Strophe des Deutschlandlieds gesungen?«

»Nicht einmal das Horst-Wessel-Lied.«

Sie winkte ab. Ich sah schon: Alle meine Einwände würden an ihrem ehernen Weltbild abprallen.

»Ich war im Dienst«, sagte ich abschließend, »und im Dienst sind für mich alle gleich. Aber lassen wir das. Ich hab nicht vor, mich einzuschreiben und Mensur zu fechten. Ein Schmiss reicht mir.«

Sie schüttelte den Kopf und schaute hinaus in die Dunkelheit. Eine Zeit lang schwiegen wir. Es war nicht der Gesprächsbeginn, den sie sich erhofft hatte. Ich hatte mich herumgeprügelt wie ein Pennäler, und das auch noch auf der falschen Seite. Damit waren zwei Themen angeschnitten, die Christine als Krisenzentrum unserer verkorksten Beziehung ausgemacht hatte: meine Unfähigkeit, mich wie ein Erwachsener zu benehmen, und meine Prinzipienlosigkeit.

Dabei bin überhaupt nicht prinzipienlos, im Gegenteil. Wenn ich zum Beispiel einen Auftrag annahm, der diesen Namen verdiente – was während unserer kurzen Ehe nicht allzu oft vorkam –, dann nahm ich ihn mit allen Konsequenzen an. Dann galt als oberstes Prinzip, dass jeder Klient gleich behandelt wurde, selbst wenn er vorbestraft oder Pornograf oder NPD-Mitglied war. Oder all dies zusammen. Ich meine, irgendwann musste ich mir ja einen Namen in der Branche machen. Und wie, wenn nicht durch gewissenhafte, ehrliche Arbeit, durch Neutralität und Verlässlichkeit? Das ist so ein weiblich-sozialdemokratischer Tick von ihr, dass jeder von uns mit jeder seiner Tätigkeiten zum Wohle der Menschheit beitragen soll. Klammer auf: Frau Weltverbesserin Christine Markwart arbeitet in einem der Bürgerämter der Stadt, über ihrem Haupt Neonröhren, unter ihren Sohlen PVC-Boden; dort verteilt sie Anmeldeformulare und Anwohnerparkmarken und Behindertenausweise und die blaue Banderole für Restmüllsäcke. Klammer zu.

Da war es wieder, das ferne Donnergrollen.

Ollis Büttel nahm die Bestellung auf. Auch so ein angeblicher Grieche. Ein Schrank von einem Kerl, der seine Prachtfigur in millimetergenau sitzende schwarze Anzüge zwängt, aber den Mund macht er partout nicht auf. Stumm kam er angestiefelt, stumm stellte er sich in Positur und sah uns auffordernd an.

»Ich nehme die Moussaka«, sagte Christine.

»Lamm mit Okraschoten. Und Ollis Hauswein, wie immer.«

Der Schrank verzog keine Miene. Nur seine Finger bewegten sich leicht, als sie Hieroglyphen auf den Bestellzettel zauberten. Wortlos ging er, nicht einmal ein Augenzwinkern hatte er uns gegönnt. Der Mann ist wirklich Ganzkörperminimalist.

Christine drückte ihre Zigarette aus und sah an mir vorbei.

Prinzipienlos, um darauf zurückzukommen, prinzipienlos bin ich nur im Vergleich mit meiner Exfrau. Anders als sie, bediene ich mich keines vorgestanzten Schemas, in das ich meine Mitbürger presse, sobald sie eine politische Bemerkung machen oder eine Uniform tragen. Das heißt nicht, dass ich keine Vorurteile hätte, im Gegenteil. Aber es ist nicht die Art von Vorurteilen, mit denen mich einst wohlmeinende Eltern, das Godesberger Programm auf den Knien, in den Schlaf gesungen haben. Das Einzige, was man mir eventuell vorwerfen kann, und genau dies täte Christine liebend gerne, ist mein schwankendes Verhältnis zum Geld. Es kommt schon einmal vor, dass ich für ein ordentliches Honorar sämtliche Bedenken über Bord werfe. Stimmt die Kohle, werden all meine Abneigungen und Vorurteile zu bunten, leichten Luftballons, die zum Himmel hin entschweben.

Und warum tut sie es nicht? Ich meine: Warum wirft mir Christine diese Fixierung aufs Geld nicht vor? Aus Rücksichtnahme natürlich. Aus Feinfühligkeit und Rücksichtnahme; weil sie am besten weiß, dass ich mir Hochmut gegenüber meinen Kunden nicht leisten kann, weil sie weiß, dass ich dauerhaft klamm bin und daher auf jeden Cent angewiesen.

Was aber würde sie zu meiner aktuellen Situation sagen: dass ich auf eigene Faust recherchiere, mir dabei die Fresse polieren lasse, ohne Aussicht auf ein Honorar? Genaugenommen sogar nach einer Abstandszahlung?

Der Wein kam. Wir stießen an.

»Vielen Dank noch mal für deine Hilfe«, sagte ich. Höchste Zeit für ein paar nette Worte.

»Nicht der Rede wert. War kein größeres Problem.«

»Und dich hat niemand dabei gesehen?«

»Nein, nein, kein Mensch im Hause. Ich musste nur Manfreds Computer anwerfen. Er hat mir sein Passwort verraten und gesagt, ich könnte jederzeit an ihn ran.«

»An den Computer.«

»Genau.« Sie grinste mit Verspätung. »Natürlich sagte ich damals, ich würde mich hüten. Was sollte ich auch an seinem PC? Dürfen wir ja offiziell nicht. Und nun ist es doch passiert.«

»Netter Kerl, dein Manfred.«

Sie zog eine zweite Zigarette hervor. »Ach, ein Schwätzer. Aber harmlos. Als Chef eine Nulpe. Hat immer Angst, uns autoritär zu behandeln, jemandem weh zu tun.«

»Und deshalb verrät er geschätzten Mitarbeiterinnen bereitwillig sein Passwort?«

»Nein, deshalb versucht er, sich bei allen lieb Kind zu machen. Und bewirkt damit das Gegenteil. Ein hoffnungsloser Fall. Armer Manfred.«

24

Ich blinzelte in die tief stehende Sonne. Mit dem Tag, so beschloss ich, sollte sich auch meine Ohnmacht ihrem Ende zuneigen. Stöhnend richtete ich mich auf und betastete meine Wange. Wenigstens der Schmerz war echt. Immer noch herrschte Trubel auf dem Marktplatz, aber der Lärm ebbte ab, die Kräfte der Widersacher schienen zu erlahmen. Arndts Freunde hatten die dreiminütige Auszeit, die ich mir gönnte, genutzt, um ihn und mich aus dem unmittelbaren Krisengebiet in Sicherheit zu bringen. Gemeinsam lagen wir vor einem Hoftor in der Steingasse, mit Blick auf die Alte Brücke. Dort wurden die Verluste gezählt, Fäuste geschüttelt und Wunden geleckt. Die Stimmung, kein Wunder, war auf einem Tiefpunkt.

»Na, geht es wieder?«, fragte einer meiner Träger, als er mein unverhofftes Erwachen bemerkte. Er war ein korpulenter Hüne mit Bürstenhaarschnitt und kleinen, dicht zusammenliegenden Augen. Seine Mütze hatte er verloren, er war dreckverschmiert und blutete aus der Nase. Seiner Statur nach zu urteilen, stand es um seine Gegner allerdings kaum besser.

»Jaja, geht schon«, murmelte ich. »Komisch … plötzlich war mir ganz anders. Ich kann kein Blut sehen …« Die Umstehenden nickten teilnahmsvoll.

Alles starrte auf meine Wange. Ich wischte mit den Fingern über die Stelle. Da war eine seltsam schmierige Flüssigkeit: etwas Blut, Dreck, dazu ein undefinierbares, schleimiges Zeug. Es sah wirklich schlimm aus. Ekelhaft. Jetzt brauchte ich die Übelkeit nicht mehr zu spielen.

»Haben die C-Waffen eingesetzt?«, flüsterte einer. Wahrscheinlich meinte er es sogar ernst. Hinter seiner dickwandigen Brille traten große Glubschaugen hervor; seine Uniform war wie beim Action-Painting über und über mit roter Farbe bekleckert. Er reichte mir ein Taschentuch, mit dem ich mir vorsichtig die Wunde abtrocknete.

»Bist du von einem Stein getroffen worden?«, fragte der Hüne.

»Keine Ahnung. Wahrscheinlich. Jedenfalls hat er mich umgehauen.«

Aber dieser Schleim ... Wo kam der bloß her?

Jemand lachte. Ein meckerndes, zynisches Lachen. Alles wandte sich um. Da stand ein langer, dünner Kerl mit scharf geschnittener, höckriger Nase und einer kleinen Narbe in Augennähe. Er hielt sich etwas krumm und hatte die Hände hinter dem Rücken verschränkt. Auch wenn sein Blick Intelligenz verhieß: Er war genau der Typ, den man beim Fußballspielen nicht in der eigenen Mannschaft haben möchte und der bei jeder Theateraufführung den Mephisto spielen darf.

»Kein Stein«, sagte er näherkommend. »Tut mir leid, Sie enttäuschen zu müssen. Es handelte sich sozusagen um das Ei des Kolumbus.« Er beugte sich zu mir herab und hielt mir eine Eierschale vor die Nase.

»Ein Ei?«, stammelte ich verdattert und griff mir an die Wange.

»Ein Ei«, wiederholte er gelassen. »Kleine Sache, große Wirkung. Wollen wir hoffen, dass es kein faules war.« Prüfend schnupperte er an der Schale.

Tja, dumm gelaufen. Einen schlechteren Auslöser für Ohnmacht und heroisches Leiden hätte ich mir nicht aussuchen können. Ein Ei, ein bescheuertes, banales Ei! Hätte nie gedacht, dass die Dinger so scharfkantig sind.

»Der Schock«, versuchte ich zu erklären. »Der hat mich ... Und dieser Schleim ... Ich dachte, das sei Eiter oder so was.«

»Ich auch«, sagte der mit den Glubschaugen. »Wie das aussieht ...«

Bis auf den Langen zeigten alle vollstes Verständnis für meine Reaktion. Und warum taten sie das? Weil ihr schlechtes Gewissen es ihnen befahl. Spuren des Kampfes zeigten sich allein auf ihrer Kleidung, sie selbst hatten keine Wunden, keinen Schleim an der Wange, kein blaues Auge, nichts. Nur eine blutende Nase. Bisschen wenig für eine uniformierte Jungmännertruppe, fand ich.

Halt, einen hatte ich vergessen. Er saß neben mir an die Hauswand gelehnt, die Arme um die Knie geklammert, das Gesicht ziemlich lädiert.

»Und du?«, fragte ihn die Adlernase und schnippte die Eierschale zur Seite. »Diesmal nicht gekniffen?«

»Nein, verdammt noch mal!«, schrie der junge Bünting und warf dem anderen hasserfüllte Blicke zu. »Ich nicht! Alle haben sich verdrückt, als es losging, nicht ein Einziger von euch Feiglingen hat mir geholfen. Ich war völlig alleine!«

Das ließen seine Kumpels nicht auf sich sitzen. Mehrstimmiger Protest erhob sich: Und ob sie dageblieben seien, jawohl, gekämpft hätten sie, eine Frage der Ehre sei das. Der eine bürgte für den anderen, sie zeigten ihre staubigen Kappen, bekleckerten Jacken, zerrissenen Bändchen ... Überzeugend, wie gesagt, war das nicht. Ein ausgekugelter Arm wäre ein besseres Argument gewesen. Und das Kraftpaket, das sich stumm das Blut von der Oberlippe leckte, konnte bei der Flucht gegen einen Laternenpfahl gerannt sein. Zuzutrauen war es ihm.

Der Lange mit der Mini-Narbe, der so eine Art Boss zu sein schien, lachte wieder auf seine meckernde Art und Weise, beugte sich zu Arndt hinunter und tätschelte ihm gönnerhaft die Schulter.

»Schon gut, schon gut. Bin zutiefst beeindruckt. Weißt du, ich hatte ...«

»Drückeberger seid ihr«, wiederholte Arndt bleich und voller Wut. »Alle. Die haben sich zu zweit auf mich gestürzt. Wollten mich fertigmachen. Wenn er mir nicht geholfen hätte ...« Er zeigte auf mich.

Verbindlichsten Dank. Auf dieses Stichwort hatte ich schon die ganze Zeit gewartet.

»Ach, Sie kamen Arndt zu Hilfe?«, fragte der Boss interessiert.

Lässig zuckte ich die Achseln. Ist doch nicht der Rede wert.

»Wie kam es? Ein heimlicher Sympathisant?«

»Weiß ich nicht«, sagte ich. »Ich war zufällig da und hab euch beim Singen zugehört. Als das Chaos losbrach, wollte ich mich zunächst verziehen. Aber dann sah ich, wie sie auf ihn hier losgingen. Zwei gegen einen. Da dachte ich, man muss sich ja nicht alles gefallen lassen, und bin dazwischen. War so 'ne Art Reflex.«

»Wie nobel«, flötete er. »Und wie bedauerlich, dass das so ... ins Auge ging.«

»Nicht der Rede wert.« Wenn sie mein Veilchen unbedingt dazuaddieren wollten, würde ich sie nicht daran hindern.

»Mann, hat der die beiden weggeräumt«, sagte der Kleine. »Ich habs genau gesehen.« Und ein anderer hatte beobachtet, wie ich von den Polizisten über den Haufen gerannt worden war. Einfach so, das musste man sich mal vorstellen!

»Na ja«, murmelte ich und pustete mir ein Stäubchen vom Ärmel. Weggeräumt! Ein schöner Ausdruck. Klang nach ehrlicher, sauberer Arbeit. Hoffentlich hatte keiner mein Scharmützel mit dem Narbenmann bemerkt. Allerdings hatte der eine blaue Montur getragen, während sich die Freunde des jungen Bünting in Grün kleideten.

»Wenn er mir nicht geholfen hätte«, wiederholte Arndt grollend. »Die hätten mich totgeprügelt.«

»Wir haben es vernommen«, sagte Adlernase. Ob er ihm glaubte, verriet seine Miene nicht.

Dafür grinste der Hüne über das ganze Gesicht, reichte mir die Hand und half mir hoch. Er wollte auch Arndt behilflich sein, da aber stieß er auf Granit.

»Finger weg«, zischte der junge Bünting und rappelte sich mühsam auf. Er sah aus, als hasste er die ganze Welt, ausgenommen vielleicht einen Privatdetektiv namens Max Koller.

Das lief ja wie am Schnürchen.

»Nun denn, meine Freunde«, sagte Häuptling Adlernase und klatschte in die Hände. »Blasen wir zum Rückzug. Auf zu den Markomannen.«

Markomannen? Ein Indianerstamm?

»Die Jungs von der *Markomannia*«, erklärte der Hüne grinsend. »Was ist, kannst du selbst laufen oder soll ich dich hintragen?«

Also doch Westeuropäer. Markomannen, nun denn. Ob das wohl eine Einladung war?

»Natürlich war das eine Einladung. Du kriegst jetzt erst einmal ein Bier, um all diese Eierwerfer zu vergessen.«

»Das ist ein Wort. Ich heiße übrigens Max.«

»Frank. Das bin ich.« Er reichte mir seine Pranke.

Unser gesamter Trupp, acht Mann stark, setzte sich in Bewegung. Wir schlugen einen Bogen um den Marktplatz, die Stätte der Burschenschmach, und stießen am Karlsplatz auf ein Grüppchen von Polizisten. Adlernase stellte sich zu ihnen und hielt ein kleines Schwätzchen; er gestikulierte, nickte, schmunzelte, hob bedauernd die Schultern … die Polizisten nickten ebenfalls, fingerten an ihren Helmen herum, zeigten Richtung Marktplatz.

»Noch mal danke«, hörte ich den Chef der Burschen sagen. »Für Ihren Einsatz und all das.« Er schüttelte jedem seiner Gesprächspartner einzeln die Hand.

»Das ist Marten«, sagte der Hüne. »Unser Chargierter. Der hats einfach drauf.«

Wir schritten an der Gruppe vorbei. Frank plapperte munter vor sich hin. Die Schlacht hatte ihm Spaß gemacht, ein Abend so recht nach seinem Geschmack ... Verstohlen blickte ich über meine Schulter. Ich sah, wie der Lange eine Brieftasche einsteckte. Sein Schmunzeln war wie weggepustet.

Mir gefiel dieser Typ nicht.

Auf dem Weg Richtung Karlstor versuchte ich, Kontakt mit Arndt aufzunehmen, doch er blieb stumm und starrte finster vor sich hin. Das Kopfsteinpflaster der Hauptstraße schien interessanter als ein Gespräch mit seinem Lebensretter.

»Arndt hat das Mai-Einsingen zum ersten Mal mitgemacht«, flüsterte Frank. »Aber sprich ihn bloß nicht drauf an, der ist verdammt empfindlich.«

Ich nickte.

Der Hüne stellte mir auch die anderen vor: Der rundum Bekleckerte hieß Konstantin, der Rest Gustav, Henning, Klaus-Peter oder so ähnlich. Hab ich vergessen. Ihr Verein nannte sich Burschenschaft *Rheno-Nicaria* – ich nickte wissend, als hätte ich diesen Namen schon x-mal gehört und sei ein Fan von ihnen –, ihr Domizil lag auf der anderen Seite des Neckars. Ehrensache, dass sie sich trotz der Risiken auf dem Marktplatz eingefunden und mitgesungen hatten. Nur Marten, ihr Boss, nicht; der hatte die Aktion aus der Distanz überwacht, außerdem konnte er angeblich nicht singen. Typisch.

Das Haus, das wir ansteuerten, gehörte der *Markomannia*, einer befreundeten Verbindung. Es lag stilecht am Ende der Hauptstraße, eine klobige Stadtvilla mit großem Hanggarten und einem vermutlich atemberaubenden Ausblick vom obersten Stock. Dahin ließ man uns aber nicht. Die Markomannen, rot befrackte Jungs mit goldenen Tressen, hatten unten, in einer Art Empfangshalle, ein Fass Bier aufgestellt. An Holztischen konnten sie und ihre Gäste die traurigen Gedanken an ihre Niederlage in Alkohol ersäufen. Denn eine Niederlage war es gewesen, daran gab es keinen Zweifel. Eine Handvoll Chaoten, wenn auch mit massiver Unterstützung aus dem Rückraum, hatte es geschafft, vier Dutzend gestandene Korporierte vor den Augen der Polizei aufzumischen. Ein wenig Maskerade, allgemeine Verwirrung, und schon lagen die Burschen mit gespaltener Lippe auf dem Pflaster oder im Brunnen. Entsprechend gereizt war die Stimmung. Überall hitzige Diskussionen, ich hörte Vorwürfe, Schuldzuweisungen, Rechtfertigungen.

Apropos Brunnen: Der Frankenstein, den ich zum Baden geschickt hatte, war auch anwesend. Dass er mich wiedererkannte, stand nicht zu befürchten. Besinnungslos lag er in einer Ecke, Bier über dem Hemd und mit offenem Hosenlatz. Er roch immer noch nach Aftershave.

Übrigens bestand die Versammlung nicht nur aus Männern. Es waren einige Frauen anwesend, und sie hatten allerhand zu tun: ihren Streitern das Blut von der Nase zu tupfen, die erblühenden Veilchen zu kühlen, den Heldentaten zu lauschen und Bier zu holen. Es gab auch einige Typen in Zivil; Freunde und Ehemalige oder Burschen, deren Uniform noch vom letzten Mai-Ansingen ramponiert war. Ich fiel also nicht weiter auf.

Warum kam ich mir dennoch seltsam vor? Weil ich der einzige Nichtakademiker im Hause war, ein Studentenhasser unter lauter Studenten? Nein, das war es nicht. Es war die verschrobene Atmosphäre dieses Ortes, die Ansammlung gutsituierter Milchbubis, die versuchten, älter zu wirken, als sie waren, mit ihren von der Prügelei oder einer Mensur gespaltenen Wangen ... vor sich einen Humpen, neben sich eine kichernde Blondine und vis-à-vis einen Kampfgenossen, mit dem sie ums männliche Ego fingerhakelten. Und all das in einer muffig-altdeutschen Festhalle mit Kronleuchter und Hirschgeweihen: eine Mischung aus Neuschwanstein und Fremdenlegion.

»Wie damals bei Langemarck!«, schrie einer und schwenkte seinen Bierkrug. Der ganze Tisch grölte vor Lachen und tat es ihm nach.

»Ich sorge dann mal für das Wesentliche«, sagte Frank und schlurfte Richtung Bierfass. Wir anderen ließen uns an einem der Tische nieder. Ich achtete darauf, einen Platz neben Arndt zu bekommen. In alter Kämpfermanier schlug ich ihm auf den Rücken und eröffnete mit einem lauten »Na, das war eine Schlacht, was?« das Gespräch.

Keine Reaktion.

Schade, es war so eine originelle Einleitung. Konnte ich etwas für die Feigheit seiner Kumpels?

Das Bier kam. Wir prosteten uns zu, nur Arndt schwieg hartnäckig. Auf seiner Stirn bildete sich eine Blutkruste. Die Schultern zusammengezogen, die verschränkten Unterarme auf dem Tisch, starrte er in seinen Bierhumpen, als könne er in ihm die Zukunft lesen. Wenn ihn sein Großvater so gesehen hätte!

Über mangelnde Aufmerksamkeit brauchte ich mich allerdings nicht zu beklagen. Arndts Freunde kümmerten sich liebevoll um mich. Alles wollten sie wissen: Ob ich zufällig auf dem Marktplatz gewesen sei? Ob ich einer Verbindung angehörte? Ob ich wenigstens studierte? Es schmeichelte mir, dass sie mich trotz meiner lichten Haare für so jung hielten; das lag wohl am regelmäßigen Radfahren. Ich behauptete, Psychologie studiert zu haben, allerdings nicht in Heidelberg, sondern in … na, wie heißt der Ort noch … in Marburg, richtig; keine Stelle gefunden zu haben – o ja, die Berufsaussichten, allgemeines Geseufze – und schließlich wieder in meiner Heimatstadt gelandet zu sein. Volontariat bei den *Neckar-Nachrichten*, Lokalreporter. Einhelliges Nicken. So allmählich glaubte ich selbst an meine Anstellung als Journalist. Nein, zum Mai-Ansingen hätte ich rein zufällig gefunden. Ein Kollege aus der Lokalredaktion sei vor Ort gewesen und spätestens übermorgen werde die Öffentlichkeit erfahren, was sich auf dem Marktplatz abgespielt habe. Die Wahrheit über die linke Kamarilla.

»Denen muss mal das Handwerk gelegt werden«, sagte einer mit Überbiss. »Die gehören doch eingesperrt.«

»Aber hallo«, meinte ein anderer. »Gefoltert gehören die. Mindestens gefoltert.«

Auf diesem Niveau plätscherte das Gespräch dahin. Ab und zu sprang einer an den Nebentischen auf, schrie irgendwelche Parolen, entweder einen Kampfruf gegen das rote Gesocks oder etwas Pseudolateinisches, das ich nicht kapierte – und dann hob allgemeines Trinken an. Der Stammeshäuptling der Rheno-Nicarier saß nicht bei uns, sondern machte Konversation mit anderen wichtigen Oberburschen. Frank sorgte dafür, dass wir stets volle Humpen hatten. Besonders helle schien er nicht zu sein, aber er hatte mich in sein großes Herz geschlossen.

Ich schaute auf meine Uhr. Um halb neun erwartete mich Christine beim Griechen. Die Hoffnung, mit Büntings Enkel plaudern zu können, gab ich auf. Dumpf brütete Arndt vor sich hin, eingeschlossen in seine schlechte Laune wie in eine Kapsel.

»Ich verziehe mich dann mal«, sagte ich und stand auf. »Vielleicht sieht man sich demnächst.«

»Ja … wie wäre es morgen?«, strahlte Frank, erhob sich ebenfalls und schüttelte mir die Hand.

»Morgen? Singt ihr wieder?«

Er lachte schallend. Morgen, erklärte er, veranstalteten sie einen offenen Abend auf ihrer Hütte; ich sei herzlich eingeladen. »Erst kommt einer und hält einen Vortrag, anschließend feiern wir. Also erst ein bisschen zuhören, dann ein bisschen saufen, klar?« Er gab mir einen freundschaftlichen Klaps.

»Was für ein Vortrag? Was Politisches?«

»Nee ... ein Kunsthistoriker. Ziemlich bekannter Kerl. Aber liest sehr witzig. Macht Spaß, dem zuzuhören.«

»Und da sind dann alle dabei?«, fragte ich mit Seitenblick auf den jungen Bünting.

»Klar. Wenn es hinterher was zu bechern gibt, immer. Frauen sind auch da. Und ein paar Alte Herren.«

Na denn. Vielleicht zeigte sich Arndt morgen gesprächiger. Ich klopfte dem jungen Bünting aufmunternd auf die Schulter und verabschiedete mich. Alle wollten sie mir die Hand schütteln, einer nach dem anderen richtete seine glasigen Augen auf mich und versuchte, etwas ganz besonders Originelles loszuwerden. Da hatte ich mir aber schnell neue Freunde gemacht.

Als ich endlich loskam, rollten die Markomannen gerade lärmend ein zweites Fass herbei. Der bewusstlose Narbenmensch in seiner Ecke würde heute noch Gesellschaft bekommen. Ich kämpfte mich an erhitzt gestikulierenden Burschenschaftern vorbei und traf am Ausgang auf Marten, den Langen mit der Adlernase.

»Sie wollen schon gehen?«, fragte er spöttisch. Es gab keinen Grund für Spott. Aber das war so seine Art. »Darf ich vorstellen?« Er nannte mir die Namen seiner beiden Gesprächspartner, eines roten Markomannen und eines anderen in Schwarz mit Hasenzähnchen. Der Rote blickte finster, dem Schwarzen gelang das nicht.

»Max Koller«, sagte ich. »Journalist.«

»Ein Freund unserer Sangeskunst, der sich mutig ins Schlachtgetümmel geworfen hat«, schmunzelte Marten, und ich sah mich außerstande zu beurteilen, worauf sich seine sarkastische Ausdrucksweise bezog. Auf den Gesang seiner Truppe vielleicht?

Der Markomannenhäuptling zog die Brauen zusammen und musterte mich. »Hattet ihr heute Mensur?«, fragte er.

Adlernase sah ihn einen Moment lang verblüfft an, dann brach er in sein meckerndes Lachen aus. »Da sagst du etwas! Man könnte wirklich meinen … Aber es ist eine echte Kampfeswunde.«

Ich betastete meine rechte Gesichtshälfte. Diese Idioten! Wer kam bei einer kleinen Wunde an der Wange schon auf die Idee, sie für einen Schmiss zu halten? Akademiker, ich sage es ja …! Und kaum, dass ich weg war, würde Marten ihnen von dem Ei erzählen, das durch die Luft gesegelt kam, und sie würden sich zu dritt einen Ast lachen, diese uniformierten Lackaffen.

»Hätten Sie Interesse, uns morgen zu beehren?«, fragte der Lange, wieder ganz höflicher Gastgeber. »Wir haben nämlich …«

Ich sagte ihm, dass ich schon Bescheid wüsste. Der kunsthistorische Vortrag. Morgen um acht. Gegenseitige Dankesbekundungen, Kratzfüße. Ich machte, dass ich davonkam.

Draußen musste ich erst einmal kräftig aufstoßen. Was würde Christine zu meiner Bierfahne sagen?

25

»Den Namen Bünting kenne ich übrigens«, warf Christine unvermittelt ein.

Ich schaute sie überrascht an. Gerade noch hatte sie über die Parkplatznot in Heidelberg geklagt, und nun dieser Schwenk. Dazu ist nur meine Exfrau fähig. Ich unterbrach meine Bemühungen, die Lammhaxe kunstgerecht zu zerteilen.

»Und? Woher?«

»Er kam mir gleich bekannt vor«, sagte sie. »Zumindest der Nachname. Ich kannte einen Dietrich Bünting, ein paar Jahre älter als wir. Vermutlich der Sohn von deinem Hanjo.«

Na, wer sagts denn! Das ist der Standortvorteil, den du als Privatflic in der Provinz hast: Brauchst du Informationen, frag deine Bekannten, das ersetzt jede Recherche. Und dann darf auch das Stadtarchiv ruhig sechs Tage die Woche geschlossen sein.

»Ich bin ganz Ohr, Christine.«

»Er war bei mir auf dem Kurfürst-Friedrich-Gymnasium. Fünf, sechs Klassen über uns. Vielleicht hat er auch …« Sie brach ab und verfiel in Schweigen: schaute an mir vorbei ins Leere, ihr Atem ging ruhig, sie war ganz entspannt, ganz Gedanke. Ich blieb mucksmäuschenstill und beobachtete sie, ohne mich zu rühren.

Warum können solche Momente nicht ewig andauern? Sie war wunderschön, meine Exfrau: ernst, nachdenklich, abwesend, ein Gegenstand, der langsam in einem tiefen Brunnen versinkt … Nein, kein Gegenstand, ein Schemen voll hinreißender Andeutungen, mit dunklen, großen Pupillen, die nichts fixierten. Eine Frau in Umrissen. In diesem Augenblick hätte ich sie auf der Stelle wieder heiraten können.

»Ich glaube, er hat 1985 Abitur gemacht«, sagte sie und kehrte ins Leben zurück. Schade. Sie sah das Bedauern in meinem Blick, ohne darauf zu reagieren.

»Persönlich kannte ich ihn nicht«, fuhr sie fort, »aber er war Gesprächsthema an der gesamten Schule. Playboy Dietrich Bünting. So ein Schönling, weißt du?« Sie lachte verächtlich. Wenn Christine etwas für Schönlinge übrig hätte, wären wir nie vor den Altar getreten.

»Und die komplette Mittelstufe, sofern weiblich, wäre für diesen Adonis durchs Feuer gegangen.«

»Ach, was. Angeschwärmt haben ihn einige von uns. Aus der Ferne angehimmelt. Ich nicht. Der Kerl war ja ein gutes Stück älter als wir. Lief mit erwachsenen Tussis rum, ging in Discos und auf Rockkonzerte.«

Rockkonzerte? Na, das wird aber seinem Herrn Papa gar nicht gefallen haben.

»Und du glaubst«, hakte ich nach, »dass Hanjo Bünting Dietrichs Vater ist?«

»Er hatte einen Vater, der in der Industrie arbeitete und dick Kohle machte. Außerdem gibt es in Heidelberg nicht so entsetzlich viele Leute, die wie eine Teemarke heißen.«

»Und hatte Dietrich ein Kind? Einen Sohn? Er müsste allerdings …« – ich rechnete kurz nach – »… ja, er müsste ein ziemlich junger Vater gewesen sein.«

Sie nickte. »Hatte er. Das gehörte zu seiner tragischen Geschichte.«

»Tragisch? Was meinst du? Wegen des Vaters?«

»Nein, nein.« Sie machte eine Pause und widmete sich wieder ihrer Moussaka.

Ich ließ sie eine Weile herumstochern. Was für eine tragische Geschichte meinte sie?

»Dietrich ist tot. Verunglückt. 1990, in meinem Abi-Jahr. Hinterließ Frau und einen Sohn.«

»Weißt du Genaueres?«

»Selbstverständlich. Das war schließlich das Thema am Gymnasium. Ich glaube, ohne sein melodramatisches Ableben hätte Dietrich nie diesen Ruf gehabt. So eine Art posthume Legendenbildung: der schöne, draufgängerische Womanizer und sein bitteres Ende …« Sie griff nach ihrem Weinglas und schwenkte es versonnen hin und her. Wieder war sie voller Gedanken, doch ihr Gesichtsausdruck hatte sich geändert. In ihren Augen glänzte die neckische Romantik eines Teenagers. Eines gewesenen Teenagers, um exakt zu sein. Ihre Mundwinkel zuckten, als verkniffe sie sich ein Lächeln, und mit den Fingern ihrer linken Hand spielte sie auf einer imaginären Tastatur. Auch jetzt sah sie gut aus, meine Exfrau, aber es berührte mich nicht.

Ich wartete.

Nach einer Weile schaute sie mich an. Ich schaute sie an. Pause.

»Ist was?«, fragte sie irritiert. Die linke Hand hielt im Spielen inne.

»Dein Essen wird kalt«, sagte ich.

»Ach so.« Sie griff nach ihrem Besteck. »Es schmeckt mal wieder ausgezeichnet, findest du nicht?«

»Und deine Informationen werden auch gleich kalt, wenn du sie mir nicht brühwarm mitteilst. Ich bin zwar nur dein Ex, trotzdem wäre ich dir sehr verbunden, wenn du allmählich zur Sache kämst. Du weißt schon, der Casanova euerer Schule … sein legendenreicher Abgang … keine Stimmungsbilder, sondern Fakten, Fakten, Fakten. Wäre das möglich?«

»Fakten?«, lachte sie. Dann beugte sie sich nach vorne und kraulte mich hinter den Ohren wie Tischfußball-Kurt seine Dackel. »Aber natürlich, mein Kleiner. Du bekommst deine Fakten. Schriftlich? Mit Durchschlag? Mach ich alles für dich.«

Natürlich huschte im selben Moment Olli an unserem Tisch vorbei und grinste sein breitestes Grinsen, das er nur für frisch Verliebte auspackt.

»Ich warte«, sagte ich.

»Darf ich dabei weiteressen?«

Ich zuckte die Achseln.

»Also gut, zurück zu Dietrich. An der Schule erfuhren wir erst nach dem Unfall Einzelheiten aus seinem Leben. Gerüchteweise. Zu Hause hat er sich offenbar nie wohlgefühlt. Ein Autokrat als Vater, der für seinen Beruf lebt und im Sohn nur seinen potenziellen Nachfolger sieht. Die Mutter unscheinbar, völlig unterm Pantoffel, außerdem dauernd krank. Von daher also bloß Erwartungsdruck und Daumenschrauben.«

»Sie war seine Stiefmutter«, warf ich ein. »Büntings zweite Frau.«

»Tatsächlich? Kann sein. Kurz und gut, seine emotionale Bindung an sein Elternhaus war praktisch null. Nicht existent. In der Schule hatte er zumindest auf einem Gebiet Erfolg: bei den Weibern.«

Ich nickte. Es klang gut, wenn Christine abfällig von ›Weibern‹ sprach.

»Das Abitur baut er mit Müh und Not. Keine Freude für seinen Vater. Und dann schwängert er – Dietrich natürlich, nicht der Vater – eine seiner Miezen. Noch in der Schule. Ich glaube, sie war 16.«

»Großer Skandal, was?«

Sie nahm einen Schluck Wein und zuckte die Achseln. »Der Haussegen bei Büntings, falls es einen solchen je gab, hing mit Sicherheit schief. Das Mädchen ließ abtreiben, angeblich soll Geld geflossen sein, die Geschichte wurde so gut wie möglich unter den Teppich gekehrt.«

»Na, das passt ja zu dem Alten.«

»Findest du?«

»Bünting kauft sich alles, auch die Verschwiegenheit seiner Mitmenschen. Für den stand außer Zweifel, dass ich sein Schweigegeld annehmen würde. Warum sollte ich mich nicht ebenso verhalten wie alle anderen? Du kannst jeden kaufen, das ist für Bünting das Gesetz, nach dem die Erdachse rotiert.«

»Ein echter Kaufmann.«

»Und Dietrich? Wie ging es weiter?

»Nach der Schule studierte er, aber frag mich nicht, was. Es hieß, er habe mehrmals das Fach gewechselt und schlage sich mit dem Geld seines Alten durch. Dann bekam er wieder ein Kind, wieder von einem ziemlich jungen Mädchen, und diesmal behielten sie es.«

»Sein Sohn«, vermutete ich.

»Genau. Er heiratete die Frau nachträglich, wahrscheinlich unter Druck seines Vaters. Oder beider Väter.«

»Kanntest du die Frau?«

»Nein. Er war zumindest zeitweise nicht mehr hier, sondern in …« Sie überlegte. »Berlin? Hamburg? Entweder wusste das keiner so genau, oder ich habe es vergessen.«

»Macht nichts. Und sein Unfall?«

»Dietrich hatte ein Faible für schnelle Autos, schon immer. Und für Motorräder. Na, du kannst dir ja denken, was jetzt kommt.«

»Mit 220 gegen einen Brückenpfeiler. Über dem Wrack hing der Duft eines teuren Eau de Cologne. Spontane Trauerbekundungen sämtlicher weiblicher Teenager der Region.«

»Na, na«, machte sie missbilligend. »De mortuis nihil nisi bene. Etwas anders war es schon. Er kam mit dem Motorrad von einer Alpenstraße ab. Am San Bernardino oder so, keine Ahnung. Zwei Dinge waren dabei bemerkenswert. Erstens: Er stürzte mitsamt seiner Maschine mehrere 100 Meter tief.«

»Puuuh … Seine sterblichen Überreste passten in eine Handtasche. Und zweitens?«

»Zweitens: Er hatte mal wieder eine Mieze bei sich. Die den Sturz ebensowenig überlebte. Seine Frau dachte, er sei alleine unterwegs gewesen.«

»Wie haben die Familien darauf reagiert?«

»Was weiß ich? Es war halt wieder mal ein Skandal, der letzte, den Dietrich auslöste. Ein Gemisch aus Peinlichkeit und Entsetzen; sein Vater wird mehr getobt als getrauert haben.«

Das konnte ich mir lebhaft vorstellen. »Und wie genau passierte der Unfall? Ist Bünting einfach so von der Straße abgekommen?«

Sie zuckte die Achseln und aß weiter. »Du fragst Sachen«, sagte sie mit vollem Mund. »Ich weiß nur, dass er viel zu schnell fuhr. Dafür gab es Zeugen. Wäre ja nicht das erste Mal gewesen. Aber den Unfall selbst hat anscheinend niemand beobachtet.«

»Und seine Frau? Wie erging es der? Hat sie geerbt? Wie war das Verhältnis zum Schwiegervater? Und wo wohnt sie jetzt?«

Christine schüttelte den Kopf. »Keine Ahnung, keine Ahnung, keine Ahnung. Ich denke mir, da gab es kein ›Verhältnis‹, das diese Bezeichnung verdient hätte. Spätestens seit dem Zeitpunkt nicht mehr. Aber wissen tue ich das nicht. Ich kann dir auch nicht sagen, was aus ihr und dem Sohn geworden ist. Fort, verschütt, vergessen.«

»Und der alte Bünting geht aus all diesen Stürmen heil und unbeschadet hervor«, brummte ich, eher für mich, als für sie bestimmt. »Ein echter Seewolf ... Dietrichs Sohn, den Enkel des Alten, habe ich aufgetrieben. Er studiert jetzt in Heidelberg, unter den Augen seines Großvaters. Und den notwendigen Schliff seiner Sekundärtugenden holt er sich bei der Burschenschaft *Rheno-Nicaria*.«

»Ach, er ist dein wertvoller Zeuge, den du vor Moskaus fünfter Kolonne bewahrt hast?«

»Genau. Ob er wirklich wertvoll ist, weiß ich nicht. Er scheint genauso die familiären Daumenschrauben zu spüren wie sein seliger Vater. Was zieht der Idiot auch bei dem Alten ein?«

»Die Erotik der Macht.«

»Vielleicht. Jedenfalls vielen Dank für die Informationen. Ich weiß noch nicht wie, aber ich glaube, du hast mich ein gutes Stück weitergebracht.«

»Oh, gern geschehen«, sagte sie spitz. »Chefsekretärin wollte ich immer schon werden.«

Natürlich, Beruf und Privatsphäre soll man auseinanderhalten. Aber sie hatte mir wirklich geholfen, das Bild der Familie Bünting zu vervollständigen. Ganz im Gegensatz zu Marc Covet mit seinen mageren Informationen. Der konnte was erleben, dieser abgehalfterte Thekenjournalist!

26

Aber auch mit meinem Freund Fatty war kein Staat zu machen.

Das musste ich am nächsten Vormittag feststellen, den ich damit zubrachte, meine Wunden zu kühlen und meine angeschlagenen Rennmaschinen zu reparieren. Beides erledigte ich im Hinterhof; rechts von mir lag mein Fahrradwerkzeug, links ein Plastikeimer mit Eis aus dem Kühlfach. Narben und Verletzungen, Schrammen und Beulen, wo man auch hinsah.

Schon immer hegte ich den Verdacht, dass der Kindergärtner und Minifahrer Friedhelm Sawatzki zu gut für diese Welt ist. Um einen Verdächtigen zu beschatten, ist er eindeutig nicht gut genug. Er hatte meinen Zettel erhalten; er hatte sich an Büntings Fersen geheftet; er hatte sich bemüht, und er hatte versagt. Zweimal war ihm Bünting entwischt: das erste Mal, als eine Ampel auf Rot schaltete, und das zweite Mal, als ihn seine Korpulenz an der Verfolgung hinderte. So formulierte er es natürlich nicht. Er brummelte etwas von unglücklichen Umständen und unvorhersehbaren Engpässen, die sein Fortkommen beeinträchtigt hätten. Ich sagte, er sei ein Anfänger und solle jetzt gefälligst Bericht erstatten. Von Anfang an und mit allen Details. Dass er mir derart den Feiertag versauen musste!

Mein dicker Freund seufzte und fuhr sich zerknirscht durch die Haare.

»Mensch, Fatty, du bist mir schon 'ne Nummer«, sagte ich.

»Wenn ichs dir erkläre, wirst du einsehen, dass es reines Pech war. Eine Verflechtung unseliger ... unsäglicher Pechsträhnen.«

»Schieß los mit deiner Beichte. Und gib mir mal das Vulkanisierzeug.«

»Also ...« Fatty wischte sich die Stirn. Nachdem es wieder nicht geregnet hatte, war es sogar in meinem schattigen Hof schwülwarm. »Also, es fing alles vielversprechend an ...«

Und er erzählte.

Der vielversprechende Anfang bestand darin, dass er am gestrigen Nachmittag mit einer prall gefüllten Tüte seines Lieblingsgetränks – »Sonderangebot bei Aldi«, strahlte er – nach Hause kam und dort meine Nachricht vorfand. Als hätte er den Beschattungsauftrag vorausgeahnt. Während ich mich auf dem Bergfriedhof herumtrieb, machte er sich folgsam zu Büntings Villa auf, den Kopf voller Vorfreude und das Handschuhfach voller Cola-Light-Dosen. So weit, so gut. Dann hieß es erst einmal warten. Der Alte schien zu Hause, ließ sich aber nicht blicken. Fatty hatte seinen Mini möglichst weit oben im Auweg geparkt, ungefähr an der Stelle, an der ich über das Gitter geklettert war. Von dort konnte er durch die Bäume einen kleinen Teil des Gartens überblicken, und so sah er, genau wie ich am Abend zuvor, die beiden Frauen bei ihrer Runde durchs Grüne. Wenn Fatty von der jungen Ukrainerin erzählte, geriet er ins Schwärmen. Diese Frau! Dieser Typ! So was Drahtiges, Rassiges! Diese Katzenaugen! Dieser Blick!

»Was hat sie gemacht?«

»Was sie gemacht hat? Nichts. Sie lief durch den Garten, schaute in die Sonne und war einfach da. Da und schön.«

»Hat sie den Rollstuhl nicht geschoben?«

»Doch, doch. Hat sie. Erst in den Garten, dann wieder raus. Und zwischendrin stand sie einfach da, zur Ergötzung des Betrachters.« Ein seliges Lächeln huschte über sein rosiges Gesicht. »Vielleicht ahnte sie ja, dass sie beobachtet wurde.«

»Bist du wahnsinnig, Fatty? Du solltest im Hintergrund bleiben.«

»Jaja«, sagte er hastig. »Ich meinte doch nur …«

»Erzähl weiter.«

Dann Auftritt Hanjo Bünting. Er holt seinen BMW aus der Garage – jetzt, da er entlarvt ist, kann er ihn wieder benutzen – und fährt los mit unbekanntem Ziel. Fatty würgt vor Aufregung dreimal den Motor ab, schafft es aber, sich hinter die Nobelkarosse zu hängen. Von Neuenheim aus geht es südlich über den Neckar, in die Weststadt, wo Bünting vor einer Bank hält. Fatty parkt 50 Meter weiter, eilt zurück und kiebitzt durch die großen Glasscheiben, zwischen den Werbetafeln hindurch, in das Innere des Schalterraumes. Er sieht gerade noch, wie Bünting von einem Angestellten nach hinten geführt wird. Dann dauert es über 20 Minuten, bis der Alte zurückkehrt. Fatty wartet und schwitzt und vertilgt die Hälfte seines Getränkeproviants. Fortsetzung des Spielchens.

Bünting fährt nicht etwa in die Stadt zurück, sondern weiter Richtung Süden. Wohin genau, konnte mir Fatty nicht sagen, denn in Rohrbach kam es zu dem Missgeschick mit der Ampel. Eine einzige verpasste Grünphase kurz vor der Kreuzung am Markt, und schon sind BMW und Fahrer verschwunden. Welchen Weg sie genommen haben, ob nach Leimen, in die Rohrbacher Altstadt, Richtung Ami-Kasernen oder zurück ins Zentrum – großes Fragezeichen. Sobald die Ampel wieder auf Grün schaltet, rast Fatty (na ja, er besitzt einen Mini) nach Süden, kehrt in Leimen um und fährt sämtliche Sträßchen Rohrbachs ab. Ohne Erfolg. Eine Weile überlegt er zerknirscht, wie er seinen Fehler bereinigen könne, dann kehrt er zu seinem Beobachterposten im Oberen Auweg zurück.

»Immerhin«, meinte ich. »Du hast das Haus wiedergefunden.«

»Blödmann.«

Vor der Villa sitzt Büntings Frau in der Sonne und schläft. Aus dem geöffneten Küchenfenster dringt Schlagermusik. Zumindest glaubt Fatty, dass es sich um das Fenster zur Küche handelt, denn von drinnen ist Geschirrklappern zu hören. Wieder muss er warten, diesmal mit dem schlechten Gefühl, seine erste Chance vertan und fast sämtliche Cola-Dosen geleert zu haben. Eine Stunde später, es ist gegen vier, trifft jemand ein, allerdings nicht Bünting. Irgend so ein Fettklops mit Halbglatze – es hört sich immer sehr komisch an, wenn Fatty herablassend über dicke Menschen spricht –, der seinen Wagen vor der kurzen Auffahrt zur Villa abstellt, aussteigt und wartet. Genau wie Fatty. Das findet dieser seltsam. Zunächst. Nach einer Weile findet er es sogar verdächtig. Der Mann klingelt nicht, macht sich auch sonst auf keine Weise bemerkbar, sondern lehnt sich an den Gitterzaun, raucht und liest eine Zeitung. So verrinnt die Zeit.

»Das Vorderrad kannst du vergessen«, sagte Fatty unvermittelt und zeigte mit einem Schraubenzieher auf die Speichen des Rennrads. »Das kriegst du nicht mehr hin.«

»Natürlich krieg ich das hin«, knurrte ich.

»An deiner Stelle würde ich …«

»Stopp!«, rief ich. »Nichts anfassen! Keine falschen Bewegungen, keine falschen Ratschläge. Ich weiß, dass ich zwei linke Hände habe, aber da muss ich durch. Und du fährst jetzt gefälligst fort mit deiner Geschichte. Es wurde gerade spannend.«

»Nicht wahr«, freute sich Fatty. »Das fand ich auch. Also …«

Die beiden Dicken warten in der Sonne, und zwar auf Bünting. Der kommt etwa eine halbe Stunde später. Fatty beobachtet, wie er vor dem Eingangstor hält, dem rauchenden Mann die Hand reicht und ein paar Worte mit ihm wechselt. Die beiden sprechen nicht gerade leise miteinander, aber um etwas zu verstehen, ist mein Freund doch zu weit entfernt. Immerhin sieht er eines ganz genau: dass Bünting dem anderen einen Umschlag überreicht. Nach ein paar Minuten ist das Gespräch beendet; der Dicke geht zu seinem Wagen und fährt langsam den Berg hinunter.

»Soso.«

Während Büntings BMW in die Garage rollt, geraten Fattys Gedanken ins Rotieren. Natürlich steht es ihm frei, buchstabengetreu seinem Auftrag zu folgen, indem er weiterhin am Platz bleibt, bis sich Bünting wieder in Bewegung setzt. Andererseits neigt sich der Nachmittag seinem Ende zu. Dass der Beschattete sein Haus noch einmal verlässt, ist nicht sicher; dass er es sofort wieder verlässt, sogar sehr unwahrscheinlich. Für Fatty eine gute Gelegenheit, dem Besucher zu folgen, um etwas über ihn herauszubekommen.

»Und? Bist du hinterher?«

»Bin ich«, sagte Fatty stolz.

Stolz, weil dieser Teil der Beschattung reibungslos vonstattenging. Mein beleibter Freund und Aushilfsdetektiv folgt Büntings Bekanntem in den Heidelberger Westen, nach Wieblingen, wo er nicht nur seine Adresse, sondern auch seinen Namen herausfindet.

»Und das war nicht einfach, Max.«

Denn dieser Heinz Schafstett lebt in einem anonymen Wohnblock mit 16 Parteien. Das ist schlecht. Gut aber ist, dass zu jedem Appartement ein eigener Stellplatz gehört. Allerdings steht dort nicht der Name des Mieters. Das wiederum ist schlecht. Und das Gute daran? Na, komm schon, Fatty ... Ganz einfach, die Stellplätze sind durchnummeriert: von I/1 bis IV/4, genau wie die Namen auf der Klingelleiste neben dem Eingang. Und schwuppdiwupp – kombiniere! – notiert er den Namen, fügt das Kennzeichen von Schafstetts Wagen hinzu, fährt zurück und ist sehr mit sich zufrieden.

Gerade will er in den Oberen Auweg einbiegen, als Büntings BMW von dort herausschießt und die Bergstraße kreuzt. Fatty hinterher.

»Dieser Schafstett«, warf ich ein, »wie steht er zu dem Alten? Was ist er: ein Mitarbeiter? Ein Freund?« Ehrlich gesagt, konnte ich mir niemanden vorstellen, der mit dem Silberrücken befreundet sein sollte.

Fatty zuckte die Achseln. »Keine Ahnung. Schwer zu sagen. Sie unterhielten sich ganz vertraut miteinander.«

»Tatsächlich?«

»Ja. Fast freundschaftlich.«

»Na, gut. Und du bist wieder hinter Bünting her?«

»Allerdings nur kurz.« Er zog eine fatalistische Miene.

Bünting überquert ein zweites Mal den Neckar, um diesmal seinen Wagen in einem der Altstadt-Parkhäuser abzustellen und sich per pedes in die Fußgängerzone zu begeben.

Fatty ihm nach. Sieh an: die gute alte klassische Verfolgungs-jagd auf Schusters Rappen. Und ausgerechnet dabei war Fatty gescheitert.

»Das musst du mir erklären«, grinste ich. »Der Mann ist älter als wir beide zusammen.«

»Damit hat es überhaupt nichts zu tun«, sagte er missmu-tig. »Sondern … Du kennst doch dieses Elektrogeschäft in der Hauptstraße. Diesen Discounter, der nur zwei Kassen hat.«

»Und?«

»Bünting ist da rein. Kaufte sich Batterien und Druckerpa-tronen. Dann stellte er sich an. Es war total voll in dem Laden, klar, nach dem Wochenende und vor dem Feiertag.«

»Ich ahne etwas …«

»Na ja«, druckste er. »Ich wollte mich nicht direkt hin-ter ihn stellen. Das fand ich zu auffällig. Also bin ich an die andere Kasse, und die fiel plötzlich aus. Aus heiterem Him-mel, einfach so.«

Über das verbogene Vorderrad gebeugt, verkniff ich mir ein Lachen. »Ein echtes Problem, Fatty.«

»Das kannst du laut sagen. Er kam fix voran, und ich stand wie auf Kohlen. Gleich gehts weiter, hieß es. Ging es aber nicht. Erst, als er schon fast durch war. Und dann musste ich warten, bis ich meine Kassetten bezahlt hatte.«

»Ach, du hast was gekauft?«

»Musste ich doch.«

»Du musstest gar nichts. Warum hast du dich nicht in die andere Reihe gestellt?«

»Warum wohl? Weil die mich geviertteilt hätten, wenn ich mich vorgedrängelt hätte. Du kennst doch den Mob, wenn er in Lynchstimmung ist.«

Ich grinste. »Und warum bist du nicht einfach ohne deine Kassetten raus? Das geht doch immer.«

»Weil ich die blöden Dinger erst hätte zurückbringen müssen«, erläuterte er verzweifelt. »Außerdem: Ich konnte gar nicht anders als warten. Weil, es war alles so eng … ich hätte überhaupt nicht …«

»Du hättest überhaupt nicht an den anderen Kunden vorbei gepasst«, beendete ich den Satz ernst. »Fatty, Fatty, es ist alles meine Schuld. Warum habe ich dir auch das Gäbelchen Aubergine am Samstagabend aufgedrängt, gegen deinen erklärten Willen? Das hätte ich niemals tun dürfen, es reduziert deine Supermarktkassentauglichkeit. Wie unverantwortlich von mir.«

»Blödmann«, sagte er gekränkt. »Bitte du mich noch einmal um einen Gefallen.«

Ich lachte und gab ihm einen Klaps gegen die mollige Schulter. »Mensch, Junge, du bist wirklich nicht abgefeimt genug für solche Jagden. Aber weißt du was? Das spricht für dich. Außerdem war das ein toller Bericht, ehrlich. Mal sehen, vielleicht ist dieser Schafstett eine heiße Spur. Und welche Haushaltswaren sich Bünting zugelegt hat, um über den Feiertag zu kommen, interessiert keinen. Wahrscheinlich eine Batterie für die Fernbedienung. Meinst du, du könntest dich heute noch einmal an seine Fersen heften?«

»Ehrlich? Bist du sicher?«

»Ganz sicher. Du wirst mir noch mehr brauchbare Informationen bringen, da wette ich drauf. Unter einer Bedingung allerdings«, setzte ich hinzu.

»Und die wäre?«

»Dass ich weder für deinen Cola-Konsum noch für deine Alibikäufe aufkommen muss.«

»Ach, das«, winkte er erleichtert ab. »Das waren die billigsten Kassetten des ganzen Ladens.«

»Gut. Dann hätte ich nur noch eine Frage.«

»Ja?«

»Wo hast du mein Rennrad aufgetrieben?«

»Dein Rennrad? Ich habe doch nichts mit deinem Rennrad gemacht. Ich wollte dich fragen, wo du es gefunden hast.«

»Du hast es nicht vor mein Haus gestellt?«

»Aber nein, Gott bewahre!«

»Dann«, sagte ich und klopfte ratlos mit einem Schraubenschlüssel gegen die Speichen, »dann frage ich mich wirklich, wer dieser hilfreiche Geist war.«

27

Okraschoten zum Beispiel.

Draußen grollte der Donner in einem fort, aber es fiel ums Verrecken kein Regen. Die Hitze würde sich wohl noch Wochen in dieser elenden Stadt stauen, in diesem engen Talkessel mit seiner seifigen Schwüle.

Christine schob ihren Teller beiseite. Ich tunkte Brot in die Soße.

Okraschoten, wie gesagt. Schmale Pentaeder, grüne Lanzen, die scharf angebraten werden und sich nach längerem Köcheln sanft zwischen Zunge und Gaumen zerdrücken lassen; die das milde Aroma von Hülsenfrüchten mit der Konsistenz gebackener Bananen verbinden. Für solche Delikatessen könnte ich sterben.

Christine hasst Okraschoten.

Vielleicht hatte ich sie genau deswegen bestellt, vielleicht aber auch nur, weil Olli dazu seine legendäre Tomatensoße mit ganzen Knoblauchzehen serviert, vielleicht auch … ich weiß nicht. Ich weiß nur, dass ich imstande bin, komplette Vorträge über das blöde Gemüse zu halten, während Christine schlicht und einfach keine Okras mag.

Und zwar ist es die Konsistenz, die ihr den Genuss verleidet. Wenn ich ein Geschmacksmensch bin, ist Christine ein Gefühlsmensch – im Sinne des Anfühlens, Befühlens, des Haptischen eben. Sie hasst das weiche Innere der Schoten, das sie als schleimig empfindet, sie hasst es, wenn es warm aus der Schale quillt oder wenn sich die Schote gar erdreistet, in ihrem Mund aufzuplatzen. Christine liebt das Feste und Flüssige, das Harte und Sanfte, aber nicht das Quabbelige, Gummi- oder Gallertartige. Unsere Diskussionen über dieses Thema sind Legion. Mittlerweile glaube ich, dass die Okras und all ihre Verwandten wesentlich zu unserer Trennung beigetragen haben. Nicht im Sinne einer Hauptursache, sondern als Auslöser oder als Beschleuniger. Ich weiß, dass das komisch klingt, aber wer einmal erlebt hat, welche bitteren Auseinandersetzungen sich an einem nicht geleerten, enttäuscht zur Seite geschobenen Teller entzünden können, wird mir zustimmen. Noch nie habe ich so viel und leidenschaftlich gekocht, wie seit dem Zeitpunkt, da wir uns getrennt haben.

Wieder das Grollen des Donners. Kein Blitz zu sehen, keine Hoffnung auf Entladung. Im Inneren des Restaurants dagegen …

Wir hatten eine Weile geschwiegen, mit uns selbst und dem Essen beschäftigt. Und nun war es so weit. Unausweichlich näherten wir uns dem Punkt, an dem sie über uns reden wollte.

Ich spürte es, wie man eine Gefahr spürt und nahenden Kopfschmerz oder die nagende Angst im Gegenüber. Wusste, dass sie bald Messer und Gabel zur Seite legen, den Blick an mir vorbei durch das Lokal schweifen lassen würde, um mir irgendetwas Nettes zu sagen oder irgendetwas Vorwurfsvolles, was manchmal auf das Gleiche hinauslief. Ich säbelte an den Resten meiner Lammhaxe herum. Was hätte ich sonst tun können? Ich sage ja, es war unausweichlich, und ich hatte es vorher gewusst, schon bei unserem gestrigen Telefonat hätte ich eine lückenlose Szenenfolge unseres Abends im *Restaurant Romantik* zeichnen können. Stumm brüteten wir weiter, und ich bestellte eine zweite Flasche Wein.

»Übrigens: Ich habe einen neuen Freund«, sagte sie unvermittelt. Sie hatte sich eine Zigarette angezündet und fixierte die Gäste hinter meinem Rücken. Glücklich sah sie nicht aus.

»Gratuliere«, entgegnete ich. »Manfred?«

»Manfred?« Sie verschluckte sich fast. »Um Gottes willen, doch nicht dieser Schnarchsack! Was traust du mir zu?«

»Ein Schnarchsack, der dir das Passwort zu seinem PC verrät. Immerhin. Wer ist es denn, der dir das Passwort zu seinem Herzen verraten hat?« Nicht, dass es mich groß interessierte, aber ihr zuliebe gab ich mir wenigstens den Anschein. Christine würde mich nicht gehen lassen, ohne mir den Namen und die Adresse des Glücklichen mitzuteilen. Samt Hut- und Seelengröße.

Sie zog gelassen an ihrer Zigarette. Vermutlich hatte sie sich eine andere Reaktion meinerseits gewünscht.

»Kennst du nicht«, sagte sie kurz angebunden.

»Na, dann …«

»Er arbeitet an der Uni. In der Physik. Und sitzt für die SPD im Stadtrat.«

Ich konnte ein Grinsen nicht unterdrücken. Das war nun wirklich das Klischee in Reinform. Ein Partner, den der erhobene Zeigefinger ausgewählt hatte: politisch aktiver Akademiker, vermutlich hochpotent und hochsensibel, leutselig und redegewandt. Eine Art Anti-Koller. Für Christine ein Sechser im Lotto des Lebens.

»Und? Ist er der Richtige?«, fragte ich, immer noch grinsend.

»Ich mag ihn. Er war früher ein guter Sportler, Handballer. Hat in der zweiten Liga gespielt.« Na, also: der komplette Gegenentwurf zu mir. Maximal männlich und minimal Max.

»Übersetzt heißt das: Er ist mir nicht nur geistig überlegen.«

»Hör auf, Max. Es geht nicht um Überlegenheit. Das ist kein Wettbewerb zwischen euch. Typisch Mann!« Sie lehnte sich zurück und entließ wütend Rauch aus ihrer Lunge. Wie ein kleiner, Feuer speiender Drache. »Er ist ein netter Kerl. Wir können gut miteinander, fertig … Und so toll sieht er nun auch wieder nicht aus.«

Ich schenkte mir Wein nach. Diese Gespräche, und es kommt immer wieder zu ihnen, wenn wir uns treffen, belustigen mich und machen mich gleichzeitig auf eine schwer zu beschreibende Art trübsinnig. Trübsinn aber kann ich nur im Kino oder mit Alkohol bekämpfen.

»Auch noch einen Schluck?«

Sie schüttelte den Kopf; ihr genügten die Zigaretten.

Und dann schwiegen wir wieder. Auch typisch: In all den Jahren haben wir es nicht geschafft, ein gemeinsames Vokabular zu finden, Christine und ich. Jeder glaubt, er habe den anderen durchschaut, interpretiert dessen Äußerungen auf seine Weise, übersetzt sie sich, legt sie sich zurecht, und am Ende reden wir doch wieder aneinander vorbei. Der eine sagt etwas, der andere kriegt es in den falschen Hals, seine Antwort wird wieder missverstanden … Kleinigkeiten, aber sie stauen sich auf. Anfangs dachten wir, wir seien uns sehr ähnlich, ja, wir waren sogar ganz sicher; und als wir nach und nach feststellen mussten, dass wir auf weit voneinander entfernten Galaxien hausten, ohne jede Möglichkeit zu kommunizieren, da war es zu spät. Aber selbst diese sentimentale Sicht der Dinge würde Christine bestreiten.

»Manchmal erinnert er mich an dich«, sagte sie. Ich blickte sie skeptisch an. Sie war jetzt Mitte 30, hatte ihre jugendliche Zuversicht und Spontaneität eingebüßt ... aber mit all den Sorgen und Enttäuschungen, die ihr ins Gesicht geschrieben standen und die sich ausnahmslos auf Max reimten, wirkte sie, wie soll ich sagen – sprechender? Nun ja, so etwas in der Art, mir fällt kein besserer Begriff ein. Sprechender. Interessanter. Sie wurde nicht jünger, aber ihrem Aussehen tat dies keinen Abbruch. Die Jahre, ich meine: die Jahre mit mir, hatten sie verletzlicher und ausdrucksvoller gemacht. Am Ende musste sie mir noch dankbar dafür sein. Arme Christine! Sie hatte Besseres verdient als mich.

»Kloppt er sich auch mit Jüngeren rum?«, fragte ich.

»Er redet weniger Stuss als du. Ein bisschen antriebsschwach ist er, kommt nicht so schnell in die Gänge.« Sie warf ihre Haare zurück. »Aber er ist realistischer als du.«

»Wie bitte? Realistischer?«

Moment mal. Das war ja etwas ganz Neues! Hielt sie mich jetzt für einen Träumer? Man kann mir viel Schlechtes nachsagen ... aber mangelnden Realismus?

»Ja, realistischer«, sagte sie, legte den Kopf zur Seite und zupfte an ihrer Nase herum.

Ich hörte nur das eine Wort und übersah die Zeichen der geplanten Provokation. Ihre nach hinten geworfenen Haare, das Nasezupfen, der zur Seite geneigte Kopf: lauter unschuldige Bewegungen, die nichts anderes waren als flankierende Maßnahmen eines Überrumpelungsangriffs. Im Grunde war mir das klar. Aber ich musste es vergessen haben oder war unaufmerksam. Sie wollte mich aus der Reserve locken, meine Exfrau, und sie erreichte ihr Ziel mühelos.

»Was soll das, Christine?«, sagte ich ärgerlich. »Ich kenne niemanden in ganz Heidelberg, der realistischer ist als ich. Niemanden, der einen Beruf hat, bei dem man dermaßen mit beiden Beinen auf dem Boden der Tatsachen bleiben muss. Ich bin nun wirklich der Letzte, der als Tagträumer durch die Welt läuft.«

Sie drückte stumm ihre Kippe im Aschenbecher aus. Natürlich, das waren keine Argumente für sie. Meinen Beruf hatte sie nie für voll genommen, genauso wenig wie alle meine anderen Pläne und Schnapsideen. Aber was konnte ich dafür? War das nicht ihr Problem?

»Kannst du mir vielleicht mal sagen«, fuhr ich gereizt fort, »wann es mir jemals an Realitätssinn gefehlt hätte? Immerhin war ich derjenige von uns beiden, der sich keine Illusionen mehr über unser Zusammenleben gemacht hat.«

Sie schüttelte den Kopf und griff wieder zu ihren Zigaretten. »Weißt du, Harald hat ein gutes Gespür für gegenseitige Abhängigkeiten. Dafür, was er von mir erwarten darf und was nicht. Das meine ich mit realistisch. Bei ihm habe ich das Gefühl, von seinen Ansprüchen nicht verformt zu werden. Oder sagt man deformiert?«

Deformiert! Harald! Es wurde immer besser. Schien ja ein außerordentlich Behutsamer zu sein, dieser unsägliche Harald. Außen Handballer, aber ein Herz wie eine Okraschote. Pah! Ich gönne meiner Christine von ganzem Herzen einen Kerl, der ihr gibt, was ich ihr nicht geben konnte, einen, der sie in Ruhe ihr kleines Leben führen lässt. Aber doch nicht so einen durchtrainierten Seelenmasseur, einen Verständnisapostel, der sie an Feinfühligkeit links überholte!

Außerdem, was sollte das heißen: verformt? Falls es auf mich gemünzt war, dann kapierte ich es nicht. Früher hatte sie mir das Gegenteil vorgeworfen: dass ich keine Nähe aufkommen ließe, dass es mir an Ernsthaftigkeit mangele, dass sie sich austauschbar fühle. Dies waren, glaube ich, ihre Worte. Und jetzt dieser Deformationsquatsch. Ich sagte es ihr.

»Ja, mag sein«, gab sie zu. »Vielleicht ... vielleicht widerspricht sich das gar nicht. Wenn man sich mit aller Macht vom anderen Nähe erarbeiten will, rückt man die eigenen Bedürfnisse in den Hintergrund. Man folgt den Spielregeln des anderen, man verformt sich.«

»Aber wer hat dich denn gezwungen, nach meinen Regeln zu spielen?«, fragte ich entnervt. »Ich sicher nicht! Du hättest nach deinen eigenen Regeln spielen können, jederzeit.«

»So ist das nun mal, wenn man zu zweit ist«, sagte sie leise.

Wütend schüttete ich meinen Wein hinunter, in einem Zug.

Nun waren wir wieder in der Sackgasse angelangt. Hier hatte es am Ende unserer Ehe nur noch triste Shoot-outs gegeben, Duelle ohne Sieger, mit stumpfer sprachlicher Munition: Worthülsen, die nicht trafen und dennoch Wunden hinterließen. Immer wieder kam es so weit, auch jetzt noch, Jahre danach.

Sie seufzte und schwieg. Auch sie wusste, wie unnütz es war weiterzureden. Eine Weile herrschte wohltuende Stille, in der ich in mein leeres Weinglas und sie auf die glimmende Zigarettenspitze starrte. Der Kellner kam, wollte sich, stumm wie immer, nach unseren Wünschen erkundigen, sah uns in unserem Monadendasein und schlich dezent vorbei.

Schließlich war es Christine, die das Schweigen beendete. »Und du? Hast du eine Neue?«

»Keine Sorge«, winkte ich ab. »Nichts in Sicht.«

Sie ließ sich nichts anmerken, aber ich hörte das Geröllfeld von ihrem Herzen plumpsen.

»Und warum nicht?« bohrte sie weiter.

Warum nicht? Warum? Was sind das für Fragen? Hätte ich antworten sollen: Na, hör mal, nach den Erfahrungen mit dir? Ich habe keine Freundin, Punkt. Und ich vermisse auch keine. Punkt.

»Du hattest überhaupt noch keine, seit wir uns trennten.«

Ich zuckte die Achseln und schenkte mir neu ein.

»Hast du denn schon mal dran gedacht …« Sie hielt inne. Na, ich war ja gespannt, was jetzt folgte. Christines gute Ratschläge sind berüchtigt.

»Hast du schon mal dran gedacht, dass du schwul sein könntest?«

»Ich? Schwul?« Nun wurde ich wirklich sauer. Ich griff nach meiner Serviette und wischte mir heftig den Mund ab. Was bildete sich diese Frau eigentlich ein? Mein Gott, mir wäre es piepegal, schwul zu sein, bitte schön, aber ich bins nun mal nicht. Und ich lasse es mir nicht einfach so einreden, schon gar nicht von meiner Ex. Die Tatsache, dass ich seit Jahr und Tag nichts mit Frauen hatte, heißt noch lange nicht, dass mir Männer gefallen müssten. Sie lassen mich alle kalt, Männlein wie Weiblein. Liegt es automatisch an mir, dass der Funken nicht zündet? In Wahrheit kam Christine nicht darüber hinweg, dass sie es immer weniger geschafft hatte, in mir den Mann zu wecken – so hatte sie es einmal formuliert. Eine saublöde Formulierung, nebenbei gesagt. Na und? Vielleicht hatte das sogar sein Gutes. Wir waren fünf Jahre zusammen, davon dreieinhalb verheiratet, und wenn gewisse äußere Zeichen darauf hindeuten, dass auch der Kitt im Innern brüchig geworden ist, dann rät einem die Vernunft, diese Zeichen ernst zu nehmen. Im Nachhinein gibt es keinen Grund, sich deswegen zu grämen. Ich bin damit zufrieden, und sie sollte es auch sein, denn wenn sie, Christine, meine Frigidität – auch eine ihrer saublöden Formulierungen – nicht hatte beenden können, dann würde es niemandem auf dieser Erde gelingen. Dass sie es nicht geschafft hat, bereitet ihr Kummer; mir nicht.

Nur aus diesem albernen Grund hatte sie die sportliche Leistungsfähigkeit ihres Harald betont, genau wie zuletzt die Vitalität ihres Matthias, eines blonden Zweimetermannes, wie vorher die körperliche Präsenz ihres Andy, eines muskulösen Programmierers, oder wie ganz früher die Kondition ihres Chefs und ersten Liebhabers nach mir. Der hieß nämlich auch Harald. Mit diesen straffen, potenten Männern wollte sie erstens nachholen, was sie bei mir versäumt hatte, und zweitens mir dieses Versäumnis immer wieder vor Augen halten. Denn eines war klar: Von Liebe konnte bei diesen Dreimonatsaffären keine Rede sein. Aber auch nicht die geringste.

»Ich meine ja nur«, sagte sie hilflos. »Entweder, es lag an mir ...«

Ich verdrehte die Augen.

»... oder du bist grundsätzlich nicht an Frauen interessiert.«

»Genau«, sagte ich scharf. »Grundsätzlich. Grundsätzlich nicht interessiert. Weder noch. Männer, Frauen, Kinder, Hunde. Keine Pin-up-Girls, keine Schaufensterpuppen. Keine Tennisspielerinnen, keine Californian Dream Boys. Punkt. Aus. Basta. Ich danke für alle Ratschläge und Bekehrungsversuche, aber ich habe sie nicht nötig. Ich lebe ganz gut so.«

Sie schwieg.

»Im Übrigen«, fuhr ich fort, wo ich doch schon mal am Klarstellen war, »macht es mir nichts aus, wenn du dich bei deinem Harald ersatzbefriedigst. Im Gegenteil, ich gönne es dir, wirklich. Ich hoffe nur, er meint es wenigstens ein bisschen ernst.«

Sie sah mich an und zuckte mit den Achseln. Schweigend rauchte sie zu Ende; dann sagte sie: »Lass uns zahlen und woanders hingehen. Trinken wir noch was in einer Kneipe und reden über andere Sachen.«

Ich nickte und rief den Kellner herbei.

Sie beglich die Rechnung, und ich war verdammt froh darüber. Um die Ecke gab es eine Spelunke, bei der ich anschreiben ließ; da konnte ich ihr einen Whisky spendieren.

Vor der Tür blieb sie stehen und schüttelte ein paar widerspenstige Haare aus der Stirn. »Er ist verheiratet. Will seine Familie natürlich nicht im Stich lassen, das Arschloch.«

Ich legte meinen Arm um sie. In ihren Augen glänzte es verdächtig.

»Blöder Wichser.«

Ob sie immer noch ihn meinte?

28

Natürlich, die Geschmäcker sind verschieden, das betrifft Okraschoten genauso wie Autos. Oder Frauen. Abgesehen von meinen persönlichen Eigenheiten gegenüber dem anderen Geschlecht – nur Idioten würden von einem »Problem« sprechen –, würde es mir nicht im Traum einfallen, diese ukrainische Dolmetscherin so anzuhimmeln, wie mein Kumpel Fatty es tat. Angenommen, dieser Schlankheitswahn auf zwei Beinen stellte tatsächlich das Maß aller Dinge dar: Wo siedelten dann gemütliche Tönnchen wie Fatty an? Welche Existenzberechtigung besaßen sie? Nein, das ästhetische Gestammel meines Freundes war von Grund auf irrational; Katerina besaß eine ganz eigene Attraktivität, die sich keinesfalls verallgemeinern ließ. Ich bevorzugte einen eindeutig anderen Geschmack, außerdem war mir die Frau – vom beruflichen Standpunkt aus geurteilt – entschieden zu verschlossen.

Von den Mädchen, die an diesem Dienstag im *Arsenal* bedienten, konnte man das nicht sagen. Man schaute links, man schaute rechts und sah nacktes Fleisch. Frisches, unverbrauchtes Fleisch. Kaum nahte der Mai, liefen diese jungen Dinger herum wie ein aufgeschlagenes Buch: knappe T-Shirts, tiefe Ausschnitte, freiliegende Taillen – eine gewöhnungsbedürftige, aber angenehme Lektüre. Die Rothaarige, die mir den Kaffee brachte, war ein einziger Willkommensgruß an den Sommer, die Einladung zu einem heidnischen Ritual. Wenn sie sich bückte, glitt ihr schwarzes T-Shirt fünf, sechs Rückenwirbel nach oben, darunter lag die Jeans locker auf ihren Hüftknochen. Okay, vielleicht tragen sie ein wenig zu dick auf, diese beängstigend braun gebrannten Mädchen, mit ihren Nasenpiercings und Schulterblatt-Tattoos, mit breiten lachenden Mündern und Kleidern in kräftigen Farben. Aber ich bin ohnehin zu alt für sie und genieße am liebsten aus sicherer Distanz. Wie auch immer, ich hätte lieber eine von ihnen interviewt als eine blasse Haushälterin vom Schlage Katerinas, die die Zähne nicht auseinanderbekam. Es war verdammt harte Arbeit, sie zum Reden zu bringen.

Ich hatte ihr das *Arsenal* am Telefon genannt, weil es für Heidelberger Verhältnisse erträgliche Preise hat. Außerdem konnte man dort ungestört miteinander sprechen, was im *Englischen Jäger* nicht der Fall gewesen wäre – abgesehen davon, dass diese Spelunke keinem Normalmenschen zuzumuten war. Falls die Ukrainerin zu dieser Spezies gehörte. In unser Treffen hatte sie nur zögernd eingewilligt. Was ich noch von ihr wolle und warum wir das nicht am Telefon klären könnten … Ihr Arbeitgeber erlaube keine längeren Abwesenheiten. Sie war misstrauisch, kein Wunder. Mein Besuch am Sonntagabend hatte ihr nur Ärger eingebracht. Nun gut, sagte sie schließlich, nach dem Mittagessen stehe ihr ein Stündchen zur freien Verfügung, da könne sie mal schnell nach Bergheim radeln. Wenn ich denn darauf bestünde.

Ich bestand darauf. Bislang war sie die einzige Person aus Büntings direkter Umgebung, die ich ungestört interviewen konnte. Seine Frau hatte das Sprechen verlernt, bei Arndt würde man sehen. Aber wie auskunftsfreudig war Katerina? Die Gesprächsführung überließ sie jedenfalls gänzlich mir. Nur bestellen tat sie selbst.

»Das geht natürlich auf mich«, sagte ich großspurig. In meiner Tasche knisterte ein einsamer 20-Euro-Schein.

»Einen Kaffee mit Sahne und Zucker. Mit viel Sahne bitte.«

»Also einen Cappuccino?«

»Aber mit Sahne obendrauf. Und vielleicht ein Keks, ja?« Sie lächelte die Bedienung an.

»Für mich einfach nur einen Kaffee. Ohne alles.«

Ich wartete mit meinen Erläuterungen, bis wir beide etwas zu trinken hatten, druckste ein wenig herum – alles Show, ich hatte mir meine Strategie vorher zurechtgelegt –, entschuldigte mich für meinen Auftritt am Sonntag und für meine Notlüge vom besorgten Geschäftspartner. Die würde ich nicht wieder aufwärmen, da könne sie sicher sein. Ich hätte vielmehr beschlossen, ihr reinen Wein einzuschenken.

»Ich will nicht lange um den heißen Brei herumreden, Katerina«, sagte ich – schon wieder so eine kulinarische Metapher – und schob ihr meine Karte über den Tisch. »Ich bin Privatdetektiv. Sorry.«

»Detektiv?« entgegnete sie, auf das Kärtchen starrend. Ich nickte.

»Also doch Polizei.«

»Nein, überhaupt nicht.«

»Spion. Agent. Geheimagent.«

»Ach, was. Nicht die Bohne. Ich bin mein eigener Herr, arbeite für niemanden. Nur für meine Auftraggeber.«

»Für wen denn?«

»Für Herrn Bünting. Ursprünglich zumindest.«

»Aha.« Sie führte die volle Tasse zum Mund.

»Also, passen Sie auf …«

»Mhm, der Kaffee ist ja wunderbar«, rief sie aus und leckte sich die Lippen. »So einen Kaffee habe ich noch nie getrunken.«

»Schön«, sagte ich.

Sie seufzte auf, fuhr mit dem Zeigefinger in die Sahne und steckte ihn in den Mund. »Super«, sagte sie. »Super.« Als sie den Finger aus dem Mund zog, glänzte er fettig.

»Also«, begann ich ein zweites Mal. »Ich könnte Ihnen natürlich nun ein neues Märchen auftischen …« – irgendwie hatte ich es heute mit den Esszimmer-Metaphern – »… ein Märchen, in dem es um lauter wichtige Dinge geht, Firmengeheimnisse oder Geldwäsche und Ihr Hausherr mittendrin. Aber so spektakulär ist die Sache nicht. Herr Bünting hat mich am Freitag angeheuert. Eingestellt, sozusagen«, setzte ich hinzu, als ich merkte, dass sie des Nautischen nicht mächtig war. »Es ging um einen gut bezahlten Auftrag. Aber kaum hatte ich angefangen zu arbeiten, sollte ich schon wieder aufhören. Warum, hat er mir nie gesagt. Sie können sich vorstellen, wie sauer ich war, als mir plötzlich dieser Auftrag durch die Lappen ging, und mit ihm eine schöne Stange Geld.« Wenn man mit Ausländern redet, merkt man erst, wie abenteuerlich unsere Sprache ist. Eine durch die Lappen gehende Stange! Es ist schon ein weiter Weg von Heidelberg nach Kiew. Aber Katerina klimperte nur mit ihren langen Wimpern.

»Nun war guter Rat teuer«, fuhr ich fort. »Ich hatte mich nicht um andere Aufträge gekümmert und war dringend auf das Geld angewiesen. Plötzlich stand ich mit leeren Händen da. Ohne Begründung, einfach so.«

Ich sah, wie sie die Stirn runzelte. Vielleicht war Geld das Thema, über das ich am ehesten ihr Vertrauen gewinnen konnte. Koller und Katerina, die beiden lonely looser am Rande der eiseskalten kapitalistischen Gesellschaft …

»Sagen Sie, Herr Koller …«

»Ja?«

»Darf ich mir ein Stück Kuchen bestellen?«

»Einen Kuchen? Ja … natürlich. Nur zu.«

Sie rief die Bedienung an unseren Tisch. »Haben Sie Schwarzwälder Kuchen?«

»Schwarzwälder Kirsch? Ja.«

»Zwei Stück für mich, bitte.«

»Und Sie? Auch eins?«

»Danke, nein.«

Als die Bedienung verschwunden war, schwiegen wir eine Zeit lang. Der kreisende Ventilator an der Decke hatte es mir angetan. Ich konnte mich gar nicht von seinem Anblick losreißen. Weiß der Himmel, warum.

Irgendwann hörte ich Katerina irritiert fragen: »Stimmt etwas nicht?«

»Nein, nein, alles in Ordnung. Ich habe bloß … Wissen Sie, ich war noch nie in der Ukraine. Ich weiß nicht, wie viel die Menschen dort … Egal, vergessen Sie es.«

»Bitte schön …« Da waren sie schon, die beiden Schwarzwälder Ungetüme. Mit glasierter Kirsche, wie es sich gehört. Sofort begann Katerina, Kuchenstücke in ihren schlanken Leib zu schaufeln. Eine Gabel nach der anderen.

»Und was wollen Sie jetzt tun?«, fragte sie zwischen zwei Bissen.

»Wie … tun?«

»Jetzt, nachdem Sie keinen Auftrag mehr haben.«

»Ach so. Das meinen Sie. Ja, was kann ich schon tun … Ich versuche, Bünting zu überzeugen, dass er mich weiterarbeiten lässt oder mir eine ordentliche Abfindung zahlt.«

Sie überlegte. »Und darum wollen Sie …«

»Darum will ich herausfinden, um was für einen Auftrag es sich gehandelt hätte. Das hat er mir nämlich verschwiegen. Wissen Sie, was ich glaube, Katerina?« Ich machte eine kleine theatralische Pause, die ihr Gelegenheit gab, mit vollem Mund den Kopf zu schütteln. »Ich glaube, dass Hanjo Bünting gewaltig Dreck am Stecken hat.«

Sie blickte mich ausdruckslos an und kaute weiter. Vielleicht kapierte sie den verdreckten Stecken nicht. Dann grinste sie plötzlich.

»Ich verstehe. Sie wollen ihn erpressen.«

»Erpressen? Aber nein! Wo denken Sie hin? Ich will doch bloß … ich will, dass er sich an unsere Vereinbarung hält. Mein Auftrag, verstehen Sie?«

Sie nickte.

»Deswegen brauche ich von Ihnen ein paar Informationen.«

»Um ihn zu erpressen.«

»Nein!« Verdammt, war die deutsche Sprache so schwierig? »Wenn ich etwas fordern würde, was mir nicht zusteht, dann wäre das Erpressung, klar? Aber ich will ja nur den Auftrag erfüllen, den wir vereinbart hatten, und dafür einen fairen Lohn kassieren. Oder eine entsprechende Abfindung. Das steht mir zu, verstehen Sie?«

Sie nickte.

»Anderes Beispiel. Was verdienen Sie bei Bünting?«

»Ich bekomme 500 Euro im Monat.«

»Sehen Sie? Das ist es. Was für ein Halsabschneider! Sind 500 Euro für ukrainische Verhältnisse viel Geld?«

»Ja, sicher.«

»Aber nicht für deutsche. Rechnen Sie mal: 500 pro Monat

bei einer Arbeitszeit von wie vielen Stunden? 50, 60 pro Woche? Da kommen Sie am Ende auf einen Stundenlohn von vielleicht zwei Euro. Das ist doch zum Kotzen. Da müssen Sie mehr verlangen. Sie haben ein Recht darauf.«

»Ich hatte nicht viel Auswahl, als ich nach Deutschland kam«, verteidigte sie sich.

»Natürlich nicht. Sie mussten nehmen, was kommt. Aber es bleibt unwürdig, was er mit Ihnen macht. Sie sollten mehr fordern, glauben Sie mir. Und das ist dann auch keine Erpressung, selbst wenn Sie ihm mit sofortiger Abreise drohen. Es ist Ihr gutes Recht.«

»Meinen Sie?«

»Aber ganz bestimmt. Lassen Sie es uns tun, beide. Bünting muss lernen, dass es außer ihm noch andere Menschen auf diesem Planeten gibt. Und dass die ebenfalls Bedürfnisse haben. Ein wenig Aufmüpfigkeit kann da nicht schaden.«

»Auf … aufmüpfig?«

»Aufmüpfigkeit. Widerstand, Opposition …« Ich trank meine Tasse aus. »Aber keine Erpressung, alles klar?«

Sie nickte und spielte gedankenverloren mit ihrer Halskette, einer goldenen Kette mit einer kleinen Sonne daran. Die Kirschtorte war verschwunden, verputzt, vernichtet. Kein Krümelchen mehr zu sehen. Es hätte mich nicht gewundert, wenn sie den Teller abgeleckt hätte. Ukrainischer Appetit, dachte ich und hoffte inständig, dass sie kein drittes Stück Kuchen bestellen würde. Von den 5000 Euro, die ich am Freitagabend verdient hatte, war nichts übrig geblieben. Es hatte nicht einmal gereicht, um meine Schulden bei Fatty zu begleichen.

»Gut«, nahm ich einen neuen Anlauf. »Nachdem wir das geklärt hätten, würde ich gerne auf den letzten Freitag zurückkommen. Heute vor vier Tagen. Versuchen Sie sich bitte zu erinnern: Gab es da einen ungewöhnlichen Vorfall im Haus? Hatte Herr Bünting vielleicht Besuch, hat er ein wichtiges Telefonat geführt oder gezeigt, dass ihn etwas beunruhigt?«

Immer noch mit ihrer Halskette spielend, sah sie mich unverwandt an. Ihre Augen waren tatsächlich grün, da hatte Fatty recht. Katzenaugen, meinetwegen. Wenn Fatty gesehen hätte, wie sich diese Katze mit Sahne vollstopfte …

»Verstehen Sie meine Frage nicht?«, erkundigte ich mich, als ich ihren Blick nicht mehr aushielt.

»Ich überlege«, sagte sie ernst.

Aha. Sie überlegte. Ich lächelte ein wenig gequält.

»Ich weiß nicht«, sagte sie schließlich. »Sie haben mich das alles schon vorgestern gefragt. Ich habe überlegt … viel überlegt … aber mir ist nichts eingefallen.«

»Das heißt, alles war wie immer? Keine besonderen Ereignisse?«

»Nein.«

»War Arndt am Freitag bei seinem Großvater?«

Sie zögerte. »Am Tag nicht.«

»Aber in der Nacht?«

»Er muss Freitagnacht gekommen sein. Am Samstag habe ich ihn gesehen. Und seitdem schläft er jede Nacht bei uns. Das macht er sonst nicht.«

»Also seit diesem Freitag?«

Nachdenklich leckte sie sich über die Lippen. »Seit Donnerstag. Sonst übernachtet er bei seinen … Kollegen.«

»Den Kollegen.« Ich nickte. »Kennen Sie diese Kollegen? Schon mal gesehen?«

»Ein paar von ihnen. Sie haben Arndt einmal besucht, aber nur kurz. Nette Jungs.«

Ich nickte wieder. »Sehr nette Jungs. Also, Arndt wohnt normalerweise nicht bei seinem Großvater?«

»Nein. Selten. Ich mache immer das Zimmer für ihn, aber

es ist nie viel Arbeit. Er benutzt es nicht oft.« Sie lächelte die Bedienung an, die das Kuchengeschirr abräumte. »Noch einen Cappuccino bitte. Mit viel Sahne.«

»Der ist ganz gut hier, der Kaffee«, sagte ich, um auch etwas gesagt zu haben.

»Schöne Kneipe«, nickte sie. »Sagen Sie, sind 500 Euro wirklich zu wenig für meine Arbeit?«

»Wie viele freie Tage haben Sie pro Woche?«

»Freie Tage? Ich muss doch arbeiten.«

»Kein freier Abend? Nichts?«

»Montagabend«, sagte sie stolz. »Kinotag. Karten zum halben Preis. Trotzdem teuer.«

»Unter diesen Bedingungen würde kein Deutscher arbeiten. Unbezahlbar das Ganze. Verlangen Sie das Fünffache. Oder Vierfache, wenn Kost und Logis frei sind. Für Bünting immer noch Peanuts.«

»Peanuts?«

»Erdnüsse. Kommen wir zurück zum Freitag. Mich würde der gesamte Tagesablauf interessieren. Was geschah nach dem Frühstück?«

Sie sah mich befremdet an. »Was soll da passiert sein? Nach dem Frühstück mache ich Hausarbeiten. Unterschiedlich. Muss putzen oder waschen oder Essen vorbereiten. Und ich muss mich um Frau Bünting kümmern.«

»Waren Sie die ganze Zeit zu Hause?«

Sie dachte kurz nach. »Nein, ich ging einkaufen. Zu Fuß. Kurz vor Mittag.«

»Und rechtzeitig zum Mittagessen waren Sie zurück?«

»Natürlich.« Sie bekam ihren Kaffee und wiederholte die Prozedur von vorhin: der Zeigefinger, die Sahne, der selige Ausdruck in ihrem Gesicht …

»Ich kann mir denken, dass Ihnen meine Fragen …«, begann ich, doch sie unterbrach mich.

»Wenn Sie wissen wollen, wie es weiterging: Den Rest des Tages blieb ich im Haus. Herr Bünting nimmt immer nur ein kleines Mittagessen zu sich. Danach ist eine Stunde Mittagsruhe; meistens bin ich auf meinem Zimmer und lese oder höre Musik. Dann muss ich mich wieder um die Frau kümmern, im Haus arbeiten und das Abendessen vorbereiten. Das ist alles. Ich weiß nicht genau, was ich an diesem Freitag gemacht habe. Alle Tage laufen so ab.«

»Und Ihr Chef?«

»Keine Ahnung. Seine Sache.«

»Bleibt er denn normalerweise zu Hause? Oder wo arbeitet er?«

»Meistens in seinem Arbeitszimmer. Oben, erster Stock. Zweimal in der Woche fährt er nach Darmstadt, in seine Firma. 10.000 Arbeiter, und er ist der Chef.« So, wie sie es sagte, schien sie regelrecht stolz auf ihren Ausbeuter zu sein.

»Und am Freitag? War er da in Darmstadt?«

»Nein, zu Hause. Aber mehr weiß ich nicht. Er war in seinem Zimmer, glaube ich.«

»Keine Besucher?«

»Nein.«

»Anrufe?«

»Bestimmt. Anrufe hat er jeden Tag, immer.«

Natürlich, jeder hat jeden Tag Anrufe. Immer! Lag es wirklich an meinen Fragen, dass ich nicht weiterkam? Oder verschwieg mir Katerina im Schutz von Sprach- und Verständnisschwierigkeiten etwas? Schwer zu beurteilen. Mit beiden Händen hielt sie ihre Kaffeetasse vor die Lippen und pustete sacht hinein. Ihre Fingernägel waren hellrosa lackiert.

»Was soll denn an diesem Freitag passiert sein?«, fragte sie.

»Keine Ahnung. Möglicherweise nichts. Es kann auch schon einen Tag früher gewesen sein. Ich stelle es mir so vor, dass Herr Bünting am Mittag oder am frühen Nachmittag einen

Besuch erhielt, der ihn beunruhigte. Vielleicht aber auch einen Anruf oder einen Brief. Jedenfalls meldete er sich gegen sechs bei mir, um mich zu engagieren. Er fühlte sich bedroht oder sogar erpresst, ich weiß es nicht. Auf jeden Fall muss die Angelegenheit so heikel gewesen sein, dass er nicht die Polizei einschaltete, sondern mich.«

»Und dann war der Auftrag irgendwann … vorbei?«

»Genau. Auftrag beendet. Ohne Angabe von Gründen.«

»Verstehe.«

»Deshalb interessiert mich, was an diesem Freitag passiert ist.«

Sie nickte und sah verstohlen auf ihre Armbanduhr. Aber was heißt schon verstohlen, wenn man sich an einem kleinen Tisch gegenübersitzt?

»Ich weiß, Sie müssen zurück«, sagte ich. »Sie können ja zu Hause in Ruhe darüber nachdenken. Vielleicht fällt Ihnen noch etwas ein.«

»Es tut mir wirklich leid, Herr Koller«, entgegnete sie und schenkte mir einen fast flehentlichen Blick. Bitte, Herr Koller, glauben Sie mir doch … Ich weiß nichts … Bin nur ein kleines Mädchen aus der Ukraine … Auf der Oberlippe waren Sahnespuren zu sehen. »Dieser Freitag … Ich kann mich an nichts Besonderes erinnern. Herr Bünting war wie immer. Wenn ihn etwas beunruhigt hat, dann muss es ein Anruf gewesen sein. Oder ein Brief. Sonst kann ich Ihnen nichts sagen. Leider.«

»Schon gut.« Ich rief die Bedienung, bevor Katerina Lust auf mehr Kuchen bekommen konnte.

»18,20 Euro macht das zusammen.« Und schon war er weg, mein 20-Euro-Schein. Für nichts und wieder nichts. Quatsch, hörte ich Fatty im Hintergrund rufen. Für ein Tête-à-tête mit Katerina, für einen grünen Katzenaugenblick, für ein halbes Stündchen Seligkeit …! Ja, vielleicht. Aber ich kann mir das nicht leisten. Keine grünäugige Seligkeit für 20 Euro.

»Wenn Ihnen noch etwas einfällt: Sie haben ja meine Karte«, sagte ich.

Sie nickte. »Danke für den Kaffee. Aber jetzt muss ich gehen. Die Arbeit wartet.«

»Eines müssen Sie mir noch versprechen: dass Sie versuchen, dem alten Halsabschneider mehr Kohle aus den Rippen zu schneiden.«

Sie versprach es. Nachdem ich ihr erklärt hatte, wie, wo und warum man jemandem Kohle aus den Rippen schneidet.

29

Rheno-Nicaria ... Ein Name wie Donnerhall.

Ich weiß nicht recht. Ich kam an diesem Abend ins Grübeln. Ins Grübeln über mich, über meine Mitmenschen, über die Richtung, in die unsere Erde steuert, und über viele andere Dinge. Dabei neige ich nicht zur Grübelei. Ich sehe das Leben eher von der pragmatischen Seite, gestehe dem Rest der Menschheit dieselben Fehler, Schwächen, Vorurteile und Irrwege zu wie mir selbst. Sollen sie treiben, was sie wollen. Wir alle haben irgendwo in unserem Herzen eine verriegelte kleine Kammer, in der unsere Verrücktheiten schlummern, eine wilde Leidenschaft oder eine kleine Perversion, die niemanden etwas angeht. Die Dunkelheit der Kammer schützt uns.

Aber das hier ... das hier war etwas anderes.

Wie gesagt, ich geriet ins Grübeln. Und ich kam auf seltsame Gedanken: stellte mir vor, ich hätte mich bei meiner Geburt in der Tür geirrt und sei nicht auf der bestmöglichen aller denkbaren Welten gelandet, sondern auf einem unvollkommenen, halb fertigen Planeten nebenan. Auf dem noch nicht alles so war, wie es sein sollte. Auf dem zum Beispiel unreife Bürschchen in grasgrüner Uniform einander Säbel ins Gesicht rammten und sich dabei wie Hermann der Cherusker vorkamen. Um anschließend zu saufen, bis sich ihnen die Magenwände umstülpten.

Aber der Reihe nach.

Kurz vor acht Uhr hatte ich das Allerheiligste der Rheno-Nicarier betreten, eine Jugendstilvilla am Neuenheimer Neckarufer, vis-à-vis von Schloss und Altstadt. Aber schon der Begriff Jugendstilvilla führt in die Irre. Es gab diese Ornamentik über den Türen, verschnörkeltes Rankenwerk und elegante Schriftzüge, das Haus selbst jedoch war klobig, überladen, hässlich, die roten Sandsteinmauern vom Durchgangsverkehr eingeschwärzt. Ein Mischmasch aus Trutzburg und Disneyland. Eine Treppe führte hoch zu einer ausladenden Terrasse im ersten Stock, ganz oben ragte ein Turm in den bewölkten Himmel. Es war alles da, was man brauchte: Fachwerkimitat und Tiefgarage, ein Fahnenmast, eine Gegensprechanlage und eine Hausmeisterwohnung. Neben einem der Butzenscheibenfenster glotzte das runde Auge einer Satellitenschüssel ins All.

Es würde eine Zeitreise ins vergangene Jahrhundert werden, das merkte ich schnell. Mit jeder Stufe, die ich emporschritt, ging es ein Jahrzehnt zurück. Die Treppe endete vor einer Gedenktafel aus Messing: Unseren Gefallenen der beiden Kriege. Namen, viele Namen, ihr akademischer Grad, ihr militärischer Rang. Über der Tür zum Saal ein Wappen, so groß wie das Heidelberger Fass. Unwillkürlich zog ich den Kopf ein. Ein Raum von Schwimmhallenformat schloss sich an, die Wände holzgetäfelt, die Luft schwer und verbraucht.

Ich trat ein. Der Boden knarrte. Ein paar Köpfe drehten sich nach mir um.

»Guten Abend«, sagte ich mit belegter Stimme.

»Ah, da ist er ja«, rief mein Freund Frank und kam mit ausgestreckter Hand auf mich zu. »Find ich klasse, dass du uns beehrst. Die Dinger muss ich leider drin lassen, sagt der Arzt.« Er schüttelte mir kräftig die Hand.

»Was?«, krächzte ich.

»Na, die Teile da.« Er zeigte auf seine geschwollene Nase, in deren Löchern Tampons steckten. »Sieht bescheuert aus, ich weiß, aber was willst du machen?«

»Hallo«, begrüßte mich Konstantin, der mit den Glubschaugen. Fast hätte ich ihn nicht wiedererkannt, so sauber war er.

Auch die übrigen Sänger begrüßten mich mit Handschlag, nur Arndt war nicht anwesend. Ich sah 30, 40 Personen in dem Raum, die meisten von ihnen standen in Grüppchen herum, einige saßen bereits mit Sicht auf ein schmales Rednerpult.

»Und? Erholt von gestern?«, fragte mich Frank. »Mensch, das war eine Keilerei!«

Ich sah ihn an, aber ich sah ihn nicht. Er war transparent geworden. Ich hatte das Bedürfnis, die Zeit zurückzudrehen. Wäre gerne an den Fuß der Treppe gegangen, um sie noch einmal in Angriff zu nehmen. Vielleicht würde sie mich zu einem anderen Raum führen, einem Raum, in dem ich mich zurechtfände, in dem ich mich nicht wie im 19. Jahrhundert fühlte und in dem keine Menschen mit blutigen Wattepfropfen in der Nase herumliefen … Ob das möglich war?

»Hallo? Alles klar mit dir, Max?«

Ich nickte. »Alles klar. Ich … ich war noch nie im Haus einer Verbindung, weißt du.«

»Doll hier, was? Schau dich nur um.«

Das tat ich. Ich schaute mich um, nachdem ich meine Fassung wiedergewonnen hatte, prägte mir alle Details dieses unglaublichen Saals ein, damit ich sie jederzeit aus dem Gedächtnis würde wiedergeben können: die gerahmten Scherenschnitte an den Wänden, den Bronzeadler unter der Decke, den mühlradgroßen Kronleuchter, die verwitterten Blut-und-Ehre-Parolen in Frakturschrift. An der Stirnwand hingen zwei zerfledderte Fahnen über Kreuz, gegenüber eine Batterie von Degen, Säbeln, Floretten. Auf einem schwarzen Holztisch stand eine geschnitzte Schale, aus der buntes Plastikobst quoll. Es gab Ölbilder fechtender Husaren, einen Stich des Heidelberger Schlosses, Mensur-szenen, Trinkszenen. In einer Vitrine ein Pokal, eine Urkunde, Bierhumpen. Und ein Foto, das eine Hundertschaft von Burschen zusammen mit dem Ministerpräsidenten des Landes im Schlosshof zeigte.

»Schon klasse hier, was?«, wiederholte Frank.

»Ich bin beeindruckt«, sagte ich mit einer Stimme, als hätte ich Staub geschluckt. Was hätte ich auch sagen sollen? Das hier war kein studentischer Gemeinschaftsraum, es war eine Walhalla für die Sekundärtugenden von anno dazumal: als Männer noch Männer waren, als der Erbfeind über dem Rhein lauerte, als der angehende Magister seine Teure noch siezte und vor dem Ordinarius der juristischen Fakultät, einarmig seit Verdun, die Hacken knallen ließ.

»Gibts hier auch was zu trinken?«, fragte ich Frank.

»Na, klar«, lachte der Hüne, dass sein Nasenpfropf wackelte. »Du bist mir ja einer. Zu trinken gibts jede Menge, aber erst müssen wir dem Arsani zuhören.«

»Ich setze mich dann mal.«

»Mach das.«

Frank verzog sich. Ich suchte mir einen Platz in der hintersten Stuhlreihe, nicht weit vom Ausgang entfernt. Nur so, quasi zur Sicherheit. Die Reihen vor mir begannen sich zu füllen. Die Burschen trugen heute keine Uniformen, sondern ein schmales Band in Grün-Weiß-Schwarz, das schräg über ihre Brust lief. Ihre flachen grünen Kappen hängten sie beim Eintreten auf Kleiderhaken, dafür breitete sich Dünkel auf ihren Gesichtern aus wie eine Hautkrankheit. Einige junge Damen – weiße Bluse und Halstuch, dunkle Leinenhosen und Pumps – standen noch in Grüppchen zusammen, fingerten an ihren Ohrclips herum und kicherten. Man konnte sie charmant nennen, wenn man höflich war. Ich war nicht höflich und nannte sie puppig, kreuzbrav und hinterhältig. Selbst wenn sich das widerspricht. Es gab auch ein paar männliche Gäste in Zivil, die mit Kennermiene auf die Militaria an den Wänden blickten. Und in den vorderen Reihen eine Handvoll gutgekleideter Wichtigtuer, die sich nicht erblödet hatten, ebenfalls eines dieser grün-weiß-schwarzen Bändchen anzulegen: die Alten Herren, von denen Frank ehrfurchtsvoll gesprochen hatte. Sie sabberten selig vor sich hin und hielten die vernarbten Wangen ins Abendlicht.

Jemand klatschte in die Hände. Es war Marten, der Lange mit der Adlernase. Die Letzten nahmen ihre Plätze ein. Türen wurden geschlossen.

Mein Blick fiel auf die Porträts ehemaliger Rheno-Nicarier an der seitlichen Wand. Scherenschnitte hatten für mich immer etwas Verspieltes gehabt. Diese hier jedoch wirkten wie ein Heer akademischer Söldner, das stumme Wacht über die Gegenwart hielt. Man war demselben Geist, derselben Sache verpflichtet und dokumentierte es durch einen tiefen Schnitt in der Wange. Hast du einst geblutet, will auch ich jetzt bluten.

Unwillkürlich griff ich mir an die Backe. Über dem kleinen Riss in der Haut hatte sich eine dünne Blutkruste gebildet. Mittlerweile war ich überzeugt, dass ich die Wunde schon vor dem Eierwurf gehabt hatte. Wahrscheinlich hatte sich einer der Prügelknaben auf dem Marktplatz die Fingernägel nicht geschnitten.

»Meine Damen und Herren, ich darf Sie ganz herzlich begrüßen ...«

Marten hatte sich neben dem Rednerpult aufgebaut und eröffnete die Veranstaltung. Während er die üblichen Begrüßungsformeln herunterleierte – er leierte tatsächlich: »große Freude ... besonderes Vergnügen ... so zahlreich erschienen ... geschätzte Aufmerksamkeit ...« –, schlüpfte Arndt Bünting in den Saal. Die Miene verschlossen wie immer, an der Schläfe eine Beule. Wortlos nahm er neben mir Platz.

Vorne übergab Marten das Staffelholz an Professor Arsani, den Kunsthistoriker. Arsani war in praktisch jeder Hinsicht das Gegenbild zu dem schlaksigen Oberburschen: ein fülliger Gelehrter mit leichtem Buckel und viel zu langen, halb ergrauten Haaren, der offensichtlich gerne lachte, gerne genoss, gerne lebte. Eine Koryphäe auf dem Gebiet der Malerei des 18. Jahrhunderts war er auch. Und ein Showmensch. Arsani stand nicht einfach hinter dem Rednerpult und hielt seinen Vortrag – er zelebrierte ihn. Breitete seine Arme aus und strahlte alle an. Trat neben das Pult, hüpfte auf die andere Seite. Als er einmal eine heftige Handbewegung machte, um die Körperlinie einer Venusfigur nachzuzeichnen, flatterte sein Skript zu Boden. Sollte es flattern! Was brauchte er ein Skript? Nein, was Professor Arsani brauchte, war die Nähe zu seinem Publikum. Ob mit Band oder ohne, kein Zuhörer entging seinen rhetorischen Umarmungen.

Sagen wir, fast keiner. Zumindest kann ich mich nicht erinnern, über welches Thema der Professor sprach. Der junge Bünting stieß mich genau in dem Moment an, als Arsani den Titel seines Vortrags bekanntgab. Ich glaube, es ging um die

Geschichte deutscher Beutekunst im Osten oder der Beutekunst im deutschen Osten ... so was in der Art.

»Vielen Dank noch mal für gestern«, flüsterte Arndt.

»Keine Ursache«, raunte ich zurück. »Hat Spaß gemacht. Mit deinem Kopf alles okay?«

Er nickte. »Und Ihre Verletzungen?«

»Halb so wild.« Diese Siezerei ging mir auf die Nerven. Machten die anderen doch auch nicht, nur Marten und der junge Bünting.

Draußen verdunkelte sich der Himmel. Seit Tagen war Regen gemeldet, ohne dass sich die Natur daran gehalten hätte. Wie so oft staute sich im Kessel des Neckartals die Hitze, sie staute und staute sich, bis zu dem Tag, an dem eine Armee von Wolken eintreffen und über der Stadt bersten würden. Heute vielleicht? Ich hätte nichts dagegen gehabt.

Auch das Klima drinnen machte mir zu schaffen. Es fehlte an Sauerstoff, vorne quasselte Arsani ohne Unterlass, und über meinem Haupt sammelten sich die bleiernen Wolken der Müdigkeit ... Ich hatte schon immer Probleme, jemandem mehr als fünf Minuten konzentriert zuzuhören: Wissenschaftlern, Politikern, meinem Vater, Christine – egal. Mit ein Grund, warum ich der Universität den Rücken gekehrt hatte. Mehr als einmal verließ ich einen Hörsaal vorzeitig, um zu Hause ins Bett zu fallen. Man sollte diese stundenlangen Vorlesungen abschaffen. Dann würden unsere Studenten auch nicht so lange studieren.

Dabei war Arsani alles andere als ein Langweiler. Er tänzelte um das Pult herum und spickte seinen Vortrag mit Anekdötchen. Minsk zum Beispiel, meine Damen und Herren. Dort wollte er zum Archiv Soundso, wurde aber vom Taxifahrer zum teuersten Bordell der Stadt gebracht. Wo er prompt einen echten Vermeer-Schüler entdeckte. Was er abends dem weißrussischen Ministerpräsidenten im Vier-Augen-Gespräch verklickerte. Und so weiter.

»Von Bildung im westlichen Sinne würde ich bei Herrn Lukaschenko nicht sprechen«, sagte Arsani skeptisch. »Aber Tischmanieren hat der Mann. So kann man sich täuschen.«

Auf diese Weise, ein lustiges Episödchen an das andere reihend, vermochte mich der Professor über die gewohnten fünf Minuten hinaus zu fesseln. Klatschte sich dabei auf die Schenkel, warf den Kopf nach hinten und strich sich das filzige Haar aus dem roten Gesicht. Auch die alten Knacker in der ersten Reihe amüsierten sich und hätten am liebsten eigene Schwänke zum Besten gegeben. Dem Burschennachwuchs ging es wie mir: Man war froh, keinen staubtrockenen Vortrag zu hören. Trotzdem ergriff mich nach und nach lähmende Müdigkeit.

Spätestens als Arsani im halb verdunkelten Saal einen Satz Dias an die Leinwand werfen ließ, musste ich darum kämpfen, nicht einzunicken. An der Wand vor uns leuchteten Barockschinken auf, üppige Damenleiber fläzten sich auf gepolsterten Sofas oder warfen sich starken Männern an die breite Brust. Im Schatten über ihnen thronte das Wappen der *Rheno-Nicaria*, grün, weiß und schwarz, von den Worten *Ehre, Freiheit, Vaterland* in goldenen Lettern umrankt. Wäre das kein Thema für die Herren Kunstgeschichtler? dachte ich gähnend. Das Zusammenspiel von flämischem Barock, russischen Archiven und deutschem Historismus … Man könnte es die Heidelberger Postmoderne nennen.

Aber diese Überlegungen machte ich, wie gesagt, im nicht mehr ganz wachen Zustand. Den Burschenschaftern waren sie ohnehin schnuppe, sie nahmen sich die Freiheit, für die Ehre oder fürs Vaterland an ihren charmanten Mädels rumzufummeln, und lauschten mit halbem Ohr der wissenschaftlichen Frohnatur. Schwups, räkelte sich eine neue Nymphe unter dem Verbindungswappen, und schwups, gab Arsani eine neue Anekdote zum Besten. Wie er in Minsk am Flughafen ankam, ein Taxi in die Innenstadt nahm und ihn der Fahrer – schwups! – zum teuersten Bordell der Stadt brachte. Arsani stemmte die Fäuste in die Hüften, der Saal schüttete sich aus vor Lachen.

Ich rappelte mich hoch und sah mich um. Ringsum tobte gute Laune. Arndt achtete nicht darauf. Er hatte sein rechtes Bein angewinkelt und den Fuß auf den linken Oberschenkel gelegt. Gewissenhaft zog er die Kruste von einer Schnittwunde an seiner Wade ab. Langsam sickerte ein dunkler Blutstropfen über die Haut.

»Sag mal«, flüsterte ich, »hat er dieselbe Geschichte nicht schon mal erzählt?«

Arndt zuckte die Achseln.

Ich rieb mir erschöpft die Augen. Nein, ich hatte keine Kraft mehr. Die Müdigkeit war zu stark. Sollten sie mich wecken, wenn der Professor fertig war. Ehre, Freiheit, Vaterland … Diese Typen waren bekloppt. Ich war bekloppt. Irgendwas stimmte hier nicht. Vielleicht hatte die Erde heute Morgen die falsche Rotationsrichtung eingeschlagen. Schmisse wurden jetzt mit Eierschalen verfertigt. Tote hatten auf Gräbern zu liegen. Keine Ahnung. Mir fielen die Augen zu. Die Lider wurden schwer.

Und dann schreckte ich doch noch einmal hoch.

Ich öffnete die Augen. Was war denn …? Was hatte ich …? Neben mir leckte sich Arndt einen Tropfen Blut vom Finger ab. Wie Katerina die Sahne im *Arsenal*. Aber was hatte mich aus meinen Gedanken gerissen? Irgendeine Bemerkung von vorne, ein Wort, ein Name, den Arsani erwähnt und den ich vor Kurzem schon einmal gehört hatte. Oder gelesen? Komisch … Vielleicht wiederholte er ihn. Er sprach gerade über einen Dürer aus russischen Beständen, der im letzten Jahrhundert von mehreren Kunstgeschichtlern als Musterbeispiel eines … oder einer … Da senkte sich erneut ein Schleier der Müdigkeit über mich, und Arsani tat mir nicht mehr den Gefallen, einen Namen hinauszuposaunen, der mir bekannt vorkam.

Schade; war aber wahrscheinlich nicht so wichtig.

30

Was war das bisher für ein unergiebiger Tag gewesen! Morgens hatte ich mein Rennrad repariert, immerhin. Aber dann! Fattys lauwarmer Bericht. Das 20-Euro-Gespräch mit der Ukrainerin. Und am Ende mein Besuch im Gruselkabinett der *Rheno-Nicaria*. Kein guter Tag für einen Ermittler, der einen Industriellen zur Strecke bringen möchte.

Aber es lag nicht nur an den anderen, dass ich nicht vorwärtskam. Ich selbst war außer Form. Nachdem ich mich am frühen Nachmittag vor dem *Arsenal* von Katerina verabschiedet hatte, fühlte ich mich müde, schlapp, ausgelaugt. Ich hatte keine Lust mehr, Leute zu befragen, Informationen aus ihnen herauszuquetschen. Wahrscheinlich ein Signal für meine Unzufriedenheit mit der eigenen Leistung. Oder eine Folge der Püffe, Knüffe und Stöße, die mich in kürzester Zeit heimgesucht hatten. Wie auch immer, mein Körper war auf Feiertag eingestellt. Er schrie nach einer Auszeit.

Kurz entschlossen zog ich die Konsequenz: Ich gönnte mir diese Auszeit. Wenn Katerina im Oberen Auweg eintraf, würde Fatty längst Position bezogen haben. Diesem Schafstett in Wieblingen konnte ich auch morgen noch einen Besuch abstatten. Vielleicht hatte Covet neue Informationen für mich; ich würde ihn am Abend anrufen. Jetzt nicht.

Ich fuhr nach Hause, um die Räder zu tauschen, und schlug anschließend den Weg nach Handschuhsheim ein. Es war warm und schwül, im Westen kündigte sich der erste Regen an. Schon nach einer Viertelstunde begann ich zu schwitzen. Vom Mühltal aus windet sich eine autofreie Waldstraße hoch zur Gastwirtschaft am Weißen Stein, wo brüllend gut gelaunte Senioren in roten Wollsocken und Wanderstiefeln die Humpen kreisen ließen. Ich flüchtete in die Waldeinsamkeit, umrundete Wilhelmsfeld und kehrte schließlich zum Heiligenberg zurück. Mountainbiker begegneten mir, bunt gekleidete Grüppchen auf schlammverspritzten Rädern; ich fluchte, wenn sie zu schnell fuhren oder zu langsam oder überhaupt fuhren … ich spürte, wie aggressiv ich war, wie ich an jedem etwas auszusetzen, etwas zu mäkeln hatte, an ihren Helmen, ihren Trinkflaschen, ihren Fahrradcomputern, ihren Gesten. Ich selbst hatte nur mein Tourenrad, meine durchgeschwitzte Alltagskleidung und meine schlechte Laune, die ich Stück für Stück im lichten Frühlingswald zurückließ.

Oberhalb des Philosophenwegs legte ich eine Pause ein. Ich lehnte mein Rad an eine Holzhütte und wischte mir den Schweiß von der Stirn. Es war still hier oben, man hatte einen prächtigen Blick über den Neckar und ins diesige Rheintal. Unten an der Eichendorffanlage klickten leise die Kameras.

Ich suchte mir einen bequemen Sitzplatz unter einem Ahorn, riss einen Grashalm ab und knabberte darauf herum. Mein

Blick schweifte über das Häusermeer der Altstadt. Alles wirkte friedlich, vertraut, alltäglich. Und doch hatte dort unten, auf der gegenüberliegenden Neckarseite, ein Mann auf einem Grab gelegen, er war ermordet und fortgebracht worden. Von hier oben war der Bergfriedhof nicht zu sehen, er lag südwestlich der Altstadt, im Rücken des Gaisbergs. Wie kam man überhaupt auf die Idee, einen Friedhof terrassenartig an einem Berghang anzulegen? So demonstrativ dem Betrachter zugewandt? Nur wenige Gehminuten oberhalb des Bergfriedhofs gab es eine weitere seltsame Heidelberger Gedenkstätte, den Ehrenfriedhof. Den hatten die Nazis in den 30er-Jahren auf dem flachen Sattel des Ameisenbuckels in den Wald gefräst und ihm die Gestalt einer Abschussrampe gegeben. Um die Asche der Gefallenen von dort oben direkt in den Neckar zu blasen, behauptete Marc Covet.

Wie auch immer: Weshalb hatte mich Bünting spätabends zum Bergfriedhof bestellt? Die naheliegendste Erklärung war: um mich dort mit einem Dritten zusammenzubringen. Mit einem, der sich verstecken musste oder das Tageslicht scheute. Weil er – zum Beispiel – ein Erpresser war, der gemeinsam mit dem Chemiker ein krummes Ding gedreht hatte. Und nun von Bünting Schweigegeld wollte. Kaum sieht Bünting den Erpresser tot am Boden liegen, verzichtet er auf meine Dienste und ist von nun an darauf bedacht, den Mantel des Stillschweigens über die Angelegenheit zu decken. Bloß: warum ausgerechnet ein Friedhof als Treffpunkt? Warum diese melodramatische Inszenierung? Das war der Schwachpunkt meiner Theorie.

Außerdem warf sie neue Fragen auf. Hatte Bünting die Leiche beseitigt oder beseitigen lassen? Und vor allem: warum? Wenn er tatsächlich so unschuldig war, wie er vorgab, hätte er sich ihre Entdeckung am nächsten Morgen durchaus leisten können. Tote reden nicht. Es sei denn, er musste befürchten, als Täter in Verdacht zu kommen. Das wiederum setzte voraus, dass sich am Körper der Leiche ein Hinweis auf Bünting fand. Vielleicht in der Brieftasche, vielleicht gab es Briefe oder eine Telefonnummer, eine Visitenkarte ... Zu dumm, dass ich keine Gelegenheit gehabt hatte, den Toten zu durchsuchen. Es war vermutlich ein Fehler gewesen, in Büntings Wagen einzusteigen. Andererseits wäre mir dann der Silberrücken durch die Lappen gegangen.

Zurück zu dem Mann auf dem Grab: Was, wenn ein anderer ihn weggeschafft hatte? Und ein anderer ihn umgebracht? Und wenn diese beiden anderen auch noch verschiedene Personen waren? Drei Menschen, einer verdächtiger als der andere, kurz hintereinander auf einem nächtlichen Friedhof ...? Nein, das war absurd. Der Bergfriedhof war schließlich keine Fußgängerzone. So kam ich nicht weiter.

Auch Bünting als Person blieb mir ein Rätsel. Seine Laienschauspielversuche hatten trotz allem Eindruck gemacht. Nach außen hin war er ein erfolgreicher Manager, ein Profiteur des Wirtschaftswunders, der es bis in die Vorstandsetage geschafft hatte. Privat lebte er zurückgezogen, in einer prächtigen Hütte, aber ohne weitere gesellschaftliche Anerkennung; es gab keine Bünting-Stiftung, kein Stadion, das nach ihm benannt war, er trat weder als öffentlicher Wohltäter in Erscheinung noch als politischer Lobbyist. Sein Name auf einer Rugby-Malstange – geschenkt. Zu Hause saß eine stumme Gattin zwischen Möbelstücken herum, und eine grazile Osteuropäerin führte ihm den Haushalt. Was noch? Er war es gewohnt, Menschen nach seiner Pfeife tanzen zu lassen; er hatte einen herben Rückschlag erlitten, als seine Firma zu 18 Millionen Dollar Strafzahlungen verdonnert worden war; sein Weltbild war rechteckig wie ein Geldschein und sein Gebaren zackig wie die Börsenkurve.

Bravo, Max. Für diese Formulierung würde es Extraapplaus von Herrn Sawatzki und Frau Markwart geben. Ich spuckte den Grashalm aus, auf dem ich herumgekaut hatte. Nein, so kam ich nicht weiter. Ich durfte mich von Büntings kalter Überheblichkeit nicht paralysieren lassen. Vielleicht ging es ja um etwas ganz anderes als um Machtstreben und Geld. Aber um was?

Vielleicht um eine alte Familiengeschichte? Genau besehen, gab es um Bünting herum nur traurige, gescheiterte Gestalten. Eine Frau, die nach acht Jahren Ehe zum Teufel geschickt wird. Ein Sohn, der durch diverse Studiengänge schlingert und dessen Flucht auf dem Grund einer Gebirgsschlucht endet. Ein Enkel, dem die Bewunderung für seinen Großvater die Luft zum Atmen nimmt. Und eine zweite Frau, die an einer namenlosen Krankheit leidet, in ihrer Hilfsbedürftigkeit das krasse Gegenbild zur verheerenden Tatkraft ihres Mannes. Wenn man so darüber nachdachte, konnte man den Eindruck bekommen, Büntings engste Verwandte – die Gattinnen, der Sohn – hätten ihm aus Erschöpfung und Verzweiflung die Gefolgschaft aufgekündigt, hätten sich lieber selbst zerstört als weiter in seinem Schatten dahinzuvegetieren.

Zugegeben, das war nun doch etwas pathetisch formuliert.

Aber da gab es noch etwas anderes. Stichwort Gefolgschaft aufkündigen. Marc Covet hatte es erwähnt: Fahnenflucht. Bünting war gegen Ende des Kriegs desertiert. Desertiert ... irgendwie passte das nicht. Es passte nicht zu seiner karriereschnittigen Biographie. Nicht, dass ich den Alten für einen Nazi gehalten hätte – man konnte auch als Demokrat seine dunklen Seiten ausleben. Aber zu einer Desertion gehörte Zivilcourage, gehörte die Revolte gegen Hierarchien, und beidem stand Bünting denkbar fern. Nicht zu vergessen, welch schlechten Ruf Deserteure bis heute genießen. Oder war es dem alten Trickser etwa gelungen, seine Fahnenflucht für die spätere Karriere zu nutzen, indem er sich den Besatzungsmächten als Widerständler andiente? Verdammt, ich wusste einfach zu wenig über den Silberrücken. Vielleicht konnte mir Marc Covet weiterhelfen.

Im Westen sammelten sich Wolken. Heute Abend würde es den lang angekündigten Regen geben und ein veritables Gewitter dazu. Es war eindeutig zu warm für diese Jahreszeit. Ich bestieg mein Rad und rollte abwärts.

Covet war nicht zu Hause. Also machte ich mich auf ins Theatercafé *Hinterbühne*, in dem er gewöhnlich seine freie Zeit verbringt: Zeitungen lesend, Bekannte treffend, Artikel entwerfend. Er saß an einem runden Glastisch, vor sich einen Teller mit angemachtem Camembert, in der Hand die *Bild*-Zeitung. Als er mich sah, legte er sie beiseite und sah mich vorwurfsvoll an.

»Guten Appetit«, sagte ich.

»Schon gelesen?«, erwiderte er und reichte mir die Zeitung.

»Wieso sollte ich?«

»Weil es um deine Heimatstadt geht.«

Ich setzte mich und warf einen Blick auf die Titelseite. »Die Chaos-Stadt – Anarchie in Heidelberg!« stand dort.

»Anarchie?«, lachte ich. »Das wüsste ich aber.« Dann las ich weiter. »Erst die Amok-Bullen, jetzt die Linken. Horror in der Stadt der Romantik!«

»Ja«, sagte ich. »Interessant, das da.«

»Warum darf ich nicht so etwas titeln?«, fragte Covet. »Immer nur diese Scheißtypen. Amok-Bullen … das würde mir auch noch einfallen. Aber mich lässt man ja nicht. Mich nicht.«

»Dürfen die das überhaupt? Ich meine, Bulle … das ist doch ein Schimpfwort.«

»Na und? Glaubst du, da beschwert sich einer? Für eine solche Überschrift nehmen die alles in Kauf: Amok-Bullen … Die wird in Gold aufgewogen.«

»Und wie ist der Artikel?«

»Hab ich nicht gelesen. Bin am Aufmacher hängengeblieben.«

»Bringt ihr morgen auch etwas über das Mai-Einsingen?«

»Na, sicher. Mit Fotos und allem Drum und Dran. Aber ich ...« – er hob abwehrend beide Hände – »... habe kein Teil daran.«

»Fotos? Na, prima.«

»Wieso? Warst du dabei?«

»Am Rande. Und die Geschichte mit den ... mit den Amok-Bullen? Legt ihr da noch mal nach? Fordert ihr die standrechtliche Erschießung der beiden?«

Marc winkte ab. »Alles halb so wild. Die Nichte unseres Chefredakteurs war unter den Schülern. Da hatten die zwei keine Chance, ungeschoren davonzukommen. Aber die Polizeigewerkschaft hat schon interveniert; man steht blendend mit dem Herausgeber, und deshalb wird am Mittwoch garantiert ein Leitartikel erscheinen, der die ganze Chose zurechtrückt und diesen Radfahrer zum Hauptschuldigen stempelt.«

»Den Radfahrer, also doch.«

Er nickte.

»Weiß man schon, wer es war?«

»Nein.«

»Soso. Sag mal, gibt es in diesem Schuppen irgendetwas Trinkbares, was meiner finanziellen Situation angemessen wäre? Es muss auch nicht bernsteinfarben sein.«

»Schon gut, halt die Luft an. Du bist eingeladen.«

»Quatsch, so meinte ich ...«

Er schüttelte den Kopf. »Es macht schließlich keinen Spaß, alleine zu saufen.«

Das war ein wenig geflunkert. Marc trinkt lieber in Gesellschaft, das stimmt; zur Not jedoch – und die Not ist häufig groß und verhängnisvoll – prostet er sich auch gerne selbst zu, ganz gleich, wo er sich gerade befindet. Er nickte dem Kellner zu, der ihm sofort eine volle Flasche Whisky und zwei Gläser über die Theke reichte. So wurden nur Stammgäste behandelt.

»Übrigens«, sagte er, während er uns einschenkte. »Ich habe noch ein paar Informationen für dich. Falls du deswegen gekommen bist.«

»Schieß los.«

»Ein paar Ergänzungen zu deinem Mann aus der Teebranche.«

»Chemiebranche.«

»Meine ich doch. Der mit dem Teenamen.«

»Ja, so weit waren wir schon mal.« Ich prostete ihm zu.

»Cheers! Ich habe mich unter den Kollegen ein bisschen umgehört und unser Archiv noch einmal konsultiert. Zunächst zu seiner familiären Situation; die ist schnell abgehandelt. Seine erste Frau, diese Celestine, stirbt Anfang der 70er-Jahre, woraufhin sein Sohn zu ihm zurückkehrt. Der macht in Heidelberg Abitur, fängt an zu studieren und hat mit 24 einen Verkehrsunfall. In den Alpen. Seine zweite Frau dagegen …«

»Dieser Unfall«, unterbrach ich. »Ein gutes Stichwort. Ist es denn sicher, dass es sich um einen Unfall handelte? Kamen niemals Gerüchte auf, es könnte etwas faul an der Sache sein?«

»Wie bitte? Faul? Wie kommst du denn darauf?«

»Nur so ein Gedanke. Immerhin fanden sich keine Zeugen; niemand hat gesehen, ob das Motorrad wegen überhöhter Geschwindigkeit von der Straße abkam oder ob es eine andere Ursache dafür gab.«

»Dann weißt du wieder mal mehr als ich«, knurrte er. »Wer sollte denn ein Interesse an dem Tod dieses Jungen haben?«

»Keine Ahnung. Ich möchte nur nichts ausschließen.«

»Also, außer der Unfall-Version ist mir nichts bekannt. Keine derartige Verschwörungstheorie.«

»Na, gut.« Ich nippte an meinem Whisky. Er war alles andere als mild, und seine Blume erinnerte mich an Räucherspeck. *Lagavulin* stand auf dem Etikett. »Und die zweite Frau?«

»Frau Nummer zwei stammt aus einer alteingesessenen Familie. Die Matterns haben Geld wie Heu, sind traditionell im Bankgeschäft tätig und legen Wert auf ihr von. Über Büntings Frau Isolde allerdings gibt es seit einem Vierteljahrhundert keine nennenswerten Informationen, denn so lange ist sie schon krank. Diagnose: Fragezeichen. Ich habe mich bei einer älteren Kollegin vom Feuilleton erkundigt, die konnte mir auch nichts Näheres sagen. Nur, dass sich der Zustand der Frau schleichend verschlechterte, Monat um Monat, und sie immer autistischer wurde. Erst hat sie nichts mehr interessiert, dann hat sie nicht mehr gesprochen, das Haus nicht mehr verlassen … mit einem Wort: Sie hat sich komplett abgekapselt. Bis sie in den Zustand verfiel, in dem du sie angetroffen hast.«

»25 Jahre schon? Da war ich ein Pimpf im Gymnasium, als das bei der begann.«

Marc sah mich skeptisch an; eine sarkastische Bemerkung lag ihm auf der Zunge.

»Trotzdem«, sprach ich weiter, »ich kapiere es nicht. Diese Frau ist behindert, und zwar körperlich behindert. Meiner Meinung nach. Die hat in meinem Beisein nicht mal die Augenbraue gehoben. Was hat das mit Autismus zu tun?«

Marc hob abwehrend die Hände. »Frag mich nicht. Ich gebe nur wieder. Die Schröder, meine Kollegin, behauptet nicht, dass die Mattern eine Autistin ist, sondern dass sie wie eine wirkt. Eine autistische Veranlagung hätten die Ärzte ja wohl festgestellt.«

»Mit anderen Worten: Nichts Genaues weiß man nicht.«

»Exakt.«

Ich ließ den Whisky im Glas kreisen. »Und seither ist ihr Zustand unverändert?«

»Anscheinend. Sie ist über ihre Krankheit in Vergessenheit geraten. Die Schröder war ganz überrascht, nach ihr gefragt zu werden. Sie hatte jahrzehntelang nichts mehr von ihr gehört, wusste gar nicht, dass sie noch lebt.«

»Eine lebende Leiche«, nickte ich.

»Wenn du damit die gute Frau Schröder meinst, ist das ein etwas zu hartes Urteil«, sagte Marc, ohne die Miene zu verziehen.

»Sonst noch was?«

»Ich fange gerade erst an ... Interessiert dich zum Beispiel Büntings tränenreicher Abschied aus Darmstadt?«

»Brennend.«

»Er war schon fast 70. Trotzdem verließ er die Firma nicht freiwillig. Er wurde gegangen.« Marc machte eine Pause, um seinen Worten nachzuhorchen. »Die Meyers hatten nämlich überhöhte Preise für ihre Chemikalien verlangt und wurden dafür abgestraft. Von einem amerikanischen Gericht zwar, aber das tat nicht weniger weh. Und nun rate mal, wie hoch die Geldstrafe war.«

»Wie hoch wird die ...«, murmelte ich achselzuckend. »Vielleicht 18 Millionen Dollar?«

»Depp«, schimpfte er nach einer Überrumpelungssekunde. »Wenn du das auch schon weißt, warum rede ich mir dann den Mund fusselig? Ich sage jetzt gar nichts mehr. Und den Whisky schüttest du gefälligst in die Flasche zurück.«

»Selber Depp. Was dachtest du denn? Dass ich den ganzen Tag auf der faulen Haut liege und auf deinen Anruf warte? Bin persönlich nach Darmstadt, um dem Pressesprecher der DACH diese Information zu entlocken.«

»Stimmt, da hat so ein Typ bei mir in der Redaktion angerufen.«

»Herr Knöterich war so freundlich, mir von den Höhen und Tiefen dieses Traditionsunternehmens zu berichten.«

»Knöterich? Heißt der wirklich so? Armes Schwein.«

»Du sagst es. Und weiter?«

»Wieso weiter? Du kennst doch schon …«

»Ich kenne bloß Knöterichs Version der Ereignisse. Deine nicht.«

Er seufzte und nahm einen Schluck. »Ich bin einfach zu gutmütig … Also: Bünting wurde für das Desaster verantwortlich gemacht und musste schließlich dem massiven Druck weichen. Für die DACH eine zweischneidige Angelegenheit: Einerseits waren die 18 Millionen ein harter Schlag, andererseits galt Bünting als der Einzige, der das Unternehmen auf lange Sicht wieder nach oben bringen konnte. Nicht die beiden Meyers, diese verzogenen, Golf spielenden Weicheier. Das heißt, man brauchte Bünting als Bauernopfer, aber auch als Retter der Firma. Der Kompromiss bestand darin, ihn als Berater weiterhin an die DACH zu binden. Nach außen hin konsultiert man ihn nur gelegentlich, in Wahrheit bestimmt er die Geschicke des Unternehmens nach wie vor entscheidend mit.«

»Verstehe.« Ich überlegte. »Trotzdem … es klingt, als sei die Geschichte abgeschlossen. Oder meinst du, da gibt es noch offene Rechnungen? Könnte jemand Rachegelüste hegen?«

»Gegen Bünting? Ich wüsste nicht, wer und wieso. Schließlich hat er den Kopf hinhalten müssen. Es sei denn, es gab noch weitere Opfer. Man müsste jemanden fragen, der die Interna der DACH kennt.«

»Vielleicht schwelt seit dieser Geschichte ein Konflikt innerhalb der Firma: um Zuständigkeiten, Verantwortlichkeiten, Hierarchien?«

»Möglich. Wie gesagt: von außen schwer zu beurteilen.«

»Sieht so aus, als müsste ich noch einmal nach Darmstadt. Hast du keinen Kollegen dort, der mir weiterhelfen könnte?«

Marc wiegte den Kopf; eine Pendeluhr, die 12 schlug. »Mal sehen, mal sehen. Ich werde es probieren, aber versprechen kann ich nichts.«

»Du kriegst das schon hin.«

Einige Gläser später war er ebenfalls optimistisch.

31

»Na? Hat Ihnen der Vortrag gefallen?«

Ein frisch gezapftes Bier in Händen, standen wir auf der Terrasse des Verbindungshauses. Auf dem Söller der Burschenburg also. Der Himmel hatte sich bezogen, und die untergehende Sonne schickte vereinzelte letzte Strahlen ins Neckartal. Das funkelnde Abendlicht ließ die Konturen stärker als sonst hervortreten, zum Greifen nah lag die Sandsteinfassade des Schlosses vor den Bergen. Schmutzig blaue Wolken formierten sich zum Angriff auf die Stadt. Oben zuckte die Fahne im Wind.

»Ausgezeichnet«, antwortete ich der Adlernase. »Phänomenal, dieser Professor Arsani. Haben alle Kunstgeschichtler so viel Humor?«

Marten sog an einer Pfeife und verzog seinen schmallippigen Mund zu einem schwachen Lächeln. »Bewahre. Der hier gehört einer besonderen Spezies an. Typ fröhlicher Wissenschaftler, frei nach Nietzsche. Wenn alle so wären ... Was haben Sie von dem Vortrag behalten?«

»Behalten?« Ich schaute ihn misstrauisch an.

»Nur ruhig, das wird keine Prüfung.« Das Lächeln verstärkte sich; schöner wurde es nicht. »Ich meine es ganz ernsthaft: Was bleibt einem von so einem Vortrag haften? In einem Wort: nichts. Die Witzchen vielleicht, die Anekdötchen, das Brimborium drumherum – sonst nichts. Da ist ja auch nichts zu behalten. Arsani produziert nur heiße Luft. Zeigt die ewig gleichen Bilder, gibt stets dieselben Kommentare ab, zitiert dieselbe Literatur. Ein Schaumschläger.«

»Immerhin war es ein sehr lebendiger Vortrag.«

»Tatsächlich? Ich fand ihn einschläfernd.«

»Ach ja?«, machte ich. Hatte mich der Typ beobachtet? Ich traute es ihm zu, auch wenn mein Nickerchen nur fünf Minuten gedauert hatte. Noch vor Arsanis Schlusswort war ich aufgewacht, weil mir Arndts Kopf gegen die Schulter geplumpst war. Er hatte auch gedöst.

»Aber das ist natürlich Geschmackssache«, sagte Marten, und man sah ihm die Lüge an.

»Studierst du Kunstgeschichte?« Ich hatte beschlossen, ihn konsequent zu duzen.

»Ich? Nein, nein, Theologie«, antwortete er. »Aber ich schaue ab und zu bei den anderen Fakultäten vorbei. Man lernt nie aus. Arsani ist dafür bekannt, dass er sich nur auf einem eng umgrenzten Gebiet auskennt. Er bietet auch bloß Seminare zu dem einen Thema an. 18. Jahrhundert, das wars. Aber er kann kommunizieren, Verbindungen schaffen, das muss man anerkennen. Schafft Stipendien ran, sitzt in allen wichtigen Gremien, kennt Gott und die Welt ... Ironischerweise kommt kein Kunstgeschichtler, der etwas werden will, an dieser Nulpe vorbei.«

»Tatsächlich?«

»Sagen wir: kein Heidelberger Kunstgeschichtler. Und schon gar keine Kunstgeschichtlerin. Für die gibt es ein einfaches Mittel, um nach oben zu kommen. Ein eher horizontal gelagertes Mittel. Was ich Sie fragen wollte«, fügte er ohne Überleitung an, »welche Art Artikel schreiben Sie für die *Neckar-Nachrichten*?«

»Ach, ich bin in der Lokalredaktion«, sagte ich. »Da fällt so ziemlich alles an, mal Sportereignisse, Stadtpolitik natürlich, Vereine, Versammlungen ...«

»Schreiben Sie über den Krawall von gestern?«

»Nein, das macht ein Kollege von mir.« Ich tat, als dächte ich angestrengt nach. »Warte, das müsste Marc sein. Ja, Marc Covet.«

Er nickte. Ein feines Kraut, das er da schmauchte. »Sie waren also nur zufällig auf dem Marktplatz?«

Schon wieder diese Nachfrage! Die waren vielleicht misstrauisch, die Mützenträger.

»Ja«, sagte ich, »ganz zufällig. Ich kam gerade vom Stadtarchiv, wegen diverser Recherchen. Leider war es geschlossen.« Na los, frag mich doch nach den Öffnungszeiten, misstrauischer Hund!

»Und über was schreiben Sie gerade, wenn ich fragen darf?«

Auch da brauchte ich nicht lange zu überlegen. »Oh, das ist eine ziemlich spannende Geschichte. Wir starten da eine neue Reihe im Lokalteil: *Große Köpfe unserer Heimat*. In loser Folge werden wichtige Heidelberger vorgestellt, die sich um Kultur, Politik und Wissenschaft verdient gemacht haben. Lauter Hochkaräter.«

»Das klingt interessant.«

»Nicht wahr?«, sagte ich und beschloss, aufs Ganze zu gehen. »Ich zum Beispiel soll einen Industriellen porträtieren, der eine kleine Chemiefirma in die Weltspitze katapultiert hat. In Darmstadt zwar, er wohnt aber schon ewig hier in Heidelberg.«

»Heißt der Mensch etwa Bünting?«, erkundigte sich die Adlernase wunschgemäß.

»Ja, richtig. Kennst du ihn?«

»Sein Enkel gehört zu uns«, antwortete er, als rede er von einer Partei oder einem Volksstamm. »Derselbe, den Sie gestern vorm Heldentod bewahrt haben.«

»Arndt? Das gibts doch nicht!« Die Verblüffung machte mich sprachlos. »Da sieht man mal wieder, was für ein Dorf Heidelberg ist. Arndt der Enkel von Bünting, nicht zu fassen …«

»Ja ja, so ein Zufall.« Mein Gegenüber nuckelte gedankenverloren an seiner Pfeife.

»Sag ich doch. Da spaziert man einmal am Marktplatz vorbei …« So beschwor ich ihn noch ein Weilchen, den allmächtigen Gevatter Zufall, und Marten nickte dazu. Wie klein doch die Welt ist … Unverhofft kommt oft … Schwer zu sagen, wer hier wem eine Komödie vorspielte. Wahrscheinlich traute mir der undurchsichtige Theologe genauso wenig über den Weg wie ich ihm. Mal sehen, wie die Sache ausging. Noch stand es unentschieden.

»Also, das muss ich Arndt erzählen«, sagte ich, immer noch kopfschüttelnd. »Außerdem brauche ich ein neues Bier.«

Marten nickte gnädig.

Wir beide waren die Letzten gewesen, die der Abendkühle getrotzt hatten. Wind war aufgekommen, die Luft roch nach Regen. Drinnen scharte sich alles um den Ausschank. Ich sah Frank für zwei zapfen, während der brave Konstantin die Senioren versorgte und die Damenwelt sich über den Sekt hermachte. Arndt stand zusammen mit Arsani, einem Alten Herren, zwei jungen Mädchen und einem weiteren Burschen ins Gespräch vertieft. Ein frisches Bier in der Hand, trat ich zu dem Grüppchen.

Arsani war mit einer Reihe von Lachshäppchen beschäftigt und daher nicht Dreh- und Angelpunkt der Unterhaltung. Statt seiner führte der Alte Herr das Wort. Wenn ich es recht verstand, hatte er gerade den Russlandfeldzug erfolgreich absolviert und beklagte nun das Schicksal der Kunstgegenstände, die von der Roten Armee in Ostdeutschland gemopst worden waren.

»Sie ahnen gar nicht«, rief er mit Fistelstimme, »was noch alles in russischen Magazinen liegt. Professor Arsani hat ja nur einen Bruchteil der Schätze erwähnt. In Moskau, Sankt Petersburg, Königsberg, überall. Der Russe hat alles mitgenommen, was nicht niet- und nagelfest war.«

»Das Bernsteinzimmer auch?«, fragte ein Bursche mit auffallend heiserer Stimme, ich glaube, er hieß Georg.

Arsani lachte mit vollen Backen. »Hören Sie auf mit dem Bernsteinzimmer, junger Mann!«, nuschelte er. »Das ist vorbei.«

»Sagen Sie das nicht«, widersprach der Alte. Seine Haut war gelb und zäh wie gegerbtes Leder und voller Flecken an den Schläfen. »Sagen Sie das nicht. Es gibt Dokumente, die eine andere Sprache sprechen. Dokumente!«, wiederholte er und hob den zitternden Zeigefinger.

»Ich habe auch gelesen, dass es womöglich in Russland versteckt ist«, pflichtete eines der Mädchen bei. Enganliegende Bluse, Mondgesicht, sanfte Kuhaugen. Um ihren Hals baumelte eine Goldkette mit Kreuz daran.

Arsani winkte ab. »Vergessen Sies.« Er begann zu husten; da lag wohl ein Gürkchen quer.

Auch der Fleckige verneinte. »Das Bernsteinzimmer haben die Russen nicht, junge Frau. Das nicht.«

Ich trat einen Schritt vor. »Was halten Sie von Kiew?«, fragte ich. »Ich habe gehört, Einzelteile des Zimmers sollen in Kiew versteckt sein. Dem Ukrainer traue ich so etwas zu.« Die Kuhäugige warf mir einen dankbaren Blick zu.

Arsani hustete immer noch zum Gotterbarmen, während

der Fleckige mich verächtlich musterte. »Wo haben Sie denn diese Räuberpistole her? Nein, nein, das Bernsteinzimmer ist komplett erhalten und an einem geheimen Ort. Aber nicht in Russland und nicht in der Ukraine.«

»Sondern?«, fragte der mit der heiseren Stimme. »In Moldawien?«

Das andere Mädchen fing an zu gackern. »Moldawien! So was Blödes!« Eigentlich war sie ganz hübsch mit ihren braunen Locken, dem schlanken Hals, den langen Beinen und noch längeren Wimpern. Ein bisschen viel Oberweite für meinen Geschmack. Dem Sekt hatte sie so mutig zugesprochen, dass sie sich nur noch mit Mühe aufrecht hielt. Vielleicht fand sie den Gedanken an Moldawien deshalb so komisch.

»Nein, wirklich«, verteidigte sich Georg. »Ich hab …«

»Papperlapapp«, sagte der Alte mit strengem Blick. »Überhaupt nicht im Ostblock. Sondern … – hier in Deutschland.«

Das schlug ein wie eine Bombe. In Deutschland! Sensationell. Kuhauge, Georg und Arndt starrten den Sprecher mit offenem Mund an. Nur die Brünette schüttelte noch immer den Lockenkopf und murmelte kichernd »Moldawien« vor sich hin. Arsani war entschwunden, ein angebissenes Häppchen auf der Theke zurücklassend; weiter hinten hatte er ein Tablett mit kalten Hähnchenschlegeln erspäht.

Zufrieden registrierte der Alte Herr, welchen Eindruck seine Worte gemacht hatten. »Jawohl, Deutschland. Das hätten Sie nicht erwartet, stimmts?«

»Aber wo denn da?«, fragte Arndt mürrisch. »Und wieso bekommt man es dann nicht zu sehen?«

»Tja«, sagte der Alte bedeutungsschwanger. »Tja …« Er schaute sich um, ob auch kein Unberufener lauschte, um dann mit bebender Stimme zu flüstern: »Die Stasi.«

»Die Stasi?« Das kam aus vier Mündern gleichzeitig, selbst mich hatte er überrumpelt.

»Mit dem Untergang des Deutschen Reiches in jenen Maitagen«, begann er in tremolierendem Ton, »geriet das aus Königsberg nach Berlin transportierte Bernsteinzimmer in die Hände der Bolschewiken. Das ist eindeutig belegbar. Und es blieb in Deutschland, in der besetzten Zone. Die Russen hatten ja gar nicht die Fachleute und erst recht nicht das Geld dazu, es säuberlich zu zerlegen und nach Moskau zu transportieren. Nein, nein, das Bernsteinzimmer blieb in der Heimat. Es war sozusagen das Faustpfand der neuen Herrscher, die es vor dem Volk versteckt hielten. Ich erinnere mich an eine Bemerkung aus Ulbrichts Mund …«

»Wieso Moldawien?«, unterbrach ihn die Sektnymphe respektlos und stolperte ein wenig nach vorne. »Hoppla! Das ist doch völlig bescheuert. Wer bringt denn ein Sternbeinzimmer … ein Bernsteinzimmer nach Moldawien? Da liegt doch der Bär begraben!«

Na, wenn das der Moldawier gehört hätte! Zumindest unser Bernsteinjäger hatte es gehört. Er blickte die Brünette mit abgrundtiefer Verachtung an – im Vergleich dazu war ich mit einer kleinen Rüge weggekommen – und rückte von ihr ab. Bloß nicht mehr beachten.

»Aber wo ist denn das Zimmer jetzt?«, rief die Blonde, die ihre Stunde gekommen sah.

Der Alte Herr räusperte sich. »Wie ich schon sagte: Die Stasi sorgte dafür, dass es niemand erfuhr. Bis heute ist der genaue Ort unbekannt, und nur ein paar Kader der ehemaligen Sowjetzone wissen Näheres. Der Mielke hat das Geheimnis mit ins Grab genommen und der Wolf natürlich. Viele bleiben da nicht mehr. Man sollte den Gysi befragen, bevor der sich ebenfalls verabschiedet.«

»Meine Tante war mal in Cottbus«, warf ich nachdenklich ein. »Dort haben sie ein Backsteinzimmer aus der Zeit des Alten Fritz ausgestellt. Das kann das aber nicht gewesen sein, oder?«

Diesmal war die Verachtung unterirdisch. Gerne hätte der Alte mich aus seinem Blickfeld verbannt, aber wenn er sich abwandte, stand er wieder der Sektprinzessin gegenüber. Er reckte das Kinn und schenkte mir ein missliebiges Schnauben; neben ihm verzog die Blonde ihr Mondgesicht. Arsani, der fröhliche Professor, machte der lächerlichen Szene ein Ende, indem er dem Greis nachsichtig die Schulter tätschelte (mit links, die rechte Hand hielt ein Hähnchenbein) und erklärte: »Das Bernsteinzimmer schlagen Sie sich aus dem Kopf, guter Mann. Das ist futsch. Kaputt. Und kunstgeschichtlich ohnehin wertlos.«

Na, dagegen konnte man mich geradewegs dezent nennen. Der Alte sah aus, als würde er eine Gallenkolik und einen Schlaganfall gleichzeitig bekommen. Bebend hielt er sich an seinem Sektglas fest und verstummte. Kuhauge schritt empört von dannen, Arndt begann mit einem Burschenfreund zu tuscheln, und ich schlenderte in Richtung Terrasse, um ein letztes Mal Frischluft zu tanken.

Unten startete ein Auto, ein zweites hinterher. Der dunkelblaue Himmel war wie mit schwarzer Tinte bemalt. In breiten, klobigen Pinselstrichen hatte sich dort ein Aquarellist ausgetobt, der noch darauf wartete, von Professor Arsani in wissenschaftlichen Büttenreden verhackstückt zu werden.

Vor mir schimmerte der Fluss, hinter mir schlug das Lachen der Gäste aus der offenen Terrassentür. Plötzlich wurde mir klar, welches Auto da eben losgefahren war. Es ist der einzige Wagen dieser Welt, den ich am Motorengeräusch erkenne. Ich trat nach vorne an die Brüstung und sah in der Ferne gerade noch die beiden Rücklichter Gertruds verschwinden.

Gertrud ist der Name von Fattys Mini.

32

Ich hatte mich nicht getäuscht. Als ich einige Stunden später, trunken vom Alkohol und vom Geschwätz all dieser Besserwisser, auf die Straße trat, fand ich an meinem Rad einen Zettel mit einer Nachricht von Fatty. ›Bin hinter d. Dicken her. Melde mich morgen‹, hatte er offenbar in Eile gekritzelt und mir das Papier an die Fahrradklingel geklemmt. Dass er nicht Bünting, sondern diesen Heinz Schafstett aus Wieblingen verfolgte, überraschte mich. Aber er würde seine Gründe dafür haben. Auf seinen Bericht war ich gespannt.

Weit über mir schlug eine Tür auf; ich hörte gedämpftes Stimmengewirr und unkontrolliertes Lachen aus dem Burschensaal in die Nacht hinausschallen. Jemand betrat die Terrasse. Auf dem Asphalt der Uferstraße begann ein seltsames Schattenspiel.

»Finger weg, du Pimmel!«, kreischte eine Frau von oben.

Ich steckte Fattys Zettel ein, um mich im nächsten Moment zu ducken. Zischend zerschnitt ein heller Gegenstand die Luft und zerschellte mitten auf der Straße. Die Splitter des Tellers flogen bis in den Neckar.

»Nun stell dich nicht so ...«, brummelte ein Mann, Füße scharrten, die Frau quiekte, dann verebbte der Lärm. Die Terrassentüren wurden wieder geschlossen. Die Straße war von Splittern übersät, in der Kehrrinne lag ein angebissenes Hähnchenbein. Dieser Arsani war einfach unersättlich, in jeder Hinsicht.

Nun herrschte wieder nächtliche Stille.

Ich schwang mich auf meinen Drahtesel und fuhr langsam los, den Kopf voller Gedanken. Wieso war Fatty hier gewesen?

Von dem Vortrag hatte ich ihm erzählt. Seine Nachricht war ein netter Hinweis, aber überflüssig, da er mir ohnehin morgen Bericht erstatten würde. Es gab nur eine Erklärung für seine Aktion: Er war durch Schafstett selbst hierher geführt worden. Das wiederum bedeutete, dass Bünting nun über meine Bekanntschaft mit seinem Enkel Bescheid wusste. Wie würde er reagieren? Panisch? Wie eine angeschossene Raubkatze?

Das interessierte mich.

Es interessierte mich so brennend, dass ich diese Frage ohne Aufschub beantwortet wissen wollte. Büntings Villa lag nur fünf Radminuten vom Neckarufer entfernt, und wenn sein dicker Spezi mich vor Kurzem beschattet hatte, dann bestand berechtigte Hoffnung, dass auch der Alte noch nicht ins Bett gegangen war. Oder sich unruhig, von schlechtem Gewissen geplagt, zwischen den Kissen hin- und herwälzte. Ich fuhr also nicht auf direktem Weg nach Hause, sondern bog am Brückenkopf nach rechts in die Bergstraße ab. Eine prima Idee, fand ich.

Nun, unter anderen Vorzeichen – sagen wir, unter reduziertem Alkoholeinfluss – hätte ich diese Idee weniger gut gefunden, vielleicht sogar ziemlich bescheuert. Zumal es jeden Moment anfangen konnte zu regnen. Mitternacht war vorüber, und was wollte ich an Büntings Haus schon groß erfahren, außer, dass der Alte noch wach war oder bereits schlief? Andererseits bedeutete die Fahrt zum Oberen Auweg nur einen kleinen Umweg, und die frische Nachtluft würde meinem schwer gewordenen Kopf guttun. Wenn ich jetzt meinen Jagdtrieb ignorierte, würde ich nicht einschlafen können.

Als ich an der Villa eintraf, war es stockfinster und totenstill. Fern in der Rheinebene schimmerten einzelne Lichter. Ich stellte mein Rad ab und schlich die Umfriedung entlang. Das erste Geräusch, was sich zu meinem eigenen Geschnaufe gesellte, war dumpfes Gewittergrollen. Der Ruf des Himmels: ab ins Bett! Aber nun war ich schon mal da, also konnte ich auch den nächsten Schritt noch unternehmen. Und den übernächsten. Zumindest einen Blick in die Fenster des Erdgeschosses wollte ich werfen – und vielleicht gab es eine Möglichkeit, auf einen Baum zu kraxeln, falls ein Zimmer im ersten Stock noch erleuchtet war.

Ich schlich weiter.

Kurz vor der bewährten Einstiegsstelle stolperte ich in ein Schlagloch und fiel der Länge nach hin. Zecherschicksal! Wie zum Hohn tat sich eine Lücke zwischen den Wolken auf, und der Mond erhellte für einige Momente die Umgebung. Kaum stand ich, verdrückte er sich wieder, der Mond. Ein lustiges Spielchen. Aber Max Koller hatte in dieser Nacht ein Ziel, auch wenn er es nicht genau benennen konnte, und von dessen Erreichen konnte ihn niemand abbringen. Der Mann im Mond schon mal gar nicht.

Am Hang über mir schrie das obligatorische Käuzchen.

Das Gitterwerk lief oben in langen Eisenspitzen aus. Hier galt es, sich in Acht zu nehmen. In meinem Zustand konnte eine solche Kletterpartie im Dunkeln schmerzhaft enden. Ich fand die richtige Stelle, schwang mich hinauf und setzte einen Fuß zwischen die Spitzen. Eine unangenehme Vorstellung, hinunter in die Dunkelheit zu springen, aber was konnte bei zwei Metern schon groß passieren? Ich sprang.

Und fiel weich.

Entsetzt warf ich mich zur Seite. Das Sprungkissen, auf dem ich gelandet war, hatte sich bewegt! Oder besser: Es hatte nachgegeben wie ein Kleidersack. Nein, nicht wie ein Kleidersack; wie ein Müllsack, der mit allem Möglichen gefüllt ist, mit Weichem und Hartem, Fleisch und Knochen … Wie ein Mensch.

Es war totenstill. Kein Käuzchen mehr. Ich wagte nicht, mich zu bewegen. Ich fror.

Dann lugte der Mond wieder aus den Wolken hervor und beleuchtete meinen Müllsack. Für einen kurzen Moment nur, aber der genügte. Ich drehte mich weg. Mir wurde übel.

Das arme Mädchen. War Katerina nicht das blühende Leben gewesen? Kein Prachtweib, keine sinnenbetörende Eva, aber doch eine junge Frau voller Zukunft ... Vorbei. Aus. Katerina hatte keine Zukunft mehr. Sie war verstummt, für immer, wie die Frau im Rollstuhl, die sie betreut hatte. Mit aufgerissenen Augen und schmerzverdrehten Gliedmaßen lag sie zwischen den Büschen – und ich Unglücksvogel war ihr auf den Bauch gesprungen! Als wenn das noch etwas ändern würde ... Trotzdem, es war so entsetzlich, es war so beschämend, dass mir fast die Tränen kamen.

Fast; denn es gab weitere, viel abstoßendere Details. Ich bemerkte sie, weil der Mond wieder zwischen den Wolken hervortrat. Unbarmherzig zeigte er mir jeden Blutfleck auf Katerinas Leiche. Schräg über ihren Oberkörper zogen sich drei große, tiefe Wunden, wie auf einer Kette aufgereiht. Als hätte einer mit einem bestialisch großen Messer zugestochen oder mit einer Lanze oder einem Spieß, wie soll man das wissen. Ich schaute nach oben. Drei der rostigen Eisenspitzen glänzten feucht im Mondlicht ...

Ich übergab mich.

Als alles draußen war, und es war nicht wenig, hatte sich der Mond verzogen. Ich konnte die Umrisse des toten ukrainischen Hausmädchens vor mir nur ahnen. Was hatte sie verbrochen, dass man sie so abschlachtete? Wer hatte ein Interesse daran, eine junge Ausländerin auf ein Gitter zu spießen und sie dann im Unterholz liegen zu lassen? Denn ein Unfall konnte es nicht gewesen sein. Das heißt, es konnte schon – aber irgendjemand musste sie von da oben heruntergehoben und auf den Boden gelegt haben.

Ich spuckte aus. Irgendjemand? Wieso irgendjemand? Gab es einen berechtigten, einen ernst zu nehmenden Zweifel daran, dass dieser jemand kein anderer war als mein Mäzen und Auftraggeber, der Hauptverbrecher Hanjo Bünting, Metzgermeister von Mammons Gnaden? In diesem Moment hätte ich ihn mit bloßen Händen erwürgen können. Wollte ihn winseln hören, röcheln, um Gnade flehen. Ich rappelte mich auf und schlich Richtung Villa. In die Dunkelheit hinein. Wieder grollte der Donner.

Aber was war das bisschen Gewitter schon gegen das Grollen in mir?

Nebenbei bemerkt: Den einen oder anderen Zweifel gab es. Dass ein über 70-Jähriger sich einer Frau bemächtigte, die in zwei Metern Höhe auf widerhakenähnlichen Eisenspitzen stak, schien schwer vorstellbar. Und wenn der Mann schon Mordgelüste verspürte, warum befriedigte er diese nicht ganz bequem im Haus? Das waren Einwände, denen ich in nüchternem Zustand und ohne das Bild des aufgespießten Mädchens vor Augen vielleicht nachgegangen wäre. Aber so? Keine Chance. Ich wollte Rache. Jetzt.

Die Umrisse von Büntings Villa vor mir, trat ich aus dem Buschwerk heraus auf die Wiese. Was genau ich unternehmen und wie ich vorgehen wollte, war mir noch nicht klar. Ich brauchte es mir auch nicht mehr zu überlegen. Denn in dem Moment hatte ich ein Déjà-vu-Erlebnis.

Wiedersehen macht Freude, heißt es. Für diese Nacht galt das Sprichwort nicht. Wie die Wolken vor den Mond schob sich ein dunkler, unförmiger Gegenstand ohne Eile vor meine Augen. Ohne Eile, sage ich, und doch ging alles sehr schnell. Über mangelnde Deutlichkeit brauchte ich mich nicht zu beschweren. Nein, ich sah den Gegenstand sehr bewusst vor mir auftauchen, mein Sehfeld verdunkelnd … ich rührte mich nicht, sondern wartete, bis er vor meinen Augen zerplatzte.

Der Gegenstand war eine Faust. Wir kannten uns schon, das erleichterte den Umgang miteinander. Ringsum wurde es schwarz, schwärzer als je zuvor, und ich bettete meinen müden Körper hinterrücks aufs Gras.

Irgendetwas in meinem Kopf ging zu Bruch; trotzdem war ich erleichtert. In der Ferne schrie mal wieder das blöde Käuzchen, üppige Frauenleiber à la Rubens wirbelten vor mir herum, schrumpften zu mageren Hausmägden zusammen, verwandelten sich in knochige Mumien, zerfielen, zerbröselten, zerstoben ... Eine Stimme, die wie Gertrud beim Losfahren klang, flüsterte »Moldawien, Moldawien«, und im Hintergrund schluchzte mein Vater: Der Fluch, Max! Denk an den Fluch ...

Er hat schon recht: Ich bin der geborene Verlierer.

33

Vielleicht hätte ich diesen zweiten Mord verhindern können. Kurz zuvor hatte ich im Saal der Rheno-Nicarier gestanden und ihre Waffen in Augenschein genommen. Mit gekreuzten Klingen hingen sie an der Wand. Ob der alte Bünting mit so etwas umgehen konnte? War er auch Mitglied einer Verbindung gewesen? Ich nahm eine der Waffen aus der Halterung. Sie war leicht und hatte eine beeindruckend scharfe Spitze.

»Vorsicht, giftig«, rief jemand hinter mir. Frank, der Hüne, kam glucksend auf mich zugeschwankt. »Das ist ein Florett, an die 70 Jahre alt.«

»Und damit kloppt ihr euch?«

»Nee, nee, nicht mit dem. Mit dem Säbel hier.« Er zeigte auf eine Waffe mit aufwendig gearbeitetem Griff, um einiges schwerer als das zierliche Florett. »Das andere ist nur Dekoration, für besondere Anlässe.«

»Wie der gestern?«

»Nee, da singen wir bloß. Letzte Woche hatten wir das Ding mit, bei unserer Feier auf dem Ehrenfriedhof.«

Ehrenfriedhof? Dort oben feierten die, zwischen den Gedenksteinen für Weltkriegsteilnehmer? Die Feier hätte ich erleben wollen.

»Aber was stehste hier so dumm rum, Max?«, dröhnte Frank, nahm mich in den Arm und bugsierte mich weg von den Waffen Richtung Ausschank. Er schwankte wie eine Boje auf dem Neckar.

»Was gibt es denn auf dem Ehrenfriedhof zu feiern?«

»'ne Mensur, was sonst?«

»Deine aber nicht«, sagte ich, auf sein Gesicht deutend, das rosig und glatt war wie ein Kinderpopo. Keine Spur eines Schmisses.

»Nee, ich bin ja auch noch Fux.«

»Fux?«

»Bursche im Wartestand, sozusagen. Ich werd meine Mensur erst noch fechten, am Ende des Semesters.«

»Und? Schiss?«

»Schon. Hat jeder. Es geht ja auch nicht darum, keinen Schiss zu haben, sondern den Schiss zu überwinden. Stehenzubleiben, auch wenn du weißt, dass es gleich wehtut.«

»Aha.« So war das also. Konnte man nicht mal was dagegen einwenden. Wir hatten die Theke erreicht. Er langte nach vorne und zapfte uns zwei Bier.

»Euer Boss hat auch noch keine Mensur, oder?«

»Marten? Doch, doch. Eine ganz kleine Narbe, kaum zu sehen.« Er grinste. »Ich glaube, der war ein Problemfall. Hats aber sonst echt drauf, der Junge.« Er prostete mir zu. »Los, ex, alter Schwede!«

Ex, von wegen. Ich hatte längst genug. Die Farben auf den Bändern der Burschen vermochte ich nur noch zu unterscheiden, wenn ich die Augen zusammenkniff. Und doch hatte ich mich im Vergleich mit den übrigen Gästen zurückgehalten. Die langbeinige Brünette hielt sich nur aufrecht, weil ihr der bucklige Kunstgeschichtler Halt gab, zwei andere Mädchen lagen kreischend vor Lachen über ihren Gläsern, und in einem Lehnstuhl hing der, den ich Georg nannte, mit glasigen Augen und grünem Gesicht: eine Luftmatratze, der die Luft entwich.

Frank stellte sein leeres Glas auf die Theke und wischte sich mit einem zufriedenen »Aahh« den Schaum von der Oberlippe. Hinter ihm steckten Arndt, Konstantin und Marten die Köpfe zusammen. Wenn mich nicht alles täuschte, stritten sie sich. Worüber sie sprachen, war nicht zu verstehen; Tonfall und Lautstärke jedoch ließen auf eine Grundsatzdebatte schließen.

»Mann, hast du schöne Augen«, sagte Frank und begann zu schielen.

Mir fiel fast mein Bierkrug aus der Hand. Nicht einmal Christine hatte jemals die Schönheit meiner Augen ... Was war denn das für eine seltsame Anmache?

Ein schwerer Seufzer hob Franks mächtigen Brustkorb. So viel Gefühl, so viel Männlichkeit ...

Mit einem Ruck drehte ich mich um – und atmete auf. Hinter mir stand eine dieser Rüschenblusenpuppen mit Perle im Ohr, zwinkerte so neckisch wie möglich zu Frank hinüber und erwiderte sein Dauergrinsen. Gott sei Dank, dieser Kelch war an mir vorübergegangen. Meine Augen freuten sich zwar über jedes Kompliment – besser aus Franks Mund als aus keinem –, trotzdem war es mir so lieber.

»Ich, äh … ich geh dann mal«, sagte ich und zog mich zurück. Ehrensache; man durfte das zarte Band, das der Koloss mit unbeholfenen Fingern zu knüpfen begann, doch nicht zerreißen. Dafür würde die Dame seines Herzens schon sorgen, und zwar spätestens morgen früh, wenn ihr bewusst wurde, was zwei Flaschen Sekt aus einem ehrbaren Mädchen gemacht hatten. Im normalen Leben war sie Einserjuristin oder Liechtensteinische Fürstentochter oder beides, und dieses Leben würde mit sinkendem Alkoholpegel wieder sein Recht einfordern. Heute Nacht ließ sie sich vielleicht gehen, morgen früh hängte sie sich ein Schild um den zugeknöpften Hals: Bitte nicht anfassen.

Nun, Frank musste selbst sehen, was sich ergab und was nicht. Ich schlenderte eine Weile durch den Saal, bis ich ganz zufällig bei Arndt und seinen Kombattanten landete.

»Hallo«, sagte ich grinsend.

Stille. Drei Augenpaare fixierten den Fußboden.

Aha, man fühlte sich gestört. Aber genau dazu ist ein Privatdetektiv da. Ohne Störung keine neuen Erkenntnisse und ohne Erkenntnisse kein Ermittlungserfolg.

»Mensch, Arndt«, rief ich und legte den Arm um seine Schulter, »hat dir Marten erzählt, dass ich gerade ein Porträt über deinen Großvater schreibe?«

»Was?«

»Ja, über deinen Großvater, Hanjo Bünting, den Industriellen. Für die *Neckar-Nachrichten*. Ist das nicht ein lustiger Zufall?«

»Über dieses Arschloch …«, murmelte der Enkel, schaute finster in sein halb leeres Bierglas, als habe sich der Alte darin versteckt, und trank es in einem Zug aus. Im Hintergrund begannen die beiden Mädchen, eben noch die besten Freundinnen, sich anzukeifen und Sekt ins Gesicht zu schütten.

»Momentan kann es dem guten Arndt niemand recht machen«, sagte Marten in seiner mitfühlenden Art und bleckte gelbe Zähne. Er erinnerte mich an eine Muräne, die ich im Frankfurter Zoo gesehen hatte.

»Sei du doch ganz ruhig«, zischte Arndt ihn an. »Du spuckst wie immer nur große Töne. Wo warst du eigentlich gestern, hm?«

»Fängt das schon wieder an«, stöhnte Konstantin.

»Sag schon, wo warst du, Marten?«, wiederholte der junge Bünting und ließ seinen Rudelführer nicht aus den Augen. »Du hast dich doch als Erster verdrückt, als es losging. Immer schön im Hintergrund bleiben.«

»Bitte, Arndt, lass gut sein. Wir haben schon so oft …«, begann Konstantin erneut, aber weiter kam er nicht.

»Und du hast auch gleich den Schwanz eingezogen«, herrschte ihn Arndt an. »Ihr seid alle gleich, alle! Die hätten mich fertiggemacht gestern, wenn ich auf eure Unterstützung gewartet hätte. Weißt du, Max«, wandte er sich an mich, unerwartet zum du übergehend, »weißt du, dass sie vorher einen Befehl ausgegeben haben? Keiner haut ab! Keiner, von wegen. Alle sind sie geflüchtet, und mich wollten sie testen, weil sie dachten, ich kneife. Schöne Kumpels sind das. Schweinekumpels!«

Marten lächelte mitleidig, der kleine Konstantin schüttelte ärgerlich den Kopf. Natürlich, es war ihnen peinlich, dass ich Zeuge dieser Szene wurde. Dabei interessierte mich ihr Schlagabtausch überhaupt nicht. Wenn den jungen Herren so viel daran lag, sich bei der allgemeinen Tapferkeitsauktion zu überbieten – bitte, mir gleich. Ich hatte nur ein Ziel: Arndt im Laufe des Abends unter vier Augen zu sprechen.

»Ist doch wahr«, rief er. »Kannst du dich erinnern, einen dieser sauberen Kumpels auf dem Marktplatz gesehen zu haben, als die Eier flogen?« Seine Augen glänzten blutunterlaufen, und beim Sprechen versprühte er feine Speicheltröpfchen.

»Keine Ahnung«, antwortete ich zögernd, »ich kannte euch doch gar nicht.«

»Es stand jedem frei, sich auf seine Art am Mai-Einsingen zu beteiligen«, meinte Marten süffisant. »An Prügeleien mit dem Proletariat findet schließlich nicht jeder Geschmack. Quod licet Iovi, non licet bovi.«

Das passte zwar nicht ganz, aber es saß. Arndt schluckte. Seine schmalen Hände ballten sich zu Fäusten. Konstantin versuchte es mit einer versöhnlichen Geste, fand aber keine Beachtung. Der junge Bünting stand unter Dampf wie ein Schnellkochtopf.

»Super Spruch«, schrie er den Langen an. »Super Spruch, du Supersprücheklopfer! Aber dann verrate mir mal, was du hier zu suchen hast, ausgerechnet du. Weißt du, Max, ich habe nämlich letztes Semester bei der Mensur nicht standgehalten. Das fand er … unwürdig fand er das, der tolle Marten. Behandelte mich wie einen Sextaner. Wie einen Bettnässer. Hinterher hab ich erfahren, dass er drei Anläufe gebraucht hat, bis sie ihm das Burschenband schließlich aus Mitleid gegeben haben.«

Marten lächelte und begann seine Pfeife zu stopfen. Wenn er getroffen war, so ließ er es sich nicht anmerken. Einige der Umstehenden hatten sich uns zugewandt und verfolgten den Ausbruch Arndts mit leeren Blicken. Ein älterer Bursche mit spektakulär ausgefranster Narbe legte ihm den Arm um die Schulter. »Lass doch den Scheiß, Kleiner«, brummte er. Er stank entsetzlich aus dem Mund.

»So war es doch, Marten?«, rief Arndt und schüttelte den anderen ab.

»Verdammt noch mal, Arndt«, fluchte Konstantin. »Lass uns morgen drüber reden, wenn wir …«

»Warum weicht der mir aus?«, schrie Arndt. »Schau mich doch mal an, Feigling!«

Marten widmete sich in aller Seelenruhe seiner Pfeife.

»Der weicht mir aus, der Typ, die ganze Zeit schon.«

»… morgen, ja? Nicht in dieser aufgeheizten Atmosphäre.«

»Natürlich, er kneift mal wieder, der große Feldherr!« Arndt knallte sein leeres Bierglas auf die Theke. »Und warum? Weil er der größte von all diesen Drückebergern ist, deshalb!« Sprachs und stürmte davon, sich mit beiden Händen den Weg durch die Gäste bahnend.

»Hoppla!«, rief Professor Arsani, als Arndt an ihm vorbeirauschte. »Bünting, wo wollen Sie denn …?« Kopfschüttelnd kam er zu uns herübergeschlurft, seine besoffene Verehrerin im Schlepptau. »Was ist denn mit dem los?«

»Kleine Meinungsverschiedenheit«, gab Marten in seiner charmantesten Art zurück. »Und Ihr Vortrag war der Anlass. Ich habe meinem Kommilitonen erklärt, warum ein Mann wie Jacob Burckhardt heute nicht mehr zitierenswert ist.«

»Oho, oho«, machte Arsani mit großen Augen. »Sagen Sie das nicht, Micevski, sagen Sie das nicht!«

Ich sah Marten überrascht an. Wieso erwähnte er plötzlich den Namen dieses … ja, eines der Toten auf dem Bergfriedhof? Und dann auch noch desjenigen, auf dessen Grab die Leiche gelegen hatte? Was für einen Sinn ergab das?

»Die Alten wird man wieder lesen«, sagte Arsani mit erhobenem Zeigefinger, »denken Sie an mich, Micevski. Die feiern fröhliche Urständ. Und ein Burckhardt wird die … äh, ihre Speerspitze sein, jawohl.«

Die Alten … allmählich dämmerte mir etwas. Dieser Jacob Burckhardt musste Kunsthistoriker gewesen sein, genau wie Arsani, bloß einige Generationen vor ihm. Und sein Name war es auch gewesen, der mich während des Vortrags aus meinem Nickerchen gerissen hatte. Mit dem Burkhardt vom Bergfriedhof hatte er nichts zu tun und mit meinem Schulfreund von früher, der sich tot gesoffen hatte, schon mal gar nicht. Gut, das wäre geklärt. Geklärt wären auch die Grenzen meiner soliden Halbbildung, und das durch den Clown Arsani, ausgerechnet. Wie der Professor schon dastand! Krumm und bucklig, eine Hand um sein Bierglas geklammert, die andere fest um eine Pobacke der Brünetten. Dennoch schaffte er es, sich mit einem Finger der Bierhand – dem, der eben noch so mahnend nach oben gezeigt hatte – etwas Fliegendreck von der Nase zu kratzen. Dass ihm aufgrund seiner Statur dabei die filzigen Haare ins Glas fielen, ließ sich nicht vermeiden. Arsani war eine Witzfigur. Aber er hatte fünf Finger am schönsten Arsch weit und breit.

»Apropos«, sagte der Professor. »Hat sich die Sache mit dem Jugoslawen eigentlich geklärt, Micevski?«

»Soviel ich weiß. Aber da sollten Sie Arndt Bünting fragen.«

»Wollte ich ja. Bloß, bei dem Tempo …« Arsani kicherte.

Marten zog schweigend an seiner Pfeife. Konstantin sammelte unsere leeren Gläser ein und begann sie erneut zu füllen. Das war meine Chance.

»Um auf Jacob Burckhardt zurückzukommen«, wandte ich mich an den Kunsthistoriker, »da bin ich ganz Ihrer Meinung. Man wird die Alten wieder lesen. Wie mir überhaupt Ihr Vortrag außerordentlich gefallen hat.« Martens Gesichtsausdruck in diesem Moment hätte mich interessiert.

»Ah ja?«, fragte Arsani zerstreut. »Danke.«

»Gestatten: Koller, Max Koller. Von den *Neckar-Nachrichten*.«

»Oh, Sie haben die Presse eingeladen?« Nun war er hellwach und reichte mir hocherfreut die Hand.

»Nicht direkt«, musste ihn Marten enttäuschen. »Herr Koller weilt eher als Privatmann unter uns.«

»Das stimmt, aber ich könnte mir durchaus vorstellen, Sie einmal in der Reihe Wertvolle ..., äh: Wichtige Köpfe unserer Heimat vorzustellen, Herr Professor.«

»Tatsächlich?«, machte Arsani und kniff der Brünetten, die selig an seiner Schulter gedöst hatte, vor Begeisterung in den Hintern. »Was?«, fragte sie irritiert und klammerte sich an seine Krawatte.

»Unser lieber Herr Koller«, warf Adlernase in seiner essigsauren Art ein, »arbeitet gerade an einer Denkschrift für einen verdienten Mitbürger: Herrn Bünting, Arndts Großvater.«

»Das ist richtig«, sagte ich. Warum mischte der Typ sich immer wieder ein? Versuchte er ein Vieraugengespräch zwischen Arsani und mir zu torpedieren?

Arsani wollte etwas antworten, doch da beugte sich die Brünette zu seinem Ohr hinunter und flüsterte so laut, dass wir alle es hören konnten: »Scheiße, ich glaub, ich muss kotzen.«

Das war die richtige Gelegenheit für alle Umstehenden, ihre Gentlementauglichkeit unter Beweis zu stellen. Die einen schauten zur Seite, die anderen in ihr Glas, der Professor räusperte sich und führte die schöne Schnapsleiche geradezu beschwingt Richtung Toilette. Ich nutzte die Gelegenheit, um Arndt zu suchen, wurde aber von Marten aufgehalten.

»Max«, sagte er ganz freundlich – er nannte mich zum ersten Mal bei meinem Vornamen – »Max, Sie sollten dem, was Arndt heute von sich gibt, keine Bedeutung zumessen. Er hat sich zurzeit nicht im Griff. Hat noch nicht gelernt, Niederlagen einzustecken.«

»Klar«, sagte ich, ganz väterliches Verständnis. »Ist doch klar, Mann.« Dann machte ich mich los.

Den jungen Bünting traf ich auf der Herrentoilette. Er stützte die Arme auf das Waschbecken und betrachtete angewidert sein Konterfei im Spiegel. Ich stellte mich neben ihn.

»Lass dich von Marten nicht unterkriegen«, sagte ich. »Der ist doch nicht halb so souverän, wie er tut.«

»Was geht denn Sie das an?«, blaffte er zurück.

»He, bin ich jetzt auch eine Persona non grata?«

Er zuckte die Achseln. Über sein zartes Jungengesicht tobte eine wilde Mischung aus Anspannung, Hass, Verachtung und Weltekel.

»Euer dämliches Männlichkeitsgehabe ist mir egal, Arndt. Ich weiß bloß eins: Wenn du gestern auf die Hilfe von Marten und Konstantin gewartet hättest, müsstest du jetzt zum Schönheitschirurgen.«

»Na und? Spielt doch eh keine Rolle.«

»Spielt doch eh keine Rolle«, äffte ich ihn nach. Was für ein Benehmen! So stellte ich mir 14-Jährige vor, wenn sie von der Pubertät geschüttelt wurden. Aber der hier war Anfang 20 und auf dem Weg zur Zwischenprüfung. Ich gab es auf und stellte mich an ein Pissoir. Arndt verharrte unbeweglich vor dem Spiegel; ich hörte, wie er ein paarmal »Scheiße« murmelte. Dann spuckte er laut und heftig aus. Ich drehte mich um. Arndt war fort; auf dem Spiegel zerfloss ein hässlicher Batzen Speichel. Fluchend eilte ich dem Jungen nach und erwischte ihn noch auf dem Flur.

»Verdammt noch mal, was ist denn los mit dir?«, rief ich, packte ihn am Schlafittchen und schüttelte ihn. »Drehst du jetzt völlig durch? Mit dir stimmt doch was nicht!«

Durch die offene Tür des Damenklos – ja, so etwas gab es hier – sah ich Arsani und die Brünette aufeinander herumturnen. Das Mädchen lag mit halb offener Bluse und herausgerutschter Brust auf dem Boden und zählte selig ihre Finger. Der Professor kniete über ihr und versuchte vergeblich, den Busen wieder in die Bluse zurückzustopfen, sobald er uns gewahr wurde.

»Lass mich in Ruhe!«, keuchte Arndt und schlug meinen Arm zur Seite.

»Erst, wenn du mir erzählt hast, was dein Problem ist.« Ich schüttelte ihn erneut kräftig durch, als könne ihm das helfen, eine Last abzuwerfen. »Worum geht es bei dir und Marten, hm? Und wer ist der Jugoslawe, von dem Arsani gesprochen hat?«

»Lass mich in Ruhe!«, brüllte er aus vollem Halse und riss sich los. Sein Blick war hasserfüllt. Und hinter dem Hass stand Angst, nackte Angst. Er war ein Tier, das man in die Enge getrieben hatte. Kein schöner Anblick. »Lasst mich bloß in Ruhe«, wiederholte er flüsternd. »Alle!«

Ich lachte mitleidig auf. Er verschwand im Treppenhaus.

Arsani hatte das Projekt Bluseschließen aufgegeben und schleifte sein besinnungsloses Opfer außer Sichtweite. Er kannte sich ja aus mit Rubensweibern. Frank war noch nicht so weit. Er werkelte zwar eifrig an seiner Auserwählten herum, aber die Frau sah dauernd auf die Uhr; wahrscheinlich hatte sie noch einen Termin. Die zankenden Weiber vertrugen sich wieder und wankten innig umschlungen zur Tür, Konstantin hinter ihnen her. Georg lag friedlich in seinem Stuhl. Ein Teil seines Abendessen war auf seine Brust gepurzelt, Nudelsalat und Würstchen, schön säuberlich von dem dreifarbigen Burschenband getrennt – wie bei einem von Arsanis Stillleben aus dem 18. Jahrhundert. Wenn er sich heute Nacht nicht bewegte, hatte er morgen früh gleich etwas zum Frühstücken.

Ich schaute nach oben. Der große Bronzeadler auf seinem Sockel erwiderte meinen Blick. Das Heer der Scherenschnittsöldner blieb stumm.

Das hier, das war die leibhaftige Vorhölle. Eine auf altdeutsch getrimmte, akademisch verbrämte Vorhölle. Der Limbus in Sütterlin. Virtus, Constantia, Fortitudo: germanische Terzinen, Goldschnittausgabe. Sektleichen auf dem Söller und Mutproben gelangweilter Muttersöhnchen.

Höchste Zeit zu gehen.

34

Es war Weihnachten.

Glocken bimmelten, die Engel sangen, Öchslein und Eselein schrieen, und ich fuhr mit dem Jesuskind Achterbahn. Oder Karussell. Vielleicht auch Fahrrad: wir beide auf mindestens vier Rädern, schwankend und kreischend durch die Plöck. Die Glocken bimmelten, eine Ladentür bimmelte, heraus trat ein finsterer Gorilla, ein echter Silberrücken, und vor lauter Gebimmel hörte er den heranbrausenden Jeep nicht. Warum mussten diese Bullen auch so schnell fahren? Ratsch! Der Silberrücken wurde von der riesigen Kühlerhaube zermanscht, ungebremst raste der Wagen auf mich zu, wurde größer und immer größer, verwandelte sich in eine riesenhafte Faust, die sich vor meinen Augen aufblähte, bis sie mein Blickfeld ganz ausfüllte …

Kann denn keiner diese verdammten Glöckchen abstellen?

Es war Weihnachten, und leise platschte der Schnee auf mich herab. Der Schnee.

Ach was, Schnee! Regen war es, blöder, nasser Regen! Ich richtete mich ächzend auf. Hatten sich meine Augen schon geöffnet? Schwer zu entscheiden. Ich sah nichts und niemanden. Dann waren sie wohl noch zu. Halt, Möglichkeit Nummer zwei: Nacht! Dunkle, sternenlose Regennacht, die Finsternis war ein schwarzer Würfel, und ich saß in seiner Mitte. Vielleicht hielt ich auch die Augen noch geschlossen, und es war trotzdem Nacht. So viele Alternativen! Und niemand, der mir beistand. Nur der Regen plätscherte.

Stöhnend hielt ich mir den Kopf. Warum drehte keiner den Hahn ab? Ich war pitschenass.

Und dann merkte ich, dass ich nicht allein war. Ich spürte seine Anwesenheit, ich sah ihn nicht. Seitlich mussten seine Füße stehen, darüber sein Rumpf und ganz oben der Kopf, weit entfernt, in derart schwindelnder Höhe, dass sich mir der Magen umdrehte.

Aus diesen frostigen Regionen kam seine Stimme zu mir herabgerieselt. Eine wohlbekannte Stimme.

»Können Sie mir verraten, was Sie dort unten machen, Sie … Mensch?«

Das waren die Worte, die mich unter die Lebenden zurückversetzten. Mein persönlicher Weckdienst, eine Hallo-wach-Tablette nach Rezeptur der DACH. Ich blinzelte unter schmerzenden Augenlidern hervor. Es war tatsächlich finstere Nacht, aber es ließen sich Schemen ausmachen, die mein zerebrales System mit Müh und Not zu Gegenständen zusammenfügte. Ich schaute nach rechts oben. Eine Mischung aus Gorilla und Testbild stand da, Bünting kubistisch, ein wackelnd unscharfer, konkav-konvexer Menschenschinder, der eine Stange in den Himmel gerammt hatte.

Ich fing an zu lachen.

Natürlich hielt sich Bünting ruhig und aufrecht wie immer, ein in den Boden gerammter Totempfahl – ich wusste das, aber ich sah es nicht. Nahm bloß ein verzerrtes Hologramm dieser Person wahr, und dieses Hologramm ächzte, knirschte und pfiff. Zu mehr waren meine leck geschlagenen Sinne nicht fähig. Hoppla, ein Geisterbahnbünting. Heute fand ich das spaßig.

Bünting ließ mich auslachen. Er hatte alle Zeit der Welt, denn er stand warm und trocken unter einem Regenschirm, während ich mich im nassen Gras wälzte. Meine Güte, ich musste fürchterlich aussehen. Wie lange lag ich schon da? Ich stützte mich auf meine Hände, zog die Beine an und versuchte aufzustehen. Ups! Das ging in die Hose. Lieber im Dreck sitzen bleiben.

»Haben Sie gesoffen, Koller?«, fragte Bünting von oben. Seine Worte fielen wie Eissplitter auf mich herab, kälter als der Regen und der Boden und die Nacht. »Was machen Sie hier auf meinem Grundstück?«

Ja, was tat ich hier? Gute Frage. Ich hatte sie mir auch schon gestellt. Und Büntings Worte halfen mir, sie zu beantworten. Mit jedem seiner Sätze wurde ich ein wenig wacher. Ich erinnerte mich an einen Faustschlag, an ein totes ukrainisches Mädchen, eine nächtliche Fahrt bei aufkommendem Gewitter … Mit einer Hand wischte ich mir den Regen aus den Augen. Verdammt, tat das weh! Schon wieder hatte es das linke Auge erwischt.

Der Silberrücken sah angewidert zu mir herab. Er hielt seinen Schirm so, dass mir der Regen, der sich auf ihm sammelte, direkt ins Gesicht floss. Eine kleine zusätzliche Gemeinheit, aber sie war mir schnuppe. Ich war ohnehin durchweicht wie eine Zeitung in der Biotonne, und genauso stank ich auch.

Vielleicht klappte es nun mit dem Aufstehen? Der Versuch begann vielversprechend; meine Knie hielten stand, die Waden zitterten, ohne nachzugeben, jetzt der Oberkörper … das Gleichgewicht suchen … finden … Luft holen, ausatmen … – geschafft. Prompt setzten die Kopfschmerzen ein. Als hätten sie nur auf diesen Moment gewartet! Ich brauchte dringend ein Bett.

»Sie stinken«, sagte Bünting.

Wenigstens befanden wir uns nun auf gleicher Höhe. Ich sah mich um. Sie hatten mich dort, wo mich der Fausthieb getroffen hatte, einfach liegen gelassen, am Übergang zwischen Wimbledonrasen und Buschwerk. Die Villa war ein kompakter dunkler Würfel, nur aus einem schmalen Riss im Eingangsbereich quoll weißes Licht.

»Koller, Sie sind einfach widerlich«, hörte ich Bünting sagen. »Saufen Sie eigentlich nur noch? Ich hätte Ihnen niemals Geld geben sollen.«

»Moment«, sagte ich. Warum beschimpfte mich der Alte? Warum bespuckte er einen, der von Kopf bis Fuß durchnässt war? Mühsam machte ich ein paar Schritte nach hinten in den Garten. Wenn mich nicht alles täuschte, gab es dort einen kleinen Tümpel. Bünting folgte mir misstrauisch.

Ja, da war ein Teich, hübsch angelegt mit Steinen, Schilfgras und Seerosen. Am liebsten hätte ich mich der Länge nach hineingelegt, aber ich beließ es dabei, mich hinzuknien und meinen schmerzenden Schädel ins Wasser zu tunken. Was für eine Erleichterung!

Ich kann mir ausmalen, was für einen lächerlichen Anblick ich bot. Den Kopf zwischen Seerosen, den Hintern in die Nacht gestreckt. Na und? Bünting hätte mich mit einem Fußtritt in den Teich befördern können. Es war mir egal. Ich hatte ein paar herrliche Sekunden da unten im Wasser: in einer kalten, schwarzen, öligen Flüssigkeit, die meine Kopfschmerzen wegwischte, als wären sie bloß eine schlechte Angewohnheit. Warum bleibst du nicht dort unten?, fragte eine sehr vernünftig klingende Stimme. Warum schwimmst du nicht einfach los? Geht nicht, sagte ich bedauernd, ich habe da noch eine Rechnung offen. Mit einem Mörder.

Prustend kehrte ich in die Welt des Mörders zurück. Ich schüttelte das Wasser aus meinen Haaren und richtete mich auf. Sogar meine schmerzenden Augen nahmen wieder Konturen wahr. Von oben pladderte Regen herab. Sie hatten ihn ja angekündigt, und nun war er da. Endlich.

»Sie sollten sich schämen, Koller«, sagte Bünting, aber der Ekel, der ihm ins Gesicht geschrieben stand, war falsch. »Ihre …«

»Sie Arschloch«, unterbrach ich ihn. »Schalten Sie Ihr Tonband ab! Sie sind doch nichts als ein drittklassiger Laienschauspieler. Und jetzt ist Schluss damit.«

»Sie, Koller, brechen hier in mein …«

»Ihr Haus, richtig«, rief ich. Bloß nicht mehr ausreden lassen! »Reden wir über Ihr Haus. Da steht es, hässlich wie eh und je. Aber die hübsche kleine Haushälterin, wo ist die wohl, Herr Bünting? Können Sie mir das verraten?«

»Sie sind ja …«

»Sollen wir sie suchen gehen? Wir zwei, jetzt gleich?« Ich drängte ihn vor mir her, und er wich zurück, weniger vor meinem drohenden Blick als vor meinen Ausdünstungen.

»Rühren Sie mich nicht an, Sie Wahnsinniger!«

»Wie wäre es mit der Stelle dort drüben, an der Grundstücksgrenze? Ihre Gitterstäbe haben verdammt spitze Enden. Haben Sie Geld dabei? Wir könnten uns auf Selbstmord einigen. Ach, Unsinn, dazu bräuchte man ja eine Leiche, und die wird längst nicht mehr dort sein, natürlich nicht. Während der Koller selig schlummert, lässt sich einiges arrangieren, nicht wahr? Bekommt die Friedhofsleiche jetzt Gesellschaft?«

»Ich hätte Sie niemals engagieren dürfen.«

»Hören Sie auf, Bünting! Elender Schmierenkomödiant …
Ist doch immer die gleiche Platte, die Sie auflegen: nichts hören, nichts sehen, nichts sagen. Die drei Affen in einer Person. Wollen wir wetten, hm? Wollen wir wetten?«

Er schwieg. Der Regenschirm zitterte leicht in seiner Hand.

»Okay, versuchen wir es. Frage Nummer eins: Wo steckt Ihre Haushälterin? Im Bett? Irgendwo hier draußen? Sollen wir nachschauen?«

»Katerina hatte heute Abend Ausgang«, antwortete er zu meiner Überraschung. Die Sätze kamen nur widerstrebend über seine Lippen, aber auch das konnte gespielt sein. »Sie hatte Ausgang. Wo und wie sie ihre Zeit gestaltet, habe ich sie nicht gefragt.«

»Na, sehen Sie?«, rief ich. »Wusste ich es doch. Und morgen machen wir mit besorgter Miene Meldung bei der Polizei. Oder übermorgen. Oder nächstes Jahr. Wer sorgt sich schon um eine Putze aus der Ukraine? Wen interessieren diese Menschen zweiter Klasse, denen es nicht gelingt, ihr bisschen Leben privatwirtschaftlich zu optimieren? Einen Hanjo Bünting jedenfalls nicht. Sie kümmert das einen Dreck. Und wo ist die Leiche jetzt? Wo habt ihr sie hingebracht? Vergraben, verbrannt, im Neckar versenkt? Läuft alles ab wie letzten Freitag? Während wir beide Konversation machen, fährt ein Wagen Richtung Sondermülldeponie.«

»Was für ein Wagen?«, fauchte Bünting. »Wovon reden Sie? Hier war niemand.«

»Niemand«, höhnte ich. »Natürlich! Und was ist mir eben ins Auge geschwirrt? Ein Ast vielleicht? Sie können es nicht gewesen sein, jemand wie Sie macht sich die Hände niemals schmutzig, schon gar nicht im Gesicht eines versoffenen Schnüfflers. Dafür haben Sie Ihre Dienstboten und Kofferträger, die für Sie die Scheiße vom Gehsteig kratzen. Immer die anderen, und Sie sind fein raus, weil Sie denken, mit Geld kann man alles kaufen. Keine Angst, Bünting, ich kriege Ihren Profiboxer, ich weiß jetzt, wie seine Faust riecht.« Beinahe hätte ich den Namen Schafstett genannt, besann mich aber rechtzeitig. Besser, der Alte wusste nicht, dass ich den Mann kannte.

»Sie verschwinden jetzt auf der Stelle, Koller«, blaffte Bünting zurück, »oder ich hole die Polizei. Und Sie lassen sich nie wieder hier blicken!«

»Die Polizei!«, rief ich heiser. »Die Polizei! Na los, nur zu, mein Bester! Einen größeren Gefallen könnten Sie mir gar nicht tun. Aber das werden Sie nicht, es wäre das Letzte, was Sie täten. Sie müssen doch warten, bis der Regen das Blut vom Zaun gewaschen hat, bis Ihre rechte Hand Vollzug meldet, bis man so tun kann, als hätte man gerade eben das Verschwinden des Mädchens bemerkt.«

»Sie sind verrückt«, murmelte er. »Hauen Sie ab.«

Natürlich verschwendete er keinen Gedanken daran, die Polizei zu informieren. Eine leere Drohung. Er hatte nur noch einen Wunsch: mich nicht länger ertragen zu müssen. Warum hatte er mich nicht auf die Straße befördert, während ich den Schlaf der Gerichteten schlief? Warum mich Katerina nicht einfach hinterhergeschickt? Weil mein Verschwinden auffallen würde, deswegen – im Gegensatz zum Ableben einer osteuropäischen Zugehfrau. Weil meine Freunde wussten, hinter wem ich her war, und weil sie die ganze Stadt (oder zumindest den halben *Englischen Jäger*) auf Bünting hetzen würden, wenn er mir an den Kragen wollte; während Katerinas Eltern wahrscheinlich nicht einmal die notwendigen Telefonate von Kiew nach Heidelberg zahlen konnten, um etwas über den Verbleib ihrer Tochter herauszufinden. Selbst die Entscheidung, wen du umbringst und wen du verschonst, hat etwas mit Geld zu tun.

Und jetzt? Was tun? Mir mit Gewalt Zutritt zu seinem Haus verschaffen? Aber was hätte ich dort suchen sollen, was hätte ich zu finden gehofft? Nein, es lief genauso wie vor Tagen auf dem Bergfriedhof: Sie waren zu zweit, der Helfer hieß wahrscheinlich Schafstett, und sie bevorzugten Arbeitsteilung. Der eine verwirrte die Leute, der andere war fürs Grobe zuständig. Katerinas Leiche würde ich nie wiedersehen.

»Na, los«, krächzte ich. »Rufen Sie doch die Polizei!«

»Hauen Sie ab, Koller. Lassen Sie mich in Ruhe.«

Mir wurde schwindlig. Keuchend beugte ich mich vor und stützte beide Hände auf die Oberschenkel. Allmählich begann ich zu frieren, nass, wie ich war. Was für eine Möglichkeit gab es, dem Alten beizukommen? Diesem Doppelmörder ... oder Doppelmordauftraggeber. Eines von beiden war er, obwohl ich nicht den geringsten Beweis hierfür hatte.

Mühsam richtete ich mich auf. Bünting stand nur einige Meter entfernt, aber er bewohnte eine andere Welt. Dunkelheit und Regen trennten uns, er hielt einen Schirm schützend über sich, war sauber und ordentlich gekleidet. Mit fiel ein, dass er mir heute Abend noch gar kein Geld angeboten hatte. Am Ende hielt er mich für unbestechlich.

Was blieb?

»Verdammt noch mal«, schrie ich, so laut ich konnte, in die Nacht hinaus, aber ich fürchte, es war nicht sehr laut. »Hat keiner von euch etwas bemerkt, ihr scheiß Heidelberger? Hier wird eine umgebracht, und ihr kriegt nichts mit! Ihr lebt mit einem Mörder zusammen! Einem Mörder!«

Mein Atem ging stoßweise. Bünting rührte sich nicht. Alles blieb still, nur der Regen pladderte herab. Tropfen zerplatzten auf der Oberfläche des Teichs, auf dem jungen Laub, auf dem Dach der Villa. Mein Kopf dröhnte.

»Sie sind das lächerlichste Objekt«, sagte Bünting zähneknirschend, »das mir jemals begegnet ist. Sie sollten sich mal ansehen.«

»Wenigstens das bleibt mir erspart«, entgegnete ich und meinte es ernst. Er hatte recht, ich benahm mich lächerlich. Wütend und leer drehte ich mich um und ging den Weg durch die Sträucher zurück, bis zu der Stelle, an der ich über das Gitter geklettert war. Bünting rief mir irgendetwas hinterher, doch es wurde vom Wasser fortgespült. Wie ich es erwartet hatte: keine Leiche mehr. Nichts, was auf eine Tragödie mit tödlichem Ausgang hätte schließen lassen. Die Erde zwischen den Bäumen hatte sich in Morast verwandelt; ob hier jemals ein menschlicher Körper gelegen hatte, war nicht zu erkennen. Ich sah hoch zu den Eisenspitzen des Gitters. Sie glänzten regennass.

Bünting war auf der Wiese zurückgeblieben. Alter und Würde verboten es ihm, sich durch das Dickicht zu quälen. Ich gönnte ihm den Triumph meiner Rückkehr nicht. Sollte er ruhig noch eine Viertelstunde im Regen frieren, bis er sicher sein konnte, dass ich verschwunden war. Ich strich mir die klatschnassen Haare aus dem Gesicht und schwang mich über den Zaun. Die kalten Gitterstäbe packte ich so fest wie nur möglich. Einen Schauder konnte ich dabei nicht unterdrücken.

35

»Du hast ihn gehen lassen?«, rief Fatty. »Du hast nichts unternommen?«

»Was denn, bitte schön?«

»Du bist einfach so nach Hause gegangen und hast dich ins Bett gelegt? Ich glaube, ich spinne! Was bist denn du für einer?«

Ich zog die Decke über den Kopf. Er riss sie mir wieder weg.

»Verdammt, ich hab dich was gefragt, Max!«

Ich öffnete die Augen, so gut es ging (links war es schmerzhaft), sah ihn an und zwang mich zur Ruhe. »Nein«, sagte ich. »Ich habe dich etwas gefragt. Was hätte ich deiner Meinung nach tun können?«

»Ihn umhauen natürlich. Das ist es doch, was er verdient hat. Sofort, ohne mit der Wimper zu zucken.«

»Du hättest ihn umgehauen? Du, Friedhelm Sawatzki?«

»Weiß ich nicht. Aber du kannst das. Du hast die Schlagtechnik seit dem Kurs damals.«

»Und dann?«

»Egal, was dann. Er hat es verdient.«

»Weißt du was, Fatty? Mach mir einen Kaffee. Vorher geht nichts bei mir.«

»Kaffee?«, fragte er zurück, als hätte ich ihn um die Kronjuwelen gebeten.

»Im Schrank über der Spüle.«

Wortlos trollte er sich in die Küche. Ich schlüpfte aus den Federn, saß eine Weile auf dem Bettrand und hielt mir den Kopf. Dann ging ich ins Bad und stellte mich unter die Dusche. Zum Abschluss drehte ich das kalte Wasser auf. Eine schwache Erinnerung an den Tümpel in Büntings Garten stellte sich ein, nur die Seerosen fehlten. Anschließend putzte ich mir die Zähne und spie den ganzen verdorbenen Burschenabend ins Waschbecken.

Als ich die Küche betrat, goss Fatty gerade heißes Wasser über den Filter. Ich lehnte mich an den Türpfosten und sah ihm mit schweren Augenlidern zu.

»Warum kommst du eigentlich mitten in der Nacht hierher?«

»Es ist fast acht«, herrschte er mich an. Obwohl er Katerina nur von ferne gesehen hatte, war sie für ihn ein Rasseweib gewesen, die ukrainische Antwort auf Juliette Binoche. Oder wen der Dicke sonst attraktiv fand. »Und ich habe ja schließlich Bericht zu erstatten. Auf Befehl eines versoffenen Ermittlers.«

»Musst du nicht zu deinen Kleinen?«

»Natürlich muss ich. Hab schon Bescheid gegeben, dass es etwas später wird.«

»Dann leg mal los mit deinem Bericht.«

»Du zuerst. Von mir hörst du kein Wort, bevor du mir

nicht erklärt hast, wie du einfach gehen konntest. Der Mann ist ein Mörder.«

Ich ließ mich in einen Stuhl fallen. »Die ganze Geschichte?«

»Natürlich die ganze Geschichte.«

Also bekam er sie zu hören. Wenn auch nur in Stichworten. Von meinem nachmittäglichen Gespräch mit Katerina über das Besäufnis bei den Burschen bis zu meinem nächtlichen Entschluss, dem Oberen Auweg einen Besuch abzustatten.

»Ich habe deinen Zettel gefunden«, fiel mir plötzlich ein.

»Jaja, später. Mach weiter.«

»Nenn es Instinkt oder Vorahnung, jedenfalls fuhr ich zu Bünting. Und als ich dort über das Gitter stieg, trat ich ... traf ich auf das Mädchen. Sie lag zusammengekrümmt zwischen den Bäumen. Mucksmäuschenstill.«

Fatty starrte mich mit großen Augen an. In seinem trägen Leib brodelte es. »Wie ist sie umgekommen?«

»Gib mir einen Kaffee. Willst du auch einen?«

»Nein, verdammt. Und lenk nicht ab. Ich will alles wissen.«

»Das Gitter, das um das Grundstück herumläuft, hat Eisenspitzen. Und in die ist sie beim Drüberklettern hineingefallen. Oder gefallen worden.«

Fatty wurde blass. »Aber du sagtest doch ... du sagtest, dass sie unten lag?«

»Sie muss kurz vor meinem Eintreffen heruntergehoben worden sein. 10 Minuten später, und sie hätte schon nicht mehr dagelegen.«

»10 Minuten vorher, und du hättest das alles verhindern können.«

Ich zuckte die Achseln. Das sollte doch wohl kein Vorwurf sein?

»Diese Verbrecher!« Fatty begann in meiner kleinen Küche umherzugehen wie ein Panther im Käfig und ließ dabei unverständliche Laute hören. Wäre Bünting in diesem Moment zur

Tür hereinstolziert, mein sanftmütiger Freund hätte ihn zerfleischt und verspeist. Panthermäßig. Mit sämtlichen Knochen.

»Komm, nimm dir auch einen Kaffee.« Ich schenkte ihm einen Becher ein.

»Und danach? Als du wieder … ich meine, da war sie fort?«

»Ja.«

»Warum hast du nicht nach ihr gesucht, verdammt?«

»Weil es umsonst gewesen wäre, Fatty, deshalb! Sie hatten sie weggebracht. Dasselbe Muster wie auf dem Bergfriedhof: Der Depp von Ermittler darf einen Blick auf die Leiche werfen, kurze Sendepause, und schon hat sich alles in Luft aufgelöst. Bünting spielt das Unschuldslamm, während einer seiner Untergebenen das Opfer entsorgt.«

»Eben deshalb musstest du etwas tun!«

»Was denn?«

»Keine Ahnung, du bist der Detektiv. Wenigstens die Polizei hättest du rufen müssen.«

»So, hätte ich? Und dann? Die hätten einen besoffenen, verdreckten Privatflic mit blauem Auge angetroffen, der von verschwundenen Leichen faselt, und daneben einen stadtbekannten, unbescholtenen Bürger, Duzfreund des Polizeipräsidenten, der erschüttert nach seinen Herztropfen kramt … Wen hättest du eingebuchtet?«

»Aber der Kerl kann doch nicht ewig ungeschoren davonkommen!«

»Das wird er auch nicht. Ich krieg ihn, das habe ich mir geschworen.«

»Ohne Polizei?«

»Muss wohl. Aber nun mal ganz nüchtern. Warum sollte Bünting seine Haushaltshilfe umbringen?«

Fatty ließ den Becher Kaffee, den er zum Mund geführt hatte, sinken und blickte mich entgeistert an. »Ich hör wohl nicht recht! Da stirbt eine Frau auf dem Grundstück dieses

Bonzen, und du fragst, ob es überhaupt sein kann, dass er es war!«

»Das Gitter ist mehr als mannshoch. Hast du schon mal eine erwachsene Frau über deinen Kopf gewuchtet?«

»Na, klar! Also eine Frau nicht gerade ...«

»Schaffst du das noch mit Ende 70?«

»Wenn es um alles geht, schaff ich das.«

»Nein.«

»Dann war es halt der Dicke aus Wieblingen. Oder ein anderer Helfer.«

»Bünting sagt, spieß mal eben die Kleine auf die Eisenspitzen da oben, und der Dicke pariert? Kannst du dir das vorstellen?«

»Bei denen kann ich mir alles mögliche vorstellen.«

»Es könnte auch ein Unfall gewesen sein.«

»Ein Unfall, ach ja?« Fatty tippte sich an die Stirn. »Kleine Kletterpartie mitten in der Nacht? Und nur weil sie eine Frau ist, kommt sie nicht über das Gitter?«

»Möglich ist das.«

»Warum wirst du dann niedergeschlagen? Warum haben sie Katerina nicht oben hängen lassen? Und warum haben sie nicht die Polizei alarmiert?«

»Gute Fragen«, gab ich zu.

»Danke, sehr verbunden. Du hättest sie Bünting stellen sollen.«

»Ich hätte genauso gut seinen Regenschirm fragen können. Der lässt sich nicht in die Karten blicken. Aber noch mal zurück: Wenn es kein Unfall war – welches Motiv hätte Bünting für einen Mord an Katerina?«

»Keine Ahnung. Vielleicht wusste sie etwas.« Er führte den Becher zum Mund.

Ich lachte bitter. »Wenn das stimmt, dann ...« Ich vollendete den Satz nicht. Dann trägt sie selbst Schuld, hätte seine Fortsetzung gelautet. Dann hätte sie es mir sagen müssen, verdammt, ich war schließlich der Profi. Oder so etwas ähnliches. Ihr Wissen brachte sie schließlich in Gefahr. Vielleicht hatte sie Bünting sogar erpresst, ich traute es ihr inzwischen zu. Aber das brauchte ich Fatty ja nicht auf die Nase zu binden.

»Nein«, hörte ich ihn sagen. »Das darf nicht wahr sein.«

»Was?«

»Du hast doch nicht …?« Er glotzte in den Becher, dann stand er auf und griff nach der Büchse mit dem Kaffeepulver. »Ist das wieder dein französisches Rattengift?«

»Na, na, na. Nur weil der Kaffee in Frankreich ein bisschen billiger ist …«

»Abgelaufen war er letztes Mal.«

»Dann ist er noch billiger.«

»Wie kann man nur …« Angewidert schüttete er den Inhalt des Bechers in die Spüle. Keine Ahnung, was er hatte. Mir schmeckt deutscher Kaffee nicht, und der hier weckte Tote wieder auf. Zumindest metaphorische Tote.

»Was ist nun mit deinem Bericht?«, fragte ich. »Wie erging es dir gestern?«

»Wenn ich gewusst hätte, was Bünting mit Katerina anstellt, hätte ich ihn …«

»Ja?«

»Ich weiß nicht, was ich getan hätte. Ihn jedenfalls nicht ungeschoren davonkommen lassen.«

»Wir brauchen Beweise, Fatty. Also schieß los. Oder ist dir Bünting gestern wieder entwischt?«

»Ist er nicht! Ich habs jetzt raus, Leute zu beschatten.«

Ich grinste.

»Okay, hauptsächlich habe ich gewartet. Im Oberen Auweg, stundenlang. Vormittags passierte überhaupt nichts. Die typische Feiertagsruhe. Die Einzige, die das Haus verließ, war kurz nach Mittag Katerina.«

»Und eine gute Stunde später kam sie zurück.«

»Keine Ahnung. Da war ich nicht mehr da. Ich hatte Hunger, Max!«

»Wie, Hunger?«

»Na, hör mal, ich sitze da stundenlang ...«

»Schon gut, schon gut. Wann bist du zurückgekommen?«

»Gegen halb vier. Wieder musste ich warten. Außer dass die beiden Frauen für ihre Runde herauskamen, tat sich nicht viel. Erst zwei Stunden später erschien Bünting auf der Bildfläche. Ging zu seinem Auto und fuhr los.«

»Wohin?«

»Wieder in diese Tiefgarage unter dem Kaufhaus Kraus. Ich hinterher, und gemeinsam marschierten wir durch die Fußgängerzone. Vor der Geschäftsstelle der *Neckar-Nachrichten* blieb er stehen und klingelte.«

»War da jemand?«

»Nein, natürlich nicht. Aber er versuchte es auch nebenan, in der Privatwohnung des Herausgebers. Schnappauf, oder wie der heißt.«

»Was wollte er denn da?« Ich überlegte. »Das kann eigentlich nur eins bedeuten: Bünting hat von meiner Aktion in Darmstadt Wind gekriegt und vergewissert sich beim Chef, was an der Sache dran ist.«

»Dann weiß er jetzt, dass du ihm nachspionierst.«

»Soll er. Es wird ihm hoffentlich ein wenig Kopfzerbrechen bereiten.«

»Jedenfalls wurde ihm dort geöffnet. Er war aber höchstens eine Minute im Haus. Dann hieß es zurück in die Tiefgarage und ab in die nächste. Die hinten in der Altstadt, bei der Bergbahn.«

»Dieser Typ macht wirklich keinen Schritt zu viel.«

»Weißt du, was mich das an Parkgebühren gekostet hat? Dabei wollte ich diese stinkenden Dinger nie betreten. Und das war jetzt schon das dritte Mal.«

»Schreib mir eine Rechnung. Was tat Bünting? Fuhr er hoch zum Schloss?«

»Quatsch. Er ging in den Prinz Carl am Kornmarkt. Dort fand irgendeine Feier statt, ein Empfang zum ersten Mai oder so was. Wichtige Leute jedenfalls. Ich schlich ein wenig um das Gebäude herum und schaute mir diese Großkopferten an. Den Oberbürgermeister habe ich gesehen und einige vom Gemeinderat.«

Politiker, soso. Wahrscheinlich war auch Harald zugegen, Christines sozialdemokratischer Handballer.

»Das Gute am Prinz Carl sind seine großen Fenster; so konnte ich von außen das Foyer und Teile des Saals überblicken. Nach einer Viertelstunde trat Bünting heraus, um zu telefonieren. Per Handy. Dann ging er wieder hinein.«

»Und weiter?«

»Erst mal wieder warten. Gar nicht so einfach, vor dem Prinz Carl herumzulungern, ohne aufzufallen. Es verging bestimmt eine Stunde, während der Bünting drei- oder viermal auf den Platz heraustrat und sich umschaute – so, als ob er auf jemanden wartete.«

»Und dann kam der Dicke aus Wieblingen, dieser Schafstett«, mutmaßte ich.

»Genau. Der schlenderte in aller Gemütsruhe über den Kornmarkt, und als Bünting ihn so sah, lief ihm die Galle über. Er stürmte heraus, und die beiden begannen eine lautstarke Unterhaltung.«

»Hast du gehört, um was es ging?«

»Teilweise, aber es war nichts von Bedeutung. Ich wollte ja nicht gesehen werden und hielt mich hinter einer Häuserecke versteckt. Auf jeden Fall war Bünting ziemlich sauer, weil der andere so spät kam, der ließ sich aber nichts sagen. Sobald sie sich beruhigt hatten, senkten sie die Stimmen, und von da ab verstand ich gar nichts mehr. Dann ging Bünting wieder ins

Foyer zurück und der Dicke Richtung Tiefgarage. Ich zögerte, ihm zu folgen, und bis ich fertig überlegt hatte, war es zu spät.«

Das glaubte ich ihm gerne. »Hast du rausgekriegt, was für eine Veranstaltung das war?«

»Nein, aber ich nehme an, dass er dort diesen Schnapp-auf traf.«

»Ach so, verstehe. Er lässt sich vom Herausgeber bestätigen, dass die Porträtserie in den *Neckar-Nachrichten* reine Erfindung ist, und weil ihm das nicht schmeckt, bestellt er seinen Mitarbeiter zu sich. Dann wärst du Schafstett wohl besser gefolgt.«

»Wart es ab, mein Junge!« gab Fatty triumphierend zurück. »Bünting blieb noch ein Weilchen im Prinz Carl, palaverte mit einigen der Herrschaften und fuhr dann zurück. Ich hinterher. Inzwischen war es halb acht geworden. Bünting parkte seinen BMW in der Garage. Es sah nicht aus, als wollte er an diesem Abend noch einmal weg. Außerdem hatte ich genug vom Warten. Ich machte mich also vom Acker und fuhr zu dir.«

»Und ich war schon fort.«

»Warst du nicht. Ich suchte vor deiner Haustür nach einem Parkplatz, als ich plötzlich dachte, Mensch, der Wagen kommt dir doch bekannt vor. Und richtig: Da stand das Auto des Dicken. Er friedlich hinter dem Steuer sitzend und Zeitung lesend.«

»Sieh einer àn! Das sind ja ganz neue Methoden. Hat er dich bemerkt?«

»Glaube ich nicht. Wäre auch egal gewesen; er kannte mich ja nicht. Ich parke also etwas weiter weg und fange an nachzudenken.«

»Schon wieder?«

»Allerdings. Was hättest du an meiner Stelle gemacht? Wärst du reingegangen?«

»Nein. Dann hätte er mich, das heißt: dich gesehen und sich deine Fresse gemerkt.«

»So?«, machte Fatty enttäuscht. »Also, ich war drauf und dran, bei dir zu klingeln. Aber da kamst du selbst.«

»Auf dem Weg zu den Burschen«, nickte ich.

»Genau. Das wusste ich ja. Und nun war ich gespannt, ob er dir folgen würde. Tatsächlich: Du schwingst dich auf dein Rad, er hinterher und ich wiederum hinter ihm.«

Schmunzelnd schüttelte ich den Kopf. »Nicht zu glauben. Ringelpiez mit Anfassen. Und wer hat nichts davon gemerkt? Max Koller.«

»Kein Wunder, inzwischen habe ich Routine im Beschatten«, warf sich Fatty in die Brust. »Und dass dich der Typ nicht verloren hat – alle Achtung. Du hast sämtliche vorhandene Einbahnstraßen in der falschen Richtung durchfahren.«

»In Neuenheim gibt es keine Einbahnstraßen. Nicht für Fahrräder.«

»In Neuenheim gibt es nur Einbahnstraßen. Dass du es weißt. Wir haben dich dreimal verloren, aber er fand dich dreimal wieder.«

»Auf einer Strecke von knapp zwei Kilometern?«

Er nickte. »Und dann standen wir vor diesem Studentenwohnheim, wo der Vortrag stattfand.«

»Das ist kein Studentenwohnheim, Fatty.«

»Wieso? Wohnen doch Studenten drin.«

»Wo habt ihr gestanden? Vorm Haus?«

»Nicht direkt. Dort gibt es ja kaum Parkplätze. Wir standen beide etwas entfernt, er 50, ich 100 Meter Richtung Altstadt. Ich hätte gerne mit dir Kontakt aufgenommen, aber wie? Oben sah ich die Lichter brennen und einige Leute ins Haus gehen. Als es ruhiger wurde, verließ der Dicke seinen Wagen und schlich um den Eingang herum. Irgendwann war er verschwunden; ich nehme an, er ist die Treppe hoch und vielleicht sogar ins Haus.«

»Das würde mich wundern. Den hätten die niemals reingelassen. Du bist doch hoffentlich nicht hinterher?«

»Gott bewahre. Ich nutzte die Gelegenheit, um dir eine kurze Nachricht zu schreiben und ans Rad zu stecken. Dann ging ich sofort zum Auto zurück. Etwas später tauchte der Dicke wieder auf, und wir warteten und warteten. Gegen 11 hatte ich genug; da wurde es zum Glück dem anderen auch zu bunt, und er fuhr los. Zu Bünting. Ich folgte ihm und sah, wie er ins Haus ging, aber ich war erledigt. Ich hatte keine Lust mehr.«

»Dann bist du ins Bett?«

»Genau. Habe geschlafen bis vorhin.«

»Und, was meinst du? Ist er der Edelhelfer von Bünting? Der Mann fürs Grobe?«

»Ganz bestimmt«, sagte Fatty und ballte die Faust. »Dem traue ich alles zu, diesem Schafstett. Und fett ist der, mein lieber Mann …«

Ich schenkte mir den letzten Rest Kaffee ein. »Dann werde ich mich mal um ihn kümmern.«

»Um den Dicken?«

»Erst um den Kaffee. Und dann um den Dicken.«

36

Wasser … Es strömte von oben herab, sammelte sich in meinen Haaren, floss mir über die Stirn, rann mir ins Hemd, und doch konnte ich nicht genug davon kriegen. Am liebsten hätte ich mich ein zweites Mal in Büntings Teich geworfen, um nüchtern zu werden und meine Situation überdenken zu können. Stattdessen hielt ich mich an den Gitterstäben fest und legte den Kopf in den Nacken. Meine Schläfen schmerzten, ich wollte nur noch ins Bett.

Was ich Fatty nicht erzählt hatte: Mein Rennrad war kaputt. Ich fand es einige Meter unterhalb der Stelle, an der ich es abgestellt hatte. Es lag schräg gegen die Ummauerung gelehnt, und jemand war mit voller Wucht auf das Vorderrad gesprungen. Oder ein Meteorit hatte es getroffen. Jedenfalls war die Felge geknickt, und mit den Speichen konnte man Mikado spielen. Mir fehlte die Energie, um mich über den Verlust aufzuregen. Außerdem, was war ein zerstörtes Rennrad gegen einen aufgespießten, ausgebluteten Frauenkörper? Die Gabel schien heil geblieben, ich musste eventuell nur das Vorderrad auswechseln. Mühsam schulterte ich das Wrack und schlurfte los. Eine Viertelstunde noch, dann wäre ich im Bett.

War ich aber nicht. Noch bevor ich am Fuße des Auwegs die Bergstraße erreichte, krampfte sich mein Magen zusammen. Normalerweise liebe ich Pfeifentabak, aber heute, nach all dem Alkohol, den psychischen und physischen Tiefschlägen, löste der Rauch heftige Würgreflexe aus. Ich wandte den Kopf ab und atmete tief durch. Dieser Tabak … ich kannte ihn, ich hatte ihn vor Kurzem erst inhaliert. Vor nicht einmal zwei Stunden, um exakt zu sein.

Bei diesem Regen konnte der Raucher nicht weit sein. Vorsichtig legte ich mein Rad ab und schlich ein paar Meter nach unten. Tatsache: Da stand einer im Schutz einer Bushaltestelle, schmauchte sein Pfeifchen und langweilte sich. Als wenn es dafür keine besseren Gelegenheiten gäbe! Nein, es musste ein oder zwei Uhr in einer Regennacht sein. Der nächste Bus würde noch ein paar Stunden auf sich warten lassen.

Und wenn es dem Menschen gar nicht um den Bus ging?

Auch ohne sein Gesicht zu sehen, wusste ich, wen ich vor mir hatte. Eine lange hagere Gestalt in dunkler Regenkleidung, den Kopf in einer Wolke von Rauch: Marten Micevski. Auf wen der wohl wartete? Blöde Frage, auf Arndt natürlich. Und warum lag Arndt nicht längst bei seinen Verbindungsbrüdern oder bei Großpapa im Bett? Nun, vermutlich wollte ihn der Chef der *Rheno-Nicaria* genau dies fragen. Man würde sehen.

Und so warteten wir zu zweit: Marten im Schutz der Bushaltestelle, ich im Schutz einer Hauswand, die von Efeu überwuchert war. Im Prinzip war meine Rolle denkbar einfach, ich musste nur darauf achten, vor Kälte nicht allzu laut mit den Zähnen zu klappern. Verdammtes Regenwetter! Tagelang hatten wir geschwitzt und gestöhnt, und jetzt holte ich mir wahrscheinlich einen Schnupfen im Dienste von Wahrheit und Gerechtigkeit. Einen Schnaps hätte ich vertragen können.

Zum Glück hatte Arndt ein Einsehen mit meiner Gesundheit. Eine halbe Stunde hatten Marten und ich dem eintönigen Lied des Regens gelauscht, als sich ein funzeliges Licht näherte und Büntings Enkel auf einem Rad dahergeschwankt kam. War er in den Neckar gefallen? Bei jedem Tritt schmatzte Wasser in seinen Schuhen; er musste längere Zeit ohne Schutz im Regen unterwegs gewesen sein.

Als er Schwung nahm, um in den Auweg einzubiegen, trat Micevski unter dem schützenden Dach hervor. Arndt wäre vor Schreck fast vom Rad gefallen.

»He …? Was machst denn du hier?«, fragte er verdattert.

»Ich muss mit dir reden«, sagte der Lange.

»Um diese Zeit? Du spinnst wohl.«

»Für die Uhrzeit kann ich nichts. Du bist derjenige, der ständig abhaut, bevor man ein vernünftiges Wort mit dir wechseln kann. Lass uns reingehen, hier friert man sich ja alles ab.«

»Du kommst mir nicht ins Haus«, fauchte Arndt. »Wenn du mir was zu sagen hast, dann morgen.«

Ein Hustenanfall nahm seinen Worten die Aggressivität. Er wirkte erschöpft und niedergeschlagen, regelrecht zermürbt: eine vom Regen ausgewaschene, ausgelaugte Gestalt. Sein Haar klebte auf der Stirn, einen Ärmel seines Hemdes hatte er zurückgeschlagen, der andere hing nass herunter. Das Burschenband lugte zerknüllt aus der Brusttasche. Er schien nicht einmal zu merken, wie sehr er fror.

Marten musterte ihn kopfschüttelnd. Ich hatte eine spöttische Bemerkung erwartet, doch er sog nur schweigend an seiner Pfeife. Vielleicht hatte er gerade seine verständnisvolle Viertelstunde.

»Na, komm«, sagte er und zeigte auf das Haltestellenhäuschen. »Stellen wir uns wenigstens unter. Es ist dringend.«

Bünting junior zögerte. Er stieg nicht vom Rad. »Was soll denn so dringend sein, dass wir es nicht morgen besprechen könnten?«

»Ich wollte dich warnen.«

»Warnen? Wovor?«, fragte Arndt. Es sollte argwöhnisch klingen, wirkte aber hysterisch.

»Vor einem, der etwas anderes ist, als er vorgibt.«

»Wer soll das sein?«

Micevski ging zur Bushaltestelle zurück. »Dass es regnet, ist dir offenbar entgangen?«

»Nun sag schon, wer?«

Marten lehnte sich an die Wand des Unterstands und sog

an seiner Pfeife. »Dein heldenhafter Retter«, sagte er schließlich. »Dieser Herr Koller.«

»Max? Wieso … was ist mit dem?«

»Komm halt unters Dach, dann erzähl ich es dir.«

Arndt stieg ab, lehnte sein Rad an die Bushaltestelle und stellte sich unter. Ich pirschte mich noch ein paar Meter weiter nach vorne, immer hart an der efeubewachsenen Steinmauer vorbei. Angst, gehört zu werden, hatte ich nicht; der Regen machte genug Lärm. Ich musste nicht einmal sehr nahe an die beiden heran. Arndt sprach in seiner Erregung meistens überlaut, und die Tenorstimme des Langen durchschnitt die Regenfäden mühelos.

»Ich warte übrigens schon eine geschlagene Stunde hier«, sagte Micevski. »Wo hast du dich eigentlich die ganze Zeit herum …«

»Geht dich nichts an. Was ist jetzt mit Max?«

»Du hast einen Ton drauf …« Adlernase schüttelte missbilligend den Kopf. »Dein Max Koller behauptet, er sei Redakteur. Oder hat er dir etwas anderes erzählt?«

»Nein.«

»Na also.«

»Und was ist er?«

Wieder eine der wohlabgewogenen Kunstpausen des Oberburschen. »Privatdetektiv.«

»Was?«, schrie Arndt. »Privatdetektiv?«

»Halts Maul«, zischte Marten, überrascht von der Wirkung seiner Worte. Und seiner Kunstpause. »Willst du hier alle aufwecken?«

»Privatdetektiv«, stöhnte Arndt und griff sich an den Kopf. »Ich glaube es nicht … Das darf doch … Woher willst du das wissen?«

»Schon mal was von Telefonbüchern gehört?«

»Und was steht da …?«

»Da steht: Max Koller, Nachforschungen aller Art. Ich kenne keinen Redakteur, der seine Tätigkeit so definieren würde.«

Der junge Bünting schwieg eine Zeit lang. Dann sagte er ohne rechte Überzeugung: »Vielleicht ist er ja beides: Detektiv und schreibt nebenher Artikel.«

»Träum weiter, Arndt. Glaubst du das etwa? Mir ist sein Name noch nie in den *Neckar-Nachrichten* begegnet. Und warum sollte er sonst die Geschichte mit deinem Alten erfinden?«

»Meinst du, die ist erfunden?«

»Was denn sonst? Auf dem Marktplatz war der Kerl auch nicht zufällig.«

»Warum erzählst du mir das erst jetzt?«

»Weil du erstens heute Abend nicht ansprechbar warst. Weil ich zweitens nicht weiß, ob Geheimnisse bei dir momentan gut aufgehoben sind. Und weil ich mir drittens erst einmal ein Bild von dem Menschen machen wollte.«

»Und? Hast du?«

»Ja, ich habe ein wenig mit dem Herrn geplaudert. Eines ist sicher: So harmlos und einfältig, wie er tut, ist er auf keinen Fall.« Trotz der Kälte lief mir ein Schmunzeln übers Gesicht. Endlich nahm mich einer mal ernst. Wenn das meine Exfrau gehört hätte!

»Und was will er dann bei uns?«

»Siehst du, genau das frage ich mich auch.«

Pause.

»Hör mal«, fuhr Arndt plötzlich auf, »wenn du meinst, ich hätte etwas mit dem Typen zu tun oder so, dann irrst du dich. Mein Lebtag habe ich den noch nicht gesehen.«

»Das sage ich ja gar nicht. Reg dich ab. Ich weiß nur so viel: Da kommt uns ein Unbekannter auf dem Marktplatz zu Hilfe, ohne einen von uns zu kennen, angeblich nur, weil er Regungen der Nächstenliebe verspürt. Was ihn übrigens nicht davon abhält, sich auch mit einem vom *Corps Thuringia* rumzukloppen. Komisch, nicht wahr? Und dann erzählt er jedem, der es hören oder nicht hören will, Märchen aus Tausendundeiner Nacht. Dass er als Journalist bei den *Neckar-Nachrichten* arbeitet, einen Artikel über deinen Alten schreiben möchte et cetera. Und dem senilen Arsani kriecht er nebenbei auch noch in den Arsch.«

»Dem ... dem Arsani?«

»Jetzt frage ich mich natürlich, was dieser Mensch will. Zunächst dachte ich an einen Krawallreporter aus der linken Ecke, der bei den Korporierten herumschnüffelt, weil er sich für einen Enthüllungsjournalisten hält. Aber dieser Koller ist Detektiv. Der arbeitet nicht auf eigene Faust. Nein, dahinter steht ein konkretes Interesse an einer ganz bestimmten Person. Und in diesem Zusammenhang finde ich es sehr bemerkenswert, dass er sich ausgerechnet an dich heranmacht.«

»An mich?«, rief Arndt. »Verdammt noch mal, das kann nicht sein!«

»Bist du blind? An wen denn sonst? Von den anderen will er nichts. Bei mir ist er vorsichtig. Um etwas über dich zu erfahren, hat er ja sogar die Geschichte mit dem Artikel über deinen Großvater erfunden.«

Nach diesen Worten herrschte wieder Stille. Arndt zog die Nase hoch und ließ sich auf das Wartebänkchen plumpsen. Er begann sich die nassen Haare zu raufen, ganz langsam, mit klammen Fingern. Weiter oben, in meinem Efeuversteck, presste ich die Zähne aufeinander. Mein Kopfweh war verschwunden, oder ich hatte es vergessen. Von mir aus hätten die beiden noch stundenlang weiterreden können.

»Ich glaube«, sagte Marten nach einer Weile, »du solltest mir etwas erzählen.«

»Gar nichts sollte ich«, fuhr Arndt auf. »Gar nichts. Es ist völlig absurd zu glauben, dass der Typ etwas von mir will.

Vielleicht hat er es auf meinen Opa abgesehen. Das wäre einleuchtender.«

»Lenk nicht ab, Arndt. Der Mensch ist hinter dir her, und das finde ich nicht mal überraschend.«

»Spinnst du?«

»Wenn hier einer spinnt …«, bellte der Lange los, hatte sich aber gleich wieder im Griff. »Kannst du mir vielleicht erklären, was mit dir seit ein paar Tagen los ist? Warum man mit dir kein vernünftiges Wort mehr reden kann? Warum du nachts stundenlang durch den Regen fährst, warum du nicht mehr bei uns übernachtest, sondern nur noch bei deinen Großeltern, was früher so gut wie nie vorkam? Oder weshalb du …«

»Halts Maul, Marten«, zischte Arndt hasserfüllt.

»Frag doch die anderen, wenn du mir …«

»Schnauze!«, brüllte der junge Bünting. »Du weißt genau, warum das so ist. Daran seid nur ihr schuld! Ich habe genug von eueren Mutproben und Tapferkeitsbeweisen. Das kotzt mich alles an! Du hast die anderen nach der Mensur auf mich gehetzt, das werde ich dir nie verzeihen. Ihr seid gar keine Gemeinschaft, ihr seid ein … ein Haufen von …« Er suchte nach einem geeigneten Wort und fand keins.

»Moment, Moment«, lachte Marten. »Immer mit der Ruhe und eins nach dem anderen. Niemand zwingt dich, bei uns zu bleiben, wenn dir etwas nicht passt. Was ich persönlich allerdings sehr bedauerlich fände. Darüber kann man reden. Und was die Mensur angeht: Mein Gott, die Sprüche danach gehören dazu, das weißt du. Vielleicht hätte der ein oder andere unterbleiben können – Geschmackssache. Was meinst du, wie es mir nach meiner Mensur erging? Dagegen war das nichts. Fechten gehört nicht zu meinen Stärken, die liegen auf anderem Gebiet. So sagte ich mir damals, und du solltest es genauso tun.«

»Und bei der Ehrenfeier am Freitag? Als mich Georg vor der ganzen Gruppe fertiggemacht hat?«

»Ach, der … Der war besoffen. Georg ist immer besoffen.«

»Du nicht. Und du hast ihn aufgestachelt!«

»Unsinn!«, entgegnete Marten scharf. »Wir haben anfangs ein paar Witze gemacht, alle. Und als es zu arg wurde, haben wir versucht, Georg zu bremsen. Dass er zu viel säuft, ist sein Problem. Aber dass dir dann nichts besseres einfällt, als abzuhauen und den Beleidigten zu spielen, ist dein Problem.«

»Scheiß Problem!« entfuhr es Arndt. »Ihr könnt mich alle mal.« Dann trat er gegen eine Werbewand des Haltestellenhäuschens.

»Lass das«, sagte Micevski und schüttelte den Kopf. »Du bleibst also dabei: Unser Verhalten ist die alleinige Ursache für deinen derzeitigen Eskapismus?«

Arndt zuckte die Achseln und ließ ein Schnauben hören.

»Nun gut. Wenn dem so ist, will ich nicht länger darauf herumhacken. Mich würde nur noch eines interessieren: Was ist eigentlich aus dem Serben geworden, der bei dir übernachtet hat?«

»Nichts! Weg ist er. Fort.«

»Er hat nicht einmal Auf Wiedersehen gesagt«, sagte Marten. Zum ersten Mal bemächtigte sich wieder Spott seiner Stimme. »Und seinen Mantel hat er auch vergessen. Der hängt noch bei uns an der Garderobe. Falls du ihn noch einmal siehst, sag ihm bitte …«

»Ich werde ihn aber nicht mehr sehen«, unterbrach ihn Arndt. »Er ist zurück auf den Balkan.«

»Oh, gute Reise. Dann können wir den Mantel ja zur Altkleidersammlung geben. Dein Zimmer haben wir gelüftet. Es ist wieder bewohnbar.«

Arndt wandte sich ab und starrte hinaus in den Regen. Nach einer Minute gemeinsamen Schweigens gähnte Micevski. »Nun denn«, sagte er. »Gehen wir ins Bett. Es ist bedauerlich, dass du dich mir nicht anvertrauen willst – aber seis drum.«

Ich zog mich rasch zurück. Um Arndt nicht zu begegnen, musste ich das Sträßchen wieder bis ganz nach oben laufen und warten, bis er im Haus verschwunden war. Meine Radruine ließ ich seitlich liegen; sie fiel nicht weiter auf.

Tief über die Lenkstange seines Fahrrads gebeugt, kam Arndt Bünting den Auweg hochgeschlichen, schloss das Tor zum Anwesen seines Großvaters auf und schlurfte hinein. Er hatte nicht einmal bemerkt, dass ihm auf halber Strecke das Burschenband aus der Brusttasche gefallen war.

37

Einen Schnupfen hatte ich mir in dieser verregneten Nacht nicht geholt. Meistens merkt man das ja erst am übernächsten Tag. Dafür schmerzte die Gegend um mein linkes Jochbein. Zwei dieser professionellen Faustschläge innerhalb kürzester Zeit, das verträgt das widerstandsfähigste private eye nicht. Fatty, die gute Seele, machte mir kalte Umschläge, wobei er wortreich das Schicksal der bedauernswerten, unschuldigen Kleinen aus Kiew beklagte.

Nun, bedauernswert war sie; aber unschuldig? Mich beschlichen Zweifel. Zu deutlich stand mir vor Augen (sagen wir: vor einem Auge), wie Katerina im *Arsenal* neben mir gesessen hatte, den Blick gesenkt, die Lippen verschlossen. Wer hatte da eigentlich wen ausgenommen? Zwei Cappuccino und Schwarzwälder Kirsch gegen null Information. Ein Wimpernschlag da, ein knappes Lächeln dort, ansonsten hatte sie bloß mit ihrer goldenen Halskette gespielt. Vielleicht hatte sie wirklich nichts gewusst. Aber wenn doch: Dann war ich möglicherweise der Anstifter zu einer Erpressung geworden – und somit die Ursache für einen Mord.

Diese Gedanken bewegte ich in meinem mitgenommenen Schädel hin und her, während mich Fatty verarztete.

Plötzlich hielt er inne und sah mich scharf an.

»Was denkst du gerade, Max?«

»Ich? Dass du bald zu deinen Kleinen musst. Oder nicht?«

Er blickte zur Uhr. »Ja, verdammt, ich bin längst überfällig. Aber wie soll ich denn unter diesen Umständen …?«

Ich wollte eben etwas über Heidelbergs Mütter sagen, die händeringend nach seiner korpulenten Pädagogik riefen, als die Türklingel ging. Es war gerade halb neun vorbei. Der Hauseingang unten wird so selten abgeschlossen, dass meine Gäste in der Regel schon vor meiner Wohnungstür stehen, wenn sie klingeln. So war es auch in diesem Fall. Sie kamen zu zweit, und sie waren beide ziemlich beleibt. Das war das Erste, was mir an den Besuchern auffiel. Das Zweite war das breite Vertreterlächeln im Gesicht des vorne Stehenden.

»Einen wunderschönen guten Morgen!«, sagte der Mann und deutete eine kleine Verbeugung an. »Herr Koller?«

»Höchstpersönlich.«

»Darf ich mich vorstellen: Meyer ist mein Name. Unser Unternehmen haben Sie ja bereits kennengelernt.« Er hielt mir eine Karte vor die Nase, in deren Mitte vier Buchstaben prangten: DACH. Sieh an, die Tablettenheinis bemühten sich nach Heidelberg.

»Cajetan Meyer«, las ich. »Mit C, wie es sich gehört. Und das hier ist Ihr Bruder?«

»Um Gottes Willen, nein.« Meyer lachte, dass es ihn schüttelte. »Mein Bruder ... nein, nein, das ist mein Neffe. Ich habe ihn mitgebracht, weil wir gerade zusammen auf dem Weg ... Sollen wir uns nicht lieber in Ihrem Büro weiter unterhalten, Herr Koller? Oder kommen wir ungelegen?«

»Nun, wenn ich ehrlich bin ...«

»Dann kommen wir eben ungelegen«, strahlte der beleibte Herr Meyer und schob sich an mir vorbei in mein Wohnzimmer, das gleichzeitig als Büro dient. Und als Esszimmer, wenn ich Gäste habe. Der Neffe folgte ihm. Dabei trat er mir ganz unabsichtlich auf die Füße.

»Oh, Verzeihung«, sagte er ausdruckslos. »Das tut mir jetzt aber leid, Herr Keller.«

»Killer«, sagte ich. »Nicht Keller. Wird öfters verwechselt.«

In der Küchentür stand Fatty, ein Geschirrtuch in der Hand. Zusammengenommen waren wir beide etwa genauso dick wie unsere Besucher. Anders gesagt, ergab sich ihr jeweiliger Hüftumfang aus der rechnerischen Mitte zwischen meinem und dem Fattys.

»Das ist mein Neffe«, stellte ich ihn vor. »Friedhelm Sawatzki. Friedhelm, gib schön Pfötchen. Das hier sind Herr Meyer und Herr Neffe von den Darmstädter Chemiebetrieben.«

Fatty machte große Augen und streckte mechanisch eine Hand aus; Cajetan Meyer ignorierte ihn lächelnd.

»Schön haben Sie es hier, Herr Koller. Bitte, wir wollen Ihnen keine Umstände machen. Vielleicht sind Sie gerade erst nach Hause gekommen.«

»Sie wollten in mein Büro. Gerne, gehen wir. Stopp! Sie

haben soeben mein Büro betreten. Nehmen Sie Platz und legen Sie ab. Was möchten Sie trinken? Friedhelm, wärst du so freundlich und würdest den Gästen deines Onkels einen Kaffee bereiten? Ich habe den Filter schon aufgesetzt, du musst nur noch Wasser aufgießen.«

Fatty starrte mich an, ohne sich zu rühren.

»Na, komm. Die Herren sind von weither angereist. Über die Bundeslandgrenzen. Tu uns den Gefallen.«

»Der Filter … du meinst den Filter, der schon auf der Kanne ist?«

»Und für jeden eine Tasse bitte.« Ich zeigte auf Meyers Neffen. »Oder ist er noch zu klein für Kaffee?«

Meyer zwinkerte seinem Begleiter zu. »Ach, ich denke, da können wir mal eine Ausnahme machen … Bitte, Herr Koller, sagen Sie uns doch, was in Ihrem Büro Sie als Stuhl bezeichnen würden und ob man gefahrlos darauf Platz nehmen kann.«

»Man ja«, antwortete ich und schob ihm meinen zerbrechlichsten Stuhl hin.

»Herzlichen Dank«, grinste er und reichte ihn an seinen Neffen weiter. Er selbst ließ sich in einen Sessel fallen und begann sofort mit seinem Sermon. »Ja, Herr Koller«, sagte er, die Hände über dem Bauch gefaltet, »wie ich schon erwähnte, waren wir beide gerade auf dem Weg nach St. Leon-Rot, um unsere Golfpartie, die wir zusammen mit meinem Freund Dietmar Hopp gestern Abend in Darmstadt begonnen hatten, aber wegen der ungünstigen Witterung abbrechen mussten, ich weiß nicht, ob es bei Ihnen in Heidelberg auch so gewittert hat, bei uns jedenfalls war um acht Land unter, weshalb wir beschlossen, die letzten Schläge heute nachzuholen, zusammen mit meinem lieben Freund Dietmar Hopp. Und natürlich mit meinem Neffen hier.« Er zeigte überflüssigerweise auf seinen Begleiter, der ebenso überflüssigerweise nickte. »Und da dachten wir uns, wenn wir schon einmal auf der Durchreise durch das schöne Heidelberg sind, dann können wir doch auch gleich dem Herrn Koller einen Besuch abstatten und ihm sagen, was uns auf dem Herzen liegt. Nicht wahr?«

Der Neffe nickte.

»Sie wollen mich engagieren«, sagte ich.

Da lachte der gute Cajetan Meyer wieder, dass seine Wampe ins Schaukeln geriet. Er war ein von Grund auf fröhlicher Mensch, das sah man sofort, ein Südhesse, der seine Herkunft nicht verleugnete, mit einem weichen, breiten Doppelkinn. Seine Stimme klang volksnah und zufrieden, sie klang nach Rheinhessenwein und Christlicher Arbeitnehmerorganisation. Schön, sagte diese Stimme, dass es so einen wie mich im Manchesterkapitalismus noch gibt.

»Engagieren«, lächelte der gemütliche Unternehmersohn, »ist vielleicht der falsche Ausdruck. Aber wir werden sehen. Wir werden sehen. Gefällt es dir hier, Neffe?«

»Es gefällt mir sehr gut hier«, antwortete der andere. Vom Alter hätte er tatsächlich Meyers Neffe sein können, auch von der Statur. Nur, dass seine Körperfülle aus trainierter Muskulatur bestand und nicht aus müden Fettlappen wie bei seinem Onkel. Er hatte kleine dunkle Augen und trug einen sorgfältig getrimmten Vollbart.

»Ich bin untröstlich«, sagte ich, »dass es mit dem Kaffee so lange dauert. Tüchtige Verwandtschaft ist heutzutage so schwer zu bekommen.«

»Wem sagen Sie das«, seufzte Meyer. »Überhaupt, das Personal. Deshalb bin ich von der Qualität Ihrer Arbeit ja so angetan. Ihr Ruf eilt Ihnen voraus, Herr Koller. Bis nach Darmstadt.«

»Letztes Jahr ist er noch in Leutershausen hängengeblieben.«

»Herr Koller, Herr Koller …« Fast zärtlich ruhte Meyers Blick auf mir. »Sie sind wirklich etwas Besonderes. Aber Sie haben einen gefährlichen Beruf, stimmts?« Er zeigte mit einem Finger auf meine linke Gesichtshälfte.

»Ich habe mit meinem Neffen gewettet, dass ich eine Bierflasche mit dem Auge aufkriege«, sagte ich. »Bei der zwölften hat es funktioniert.«

Der Neffe konnte ein Lachen nicht unterdrücken. Zumindest denke ich mir, dass es ein Lachen war. Seinem Onkel gefiel es allerdings nicht. »Lass das!«, herrschte er ihn an. »Und jetzt raus, Hände waschen!« Der Neffe stand folgsam auf und trottete, von meinem Zeigefinger geführt, in die Küche.

»Er hat immer so schmutzige Hände«, lächelte Meyer entschuldigend. »Und ich möchte nicht, dass er Ihre Tassen – besitzen Sie Tassen, Herr Koller? –, dass er Ihre Tassen einsaut.«

»Ich wusste nicht«, erwiderte ich, »dass man in der Chemiebranche so viel Zeit an einem Werktag hat. Ich werde sofort meine Aktien abstoßen.«

»Aber Sie haben ja recht«, rief Meyer bestürzt, »Sie haben recht, Herr Koller! Da stehle ich Ihre Zeit, Ihre kostbare Arbeitszeit … Wie konnte ich das nur vergessen? Ich will Ihnen sagen, was uns auf dem Herzen liegt, meinem Neffen und mir. Weshalb wir hier sind. Natürlich zunächst, um zu sehen, wie Sie wohnen, wie Sie hausen, das sagt schon einiges über den Menschen.« Er sah sich genüsslich um. Sein Blick fiel auf ein Plakat des Finkenbach Open Air aus den frühen 90ern. Ein Kunde bot mir mal 50 Euro für den Lappen. Cajetan Meyer hielt es vermutlich für bedrucktes Klopapier. Der Neffe kam zurück und wischte sich die nassen Hände an meiner Jacke ab, die auf dem Schreibtisch lag. Dann nahm er wieder brav auf seinem klapprigen Stuhl Platz.

»Ja, so lebe ich«, meinte ich. »Aber nur mittwochs. Den Rest der Woche finden Sie mich unter der Theodor-Heuss-Brücke. Schon mal gehört: Theodor Heuss? War'n berühmter Golfspieler.«

Der Unternehmersohn aus Darmstadt lächelte mich an. Ein wenig fürsorglich, ein wenig mitleidig, aber immer freundlich. Ein angenehmer Mensch, dieser Cajetan Meyer. Ob für seinen Bruder auch noch etwas Freundlichkeit übrig geblieben war? Oder war Caspar der Böse der beiden Meyers, der Fußtritte verteilte und den Sekretärinnen in den Ausschnitt griff?

»Lieber Herr Koller«, sagte Meyer. »Mein lieber Geschäftsfreund. Sie dürfen uns nicht länger auf die Folter spannen. Verraten Sie uns doch einfach … Willst du es ihn fragen, lieber Neffe? Nein? Gut, dann tue ich es. Verraten Sie uns, Geschäftsfreund, was Sie an den Darmstädter Chemiebetrieben so sehr interessiert.«

Fatty kam herein, in den Händen ein Tablett – wo immer er das auch gefunden hatte – und darauf eine Kanne Kaffee, drei Tässchen, Zucker und Milch. Fehlte nur noch die Schürze.

»Nichts«, sagte ich.

Kleine Pause. Meyer wartete lächelnd. »Nichts?« wiederholte er schließlich.

»Nein, nichts. Einen Kaffee, die Herren?« Ohne eine Antwort abzuwarten, schenkte ich ein. »Warum nur drei Tassen, Friedhelm? Soll Herr Meyer leer ausgehen? Nicht, dass er uns beim Putten an Loch 18 einschläft.«

»Nein, nein«, wehrte Fatty ab. »Die Tassen sind für euch. Ich möchte nichts, danke. Ich hab schon …«

»Das ist nicht sehr höflich, lieber Neffe«, drohte ich ihm. »Wo doch die Herren schon am Gehen sind.«

»Hast du gehört, was er gesagt hat?«, fragte Meyer seinen Begleiter. »Er interessiert sich gar nicht für die DACH. Der liebe Herr Koller stattet unserer Presseabteilung höchstselbst einen Besuch ab, dabei interessiert er sich gar nicht für uns. Ob er sich in der Tür geirrt hat?«

»Er ist Ethnologe«, sagte ich.

Für einen kurzen Moment sah Meyer irritiert aus. »Bitte?«, fragte er sanft.

»Herr Knöterich hat Ethnologie studiert. Abschlussarbeit über die Rituale der Hutu.«

»Interessant …«

»Nicht wahr? Ich wollte, dass Sie über die Vergangenheit Ihrer Mitarbeiter informiert sind. Oder ist Herr Knöterich auch Ihr Neffe?«

Meyer lachte glucksend. »Ach, lieber Herr Koller, manchmal ist das Leben ein einziges Vergnügen. Wenn Sie wüssten, wie ich mich auf meine Golfrunde freue … Mit meinem Freund Schnappauf von den *Neckar-Nachrichten* spiele ich auch bisweilen. Und wissen Sie was? So ein Zufall: Da ruft mich mein Freund Albert Schnappauf gestern Abend an und erzählt mir eine drollige Geschichte von einem Privatermittler aus seiner Stadt, der sich als Mitarbeiter seiner Zeitung ausgegeben hat, um sich in unserem Hause Informationen zu erschleichen. Was sagen Sie jetzt?«

»Der Kaffee wird kalt.«

»Das stimmt, Herr Koller.« Er griff nach seiner Tasse, die Fatty neben ihn auf einen kleinen Glastisch gestellt hatte. Mit der anderen Hand zog er eine Visitenkarte aus seiner Jackettasche und reichte sie mir. Es war das Kärtchen einer Neuenheimer Reinigung. »Sehr zu empfehlen«, sagte er. »Außerdem verwenden sie unsere Produkte.«

Ich schwieg. Meyer würde mir gleich vorführen, was er mit der Reinigung bezweckte.

»Lieber Neffe, wärst du so freundlich und würdest deinen Kaffee über Herrn Kollers Jacke schütten? Danke sehr.« Er nahm einen Schluck aus seiner Tasse, setzte sie aber sofort wieder ab. Sein Begleiter stand gehorsam auf und näherte sich, den Kaffee in der Hand, meinem Schreibtisch. Ich rührte mich nicht. Dafür sprang Fatty von seinem Hocker im Hintergrund auf und stellte sich neben mich. Zu mehr reichte seine Energie allerdings nicht. Er stand hilflos da und sah zu, wie sich der heiße Inhalt der Tasse über meine auf dem Schreibtisch liegende Jacke ergoss. Der Neffe wartete bis zum letzten Tropfen Kaffee, dann überlegte er … grinste … und zerdrückte die Tasse in seiner behaarten Pranke. Kleine Porzellansplitter fielen auf die nasse Jacke. Fatty schluckte.

»Setz dich«, schnarrte Meyer und schaute missbilligend. Der Neffe gehorchte.

»Friedhelm«, sagte ich, »wir müssen die Jacke zur Reinigung bringen. Da hat sich vorhin ein Müllmann die verschissenen Hände dran abgewischt.«

»Jaja«, summte Meyer, »wollen wir hoffen, dass das Wetter hält. Man weiß ja nie … Apropos, Herr Koller, wissen Sie, was meine Erfahrung aus 20 Jahren Unternehmensführung ist?«

»19 Jahren«, verbesserte ich. »Vor 20 Jahren hat Ihnen noch Ihr Vater den kleinen Cajetan beim Pinkeln gehalten.«

»Oh, wie recht Sie haben«, amüsierte er sich. Bestimmt gefiel ihm, dass mein Geduldsfaden allmählich zu reißen begann. »Kopfrechnen war noch nie meine Stärke. Meine Stärke liegt viel mehr auf dem Gebiet der … nun ja, jedenfalls sagt mir meine langjährige Berufserfahrung, dass es genau zwei Sorten von Privatdetektiven gibt: Die einen, das sind zuverlässige, diskrete Personen, die einen Auftrag ordnungsgemäß ausführen, ohne großes Trara drumherum, so recht als loyale Dienstleister.«

»Und die anderen halten sich für Philip Marlowe und Supermann gleichzeitig, kennen nur das Gesetz des Dschungels, saufen Schnaps, schlafen mit ihren weiblichen Klienten und stecken ihre Nase in Sachen, die sie nichts angehen. Habe ich recht?«

»Und zu welcher Sorte gehören Sie, Herr Koller?«

»Zu denen, die ein blaues Auge und Kaffee auf der Jacke

haben. Die sich kaputtlachen, weil vor ihnen ein Darmstädter Würstchen sitzt, das vor lauter Angst um die väterliche Firma Sorbinsäure ausschwitzt.«

Der Neffe räusperte sich und zog die Augen zusammen.

»Sorbinsäure«, sagte Meyer nachdenklich. »Das ist wirklich interessant ... Haben Sie deswegen den langen Weg in unsere schöne Stadt auf sich genommen?«

»Nein.«

»Weswegen dann?«

»Hat Ihnen das Ihre geföhnte Schlingpflanze nicht verraten?«

Meyer machte den Mund ganz spitz. »Sie sprechen in Rätseln, Herr Koller.«

»Knöterich. Der Ethnologe. Er hat mir einiges über Herrn Bünting erzählt.«

»Dr. Bünting«, sagte der Neffe. »So viel Zeit muss sein.«

»Dr. Menschenfresser Bünting, richtig.«

»Unser geschätzter ehemaliger Mitarbeiter«, nickte Meyer. »Warum suchen Sie ihn nicht persönlich auf? Er wohnt doch in Heidelberg. Was wollen Sie von ihm?«

»Wissen Sie, Herr Meyer, ich bin noch keiner dieser loyalen, zuverlässigen Dienstleister, die Sie so schätzen. Aber ich bin auf dem Weg dorthin. Und deshalb werde ich zu Fragen nach meinen Absichten, meiner Motivation, meinen Gründen in Sachen Bünting schweigen. Schweigen müssen, Herr Meyer, das verstehen Sie doch?«

»Wie dumm von mir! Ich bin ganz Ihrer Meinung, Geschäftsfreund. Einen Moment lang glaubte ich, Sie wollten mir gewisse Fragen zu Dr. Bünting stellen, die ich dann postwendend beantwortet hätte. Auch wenn der Kontakt zu unserem besten Mann seit seinem Ausscheiden aus der Firma abgerissen ist.«

»Wie bedauerlich.«

»Äußerst bedauerlich, Herr Koller.«

»Sonst hätte ich Sie gefragt, welche Sünden der Vergangenheit Hanjo Bünting um jeden Preis verheimlichen möchte.«

»Schade, dass Sie es nicht fragen dürfen«, sagte Meyer und lächelte. »Meine Antwort bestünde in einer ausführlichen Bekundung des Nichtwissens.«

»Sehen Sie, so spart man jede Menge Zeit.«

Der Besucher aus Darmstadt setzte seinen rechten Ellbogen auf die Lehne des Sessels, stützte sein weiches Kinn in die Handfläche und schmunzelte. Dann sagte er: »Eine Sache, lieber Herr Koller, würde ich ganz gerne geklärt sehen. Vermutlich ist sie längst geklärt, aber ich bin in solchen Dingen ein wenig schwer von Begriff. Ihre derzeitige Tätigkeit, ich formuliere das einfach mal so, erstreckt sich auf die Person des von uns allen hochgeschätzten Dr. Bünting ... während Ihr Interesse an den Darmstädter Chemiebetrieben, in Zahlen ausgedrückt, gegen null tendiert. Ist das korrekt?«

Ich sah den Gemütlichen direkt an. Irgendwann musste dieser lächerliche Auftritt ja ein Ende haben. Als Firmenerbe konnte man es sich leisten, den ganzen Tag zu spielen, Golf oder Scharaden oder was auch immer. Bei einem hart arbeitenden Privatermittler sieht das anders aus.

»Das ist korrekt«, sagte ich.

»Na, das wird meinen Neffen aber freuen«, strahlte er. Der Neffe strahlte nicht, im Gegenteil, er sah fast ein wenig enttäuscht aus. »Sogar sehr freuen wird ihn das. Dann ist ja alles in schönster Ordnung, nicht wahr?«

Fatty atmete erleichtert auf.

»Noch einen Kaffee?«, fragte ich.

»Danke, aber ich fürchte, wir müssen allmählich ...« Er schob den linken Ärmel zurück, sah bestürzt auf seine Uhr und erhob sich.

»Einen Moment, Geschäftsfreund«, hielt ich ihn auf. »Ich habe Ihnen was zu sagen.«

»Was das wohl sein mag?« Er zwinkerte seinem Neffen zu, der sich nicht gerührt hatte.

»Ihr Ausflug nach Heidelberg war überflüssig, Herr Meyer. Mich interessiert nur Bünting. Anfangs dachte ich noch, Ihr ehemaliger Mitarbeiter, zu dem Sie ja kaum noch Kontakt haben, hätte beruflich ein krummes Ding gedreht, aber davon bin ich abgekommen. Bünting hat irgendwo im privaten Bereich Dreck am Stecken, und ich werde rauskriegen, was es ist. Trotzdem bin ich froh, dass Sie gekommen sind. So konnte ich mich nämlich persönlich davon überzeugen, was Sie für ein stinkendes Stück Scheiße sind, Geschäftsfreund, und das ist ja auch etwas wert.«

»Wenn Sie Probleme mit der Zirbeldrüse haben«, sagte er freundlich, »unsere Forschungsabteilung hat da etwas entwickelt ...«

»Ihr ganzer Auftritt, Herr Meyer, ist mir egal. Ihr Gegrinse, Ihr Neffe, Ihr Golftermin mit irgendwelchen Lokalgrößen ebenfalls. Beeindruckt mich nicht. Was mich beeindruckt« – und damit erhob ich mich, so dass wir uns Auge in Auge gegenüberstanden, nur durch die Tiefe des Schreibtischs voneinander getrennt – »was mich beeindruckt, Geschäftsfreund, das ist ein totes Mädchen, das beim besten Mann der DACH im Garten liegt. Sie haben nichts damit zu tun, ich weiß, Sie waschen Ihre Hände in Unschuld, chemisch rein, aber meiner Meinung nach haben Sie doch etwas damit zu tun. Sie mit Ihrem Geld, Ihrer Börsennotierung und Ihrer Marktgeilheit, Sie sind mitverantwortlich dafür, dass Bünting so geworden ist, wie er ist. Der hat das Mädchen nicht umbringen lassen, weil er eine schwarze Seele hat, weil er ein Teufel ist, sondern weil er dazu gemacht wurde, von Leuten wie Ihnen und Ihrem Vater. Bünting hat Angst, er bibbert um seine Position, um sein Ansehen, um seine Macht, und deshalb schlägt er um sich und zertritt alles, was sich unter seinen Schuhsohlen regt. Sie wären wahrscheinlich zu feige, um einen Mord in Auftrag zu geben, aber der Ekel, mit dem Sie gleich diese Wohnung verlassen werden, ist der gleiche Ekel, den Bünting vor den beiden Menschen empfand, bevor er sie umlegen ließ. Deshalb sind Sie für mich ein Stück Dreck, Meyer, ein Stück Scheiße. Und jetzt hauen Sie ab.«

Der Unternehmer lächelte unverwandt. Neben mir hörte ich Fatty schnaufen; Meyers Neffe saß kerzengerade auf seinem Stuhl und zuckte mit dem kleinen Finger.

Meyer kicherte. »Wissen Sie was, lieber Herr Koller?«, fragte er. »Nun verrate ich es Ihnen doch. Ja, ich verrate Ihnen, was ich mit meinem Neffen besprochen habe, bevor wir uns nach Heidelberg aufmachten. Ich sagte ihm, Neffe, pass gut auf, wenn der Herr Koller mich anfasst, wenn er mich nur irgendwo anrührt, mit einer Fingerspitze oder Nasenspitze, ganz egal, dann fasst du ihn auch an. Ihn und seine ganze Wohnung. Die dürfen anschließend nicht mehr so aussehen wie vorher.«

»Und? Habe ich Sie angefasst?«

Er grinste breit. »Eine feuchte Aussprache gehört auch dazu«, sagte er.

Es dauerte einen Moment, bis der Neffe kapierte. Dann fiel der Stuhl um, auf dem er gesessen hatte, und ein schwarzer Schatten schoss auf den Schreibtisch zu. Jemand schrie. Ich hatte nach meinem eigenen Stuhl gegriffen, um ihn dem Angreifer über den Schädel zu ziehen, doch der war auf der anderen Schreibtischseite aufgehalten worden. Von der ausgestreckten Hand seines Onkels.

»Moment«, sagte Cajetan Meyer. »Immer mit der Ruhe. Ich habe nie behauptet, dass Herr Koller eine feuchte Aussprache besitzt.«

Neben mir ließ Fatty die erhobene Kaffeekanne langsam sinken. Seine Augen rollten, er begann heftig zu keuchen. So viel Geistesgegenwart und Kampfesmut hätte ich ihm nicht zugetraut. Meyers Neffe warf mir einen vernichtenden Blick zu und ballte die Fäuste.

»Na, dann wollen wir die fröhliche Runde mal aufheben«, rief sein Chef gutgelaunt.

»Autsch«, machte Fatty und stellte die Kaffeekanne ab. »Ganz schön heiß, das Ding.«

»Sie finden den Weg«, sagte ich. »Aus dem Büro raus, durch Wohnzimmer und Eingangshalle. Und Ihre Karte essen Sie am besten auf, sonst komme ich noch auf den Gedanken, Sie anzurufen.« Ich warf sie Meyer vor die Füße.

Sie gingen. Zwei beleibte Menschen verließen den Raum, der eine lächelnd, finster der andere. In der Tür drehte sich Meyer noch einmal um und sagte: »Die Rechnung für die Jackenreinigung bitte an mich persönlich, Herr Koller. Und wie vernünftig von Ihnen, dass Sie sich freiwillig Hausverbot auf dem Gelände der DACH auferlegt haben. Bis zum Sankt Nimmerleinstag. Adieu.«

Die Tür schloss sich hinter ihnen.

Wir sahen uns an. Eine Zeit lang sagte niemand etwas. Ich stellte den umgefallenen Stuhl wieder auf, Fatty pustete auf seine rechte Handfläche. Die Scherben der Tasse und all das konnte man später aufräumen.

»Da siehst du mal«, sagte ich schließlich, »wozu mein französischer Kaffee gut ist.«

Er grinste schwach. »Ich hatte keine Ahnung, dass dir der Tod der Kleinen so naheging.«

»Tut er auch nicht. Diese Typen hier, die gehen mir nahe. Ihre Visagen, Ihre Anzüge ... alles. Gegen die muss man was unternehmen.«

Fatty schwieg und starrte auf seine gerötete Handfläche. Dann straffte er sich, warf einen Blick auf seine Armbanduhr und stand auf. »Und das wäre?«, fragte er.

»Was?«

»Na, was du unternehmen willst. Gehst du zu Bünting? Oder Schafstett?«

»Schon wieder so ein Dicker. Ja, Schafstett werde ich einen Besuch abstatten. Aber nicht sofort. Zuerst versuche ich es bei einem Kunsthistoriker. Einem Bekannten von Herrn Lukaschenko.«

38

Ich Versager!

Ja, ich war ein Versager, auch in diesem Beruf, ich nannte mich Ermittler und ermittelte doch nichts, nicht einmal das, was sich in meiner nächsten Umgebung abspielte. Zum Beispiel hinter meinem Rücken. Und weil ich mir nicht selbst in den Hintern treten konnte, war der Wagen dran. Einen Tritt gegen die breiten Reifen, zack. Einen gegen die Felge. Den Tritt gegen das Vorderlicht schenkte ich mir, ich erregte ohnehin bereits Aufsehen.

»Ist das Ihr Auto?«, fragte mich ein Mädchen mit Spange und Sommersprossen. In der Hand trug sie einen CD-Player, über den Ohren Kopfhörer.

»Sehe ich so aus? Bin doch nicht blöd.«

»Sie dürfen das nicht.«

»Ich darf das. Bin Autotester.«

Der Wagen stand auf einem Privatparkplatz in Wieblingen, vor einem grauen kastenförmigen Wohnblock mit Flachdach. Eine Art Plattenbau West, nur kleiner. Überall waren die Beulen von Satellitenschüsseln zu sehen, oben ragte ein Handymast in den Himmel. Eine schüttere Baumreihe schirmte das Gebäude gegen die Umgehungsstraße ab. Bis zum Bau dieser Umgehung war Wieblingen Transitstrecke gewesen: ein Straßendorf, wie es im Buche steht, und zwar in keinem schönen Buch. Kulisse für schuttbeladene Lastwägen, knatternde Motorräder, aufgemotzte Mantas und stotternde Traktoren auf dem Weg nach Edingen, Ilvesheim, Neckarhausen. In den zentralen Heidelberger Stadtteilen jammern sie bis heute über ihre Verkehrsprobleme, doch was sollten da die Wieblinger sagen? Die Häuser in einheitliches Emissionsgrau gekleidet, die Fenster straßenblind, und in der Uniklinik ging die Legende, erfahrene Lungenärzte könnten einen Wieblinger am Husten erkennen. Irgendwann kam die Umgehungsstraße, die dafür sorgte, dass sich Lärm und Abgase ins Gewerbegebiet am westlichen Ortsrand verzogen. Allerdings gibt es auch dort ein paar Wohnsilos aus den 70er-Jahren, und nun dürfen sich Sozialfälle, Aussiedler und Studenten mit dem Wieblinger Durchgangsverkehr herumschlagen. Der natürlich zugenommen hat, seit es die neue Straße gibt.

Auch Heinz Schafstett gehörte zu den Opfern der Heidelberger Verkehrspolitik. Von den oberen Wohnungen seines Hauses hatte man freie Sicht auf die Umgehung, und nicht allzu weit entfernt rauschte die Autobahn. Ich gönnte es dem Dicken von Herzen.

Sobald das Mädchen mit dem CD-Player außer Sicht war, bekam Schafstetts Wagen noch einen Tritt in die Seite.

Fatty hatte mir den Namen meines Beschatters genannt. Schön. Außerdem hatte er mir das Kennzeichen von Schafstetts Wagen aufgeschrieben, dem er ja durch halb Heidelberg gefolgt war. Auch schön. Und möglicherweise hatte er mir sogar das Modell und die Farbe des Autos genannt – aber da musste ich geschlafen oder weggehört haben. Jedenfalls fiel es mir wie Schuppen von den Augen, als ich den Wagen auf dem Parkplatz vor Schafstetts Haus entdeckte.

Ich Versager!

Schafstett fuhr einen dunkelblauen Geländewagen. Einen Subaru mit Vierradantrieb, gestriegelt wie ein Rassehengst, aber breit wie ein Ochsengespann. So breit, dass er ein Gässchen vom Format der Plöck von rechts bis links ausfüllte. Und genau dort war ich dem Wagen zum ersten Mal begegnet: auf der Flucht vor der Polizei, nach dem Zusammenstoß mit den Schülern. Er war es ja gewesen, der mir Sichtschutz gegeben hatte, als ich mich in die Boutique rettete. Und während ich in der Umkleidekabine auf meine Entdeckung wartete, parkte Schafstett in aller Gemütsruhe seinen Subaru, schlenderte zu der Boutique hinüber und verpasste mir die erste von zwei Kopfnüssen.

Na, warte. Dir würde ichs zeigen, Fettklops.

Aber wie? Am besten so: bei Schafstett klingeln, Hallo sagen und ihm die Fresse polieren. Das war eine verdammt gute Idee. Verdammt gut, wirklich. Sie würde mir nämlich verdammt guttun. Und was würde sie zur Klärung des Falles beigetragen? Nichts vermutlich. Schafstett war ein harter Bursche, den musste man hart rannehmen, und wenn ich ihn zu hart rannahm, konnte er mir nichts mehr sagen. Aber ich brauchte Informationen. Nach dem Gespräch mit Arsani war ich so nah dran an der Lösung. Jetzt nichts überstürzen.

Also unterdrückte ich meine Rachegefühle und beschloss abzuwarten. Schafstett lief mir nicht davon. Er würde seine Abreibung bekommen, früher oder später.

Ich stellte mich in den Schatten einer Garage und steckte mir einen Kaugummi in den Mund. Hinter den Bäumen an der Grundstücksgrenze rumpelten die Laster vorbei, ab und zu blitzte die Sonne durch die dichte Wolkendecke. Mitten auf dem Parkplatz döste eine Katze.

Das Mädchen mit der Zahnspange kam zurück, ohne Musik diesmal. Zusammen mit einer türkischen Freundin spielte es irgendein undurchschaubares Spiel um Körbchen und Stöckchen, ansonsten ließ sich niemand blicken. Graffiti zierte die Hauswand. Im Eingangsbereich lag ein großer Papierstapel, vom gestrigen Regen durchweicht. Ich begann, die Autos auf dem Parkplatz zu zählen. 12 Stück, bei 16 Wohnungen, nicht schlecht. Die Arbeitslosenquote in diesem Haus lag wahrscheinlich bei über 50 Prozent. Noch einmal zählen. 12 Autos, alles korrekt. Was konnte man noch zählen? Die vorbeifahrenden Laster? Die Würfe der Mädchen? Warum wartete ich eigentlich die ganze Zeit vor dem Haus?

Ich spuckte den Kaugummi aus und schlenderte los, um den Block herum. Laut Parktafel wohnte Schafstett in I/4, also im Erdgeschoss. Beziehungsweise Hochparterre. Im Gehen linste ich aus sicherer Entfernung in Wohnzimmer- und Küchenfenster und entdeckte einen Mann, der nur mit Unterhosen bekleidet spülte. Und dabei rauchte. Schafstett war es nicht. Hinter dem Haus suchte ich mir einen geschützten Platz im Schatten eines Ginsterbuschs, um die Rückfront einer Musterung zu unterziehen. Grau war auch hier die dominierende Farbe. Jede Wohnung hatte einen Balkon, sogar die im Hochparterre. Schöner wurde das Haus deswegen nicht. Mehrere Radios dudelten. Die Wettervorhersage vermischte sich mit der heiseren Stimme einer Sängerin, die von Schmetterlingen im Frühling sang. Der Lärm von der Umgehungsstraße sorgte für den passenden Hintergrund.

Nach einer Viertelstunde geschah etwas. Im Grunde war es

nicht der Rede wert. Es war bloß ein kahl geschorener Mann im Trainingsanzug, der auf dem Balkon links unten erschien, einen Eimer in die Ecke stellte und wieder im Haus verschwand. Mehr nicht. Mir aber reichte es, um vor Wut in einen Ginsterzweig zu beißen.

Ich war wirklich ein Dilettant.

Heinz Schafstett … Viel früher hätte ich mich um diesen Prügelotto kümmern müssen. Nicht nur, dass er mich mit seinem Subaru überallhin verfolgte, dass er mir Veilchen verpasste und sich mit seinem Chef darüber schlapp lachte – Schafstett hatte sich sogar bei Maria eingeschlichen. Ins Paradies der Penner und Saufbrüder, in meine heilige Kneipe … Still hatte er im Hintergrund gesessen, als könne er keiner Fliege etwas zuleide tun, während ich auf den Ungarn wartete. Und dabei hatte er eine Limo getrunken, eine Limo! Das tat niemand im *Englischen Jäger*, von Tischfußball-Kurt, dem Orangensaftfan, einmal abgesehen. Es hätte mir auffallen müssen, ich war schließlich Privatflic und Stammgast bei Maria. Aber wer rechnete auch mit einer solch lückenlosen Überwachung?

Nun, ich hätte mit ihr rechnen müssen. Sie zumindest nicht ausschließen dürfen. Es ging hier um Mord, und einer wie Bünting überließ nichts dem Zufall. Er hatte seine Methoden, seine Leute und die nötigen finanziellen Spielräume. Er konnte meiner nicht sicher sein, Schweigegeld hin, Pfefferspray her. Verhält sich der Schnüffler ruhig? Gibt er sich mit den 5000 Euro zufrieden? Das wollte Bünting wissen, um so das Heft des Handelns stets in der Hand zu behalten.

Immerhin, er nahm mich ernst. Erst Marten Micevski, nun Hanjo Bünting. Wenn diese ehrenwerte Gesellschaft einen respektierte, war man noch nicht auf dem Kehrichthaufen der Geschichte gelandet. Im Gegenteil, sie bauten einen regelrecht auf.

Aber was tun? Vom Warten hatte ich die Schnauze voll. In meiner Tasche steckte ein Schweizer Klappmesser, mit dem man jeden Autoreifen dieser Welt plattgestochen bekam. Vielleicht taugte es auch zum Öffnen einer Subaru-Tür. Ich verließ meinen Beobachterposten und ging mit Wut im Bauch zum Parkplatz zurück. Als ich um die Hausecke bog, sah ich Schafstett auf dem Weg zu seinem Wagen, in der Hand eine pralle Plastiktüte. Er hatte breite Schultern, eine schiefe Nase und kleine Ohren. Sein Schädel war kahl bis auf einen dunklen Schatten, der um seinen Hinterkopf lief. Er bewegte sich träge und schwerfällig wie ein Grizzly, aus der Ferne wirkte das fast putzig. Wahrscheinlich wurde Heinz Schafstett oft unterschätzt. Zu Unrecht, wie ich wusste.

Er schloss seinen Wagen auf, stieg ein und startete den Motor. Langsam rollte der Subaru vom Parkplatz.

Deine Chance, Max Koller. Ich drehte mich auf dem Absatz um, eilte hinters Haus und suchte wie zuvor Schutz zwischen den Ginsterbüschen. Dann wartete ich. Hinter Schafstetts Balkon blieb es ruhig, Tür und Fenster waren verschlossen, nichts regte sich. Auch sonst war kein Mensch zu sehen. Wäsche flatterte auf einem der Balkone, die Radios spielten weiterhin leise Musik. Gelangweilt stolzierte die Katze vom Parkplatz über den Rasen. Plötzlich wandte sie sich um. Sie hatte gemerkt, dass ich ihr folgte.

»Fort mit dir«, machte ich und nahm Anlauf. Ein Kinderspiel, auf Schafstetts Balkon zu gelangen. Niemand meldete sich, niemand protestierte. Nur die Katze musterte mich aus sicherer Entfernung. Ich schaute mich um. An der Wand lehnte ein zusammengeklappter Gartenstuhl. Den nahm ich in beide Hände, stellte mich vor die Balkontür, holte aus und schlug zu.

Glas splitterte und fiel zu Boden, die Katze rannte davon, dann herrschte wieder Stille in Wieblingen. Was man so Stille nennt, in der Nähe einer Ortsumgehung.

Na also. Lächerlich einfach, dieser kleine Einbruch. Und die gerechte Strafe für mein Rennrad. Ich griff durch die entstandene Lücke in der Scheibe, um die Tür von innen zu öffnen.

Vorsichtig trat ich ein. Und fing an zu lachen.

Heinz Schafstett war ein Spießer. Das Klischee eines deutschen Spießers! Traurig, wenn Vorurteile immer wieder bestätigt werden, aber es war nun mal nichts daran zu ändern. Die altbackenen Tapeten, die gerahmten Ölbilder, der Zimmerspringbrunnen, alles passte. Vor mir, mitten im Raum, stand eine monumentale braune Couchgarnitur, daneben ein Fernseher, kaum kleiner als ein Geländewagen. (Grundig, nicht Subaru.) In Griffweite ein niedriger Couchtisch mit Fernbedienung, TV-Programm, Zigarettenschachteln und einer Bierflasche. Und zwischen Couchgarnitur und Heimkino stand ein kleiner Hocker mit ausgebleichtem Kissen, der nur einem einzigen Zweck dienen konnte: des wackeren Hausherrn müdes Beinpaar in der Waagerechten zu halten, sobald sie in der Glotze Fußball oder blanke Titten brachten. Das Kissen hatte sogar Troddeln.

Die Wohnung war nicht allzu groß. Ein kleines Schlafzimmer, eine noch kleinere Abstellkammer, lichtlos und unaufgeräumt, eine Küche, in der es nach Essen roch, ein Bad. Etwas mehr Platz als in meiner Wohnung. Sicher nicht teuer; aber auch diese 60, 70 Quadratmeter mussten erst einmal bezahlt werden, wenn man keine Arbeit hatte. Und Schafstett war ja offenbar arbeitslos; wie sonst hätte er mich tagelang verfolgen können?

Ich begann im Wohnzimmer herumzustöbern. An der Wand neben der Balkontür hing eine Handvoll Fotos. Sie zeigten Schafstett auf Reisen, vorm Zuckerhut, auf einem Schiff, mit einer Schwarzen am Strand und im Kreise von Kollegen. Dieses Bild schaute ich mir genauer an. Neun Mann in weißen Sweatshirts und mit Schutzhelm, die Arme vor der Brust verschränkt, die Zähne zu einem breiten Grinsen gebleckt. Schafstett stand links außen, er war der Dickste von allen. Im Hintergrund konnte man ein weitläufiges Werksgelände ausmachen. Die DACH? Vermutlich, denn auf einem weiteren Foto saß Schafstett in feucht-fröhlicher Runde, rauchte eine Zigarre und hatte den Arm kumpelhaft um die Schultern von Hanjo Bünting gelegt. Der Alte lächelte essigsauer. Wahrscheinlich hatte ihm der Dicke den Prosecco umgestoßen und erzählte nun seinen Lieblingswitz. Seltsam, dass sich Bünting diese Betriebsfeste überhaupt antat. Seltsam auch, dass er Schafstett, den Mann mit der Couchgarnitur, so nahe an sich heranließ. Und nicht nur das. In der Küche fand ich eine Postkarte Büntings aus Taiwan, mit belanglosem Text und herzlichen Grüßen an den lieben Heinz. Klang nach dickster Männerfreundschaft. Wer hätte das gedacht?

Anschließend durchwühlte ich eine dunkelbraune Kommode mit aufgesetztem Geschirrregal. In ihren Schubladen fand ich einige Stapel von Dokumenten, Rechnungen, Ausweisen und Papieren, die sich zu folgendem Bild summierten: Schafstett war Anfang 50, angestellt im Sicherheitsdienst der DACH seit 1983. Ein schöner Beruf, gar nicht weit weg von dem eines Detektivs. Kontakte zu naseweisen Reportern, Wirtschaftsprüfern, Juristen und Behörden inbegriffen.

Aber Schafstett arbeitete nicht mehr bei der DACH. Im Sommer 1997 war er entlassen worden. Nach 14 Jahren, einfach so. Warum, weshalb, unter welchem Vorwand, fand ich nicht heraus. Auffällig nur, dass ihm zur selben Zeit gekündigt wurde, als Büntings Karriere in Darmstadt so abrupt endete. Hatte er vielleicht schon damals die gröberen Arbeiten für den Alten erledigt? So dass er gleichzeitig mit ihm abserviert wurde? Jedenfalls mussten sie sich schon vor 1997 gut gekannt haben, das bewies der Schnappschuss vom Besäufnis.

Geregelter Arbeit schien der Dicke tatsächlich nicht nachzugehen. Brauchte er auch nicht. In einer der Schubladen fand ich seine Kontoauszüge, die neben diversen Ausgaben Schafstetts einzige Einkommensquelle nannten: Hanjo Bünting. Der alte Menschenschinder überwies ihm Monat für Monat 5000 Euro. Da, schon wieder die obligatorischen 5000: Büntings Generalschlüssel zu den Herzen der Menschheit. Warum zahlte er? Welche Gegenleistung erwartete er? Aus reiner Barmherzigkeit würde ein Hanjo Bünting niemals so viel Geld unters Volk werfen, das widersprach seinen marktwirtschaftlichen Prinzipien. Nein, es blieben nur zwei Möglichkeiten: Entweder wusste der Dicke zu viel, und Bünting erkaufte sich so seine Loyalität, oder die 5000 waren eine Art Hausmeistergehalt, für das Schafstett Tag und Nacht zur Verfügung stehen musste. Wie auch immer, Schafstett war Büntings Mann fürs Grobe.

Wahrscheinlich konnte ihn der Alte sogar von der Steuer absetzen.

Alles, was ich sonst fand, zeichnete in Umrissen das Bild eines Menschen, mit dem ich nicht viel gemein haben wollte. Ein Kuraufenthalt in Bad Dingens wegen lädierter Bandscheibe, die Einladung zu einer Spielshow im Vormittagsprogramm eines Privatsenders, Briefe eines Rechtsanwalts und Prospekte von Autohändlern. Na ja. Ein beschissenes, armseliges Leben, das der Dicke führte. Trotz regelmäßiger fünf Riesen auf dem Konto. Fast konnte er einem leidtun.

Aber so schnell vergaß ich die beiden Faustschläge nicht.

Nach dem Wohnzimmer nahm ich mir die Abstellkammer vor: das übliche Haushaltsgerümpel, Putzzeug, Schuhe, alte Zeitschriften, ein Regal voller Videokassetten. Schließlich fand ich doch etwas, und zwar in einer winzigen Metalldose. Was wollte der Dicke bloß mit einer Halskette …? Dann erkannte ich sie: Katerinas Kette mit der kleinen goldenen Sonne! Schafstett, der Mörder, hatte sie also ausgeplündert, bevor er sie wegschaffte. Es war widerlich. Ein Spießer, der unter die Schlächter geht.

»Du verdammtes Arschloch«, stieß ich hervor und ballte meine Hände.

Hatte mir jemand geantwortet? Ich horchte auf. War da nicht ein Geräusch …?

Ich machte einen Schritt hinaus auf den Flur. Die Eingangstür zur Wohnung stand offen. Heinz Schafstett, eine Hand noch am Schlüssel, glotzte mich dämlich an. Und ich, der Privatflic, glotzte zurück.

Kurze Generalpause. Dann machte der Dicke einen Schritt nach vorne. Ich hechtete ins Wohnzimmer und fühlte meine Meinung im nächsten Moment schmerzhaft bestätigt: Man sollte den Kerl keinesfalls unterschätzen. Sein Hieb traf mich von hinten an der Schulter, nicht mit voller Wucht, aber stark genug, dass ich aus der Bahn geworfen wurde und Hals über Kopf in die Couchgarnitur purzelte. Kaum hatte ich die Orientierung wiedergefunden, schnellte ich hoch, weil ich jeden Moment mit zwei Zentnern gut abgehangenen Schafstetts über mir rechnete.

Wieder verschätzt. Der Fettklops stand seelenruhig im Türrahmen und sagte so gemütlich, als sei er beim Einkaufen: »Bleib, wo du bist, Wichser!«

Ein starker Auftritt. Folgsam blieb ich stehen und hob die Pfoten. Wo, um alles in der Welt, hatte Schafstett plötzlich die Pistole her?

39

Die Kunsthistoriker residieren in der Seminarstraße, nicht weit entfernt vom Uniplatz, in einem schicken, 300 Jahre alten Palais. Sehr passend, denkt sich unsereins beim Blick auf die restaurierte Fassade, genau da gehören sie hin, die Nachfolger Jacob Burckhardts, mit ihrem geschulten Auge, mit ihrem Sinn für Ästhetik und Geschichte. Im Innern des Gebäudes verfliegen solche Gedanken. Man öffnet eine Feuerschutztür, betritt enge, dunkle Flure, lange Neonröhren zucken, unter den Füßen quietscht das Linoleum. Die Raufaserwände sind vergilbt, die Fenster winzig. Hat man sich vielleicht in der Adresse geirrt? Ist man versehentlich ins Gefängnis auf der gegenüberliegenden Straßenseite geraten? Nein, es stimmt, man befindet sich im Kunsthistorischen Institut der Universität Heidelberg, außen Rokoko, innen Bunker.

In diesen Mauern also arbeitete der fröhliche Professor. Ich stellte mir vor, wie sie drüben in der Haftanstalt Chagall-Poster neben die Türen pinnten, während hier bloß rostige ›Rauchen verboten!‹-Schilder an der Wand hingen. Nach Zigaretten roch es trotzdem. Das einzig Bunte im ganzen Gebäude waren die roten Mülleimer.

Ich fragte im Sekretariat nach Arsani.

»Sprechstunde hat er nicht.«

»Aber er ist da?«

»Sprechstunde montags von zwei bis vier.«

»Und in welchem Zimmer findet die Sprechstunde statt?«

»Raum 323, eine Etage höher.«

Für eine studentische Hilfskraft hatte die junge Frau schon

verdammt viel Sekretärinnenroutine. Man musste ja sehen, wo man blieb als Kunsthistorikerin. Ich stiefelte hoch in den zweiten Stock. Dasselbe trübe Neonlicht, die gleichen lustigen Mülleimer an der Wand.

Für Arsanis Sprechstunde am Montag gab es eine Warteliste, und die war bereits voll. Wie beim Zahnarzt. Im Innern des Dozentenzimmers waren Stimmen zu hören, recht laute Stimmen sogar. Sehr schön, Arsani empfing heute also doch Besucher. Ich nahm auf einem Stuhl neben seiner Tür Platz und wartete.

Lange wartete ich nicht. Einige Studentinnen kamen vorbei und zwei türkische Putzfrauen. Lachend schlurften sie durch die tristen Gänge und unterhielten sich über Männer. Die Putzfrauen nämlich. Dann wurde die Tür von Raum 323 aufgerissen.

»Guten Morgen«, sagte ich. »Na, noch ein bisschen weitergefeiert?«

Die junge Frau sah nicht aus, als ob sie mich erkannte. Es war die hübsche Brünette von gestern Abend, nur nicht mehr ganz so hübsch: Ringe um die Augen, Schmolllippen, ein wenig zu aufdringlich geschminkt. Wutschnaubend – nicht wegen mir, sie kam schon so aus dem Zimmer – wutschnaubend warf sie die Tür hinter sich zu und rauschte davon.

»So ein Flachwichser!«, brüllte sie, dass es durch das ganze Palais hallte. »Dieser miese Lustgreis!« Beine wie in der Baumschule.

Ich erhob mich. Hatte ihr Arsani eine schlechte Note gegeben? Oder einen Heiratsantrag abgelehnt? Auf jeden Fall war die Frau wieder so nüchtern, dass sie sich entschlossen hatte, aus dem gestrigen Abend Profit zu schlagen. Sexuellen oder studientechnischen, je nachdem. Und nun war sie bei Arsani, dem alten Schwerenöter, abgeblitzt.

Ich klopfte an die Tür des Dozentenzimmers. Keine Antwort.

Ich klopfte wieder, und da Herr Professor nicht geruhte, mich hereinzubitten, öffnete ich die Tür ohne Einladung. Arsani saß in einem Sessel neben seinem Schreibtisch und stierte mich geistesabwesend an. Auf den Gedanken zu protestieren kam er nicht.

»Guten Morgen«, sagte ich. »Max Koller. Erinnern Sie sich?«

Keine Antwort. Ich zog mir einen Stuhl heran und nahm ihm gegenüber Platz.

»Oh«, grinste ich und befühlte die Sitzfläche des Stuhls. »Die ist ja noch warm.«

Arsani schwieg. Er stand noch ganz unter dem Eindruck dessen, was ihm die langbeinige Brünette um die Ohren gehauen hatte. Es würde ja nicht gerade ihre Handtasche gewesen sein.

»Was wollte meine Schwester von Ihnen?«, fragte ich unschuldig.

Da wurde er wach, der gute Professor.

»Ihre ... Ihre Schwester?«, fragte er. »Das da war Ihre Schwester?«

Ich nickte.

»Sie hat mir gar nicht erzählt, dass sie einen Bruder hat.«

»Sollte sie das? Ich meine, kam das Gespräch überhaupt auf Verwandtschaftliches? Wissen Sie, es gibt Situationen, in denen Steffi nicht viele Worte macht. Sie ist eher der spontane Typ Frau.«

Arsani wurde fahlweiß. Anschließend knallrot. Es dauerte eine Weile, bis sich eine konstante Gesichtsfarbe einstellte.

»Jedenfalls«, erlöste ich ihn, »hat uns beiden Ihr gestriger Vortrag ausgesprochen gut gefallen. So lebendig wünscht man sich kunsthistorische Referate immer.«

»Sie waren auch da?«

»Erinnern Sie sich nicht? Koller mein Name, von den *Neckar-Nachrichten*. Hinterher standen wir noch lange zusammen und diskutierten über Ihre Ausführungen. Auch über Ihre Meinung zu Jacob Burckhardt. Ich bin ja kein Kunsthistoriker, aber im Gegensatz zu Marten Micevski leuchteten mir Ihre Thesen durchaus ein. Ein hochinteressanter Disput, wirklich.«

Der Professor schwieg. Er sah erst auf seine Fingernägel, dann zur Tür hinüber, zuletzt verlagerte er sein Gewicht von einer Hinterbacke auf die andere. Seine Haare hingen wirrer denn je um seinen Kopf. Beim Namen Micevski machte er eine abwehrende Handbewegung, die wohl heißen sollte: Den kannste vergessen.

»Sie werden sich fragen«, fuhr ich fort, »warum ich hier bin. Zunächst natürlich, um Ihnen für den Vortrag zu danken. Es war ein unvergesslicher Abend für einen Nichtakademiker wie mich ... und der gemütliche Teil hatte ja auch seinen Reiz, nicht wahr?«

Arsani sah mich wortlos an. Er gab sich einen Ruck und stand auf. Aus einem Wandschränkchen entnahm er eine Handvoll Tabletten, warf sie in ein Glas, schüttete Mineralwasser hinterher und trank alles in einem Zug hinunter. Dann setzte er sich wieder mir gegenüber. Aus dem Mann, der vor guter Laune Purzelbäume geschlagen hatte, war der leibhaftige Magenbitter geworden. Als ob er in einer Zitronenpresse geschlafen hätte.

»Ja ...«, sagte er, und es klang wie eine Frage.

»Es gibt aber noch einen Grund, warum ich hier auftauche. Und zwar geht es um einen Ihrer Studenten, der zur *Rheno-Nicaria* gehört: Arndt Bünting. Ich habe Ihnen ja gestern erzählt, dass ich derzeit einen Beitrag über seinen Großvater schreibe.«

»Über seinen Großvater?«

»Dr. Hanjo Bünting.«

»Aha.«

»Hanjo und ich ... wir sind alte Freunde, wissen Sie.« Ich kramte wieder das Märchen von der Männerfreundschaft zwischen dem Unternehmer und mir aus. Waren wir nicht zusammen durch dick und dünn gegangen, er, der alte Bünting, und ich, der junge Koller? Hatten wir nicht nächtelang über den Wirtschaftsstandort Deutschland diskutiert, über die Globalisierung und ihre Folgen für Heidelberg? Hatten wir. Und lag es deshalb nicht auf der Hand, dass ich Büntings Porträt für die *Neckar-Nachrichten* verfasste? Na, sehen Sie.

»Hanjo und ich«, schloss ich, »das ist ... ja, das ist etwas Besonderes. Das finden Sie nicht so oft.«

Arsani nickte.

»Und nun gibt es folgendes Problem, Herr Professor: Dr. Bünting macht sich Sorgen um seinen Enkel. Große Sorgen.«

»Inwiefern?«

»Und zwar seit Tagen schon. Sie wissen wahrscheinlich, dass Arndt teilweise bei seinen Großeltern wohnt. Hanjo meint, Arndt komme ihm in letzter Zeit sehr verändert vor: verunsichert, bedrückt, fast ängstlich ... als läge ihm etwas schwer auf der Seele. Natürlich hat er versucht, mit ihm darüber zu sprechen. Ohne Erfolg. An seinen Noten kann es ja nicht liegen, oder?«

Arsani schüttelte müde den Kopf.

»Unter uns gesagt: Es ist nicht immer leicht für einen jungen Mann, ohne Vater, dafür mit einem so erfolgreichen Großvater als leuchtendem Vorbild ...« Der Professor nickte und unterdrückte ein Gähnen.

»Könnten Sie sich vorstellen, was Arndt so verunsichert hat, wenn es nicht der Leistungsdruck war?«

»Schwer zu sagen ...« Vergeblich bemühte sich mein Gegenüber, den Eindruck intensiven Grübelns zu erwecken. Dann kam ihm ein Gedanke. »Sagen Sie, Herr, äh ...«

»Koller.«

»...Herr Koller: Schreiben Sie eigentlich einen Bericht über meinen gestrigen Vortrag?«

»Na, hören Sie mal«, erwiderte ich pikiert.

»Wieso? Ich …«

»Er ist schon fertig. Übermorgen erscheint er.«

Das trübe Gesicht hellte sich ein wenig auf. »Ach, das ist … ja, sehr schön. – Was hatten Sie eben gefragt? Der junge Bünting … Ein gescheiter junger Mann, manchmal etwas vorschnell mit seinen Einschätzungen … Wobei ich nicht behaupten würde, ihn näher zu kennen. Allerdings hatte auch ich den Eindruck, dass ihn in letzter Zeit eine gewisse Nervosität gepackt hat. Aber seit wann und aus welchem Grund?« Er hob die Schultern. »Tut mir leid, da kann ich Ihnen nicht helfen.«

»Vielleicht Streitigkeiten mit seinen Verbindungsbrüdern?«

»Nun … möglich ist das schon. Dieser Micevski hat die alle ganz schön unter seiner Fuchtel. Aber Genaueres weiß ich nicht.«

»Es war viel von Mutproben die Rede bei der *Rheno-Nicaria*. Auch gestern Abend.«

»Tatsächlich?« Arsani verzog das Gesicht und legte eine Hand auf seinen Magen. Jede Erwähnung des vergangenen Abends schien ihm Unwohlsein zu bereiten.

»Wenn ich es richtig verstanden habe, hat Arndt bei der Mensur versagt.«

»Möglich.« Arsani erhob sich ächzend. »Davon erzählen mir meine Studenten nichts.«

»Was ist mit dem Herrn aus Jugoslawien, den Sie gestern erwähnten? Könnte er ein Anlass gewesen sein?«

»Der? Warum?« Er öffnete den kleinen Wandschrank und wiederholte die Tabletten-Mineralwasser-Prozedur von vorhin. »Ich dachte, der hätte sich weniger für Arndt als für seinen Großvater interessiert.«

»Für Hanjo Bünting?«

»Wussten Sie das nicht?«

»Nein. Was wollte der Mann?«

»Mit Bünting sprechen, glaube ich.« Er kehrte zu seinem Sessel zurück. »Und fragen Sie mich bitte nicht, worüber.«

Genau das interessierte mich aber. Ein wenig mehr Entgegenkommen hätte ich von Professor Arsani schon erwartet, nach alledem, was er meiner armen Schwester angetan hatte ... Sollte ich ihn noch einmal auf gestern Abend ansprechen? Nicht nötig, er kam auch so ins Reden.

»Ich weiß ja nicht einmal seinen Namen«, sagte er und unterdrückte ein Rülpsen. Zu viel Mineralwasser. »Eine kuriose Geschichte ... Es war letzten Sommer, in Jugoslawien. Serbien, heißt es ja inzwischen. Ich kann mich einfach nicht daran gewöhnen ... Eine 10-tägige Exkursion unseres Institutes unter meiner Leitung. Wir besuchten Belgrad, Novi Sad, Niš und einige weitere Städte, um schwerpunktmäßig orthodoxe Wandmalereien und Fresken der frühen Neuzeit ... wie auch immer. Weil viele der Klöster und Kirchen, die wir besichtigten, abseits liegen, fuhren wir häufig über Land, unter anderem zu einer Kirche in der Nähe von ... na, wie hieß das gleich?« Er kratzte sich an der Stirn. »Bujanovac. Südlich von Bujanovac. Mitten in der Pampa, im Nirgendwo. Trostlose Gegend. Dank meiner guten Kontakte nach Belgrad stellte man uns überall, auch in abgelegenen Orten, einen Fremdenführer zur Verfügung, der uns etwas über die Gegend erzählen konnte. Auf Deutsch natürlich.«

»Natürlich«, sagte ich und fragte mich, aus welchen Zeiten die guten Verbindungen Arsanis in den Osten stammten. Aus kommunistischen? Postkommunistischen?

»In diesem Kaff im Süden«, fuhr der Professor fort, »war es ein deutschstämmiger Serbe, der uns herumführte. Er nannte uns seinen Namen, den ich mir nicht gemerkt habe. Irgendwas mit -ac oder -ic, klingt ja alles gleich. Von Kunstgeschichte verstand er nichts, aber sein Deutsch war sehr gut. Nach der Besichtigung saßen wir in einer Teestube zusammen, und da fing er an, uns über Heidelberg auszufragen. Behauptete, er sei von dort, habe seine Jugend in der Stadt verbracht oder was weiß ich. Wie diese Ausländer halt von Deutschland erzählen und nach Deutschland fragen, wenn sie einmal bei VW am Fließband standen.« Er rülpste wieder vorsichtig hinter vorgehaltener Hand. Ich bezweifelte, dass Arsani ein Fließband auch nur vom Sehen kannte; das hatten sie im 18. Jahrhundert ja noch nicht auf Leinwand gebannt.

»Und dieser Fremdenführer«, warf ich ein, die kurze Erzählpause nutzend, »war er denn Deutscher?«

»Angeblich, ja«, sagte Arsani. »Muss aber schon als junger Kerl das Land verlassen haben, im Krieg oder kurz nach dem Krieg, fragen Sie mich nicht, warum. Jedenfalls fiel im Verlauf unseres Gesprächs der Name Bünting, und da wurde er hellhörig. Er wollte sofort wissen, wer so hieße, und ließ sich Arndt vorstellen. Die beiden sprachen längere Zeit miteinander.«

»Worüber?«

»Hat mich nicht interessiert. Es ging um Arndts Verwandtschaft, so viel habe ich verstanden, um seinen Großvater natürlich, und der Serbe schien völlig aus dem Häuschen, warum auch immer. Er fragte und fragte. Der junge Bünting wollte ihn loswerden, das merkte man. Als wir gingen, bettelte der Mann regelrecht um Arndts Adresse und bekam sie auch. Wir glaubten alle, er wolle mal eine Karte schreiben, mehr nicht.«

»Wie alt war der Mann?«

»Alt. Ende 70, schätze ich. Warum?«

»Nur so. Erzählen Sie weiter.«

»Die ganze Sache hatte ich längst wieder vergessen – bis der Jugoslawe vor einer Woche bei mir im Zimmer stand. Weiß der Himmel, woher er das Geld hatte, um nach Heidelberg zu kommen. Aber nun war er da. Sagte, er sei auf der Suche nach dem jungen Bünting, der ihm offenbar eine falsche Adresse gegeben hatte. Ich versuchte ihn abzuwimmeln.

Es war nur zu offensichtlich, dass Arndt kein Interesse an einem Wiedersehen gehabt hatte. Aber der Serbe blieb hartnäckig, und am Ende sagte ich ihm, er könne ihn nachmittags im Seminar treffen.«

»Warum ist der Mann zu Ihnen und nicht gleich zu den Büntings? Er hätte doch nur im Telefonbuch nachschlagen müssen.«

»Ich weiß es nicht. Er wollte, wie gesagt, partout mit dem Jungen sprechen. Um bei ihm zu übernachten, vielleicht auch um etwas Essbares zu bekommen, wer weiß. Auf mich machte er den Eindruck, als hätte er keinen Cent in der Tasche.«

»Hat er gesagt, wie er hergekommen ist?«

»Nein.«

»Und dann?«

»Nichts und dann. Nach dem Seminar sprachen wir mit Arndt, der alles andere als erfreut schien, ihn aber zu guter Letzt mitnahm, weil er merkte, dass ich auf die Gegenwart des Herrn keinen Wert legte. Er wird dem Mann wohl eine Übernachtungsmöglichkeit verschafft haben. Da müssen Sie ihn schon selbst fragen.« Er runzelte die Stirn. »Ja, warum fragen Sie eigentlich nicht ihn, sondern mich?«

Ich hob abwehrend die Hände. »Was meinen Sie, wie oft ich ihn gefragt habe? Wir haben ihn regelrecht zur Rede gestellt, Hanjo und ich. Aber Sie kennen ja die jungen Leute in dem Alter. Wenn die erst mal bockig sind ... Und von dem Serben wussten wir beide nichts.«

»Dann hat er sich also nicht bei Dr. Bünting gemeldet. Dabei ist der in seinem Alter.«

»Wissen Sie, ob er noch in der Stadt ist?«

»Nein.«

Ich schwieg. Alles in allem waren das rätselhafte Informationen. Außerdem störte mich das Pochen in meinem geschwollenen Auge. Der Kunsthistoriker räusperte sich mehrmals und schaute verstohlen zur Uhr. Allmählich verlor der furiose Auftritt meiner Schwester seine Wirkung.

»Könnten Sie sich vorstellen«, fragte ich schließlich, »dass dieser Mann die Ursache für Arndt Büntings Verunsicherung ist?«

»Der? Ach was«, wehrte Arsani ab. »Ein dahergelaufener Rentner, der nichts zu beißen hat? Kann ich mir nicht denken.«

»Wann war das genau, als er zu Ihnen kam? Welcher Tag?«

»Nun, das kann ich Ihnen sagen. Mein Rubens-Seminar halte ich immer donnerstags ab. An diesem Morgen stand er plötzlich vor meiner Tür.« Er verzog das Gesicht zu einem maliziösen Lächeln. »Ich dachte noch, wieso stinkt es hier nach Mottenpulver …?«

Arsanis Lächeln gefiel mir nicht. Mir gefiel überhaupt immer weniger an diesem professoralen Lachsack mit Appetit auf junges Fleisch. Immerhin, er hatte mir, einem Nichtakademiker, mehr erzählt als alle besoffenen Rheno-Nicarier zusammen. Aber die hatten sich ja auch nicht an meiner Schwester vergriffen.

»Schön, Herr Professor«, sagte ich und erhob mich. »Dann will ich mal nicht länger stören.«

»Grüßen Sie Dr. Bünting«, entgegnete er erleichtert. »Ich weiß nicht, ob ich Ihnen …«

»Doch, doch, Sie haben mir sehr geholfen.«

Er lächelte wieder und sah aus, als wollte er mich noch etwas fragen. Schüttelte aber den Kopf und geleitete mich zur Tür. Als ich schon die Klinke in der Hand hatte, nahm er allen Mut zusammen, räusperte sich und fragte: »Sagen Sie mal, Herr Koller, Ihre Schwester …«

»Ja?«

»Ich dachte, sie heißt Claudia.«

»Na, das ist doch …« Vorwurfsvoll schüttelte ich den Kopf. »Steffi hat mir hoch und heilig versprochen, nicht mehr zu flunkern. Tut mir wirklich leid, Herr Professor.« Ich nickte ihm ein letztes Mal zu und schloss die Tür.

Hinter mir in Raum 323 verschaffte sich jemand mit einem wütenden »Verfluchtes Weib!« Luft. Durch drei Zentimeter Pressspan war es zu hören.

40

Ich hatte keine Zeit, Arsani zu bedauern, denn inzwischen befand ich mich selbst in einer misslichen Lage. Schafstett musste eine Pistole entweder stets bei sich oder griffbereit neben der Eingangstür liegen haben. Das Resultat war jeweils dasselbe: Der Dicke hielt mich mit der Waffe in Schach, während er sich nach weiteren Personen in der Wohnung umsah.

»Wieder mal alleine unterwegs, Schnüffler? Das gefällt mir, gell.«

Ich schwieg.

»Los, 'nüber an die Wand! Und keine faulen Tricks!«

Heinz Schafstett hatte die Schriftsprache nicht erfunden. Aus dem Raum Hannover kam er auch nicht. Er versuchte, mich auf hochdeutsch einzuschüchtern, was nicht recht gelang.

Weder das Hochdeutsche noch die Einschüchterung. Seine Wiege dürfte irgendwo zwischen Frankenthal und Feudenheim gestanden haben. Während ich die Muster seiner Tapete studierte, tatschte er mich von oben bis unten ab und dann noch einmal von unten bis oben. Er schien bass erstaunt, keine Waffe bei mir zu finden. Endlich ließ er von mir ab, ich durfte mich umdrehen.

»Setz dich!«, befahl er.

Ich setzte mich und versank tief in der Couchgarnitur.

»Wie kommst du hier rein?«, fragte er und schaute gleichzeitig zur Balkontür. »Ah, ja«, sagte er und nickte finster. »Du kleines Arschloch.«

»Sie war schon offen«, sagte ich.

Er zeigte auf die kaputte Scheibe. »Die wirst du mir ersetzen, gell!«

»Wieso ich? Warum nicht Hanjo Bünting, dein Busenfreund? Er regelt doch sonst alles Finanzielle. Monat für Monat.«

Schafstett lief rot an. Mimisch glich er seinem Geländewagen. Es muss Liebe auf den ersten Blick gewesen sein, damals beim Subaru-Fachhändler.

»Lass uns alles auf eine Rechnung schreiben«, fuhr ich fort. »Deine Fensterscheibe, mein Rad, auf das du dich gesetzt hast, meine Klamotten, die in die Reinigung müssen. Ganz zu schweigen von meinem linken Auge, auf dem ich nichts mehr sehe und das meine Versicherung ...«

»Halts Maul!«, herrschte er mich an. »Du hältst jetzt sofort die Klappe, gell!«

Ich hielt sie. Schafstett war ein Mann mit schnellen Reaktionen, wenn es darauf ankam, aber Entscheidungen zu treffen, fiel ihm schwer. Und einen gescheiten Dialog zu führen, noch viel schwerer. Er hatte mich überrascht und überwältigt, und nun fragte er sich, wie es wohl weiterging. Durch seinen

Holzkopf fuhr nicht der blasseste Schimmer einer Idee. Deswegen schwieg ich. Er sollte sich seiner fatalen Lage einmal so richtig bewusst werden.

Die Pistole unverwandt auf mich gerichtet, setzte sich Schafstett mir gegenüber in einen Sessel. Er schwitzte. Physische Überanstrengung konnte es nicht sein, eher mentale. Er vermisste wohl seinen Herrn und Meister, der ihm die Mühe des Denkens gewöhnlich abnahm.

»Was willst du hier?«, fragte er schließlich. »Was hast du gesucht?«

Ich blickte ihm in die Augen und schwieg. Fixierte ihn, bis seine Lider flatterten. Dann zog ich meine Mundwinkel ganz langsam in die Höhe und begann zu grinsen, immer breiter, bis ich mir vorkam wie Geschäftsfreund Cajetan Meyer.

»Du hast da«, sagte ich und streckte meinen Zeigefinger aus, »einen Fleck auf dem Hemd.«

Er sprang auf. »Red keinen Quatsch!«, brüllte er. Man sah ihm an, welche Anstrengung es ihn kostete, nicht auf sein Hemd hinunterzublicken. »Was soll der Scheiß?«

»Was das soll?«, brüllte ich und tat, als wollte ich ebenfalls aufspringen. »Du bist doch der ...«

»Bleib sitzen!«, schrie er.

»Du bist doch derjenige, der nichts als Müll redet, Schafstett! Erst verfolgst du mich tagelang im Auftrag von Bünting, dann ertappst du mich in deiner Wohnung und fragst mich, was ich hier zu suchen habe. Was wohl, du Schwachkopf?«

»Ja, was? Sags mir, Schnüffler!«

»Beweise, was denn sonst? Du und Bünting, ihr habt erst den Jugoslawen umgelegt, anschließend die Ukrainerin, und ich weiß es. Fehlt nur noch der eine oder andere Beweis, dann marschiert ihr in den Knast. So einfach ist das, Heinzi.«

»Du spinnst ja!«, schrie er. »Niemanden haben wir umgebracht, niemanden, und deshalb gibt es auch keine Beweise, nix!« Er begann durch seine Wohnung zu stiefeln und Flüche auszustoßen. Seine Pistole wanderte von einer Hand in die andere. Ich schielte über meine Schulter zur Balkontür: zu weit. Er würde meinen Rücken durchsiebt haben, bevor ich an die frische Luft kam.

Schafstett trat vor mich hin und richtete die Waffe auf mich. »Los, leer deine Taschen aus. Damit ich sehen kann, ob du etwas mitgenommen hast.«

»Ich dachte, es gibt keine Beweise«, sagte ich. Katerinas Kette lag still in meiner Hosentasche.

»Gibts auch nicht. Los, fang an.«

»Schau doch selbst nach, Dicker. Ich brauche keine Beweise mehr. Ich weiß ohnehin, wie es gelaufen ist. Gestern Abend hast du mal wieder die Drecksarbeit verrichten müssen. Genauso wie Freitagnacht; damals der Jugo, diesmal das Mädchen.«

»Quatsch!«, brüllte der Boxer.

»Und die Arbeit ist noch nicht zu Ende. Wo hast du die Plastiktüte mit Katerinas Klamotten hingebracht? Weit kannst du nicht gefahren sein. Zur nächsten Müllverbrennungsanlage vielleicht?«

»Quatsch!«, wiederholte er, ein wenig leiser. Ich hatte Schafstett richtig eingeschätzt. Solange er seine Fäuste benutzen durfte, war er der George Foreman von Wieblingen, ein stummes Fleischgebirge, ein Koloss, der über ein paar Watschen lacht, bevor er selbst einmal trocken und tödlich zuschlägt. Aber wenn es ans Denken ging, ans Planen und Reden, dann war er hilflos wie ein Fisch auf dem Trocknen. Mehr noch: Heinz Schafstett hatte Angst. Er hielt eine Pistole in der Hand, konnte mit mir anstellen, was ihm beliebte, und doch hatte er nackte Angst. Ließ sich von ein paar Widerworten einschüchtern, in seiner eigenen Wohnung.

Und wie ging es nun weiter?

Schafstett stand vor mir, schwitzte, dass ihm das Wasser

über die Schläfen lief, doch dann kam ihm eine Idee. Der rettende Gedanke. »Hör zu, Schnüffler«, sagte er. »Ich werde jetzt telefonieren, gell. Und du bleibst brav hier sitzen, gell, keine falsche Bewegung. Ich knall dich sofort über den Haufen.«

»Wäre schade um das Lederimitat«, murmelte ich.

»Halts Maul!«

Der Kerl war zum Piepen: hilflos, ratlos, ahnungslos. Was ihm Bünting wohl erzählen würde?

Während der Boxer mit fleischigem Daumen sein Handy bearbeitete (immer abwechselnd einen Blick auf mich und auf die Tastatur), analysierte ich meine Lage. Umlegen lassen würde mich Bünting nicht. Das hätte er früher haben können. Mein Tod bedeutete eine Gefahr für ihn, denn er musste damit rechnen, dass Freunde von mir eingeweiht waren, dass sich jemand wie Marc Covet an seine Fersen heften würde. Und dann ginge das Spiel von vorne los, riskanter als je zuvor. Vielleicht ließ er mir durch Schafstett eine gehörige Abreibung verpassen, in der Hoffnung, mich so zur Raison zu bringen. Zumindest den Dicken würde es glücklich machen; endlich durfte er wieder die eigenen Hände gebrauchen … Oder er redete ihm gut zu, beruhigte ihn, hör zu, der Typ ist ein Versager, hat keine Beweise, eine Scheibe ist schnell repariert. Das würde am ehesten zu Bünting passen: keine Wellen schlagen, die bürgerliche Fassade wahren. Dann würde mich Schafstett mit einem Fußtritt aus seiner Wohnung und aus Wieblingen hinausbefördern. Hauptsache, er ließ mir Katerinas Kette.

Endlich hatte der Boxer Bünting am Apparat. Sie duzten sich. Schafstett berichtete atemlos, was vorgefallen war. Dazu musste er sich konzentrieren, und weil er sich konzentrierte, ließ seine Aufmerksamkeit mir gegenüber nach. Das nutzte ich aus. Rechts vor mir stand der kleine Couchtisch und darauf die Bierflasche. Mit der Spitze meines rechten Fußes zog ich behutsam ein Tischbein heran, den Blick auf den schweißgebadeten Fettklops gerichtet, der an seiner Nervosität und den Klippen der Grammatik zu verzweifeln drohte.

Nun stand das Tischchen direkt vor mir. Schafstett hatte seinen Bericht beendet und lauschte den Anweisungen seines Chefs. Sagte nur noch Ja und Nein, nickte und schüttelte den Kopf. Seine Gesichtszüge entspannten sich zusehends. Am Ende ließ er 10 Jas hintereinander hören, garniert mit einigen ›in Ordnung‹ und ›wird gemacht‹. Dann legte er auf.

Der Kerl, der jetzt auf mich zukam, hatte zu seiner früheren Ruhe zurückgefunden. Erleichtert ließ er sich in den Sessel plumpsen und grinste sogar ein wenig. Wie schön, wenn man einen Chef hat, der einem alle Sorgen abnimmt.

»Also«, begann er und zeigte wieder mit der Waffe auf mich. »Er sagt, du weißt gar nix. Gell?«

Wie zufrieden so ein »Gell« doch klingen kann. Ich fing an zu lachen. »Geht es uns jetzt besser, Heinzi? Wird jetzt alles gut?«

»Hör auf mit deinem blöden Heinzi«, sagte er finster. »Du versuchst nur abzulenken, gell. Weil du keinen einzigen Beweis hast, keinen einzigen. Du kannst uns gar nix.«

»Na klar, das hat dir Bünting eingeredet. Lass dich nicht beeindrucken, der Koller schwätzt viel, wenn der Tag lang ist, aber er hat nichts in der Hand. Ich will dir mal was sagen, Heinzi: Dein großer Meister weiß nicht, was ich alles weiß.«

»Was denn zum Beispiel?«

»Das mit dem Jugoslawen, der ihn erpressen wollte. Der aus Bujo … Bugo … Bujonochsowac nach Heidelberg kam, weil ihn das Heimweh übermannte. Und weil er hörte, dass ein gewisser Hanjo Bünting in der Stadt lebt.«

»Na und?«, fragte er lauernd.

»Er hat ihn erpresst und wurde dafür umgelegt. Von dir.«

»Völliger Blödsinn!«, rief Schafstett. »Das ist genau das, was Jochen sagte: Du hast überhaupt keine Ahnung und überhaupt keinen Beweis. Und du kannst auch gar keinen haben, weil ich es nicht war. Und Jochen auch nicht. Du spinnst nur rum, reimst dir was zusammen. Völliger Quatsch, das alles!«

In diesem Fall hatte er recht. Ich machte mir einen Reim auf Dinge, die ich höchstens zur Hälfte durchschaute. Und bestätigte damit dem Dicken, was ihm Jochen, wie er ihn nannte, eingeflüstert hatte. Vor Eifer vergaß er sogar sein Gell.

»Von wegen Quatsch«, bohrte ich weiter. »Einer von euch war es, und ihr werdet euch nicht ewig gegenseitig decken. Ihr habt jetzt schon viel zu viele Fehler gemacht. Dein Jochen hätte niemals versuchen sollen, mich mit Geld zum Schweigen zu bringen. Dadurch wurde ich erst neugierig. Und er hätte dich niemals auf mich ansetzen sollen.«

»Wieso nicht?«, rief er, und Zufriedenheit breitete sich auf seinem feisten Gesicht aus. »Du warst so was von blöd, du hast überhaupt nix gemerkt. Nicht mal, als ich hinter dir und den Bullen her bin, den Berg hinunter in die Altstadt hinein.«

»Du warst von Anfang an hinter mir?«

»Na, klar. Vom Friedhof an, immer mit gehörigem Abstand. Jochen hat mir den Auftrag gegeben zu verhindern, dass du zur Polizei Kontakt aufnimmst. Das war gar nicht so einfach, als sie plötzlich mit Blaulicht hinter dir her sind.« Du meine Güte, wie er sich in der Erinnerung an seine Heldentaten suhlte!

»Und dann?«

»Dann seid ihr in die Plöck rein, aber gegen die Einbahnstraße. Das konnte ich ja nicht, gell, also bin ich mit Karacho die Ebert-Anlage hinunter und irgendwann in die Plöck eingebogen. Da habe ich dich gesehen, wie du in dieses Geschäft reingerannt bist.«

»Und du hast gewartet, bis sich der Trubel legte ...«

»Von wegen.« Er grinste selbstgefällig. »Ich habe den Bullen erzählt, dass du Richtung Hauptstraße geflohen bist.«

Das verschlug mir die Sprache.

»Der Rest war Kinderkram. Die Verkäuferinnen liefen auf die Straße, um zu sehen, was los war, die Bullen suchten dich auf der Hauptstraße – da bin ich rein in das Geschäft.« Er kicherte. »Sich in der Umkleide für Damenunterwäsche zu verstecken ... ganz schön peinlich.«

»Ja, superpeinlich. Und mein Fahrrad?«

»Das nahm ich mit und stellte es dir irgendwann vor die Haustür. Schließlich sollten dich die Bullen nicht kriegen, gell?«

»Warum eigentlich nicht? Weil ihr Mörder seid, du und dein Chef.«

»Quatsch! Weil mein Chef keinen Ärger mit der Polizei will, deshalb!«

»Stimmt, ich vergaß. Dr. Hanjo Bünting, die reine Seele ... und die verfolgte Unschuld Heinz Schafstett! Für den Tod der kleinen Katerina könnt ihr natürlich auch nichts.«

»Nein, du Arschloch! Nix können wir dafür! Und Beweise darfst du suchen, bis du schwarz wirst.«

Ich beugte mich vor. Zwischen unseren Köpfen betrug der Abstand nur noch einen Meter. »Ich habe die Leiche gesehen, Schafstett. Und ich habe ihre Wunden gesehen. Ihr habt das Mädchen auf das Gitter gespießt und verbluten lassen, das vergesse ich euch nie. Gell!«

»Haben wir nicht!«, schrie er, plötzlich wieder schweiß-nass. »Du warst doch auch da, du hättest es genauso gut sein können. Oder ein ganz anderer. Es gibt keine Beweise. Nix!«

Ich lachte auf und rückte noch ein Stückchen vor, er aber quasselte weiter. »Und deshalb bringen wir dich jetzt zum Schweigen. Ich werde einen Kumpel anrufen, der gleich vorbeikommt, und schon haben wir einen Zeugen. Zur Sicherheit machen wir ein paar Fotos, gell, von der Tür und so, und dann ziehen wir Hölzchen, wer von uns dir eins auf die Fresse geben darf, bevor wir dich rausschmeißen. Wenn du dann noch einmal, noch ein einziges Mal, mit deinem bescheuerten Gelaber ankommst, dann wanderst du in den Knast. Und deine Lizenz bist du sowieso los.«

»O Schreck«, lachte ich. Welche Lizenz? Was stellten die beiden nicht alles an, um mir das Maul zu stopfen. Für nichts und wieder nichts. Schafstett langte nach hinten zum Telefon und ließ mich für einen kurzen Moment aus den Augen. Das genügte mir. Ein Griff zur Flasche, ein Satz nach vorne, und schon zersplitterte sie am Schädel des Dicken. Er schrie auf, ließ die Pistole fallen und knickte im Sessel zusammen. Mein Puls raste. Es war kein Hexenwerk gewesen, aber ich hatte nur den einen Versuch gehabt. Er war mir glänzend gelungen. Ich nahm Schafstetts Waffe an mich, prüfte, ob sie geladen war, und lehnte mich in aller Ruhe zurück.

41

Vielleicht hätte ich von Wieblingen aus direkt zu Bünting fahren sollen. Tat ich aber nicht. Schaute stattdessen kurz zu Hause vorbei: um mir etwas zwischen die Kiemen zu schieben, meine Gedanken zu ordnen und Fatty telefonisch mit den nötigsten Informationen zu versorgen.

»Kein Grund zur Beunruhigung«, sagte ich ihm. »Aber man weiß ja nie, was noch alles passiert.«

In diesem Fall passierte Folgendes: Kaum hatte ich das Haus wieder verlassen, als mir der Weg von vier jungen Männern versperrt wurde. Sie stemmten die Fäuste in die Hüften und versuchten ihre Milchgesichter mit finsterem Grimm zu tränken. Die Müllergesellen aus dem Märchen? Nein, bloß die verkaterte Elite der *Rheno-Nicaria*. Vor mir stand Frank, die Augen gerötet, neben ihm, alle Achtung, der kleine Konstantin, rechts hielt sich Georg mit Mühe aufrecht, den vierten kannte ich nicht. Ihre gemeinsame Schnapsfahne reichte von Heidelberg bis Coburg.

»Da ist er«, grölte Georg. Er schien nicht einmal das Hemd gewechselt zu haben. »Jetzt bist du reif!«

»Ich habe ein paar Bier kalt gestellt«, sagte ich. »Wenn ihr wollt, gebe ich euch meinen Schlüssel.«

»Schnauze, du Arschloch«, unterbrach mich Frank. Blanke Wut verzerrte seine Züge. »Ein verdammter Lügner bist du. Ein Schnüffler und ein gottverdammter Lügner.«

Nach allem, was mir Meyer und Schafstett heute an den Kopf geworfen hatten, ließ mich das kalt. Außerdem konnte ich Franks Wut nachvollziehen. Er war ein schlichtes Gemüt, das gerne raufte, Blondinen begrapschte und am Ende alles mit viel Bier begoss. Nur belügen ließ er sich ungern.

»Ja, ich bin ein Schnüffler«, sagte ich. »Für euch in Kurzfassung: Der alte Herr Bünting hat mich beauftragt, auf Arndt aufzupassen. Deshalb war ich am Montag auf dem Marktplatz. Dass ich euch …«

»Red keinen Scheiß«, brüllte Georg. Die Vokabeln gurgelten nur so aus ihm heraus. Wie Wasser aus einer Klospülung.

»Lass mich ausreden, Georg. Ich konnte euch meinen Beruf schließlich nicht auf die Nase binden. Der alte Bünting macht sich Sorgen um seinen Enkel. Und ihr hättet euch auch besser um Arndt kümmern sollen.«

»Du kannst labern, so viel du willst«, schrie Konstantin, »deine Abreibung kriegst du doch.«

»Ich lass mich nämlich nicht belügen. Von niemandem«, knirschte Frank und kam näher. Wenn es einer von den vieren ernst meinte, dann er. Die anderen würden sich womöglich mit symbolischen Handlungen zufriedengeben. Er aber wollte Rache.

»Ganz ruhig, meine Junge. Keine Hektik«, sagte ich und wich zur Seite aus. Der vierte Bursche machte mir bereitwillig Platz. Dies sehen und reagieren, war für Frank eins: Er schnaufte, holte aus und schlug zu.

Aber ein gerechter Gott wollte nicht, dass ich heute einstecken musste. Heute nicht. Ich unterlief Franks unkontrollierten Schwinger und ließ meine geballte Rechte nach oben schießen, mitten in sein Gesicht. Er taumelte zurück und schnappte nach Luft. Meine Faust hatte rote Bremsspuren unter seiner Nase hinterlassen. Ich schaute mich um: Seine tapferen Kumpane standen stocksteif an ihrem Platz, nur Georg schwankte ein wenig. Von ihnen drohte keine Gefahr. Der Hüne aber gab sich nicht geschlagen. Er wischte sich das Blut aus dem Gesicht und kam wieder auf mich zu. Genug herumgealbert. Ich zog Schafstetts Pistole aus der Tasche und ließ sie im Sonnenlicht glänzen.

»Sollen wir Mensur schießen?« sagte ich. »Ein Schmiss in Notwehr gefällig? Los, trollt euch nach Hause.«

Waffen machten Eindruck auf das Himmelfahrtskommando. Sie schwiegen und starrten mit großen Augen auf die Pistole.

»Was ich mit der Familie Bünting zu klären habe, geht euch nichts an. Fragt Arndt, vielleicht findet er bei nächster Gelegenheit seine Sprache wieder. Aber lasst mich in Ruhe, ich mache bloß meine Arbeit. Und jetzt ab mit euch!«

Es waren wohl weniger meine oberlehrerhaften Worte als das drohende Rumgefuchtel mit der Pistole, das die korporierten Milchbubis gehorchen ließ. Folgsam drehten sie sich um und marschierten im Gänsemarsch davon. Nur Frank zögerte.

»Wir sehn uns noch«, sagte er, und weil ihm das Blut inzwischen in den Mund geflossen war, spuckte er es auf die Straße und wiederholte: »Wir sehn uns noch, Arschloch.« Der zweite Versuch gelang ohne Geblubber.

Dann folgte er den dreien.

Ich steckte die Pistole wieder ein. Verdammt, wir befanden uns in Heidelberg-Neuenheim, im bürgerlichsten Wohnviertel des gesamten Bundeslandes, es war früher Nachmittag, junge Mädchen mit Pferdeschwanz gingen zum Cellounterricht, bebrillte Privatdozenten kauften Streuselkuchen, am Neckar ließen sie Drachen steigen, selbst die Autofahrer hielten sich an die Tempo-30-Vorschrift, und ich hatte nichts Besseres zu tun, als mich mit Halbstarken zu prügeln und ein Schießeisen zu zücken. Ich schloss mein Rad auf und fuhr los. Auf der anderen Straßenseite stand ein älterer Herr mit Hut, der missbilligend den Kopf schüttelte und mir nachrief: »Das war kein schöner Auftritt, junger Mann.«

Nein, war es nicht. Aber er hatte ja keine Ahnung, was noch für Auftritte folgen sollten.

Bei Bünting kletterte ich wieder über das Gitter. Ich wusste gar nicht, wie man das Gelände durch das Tor betrat. Auf mein Klingeln öffnete eine ältere Frau, die ich noch nie gesehen hatte. Sicher Katerinas Vertretung. »Herr Bünting erwartet mich«, sagte ich und schob sie beiseite. Hinter mir protestierte es ein wenig.

Der Alte saß oben an seinem Mahagoni-Tisch und schien mit meinem Erscheinen mehr oder weniger gerechnet zu haben. Auch gut. So konnten wir gleich zur Sache kommen. Er musterte mich abschätzig.

»Falls Sie nach Folterspuren suchen«, sagte ich, »sparen

Sie sich die Mühe. Ihr Schwergewichtsboxer hat mich human behandelt.«

Bünting zog eine Augenbraue hoch.

»Aber ich ihn nicht«, fügte ich hinzu.

»Was soll das heißen?«

»Das soll heißen, dass ihm jetzt die Fliegen um den blutigen Kopf summen. Und dass ich ihm die Hände gebunden habe, damit er sich nicht kratzt. Noch Fragen?«

»Sind Sie unter die Totschläger gegangen, Koller?«, fuhr Bünting auf.

»Ich doch nicht. Das ist Ihr Part. Ich hab dem Dicken bloß gezeigt, wie das so ist, wenn einem eine fremde, ungewaschene Faust plötzlich im Gesicht herumspaziert.«

»Koller, Sie widern mich an. Sie sind kein Detektiv, sondern ein Rowdy. Erst brechen Sie bei Schafstett ein ...«

»Die Scheibe gab plötzlich nach. Außerdem habe ich das hier von außen gesehen.« Ich ließ Katerinas Kette vor seinen Augen hin- und herbaumeln. Er zuckte mit den Achseln. »Ein Schmuckstück Ihrer Putzfrau«, erläuterte ich. »Sie trug es an ihrem Todestag.«

»Her damit!«, schrie Bünting und griff mit überraschender Schnelligkeit nach der Kette. Im letzten Moment zog ich sie zurück. Sieh an, der Mann konnte ja richtig aus sich herausgehen!

Aber nur für einen Augenblick. Schon saß er wieder hinter seinem Schreibtisch, die Ruhe selbst, nur eine dicke Ader an seinem Hals pulsierte rascher als sonst.

»Das nützt Ihnen gar nichts, Koller«, sagte er. »Kein Mensch glaubt Ihnen, dass Sie die Kette bei Schafstett gefunden haben. Kein Mensch. Und selbst wenn: Sie sind da eingestiegen. Sie haben ihn niedergeschlagen. Jeder Richter dieser Welt wird Sie dafür ins Gefängnis stecken. Zumal Sie gestern Abend ...«

»Ich weiß«, unterbrach ich ihn. »Zumal ich selbst gestern Abend Ihr Grundstück betreten und die Kleine eigenhändig auf die Gitterstäbe gespießt habe. Aus Liebeskummer wahrscheinlich. Machen Sie sich nicht lächerlich.« Ich setzte mich halb auf sein Mahagoni-Ungetüm. »Hören Sie mir lieber in Ruhe zu. Ich werde Ihnen nämlich jetzt meine Version der Geschichte unterbreiten. Und zwar von Anfang bis Ende, von Jugoslawien bis zur Ukraine sozusagen.«

Der Alte erhob sich, seine Augen hinter der randlosen Brille funkelten. »Sie verlassen auf der Stelle mein Haus!«, rief er. »Koller, ich weiß nicht, wozu ich fähig sein werde, wenn Sie ...«

Er ließ die Drohung unvollendet; einerseits, weil er sich davon eine größere rhetorische Wirkung versprach, andererseits, weil ich Schafstetts Pistole aus meiner Tasche gezaubert hatte. Ein wirklich nützlicher Haushaltsgegenstand. Ich beschloss, ihn zu adoptieren.

Vor Wut zitternd – oder vor Angst? Bei dem Silberrücken wusste man nie –, ließ sich Bünting wieder in seinen Ledersessel fallen. Bevor ich mit meinem Vortrag beginnen konnte, öffnete sich die Zimmertür.

»Arndt!«, begrüßte ich den Neuankömmling. »Immer rein in die gute Stube! Je mehr Publikum, desto besser.«

Wahrscheinlich hatte ihn Katerinas Nachfolgerin händeringend informiert, dass sein Großvater von einem ebenso ungebetenen wie ungehobelten Gast heimgesucht wurde. Außerdem unterhielten wir uns ja nicht gerade im Flüsterton, Bünting und ich. Wie dem auch sei: Arndt trat über die Schwelle, sah meine Waffe und schreckte zurück.

»Keine Angst«, sagte ich. »Das ist bloß eine Beruhigungspille für deinen Opa. Von einem ehemaligen Mitarbeiter der Darmstädter Chemiebetriebe verschrieben.«

»Lassen Sie Arndt aus dem Spiel«, fauchte Bünting.

»Das werde ich nicht tun! Arndt bleibt da und hört mir zu.« Ich wandte mich an den Enkel. »Du weißt ja inzwischen, wer ich bin.«

Er nickte feindselig.

»Deine tapferen vier Freunde, die mir eine Abreibung verpassen wollten, wechseln gerade die Unterwäsche. Alles Versager, diese Rhein-Neckar-Ratten. Aber das weißt du ja selbst. Zur Sache.«

Ich musterte die beiden. Es war das erste Mal, dass sich Großvater und Enkel gemeinsam mit mir in einem Raum befanden. Der Junior lehnte mit verschränkten Armen und finsterem Blick an der Wand, der Senior saß grimmig in seinem Lehnstuhl. Ich dazwischen, eine Hinterbacke auf der Tischplatte, die linke Fußspitze auf dem Boden.

»Nun rate mal, wer mich engagiert hat«, sagte ich zu Arndt. »Dein eigener Großvater. Du wirst es längst geahnt haben. Vergangenen Freitag rief er mich an.«

Der Junge schwieg, der Alte winkte ab.

»Und warum? Wegen des Jugoslawen. Beziehungsweise Serben. Und dafür muss ich etwas weiter ausholen. Also: Wir schreiben den Sommer letzten Jahres. Exkursion nach Serbien mit Arsani, dem heiteren Wissenschaftler. Ein Dolmetscher im hohen Rentneralter stellt sich den Studenten und ihrem Professor als Landsmann mit Verbindungen nach Heidelberg vor. Als der Name Bünting fällt, wird er plötzlich aufmerksam, bestürmt den Namensträger mit Fragen nach seinen Verwandten. Warum? Was will er? Dickes Fragezeichen. Des Rätsels Lösung naht ein Dreivierteljahr später.«

Ich machte eine Pause und musterte meine Zuhörer. Ihre Reaktion war bemerkenswert. Arndt, dem ich ja nichts Neues erzählte, war blass geworden. Sein Großvater hingegen schien bass erstaunt. Kannte der Alte die Geschichte noch nicht? Ich fuhr fort.

»Unser serbisch-deutscher Rentner kommt unvermu-
tet nach Heidelberg und quartiert sich in der Wohnung des
Enkels ein.« Bünting blickte Arndt entgeistert an. Ja, das war
das Wort: entgeistert. »Dabei gilt sein Besuch eigentlich dem
Großvater, seinem Altersgenossen, denn ihn kennt er von früher. Was passiert jetzt? Der Serbe nimmt Kontakt zu ihm auf,
und zwar im Laufe des Freitags. Was will er? Etwas sehr Unfei-
nes: Geld. Er möchte seinen alten Kumpel – oder Feind, das
spielt keine Rolle – erpressen.« Ich wartete; keine Reaktion.
»Womit und wodurch, ist nicht entscheidend. Jedenfalls eine
alte Geschichte. Ich nehme an, es hat etwas mit Ihrer Desertion zu tun, oder Sie haben gleich zu Beginn Ihrer Wirtschafts-
wunderjahre ein krummes Ding gedreht, viel krummer als die
Sorbinsäurenmauscheleien bei der DACH.«

»Blödsinn!«, brüllte Bünting. »Alles dummes Geschwätz,
was Sie da von sich geben, Mann!«

»Schonen Sie sich«, sagte ich und deutete auf die Pistole.
»Denken Sie an Ihr fortgeschrittenes Alter. Also, um was es
sich handelte, dürfen Sie gleich ergänzen. Fest steht: Schafstett wird mit der sofortigen Ermordung des Serben beauftragt.
Das reicht Ihnen aber nicht, Sie müssen befürchten, dass sich
der Erpresser einem anderen gegenüber anvertraut hat, vielleicht nur in Andeutungen. Also brauchen Sie einen neutra-
len Zeugen: mich. Bei mir fällt es erstens nicht auf, wenn Sie
mich engagieren; es geht ja um eine Erpressung. Und zweitens werden Sie irgendwie herausbekommen haben, dass ich
knapp bei Kasse bin. So einen, denken Sie in Ihrem stromli-
nienförmigen Kapitalistenhirn, kann ich mir mit links kaufen.
Der wird meine Unschuld gerne bezeugen, wenn während
unserer Verhandlung mit dem Serben oder kurz danach ein
Schuss aus dem Hinterhalt fällt.«

Arndt, der inzwischen weißer war als die Wand, griff sich
mit beiden Händen an den Kopf. »Hör nicht auf den Spin-

ner«, rief ihm sein Großvater zu. »Der glaubt doch selbst nicht, was er sagt!«

»Bergfriedhof, kurz vor Mitternacht. Auftritt Max Koller. Und nun kommt es zur Panne Nummer eins: Der Serbe, der doch erst totgemacht werden soll, ist schon tot. Hat Schafstett zu früh geschossen? Kann der Fettsack vielleicht die Uhr nicht lesen? Oder war es wirklich so geplant, dass wir gemeinsam die Leiche entdecken sollten? Das fände ich, ehrlich gesagt, reichlich dilettantisch. Wer hätte Ihnen das glauben sollen?«

Bünting lachte nur hysterisch. Was ihn mühsam um seine Fassung ringen ließ, war weniger meine Rekonstruktion der Ereignisse als die Sorge um seinen Nachkommen. Ohne die Hände vom Gesicht zu nehmen, sank Arndt langsam die Tapete nach unten. So recht verstand ich sein Verhalten nicht. Ich dachte, die Liebe zu seinem Großvater sei nicht allzu ausgeprägt. Oder sah er sein Erbe davonschwimmen?

»Max Koller«, setzte ich das muntere Kaffeekränzchen fort, »kam, kassierte und – Panne Nummer zwo – glaubte kein Wort. Gut, wir alle sind käuflich, aber verarschen lasse ich mich ungern. Und Widerstand macht mich nur noch ehrgeiziger. Während Sie mir ein Märchen aus Tausendundeiner Nacht erzählen und anschließend Pfefferspray einsetzen, schafft Ihr Mann fürs Grobe, der sich in der Gegend auskennt, unseren Ex-Serben außer Reichweite. Den Rest der Arbeit überlässt man den Ratten. Die Situation scheint bereinigt – aber da ist noch dieser unberechenbare Privatflic. Sie setzen auf Ihre bewährte Zuckerbrot-und-Peitsche-Strategie. Mal winken Sie mit ein paar Geldscheinen und mimen das greise Sippenoberhaupt, mal schicken Sie Ihren Boxer vor, der für Sie die Managermuskeln spielen lässt. Resultat: null. Ich erfahre, wer Sie sind, wo Sie wohnen, ich weiß über Ihre Familienverhältnisse Bescheid und: Ich mache mich an Ihre Putze ran.« Wieder legte ich eine kleine Pause ein. Das Publikum verhielt sich ruhig.

»Plötzlich eine neue Gefahr. Schon die dritte Panne. Katerina ist nämlich durchtriebener, als wir alle denken. Am besagten Freitag hat sie etwas aufgeschnappt, ein Gespräch, ein Telefonat, hat vielleicht einen Brief gelesen – und dass sie damit etwas anfangen kann, dafür sorgt Max Koller. Unfreiwillig. Mir hat sie nämlich kein Sterbenswörtchen verraten. Lieber selbst abkassieren, denkt sie. Sie zählt zwei und zwei zusammen, droht mit Erlauschtem, Erratenem, deutet an und spekuliert. Wie weit kann man Sie unter Druck setzen? Wo ist die Grenze? Bei 5000 im Monat? Oder noch höher? Sie wissen keinen Ausweg und rufen mal wieder Schafstett zu Hilfe. Der Dicke kommt und löst das Problem auf seine Weise. Kurze Zeit später ist Katerina tot – allerdings nicht einfach ermordet, Arndt, sondern ... hingerichtet.«

Bevor ich in Details schwelgen konnte, hielt mich Arndt davon ab. Er brüllte, dass die Scheiben klirrten: »Hör auf! Aufhören! Scheiße, verdammt!« Dann fing er an zu heulen.

Ein bemerkenswerter Ausbruch, aber kein fruchtbarer Beitrag zu unserer Diskussion. Der Alte sprang auf, als wolle er mir an die Gurgel, und schrie mich an, höchstens 10 Zentimeter vom Lauf der Pistole entfernt: »Halten Sie das Maul, Sie Irrer! Schweigen Sie! Sie wissen ja gar nicht, was Sie anrichten! Kein Wort von dem, was Sie erzählen, ist wahr! Kein Wort! Ich bin kein Mörder! Und Heinz auch nicht.« Mein Gott, waren das viele Ausrufezeichen. Mit heiserer Stimme fuhr er fort, in beschwörendem Ton: »Arndt, mein Junge, du musst mir glauben, ich bin kein Mörder! Und ich habe auch keinen in Auftrag gegeben.«

»Aber das weiß ich ja!«, schrie Arndt, noch lauter als zuvor. »Ich war es doch! Ich!«

Unsere offenen Münder hätte man für Brunnenfiguren verwenden können, so dämlich schauten wir beide drein, Bünting und ich.

42

Auch Heinz Schafstett guckte ziemlich einfältig aus der Wäsche, als ihm die veränderte Lage bewusst wurde: keine Waffe mehr in Händen, dafür eine klaffende Wunde am Schädel. Stöhnend bewegte er den Kopf, ein echter Jammerlappen. Dabei war er nicht einmal ohnmächtig geworden. Er fremdelte bloß eine Weile mit seinen Gliedmaßen. Ich nutzte dieses Intermezzo, um ihn mit dem Fernsehkabel zu fesseln und dem Kühlschrank eine neue Bierflasche zu entnehmen. Zum Trinken, nicht zum Zuschlagen. Dann machte ich es mir auf Schafstetts Couch so bequem wie möglich und wartete.

Der Dicke lag zusammengeschnürt im Sessel; Blut lief ihm in zwei dicken Fäden über die Glatze, ein Faden ins Auge, einer hinters Ohr. Er begann zu zwinkern, wischte mit den gefesselten Händen über das Auge und sah Blut auf seinem Handrücken. Leid tat mir der Kerl nicht. Selbst wenn er kein Mörder sein sollte: Ich hatte die beiden Fausthiebe noch nicht vergessen.

»Na, Fettsack? Wieder munter?«

»Dafür wirst du büßen«, knirschte er und verzog das Gesicht. Jaja, diese Schmerzen.

»Schade, dass ihr draußen keine spitzen Gitterstäbe habt.« Ich trank einen Schluck. »Vielleicht findet sich in der Küche ein Grillspieß oder so etwas.«

Er schwieg und sah an mir vorbei.

Ich entnahm Katerinas Kette meiner Hosentasche und ließ sie vor Schafstetts Augen baumeln. Nur so, als Erinnerung. Dann stärkte ich mich mit einem weiteren Schluck Bier und begann meinen Vortrag. Ich bin kein Freund langer Reden, aber der gefesselte Subaru-Fahrer vor mir sah nicht so aus, als sei er zu einem spontanen Geständnis bereit.

»Tja, Geschäftsfreund«, sagte ich. »Die Zeiten ändern sich schneller, als man glaubt. Ab jetzt könnt ihr euch eure Liebesbriefe bei der Gefängnisleitung stempeln lassen, du und dein Jochen. Vielleicht sind es ja auch keine Liebesbriefe mehr. Vielleicht stehen ganz andere Dinge darin: Ich halte es nicht mehr aus, Jochen, ich werde gestehen, ich werde ihnen alles sagen ... Die erste Woche im Knast ist man noch trotzig und stark, in der zweiten wird man schwach, und nach einem halben Jahr will man endlich wieder am Neckar spazieren gehen, will mit dem eigenen Wagen fahren, sofern der noch nicht verscherbelt ist ... Die Zeiten ändern sich, Heinzi, und an deiner Stelle würde ich mir genau überlegen, wie viel mir die Solidarität mit Jochen wert ist.«

»Quatsch, alles Quatsch!«, stöhnte er.

»Doppelmord, Heinzi ... Du wirst in der Zeitung stehen. Und nun rate mal, wen die Öffentlichkeit für den Mörder halten wird. Deinen Chef? Den hochverehrten Dr. Hanjo Bünting? Ich weiß, welchen Ruf er bei den Journalisten hat, und der ist so glänzend, dass du dein Bad wochenlang putzen könntest, bevor es ...«

Ich brach ab und warf der Bierflasche einen kritischen Blick zu. Dieser Satz war viel zu bescheuert, um ihn zu Ende zu bringen. Aber vielleicht wirkte er bei einem wie Schafstett.

»Dein Jochen kennt hier alles, was Rang und Namen hat. Den Herausgeber der *Neckar-Nachrichten*, die Wirtschaftsbosse, das Rektorat der Universität, die Gemeinderäte von links bis rechts. Und mit dem Oberbürgermeister trifft er sich wahrscheinlich einmal im Monat zum Bridge. Da kannst du dir vorstellen, wen die Heidelberger als Mörder verurteilen, bevor die Gerichtsverhandlung auch nur terminiert ist. Vielleicht reichen meine Beweise nicht, um denjenigen von euch reinzureiten, der es getan hat. Aber sie reichen allemal, um sicherzugehen, dass es einer von euch beiden war. Du oder dein Jochen. Oder beide zusammen. Du hast nur eine Chance, einigermaßen heil aus der Sache rauszukommen: indem du redest. Verstanden, Heinzi?«

»Du hast wirklich keine Ahnung«, presste er hervor. Er hielt das linke Auge geschlossen, weil immer mehr Blut von oben nachströmte. »Überhaupt keine, du elender Schnüffler.«

»Vielleicht könnt ihr euch um den Serben noch herummogeln. Ja, möglich, dass euch ein gewitzter Verteidiger da herauspaukt. Aber Katerina … mit ihr seid ihr zu weit gegangen. Auf Büntings eigenem Gelände, ihr Wahnsinnigen! Man jage einen Trupp von der Spurensicherung über das Grundstück, und eine halbe Stunde später wissen die, welche Socken du getragen hast, während du das Mädchen auf das Gitter gespießt hast.«

»Hör auf!«, schrie er. »Nichts habe ich getan. Wie oft soll ich das noch …? Wir haben niemanden umgelegt, weder Jochen noch ich.«

»Ihr habt sie wohl gebeten, auf das Gitter zu steigen?«

»Niemanden haben wir umgelegt«, giftete er. »Nicht einmal dich. Und das war vermutlich ein Fehler.«

»Höchstwahrscheinlich sogar«, lachte ich. »Nicht euer einziger Fehler. Aber jetzt schieß los. Die ganze Geschichte, von Anfang an, bitte schön.«

Er sah aus dem Fenster. Mit einem Auge. Der Kerl wollte tatsächlich den Helden spielen. Passte gar nicht zu so einem Couchgarniturspießer.

Ich schnellte aus dem Sitz hoch und stürzte mich auf ihn. Die Pistole rammte ich ihm unter sein fettes Kinn, dass er aufschrie. »Du redest jetzt«, brüllte ich ihn an, dass es ihm die Gläser beschlagen hätte, hätte er eine Brille getragen. »Du redest jetzt, und zwar die Wahrheit, die volle Wahrheit, und wenn nicht, schieße ich dir die Zähne zu den Ohren raus. Einzeln! Vorher klemme ich dir die Eier ab, bis sie platzen. Du hast die Kleine auf dem Gewissen, und dafür wirst du bluten, du ekelhafte Vorderpfälzer Schlachtplatte. Und dann werde ich dich in demselben Baggersee versenken, in dem deine Opfer liegen.«

Was ich da von mir gab, war weder originell, noch hatte es irgendeine inhaltliche Relevanz, aber darauf kam es nicht an. Es kam auf den Ton an, in dem ich es sagte (beziehungsweise schrie), auf die Lautstärke, auf meinen Blick und vor allem auf die Härte des Pistolenlaufs, den ich gegen Schafstetts Kehlkopf drückte. Er würgte. Und er bekam es mit der Angst zu tun. Seine Augen glänzten furchtsam.

»Mach das ...«, stammelte er. »Die geht leicht los. Mach sie da weg.«

Ich bewegte mich keinen Millimeter.

»Okay«, keuchte er. »Okay, okay, ich rede. Vorsicht mit der Pistole ...«

Na, also. Ich nahm die Waffe von seinem Hals und stellte mich breitbeinig vor ihn. Er schluckte mehrfach. Seine linke Gesichtshälfte war blutverschmiert.

»Das da mache ich nur einmal«, sagte ich leise und drohend. »Beim nächsten Mal wird ein Stück von dir fehlen.«

»Du spinnst«, murmelte er unbehaglich.

Ich ging zurück zu meinem Platz, setzte mich und griff nach der Bierflasche. »Mir geht es nicht um dich, Dicker«, sagte ich. »Bünting ist mein Mann. Aber nun raus mit der Sprache. Woher kennt ihr euch?«

Er räusperte sich. »Von den DACH. Ich hab dort für ihn gearbeitet, schon in den 8oern.«

»Aha. Und geduzt habt ihr euch schon damals?«

»Nein, erst später. Seit ein paar Jahren.«

»Seit deiner Entlassung?«

»Ja.«

»Was war damals?«

»Nichts Besonderes. Kleinkram ... In der Firma sind ein paar Sachen verschwunden, und ich soll es gewesen sein. Wieso interessiert dich das?«

»Nur insofern es mit Bünting zusammenhängt.«

»Tut es aber nicht, gell? Am Tag meiner Entlassung bestellte er mich zu sich und sagte, dass es ihm leidtäte, ich wäre schließlich sein bester Mann, und ob ich, falls ich keinen Job fände, nicht für ihn privat weiterarbeiten wollte.«

»Privat, soso. Was denn für Arbeiten?«

»Alles Mögliche. Was gerade anfällt. Mal dies, mal jenes. Er wusste es selbst nicht genau, meinte aber, es sei nicht ausgeschlossen, dass er selbst demnächst in Schwierigkeiten käme.«

»Verstehe. Und ein paar Wochen später war er auch gefeuert.«

»Ja. Das heißt, nicht so richtig. Sie ließen ihn ...«

»Ich weiß. Offiziell entthront, aber bis heute im inneren Kreis der Macht. Und seither machst du nichts anderes als die Grobarbeit für ihn?«

Er nickte.

»Na gut. Kommen wir zum letzten Freitag. Was geschah da? Oder ging es schon vorher los?«

»Nein. Er rief mich nachmittags an und erzählte eine wirre Geschichte von einem Bekannten aus Jugendtagen, der jahrzehntelang im Ostblock gelebt hatte und nun wieder aufgetaucht war. Hier in Heidelberg. Und dieser Bekannte wollte Geld von ihm.«

»Wie viel?«

»Keine Ahnung. Wenig wird es nicht gewesen sein.«

»Und worum ging es?«

»Das sagte er mir nicht. Irgendeine dumme Geschichte, angeblich lange her.«

»Was für eine Geschichte?«

»Jochen wollte nicht darüber reden. Er meinte nur, der Kerl sei furchtbar lästig und man müsse die ganze Angelegenheit hinter sich bringen.«

»Hinter sich bringen, ah ja. Was hast du ihm geraten?«

Schafstett zuckte mit den Achseln. »Was man halt so vorschlägt. Ihm etwas Geld geben, ihn einschüchtern und hoffen, dass er sich verzieht.«

»Mehr nicht? Das klingt ja richtig menschenfreundlich.«

»Nein, mehr nicht. Jochen war unschlüssig; er wollte lieber noch jemand anderen hinzuziehen, einen Profischnüffler.«

»Mich. Und warum?«

»Keine Ahnung. Anscheinend traute er dir eher zu herauszufinden, was dieser Mensch alles wusste und was nicht.«

»Anscheinend?«

»Ja, so habe ich ihn verstanden.«

»Wie, verstanden?«

»Na, aus dem, was er sagte …«

»Red nicht um den heißen Brei herum, Schafstett«, fuhr ich ihn an und drohte mit der Pistole. »Was hat Bünting dir gesagt? Er muss dich doch informiert haben, worum es ging!«

»Nein, überhaupt nicht«, stieß er hervor. Seine Worte überschlugen sich, während er hektisch mit den Händen fuchtelte. »Das war so: Er ruft mich am Freitag an, erzählt von diesem Typen, der ihm Probleme bereitet, sagt, er würde einen Privaten einschalten, und bestellt mich zum Friedhof. Um halb 11. Ich mit meiner Karre hin, er kommt kurz danach, zeigt mir einen Umschlag, in dem alles Wichtige für dich drinsteht. Den sollte ich dir übergeben.«

»Du? Ohne zu wissen, um was es ging?«

»Jochen wollte auf keinen Fall erkannt werden, ist doch klar.«

»Und was solltest du mir sagen?«

»Dass alle Informationen, die du brauchst, in dem Umschlag drinstehen. Und dass du dir sie unbedingt auf dem Friedhof durchlesen solltest, am besten bei diesen Gräbern.«

»Bei den Gräbern? Auf denen dann der Tote lag?«

»Ja, genau.«

Ich starrte den Dicken an. »Sag mal, willst du mich verarschen? Deine Geschichte stimmt doch hinten und vorne nicht. Ein Umschlag mit Informationen, wie bescheuert! Und zu den Gräbern sollte ich höchstens, um die Leiche zu finden, damit ...«

»Nein«, rief er mit schriller Stimme. »Es war so, wie ichs erzählt hab. Genau so. Ich hab nicht nachgefragt, was das soll, gell, das hab ich nie. Klar fand ich es auch komisch, aber das war unsere Abmachung, schon immer. Ich hab seine Aufträge ausgeführt, ohne zu fragen, warum und wozu. Dafür hat er mich gut bezahlt. Er war damals der Einzige, der sich noch um mich gekümmert hat. All die anderen von den DACH kannste vergessen. Lauter Arschlöcher. Ohne Jochen wäre ich verreckt!«

»Schon gut, schon gut. Ein echter Samariter, dein Jochen. Und was solltest du vorher mit dem Jugo anstellen? Ich meine, bevor ich kam?«

»Mit dem Jugo? Gar nix. Von dem war nie die Rede.«

»Aber um 11 lag er tot auf dem Friedhof.«

»Was weiß ich, wie der dahinkam«, brüllte er verzweifelt. »Ich hab dem kein Haar gekrümmt. Wusste doch gar nicht, wie er aussieht!«

»Und dein Herr und Meister? Vielleicht hat der schon vorher seine Runde zwischen den Gräbern gedreht und den Alten ...«

»Hat er nicht! Jochen war genau so überrascht wie ich. Hör zu, ich bin kurz vor 11 durch die Seitentür rein, um mir die Gräber anzuschauen, die er mir beschrieben hatte. Und seh plötzlich den toten Mann dort liegen. Liegt da einfach, komplett alle. Ich natürlich sofort zurück zu Jochen, erzähls ihm, der ist total baff und fragt nur noch, wie der ausgesehen hat, ob ich ihn erkannt hab und all das. In dem Moment tauchst du auf.«

»Ausgerechnet.«

»Ja, du mit deinem blöden ... mit deinem Fahrrad. Wir verhalten uns schön still, aber Jochen ist total unruhig. Scheint geahnt zu haben, dass es der Jugo war, der da lag. Irgendwann sagt er ›Ich riskiers, jetzt ist mir egal, ob er mich erkennt, ich will wissen, wer der Tote ist.‹ Und geht dir hinterher.«

Ärgerlich trank ich einen Schluck Bier. Was der Boxer da erzählte, ließ die Dinge in einem völlig anderen Licht erscheinen, als ich erwartet hatte. Mir wollte einfach nicht in den Kopf, dass die beiden nichts von der Anwesenheit des Serben auf dem Bergfriedhof gewusst haben wollten. Andererseits traute ich Heinz Schafstett nicht zu, sich eine solche Story spontan aus den Fingern zu saugen. Ich kratzte mich am Kinn und musterte den Dicken.

»Ach ja«, sagte er, »bevor er dir nachging, meinte er noch, ich sollte mich in meinen Wagen setzen und abwarten.«

»Und was dann?«

»Ich hab gewartet. Bis ihr zusammen rausgekommen seid. Jochen machte mir ein Zeichen, nicht hinterherzufahren, also blieb ich, wo ich war. Dann passierte eine Zeit lang gar nix, bis sich endlich Jochen per Handy meldete. Er sagte, der Tote auf dem Grab wäre tatsächlich der Typ, der Geld von ihm wollte, und es wäre ihm am liebsten, wenn ich den beseitigen würde.«

»Und das hast du getan. Ohne nachzufragen.«

»Richtig.«

»Das ist doch zum Kinderkriegen! Wer soll denn das glauben? So was von blindem Befehlsempfänger gibts doch gar nicht!«

»Aber es ist die Wahrheit«, brüllte Schafstett, »die reine

Wahrheit! Schieß mir meinetwegen die Eier ab, ich kann dir nix anderes sagen!« Er nestelte an seinem Kragen herum, als bekomme er zu wenig Luft, und fügte ein leises, unsicheres »Gell …?« an.

Was sollte ich tun? Wenn der Dicke bereit war, auf sein Gemächte zu verzichten, dann würde ich keine andere Erklärung aus ihm herauskitzeln können. Vielleicht sprach er sogar die Wahrheit. Schließlich war ihm nicht klar, was Bünting vor halb 11 getrieben hatte.

»Kommen wir zum nächsten Punkt«, sagte ich. »Zu deinen Beschattungsaufgaben. Die Verfolgungsjagd und die Sache mit meinem Fahrrad haben wir schon abgehakt. Warst du mir jeden Tag auf den Fersen?«

Er überlegte. »Am Montag nicht, da war ich beim Arzt. Sonst ja.«

»Sonntag habe ich dich im *Englischen Jäger* gesehen.«

»Wo?«

»In Marias Kneipe.«

»Ja, natürlich. Da habe ich mich nach ein paar Stunden aber verdrückt. Du hast ja bloß Schach gespielt und Scheiße erzählt.«

»Wie du das immer formulierst, Heinzi … Was lief am Dienstag?«

»Nachmittags rief mich Jochen an und sagte, du würdest einfach nicht locker lassen. Du wärst sogar in Darmstadt gewesen. Er wollte auf jeden Fall seine Firma und seine Familie aus der Geschichte heraushalten.«

»Die Eckpfeiler des neuzeitlichen Patriarchats«, murmelte ich.

»Wie?«

»Mach weiter.«

»Von jetzt an sollte ich dich nicht mehr aus den Augen lassen. Ich also hinter dir her, wie du zu diesen Studenten am Neckar bist. Erst habe ich gewartet, bis mir einfiel, dass der Arndt ja in so einer Bude wohnt, gell. Da bin ich um das Haus herumgeschlichen und habe euch gesehen. Ich dachte, das müsste Jochen interessieren. Ich rief ihn an, und als ihr nach Ewigkeiten immer noch nicht herausgekommen wart, fuhr ich zu ihm.«

»Und er?«

»Hat ganz schön geflucht. Das war genau das, was er vermeiden wollte: dass seine Verwandten mit hineingezogen werden.«

»Und dann kam der Auftritt von Katerina.«

»Der war vorher schon. Sie wollte nämlich auch Geld von ihm. Hatte anscheinend am Freitag irgendwas mitgekriegt, ich weiß nicht, was und woher. Die hatte ihre Ohren überall. Sie fing ganz harmlos mit einer Gehaltserhöhung an, und als er wissen wollte, wie viel, sagte sie: das 10-Fache.«

Das 10-Fache von 500 Euro ... schon waren wir wieder bei den ominösen 5000.

»Er lachte natürlich nur, und dann legte sie die Karten auf den Tisch. Sagte, sie würde zur Polizei gehen. Das war der Stand, kurz, bevor ich kam. Jochen war ziemlich am Ende, wusste überhaupt nicht mehr, was er tun sollte. Ich habe ihn noch nie so erlebt. Ich sagte, ich würde das schon regeln, und nahm mir die Russin vor.«

»Ukrainerin.«

»Meine ich doch. Wir stellten sie also zur Rede, sagten, dass sie keinen Cent bekäme, sie wurde frech und drohte uns, bis ich ihr irgendwann eine scheuerte.«

»Charmant.«

»Verdammt noch mal, dieses Biest war nicht kleinzukriegen. Nach meiner Ohrfeige drehte sie durch. Sie rannte aus dem Zimmer, aus dem Haus und in den Garten. Ich hinterher.« Er stockte.

»Und dann? Überleg nicht zu lange, sonst glaube ich dir nicht.«

Er sah zu Boden. »Jetzt ging die Scheiße erst richtig los. An einer Stelle kommt man ganz gut über das Gitterwerk. Da wollte sie rüber. Aber als sie oben war, rutschte sie plötzlich weg und hing in den Spitzen drin.«

»Sie ist von selbst reingefallen?«

»Ja, verdammt noch mal. Wir konnten nichts dafür. Sie ist vollkommen durchgedreht.«

»Aber sie muss doch geschrien haben! Hat das keiner gehört?«

Der Fettklops schluckte. Seine Augen füllten sich mit Tränen. »Ich hab … ich hab ihr den Mund zugehalten. Die ganze Zeit.«

Stille.

Ich sah weg. Was sollte man dazu sagen?

Der Boxer schluchzte vor sich hin. George Foreman? Ein Klumpen ranziger Butter.

43

Wenn es für dümmliches Glotzen Geld gäbe, wäre ich jetzt ebenso reich wie Bünting. Gemeinsam starrten wir Arndt an, als käme er vom Mars.

»Schaut mich nicht so an!«, schrie der Junge und zog die Nase hoch. Dann drehte er sich zur Seite und trommelte mit beiden Fäusten gegen die Wand.

Ich ließ ihn trommeln. Brauchte selbst ein wenig Zeit, um mich gedanklich auf die neue Situation einzustellen. Aber dann ging mir ein Licht nach dem anderen auf. Eine ganze Lichterkette! Im ersten Moment hatte ich geglaubt, der Junge wolle sich für seinen Großvater opfern. Das war natürlich Unsinn. Arndt hatte die Wahrheit gesprochen. Und gleichzeitig die Ursache für seine Eskapaden der letzten Tage genannt.

Bünting hingegen verstand überhaupt nichts. Er trat zu seinem Enkel, packte ihn an der Schulter und redete ihm gut zu. Eine hilflose Aktion. Immerhin zeigte er sich um sein eigen Fleisch und Blut bemüht. Arndt schüttelte ihn ab und rannte schluchzend hinaus.

Fassungslos sah Bünting ihm nach; dann drehte er sich zu mir um. Seine Hilflosigkeit verwandelte sich in Wut, er begann wieder herumzuschreien: »Da sehen Sie, was Sie angestellt haben! Jetzt dreht der Junge durch! Kein Wunder bei Ihren Wahnvorstellungen!«

Ich schüttelte den Kopf. Bünting lag diesmal falsch, so falsch wie noch nie, seit ich ihn kannte. Bevor er weiter herumtoben konnte, hob ich meine Pistole und legte einen Finger auf die Lippen. Diese Argumentation fruchtete. Zumindest senkte er die Stimme ein wenig.

»Ich muss dem Jungen nachgehen«, fuhr er mich an. »Wer weiß, was er sich antut.«

»Nichts wird er sich antun«, sagte ich. »Er wird zurückkommen. Da es nun einmal raus ist, wird er uns gleich die ganze Geschichte erzählen.«

Ausnahmsweise sollte ich recht behalten. Schon nach wenigen Sekunden stand der junge Bünting wieder in der Tür. Tränen liefen ihm über die Wangen, die Augen standen wie im

Fieber weit offen, und von seiner Gesichtsfarbe will ich gar nicht reden. In der Hand hielt er ein Stück Papier.

»Du bist doch an allem schuld«, schrie er seinen Großvater an. »Du und meine ... meine scheiß Kumpels! Hier!« Schluchzend warf er sein Mitbringsel auf den Tisch. Ich war schneller als der Alte und griff mir das Papier.

Ein Foto. Es zeigte zwei Halbwüchsige in schwarzer Uniform, die stolz in die Kamera grienten. Zweifellos hielten sie sich für Prachtexemplare ihrer Spezies, vielleicht wegen der SS-Rune auf dem Jackenkragen. Ich drehte das Foto um. Auf der Rückseite stand in klobiger Handschrift: ›Zur Erinnerung an Heidelberg. III/1945. J.B.‹

»Hat dir das der Serbe gegeben?«, fragte ich Arndt. Er nickte.

»Und das hier sind Sie, nehme ich an«, wandte ich mich Bünting zu und zeigte auf die linke Figur. Der Alte schwieg.

»Dann mal raus mit der Sprache, Arndt. Jetzt oder nie. Sonst versuche ich es mit einer eigenen Version.«

Arndt wischte sich Rotz und Wasser aus dem Gesicht und schluckte. Ich wies ihm den freien Ledersessel, auf dem ich drei Tage zuvor gesessen hatte, doch er schüttelte den Kopf. Bünting nahm mit aschfahlem Gesicht hinter seinem Schreibtisch Platz. Keiner sprach. Schließlich erhob ich mich. Einem Wandschrank, der eine kleine Hausbar enthielt, entnahm ich eine Flasche Whisky (Oban, nicht Lagavulin), füllte zwei Gläser randvoll und schob eines Arndt hin.

»Vielleicht hilft das.«

Es half tatsächlich. Arndt nahm einen kräftigen Schluck und begann. Mittendrin.

»Ich habe ihn ... Wir hatten uns gestritten.«

»Moment, Moment. Fang vorne an. Dieser Typ ist dir in Serbien über den Weg gelaufen.«

»Ja. Das weißt du doch schon. Arsani hatte ihm meinen Namen genannt, er kam auf mich zu und fragte mich aus. Ob ich Verwandte hätte. Wo die wohnen würden. Und dann interessierte er sich nur noch für meinen Großvater.«

»Er hat also nicht sofort nach ihm gefragt?«

»Erst nicht. Aber dann wollte er alles über ihn wissen, seinen Vornamen, sein Alter, seinen Beruf, alles. Ich hatte keine Lust, ihm Auskunft zu geben, er war einfach lästig.« Er nahm einen zweiten Schluck.

»Und vor einer Woche, am Donnerstag, steht er plötzlich vor deiner Tür. Nein, in deinem Seminar. Rubens, nicht wahr?«

»Ja. Er hatte sich zu Arsani durchgefragt, und der wollte ihn loswerden. Ich hatte ihm natürlich nicht meine richtige Adresse gegeben.«

»Arsani?«

»Nein, dem Jugo. Und nun wollte er unbedingt bei mir übernachten. Im Verbindungshaus. Er sagte, er sei ein alter Freund von Opa und hätte ihm ein Geschäft vorzuschlagen. Darauf ich: Dann gehn Sie doch zu meinem Großvater und bereden das mit ihm. Er: Jaja, aber nicht jetzt. Morgen. Er würde auch zahlen für das Zimmer, sobald er Geld hätte.«

»Hatte er Geld?«

»Keinen Cent. Also, es ging hin und her, und ich merkte, dass er keine Lust hatte, bei Opa persönlich vorbeizuschauen. Deshalb habe ich sein Geschwätz von wegen alter Freundschaft auch nicht geglaubt. Aber dann zeigte er mir das Foto.«

»Er selbst und sein alter Kumpel Hanjo Bünting. Freunde fürs Leben.« Ich schaute auf die Initialen der Widmung; mir fiel ein, dass der Fettklops seinen Meister Jochen nannte. »Wie hieß der Serbe eigentlich?«

Arndt schniefte und zuckte die Achseln. »Seinen Jugo-Namen hab ich vergessen. Er sagte, ich könnte ihn Jakob nennen. Hat dabei aber ganz komisch gelacht.«

Meine Kinnlade klappte nach unten. Natürlich … Jakob! Das Grab und der Kunstgeschichtler! Ich starrte Bünting an.

»Jakob Burkhardt … Deshalb also sollte ich auf den Friedhof kommen. Sie wollten mir sein Grab zeigen. Das Grab eines Mannes, der nach 60 Jahren zurück nach Heidelberg kommt.« Fassungslos schüttelte ich den Kopf. Wie viel Oban würde ich wohl noch benötigen, um alle Zusammenhänge zu verstehen?

»Welches Grab?«, fragte Arndt.

»Egal, mach weiter. Wie lange hat er bei dir übernachtet?«

»Eine Nacht bloß. Wir hatten …«

»Du hast ihn tatsächlich aufgenommen?«, fuhr der Alte dazwischen. »Diesen Verbrecher? Warum bist du nicht zur Polizei gegangen?«

»Weswegen denn?«, gab Arndt schrill zur Antwort. »Er wollte ja bloß übernachten. Wart nur ab, was er über dich erzählt hat!«

»Das hast du doch nicht …«

»Immer mit der Ruhe«, unterbrach ich Bünting. »Alles zu seiner Zeit. Erzähl weiter, Arndt, und lass dich nicht einschüchtern.«

Nun setzte er sich doch. Er griff zum Glas, das ich wieder gefüllt hatte, trank aber nicht. »Als er anbot, draußen im Hof zu schlafen, überließ ich ihm schließlich mein Zimmer. Die anderen hatten nichts dagegen, solange es nicht für länger war. Ich schlief dann hier.«

»Und zwar die ganze nächste Zeit.«

Er nickte.

»Kommen wir zum Freitag. Was tat er tagsüber?«

»Keine Ahnung. Er lungerte in der Stadt rum, sagten mir die anderen. Abends traf ich ihn auf meiner Bude.«

»Und dann kam es zum Streit?«

Er nickte wieder. »Dieser ganze Tag war so was von beschissen, ein einziger Alptraum … Er musste so enden.«

Wir warteten.

Ein Schluck, und er konnte fortfahren. »Wir hatten abends

eine Gedenkfeier, oben auf dem Ehrenfriedhof. Da wollte er unbedingt mit. Ließ sich einfach nicht abwimmeln. Ich war sowieso von allen genervt, da kam mir der Typ gerade recht. Ich sagte ihm, er solle verschwinden. Er bettelte um eine letzte Übernachtung, weil er sich die Feier und den Friedhof ansehen wollte, da hätte ich ihm am liebsten schon die Fresse poliert. Am Ende zogen wir los, und er folgte uns einfach. Den anderen erzählte er was von Verwandten, die im Krieg gefallen seien, was weiß ich.«

Ich überlegte mit halb geschlossenen Augen. Freitagabend; die Jungs feierten oben auf dem Ehrenfriedhof. Zwischen ihm und dem höchstgelegenen Teil des Bergfriedhofs lag ein Fußweg von fünf Minuten.

»Oben gab es erst mal was zu saufen, dann ein paar Ansprachen und dann wieder Bier. Jakob fand das langweilig, er interessierte sich nur für die Gedenksteine. Lief eine halbe Stunde rum und war dann verschwunden.«

»Und ihr habt ordentlich weitergezecht.«

»Gott, ja. Ich hab schon was getrunken. Alle haben das.«

»Nächste Stufe der Eskalation: Georg, Marten und die anderen.«

Er schaute mich überrascht an. »Ja. Irgendwann fingen sie wieder damit an. Dass ich bei der Mensur gekniffen hätte und sowieso ein Feigling wäre. Marten hat sie alle aufgestachelt, ich weiß nicht, was der gegen mich hat. Als zuletzt Georg rumtönte, ich hätte alles nur meinem Großvater zu verdanken und sei ein echtes Muttersöhnchen, rastete ich aus. Ich wollte mich mit ihm prügeln, aber die anderen hielten mich ab. Da lief ich weg. Einfach so.«

»Und dann?«

»Ich weiß nicht, wohin ich lief. In den Wald rein, ich war völlig von der Rolle. Plötzlich stand Jakob vor mir, genauso aufgeregt. Und genauso betrunken. Jedenfalls stank er nach

Schnaps. Wir schrieen uns gegenseitig an, total sinnlos. Ich kapierte überhaupt nicht, was er meinte. Er sagte, mein Opa sei ein Verbrecher, schlimmer, als er je gedacht hätte, und er könne es beweisen. Ich sollte nur mitkommen. Zum Bergfriedhof.«

Bünting hing mit starrem Blick an den Lippen seines Enkels, der tonlos weitersprach.

»Keine Ahnung, warum ich mitging. Ich stand ja völlig neben mir. Auf dem Bergfriedhof führte er mich zu einer Reihe von Kriegsgräbern und fing an, über Großvater herzuziehen. Er hätte im Krieg als Soldat ein junges Mädchen vergewaltigt. Eine Minderjährige. Er könne das beweisen. Und das sei noch nicht alles. Der ganze Reichtum meines Opas, sein ganzer Erfolg und all das, sei auf einem Betrug aufgebaut. Und dann fuchtelte er wieder mit dem Foto vor meinen Augen herum und fluchte und lachte ... Ich meine, der Typ war verrückt, aber er beleidigte meinen Opa, und ich war ohnehin am Durchdrehen. Ich gab ihm eine Ohrfeige und nahm ihm das Foto ab, da zog er ein Messer. Schrie rum und bedrohte mich: Das Geld meines Opas könne ich vergessen, und ich solle mich ja in Acht nehmen. Da stach ich zu.«

»Wie bitte? Du hast ... zugestochen?«

»Ich hatte unser Florett umhängen.«

»Euer Florett?«

Wäre es nicht so traurig, ich hätte laut losgelacht. Mit der alten Burschenwaffe brachte dieses Milchgesicht einen Mann um die Ecke. Klassisch. Widerlich. Deshalb hatten wir keinen Knall gehört, und deshalb war die Wunde so klein gewesen. Ich sah zu Bünting hinüber. Er griff nach einem spitzen Brieföffner und zeichnete Figuren auf den Mahagoni-Tisch. Ich bin kein Psychologe, aber es sah aus, als versuche er, sich in die Situation seines florettfechtenden Enkels zu versetzen.

»Und wie ging es weiter?«

Arndt zuckte die Achseln. Er hielt sich an seinem Glas fest

und sah nicht mehr zu uns auf. Ein blondes Häuflein Elend.

»Wie es weiterging? Ich stach zu, er röchelte und fiel hin. Das wars. Ich hatte einen Menschen getötet.«

»Und keiner hat dich gesehen?«

»Nein, wer denn? Ich stand ein paar Minuten unschlüssig bei ihm. Dann lief ich weg, so schnell ich konnte. Nach Hause.«

»Nach Hause.«

Er nickte.

Ich sah ihn an. Nach Hause, ausgerechnet. Zu seinem Göttergroßvater, der schon Arndts Vater in den Tod getrieben hatte. Was hatte er da gesucht? Mitleid, Wärme, Verständnis? Außer Verachtung gab es im Oberen Auweg nichts zu holen. Wieder hatte ein junger Bünting versagt, hatte sein vielversprechendes Leben fortgeschmissen, die hochfliegenden Erwartungen seines Großvaters enttäuscht. Ein armer Hund, dieser Arndt Bünting. Erst Anfang 20 und schon unter die Totschläger gegangen.

Und der Alte?

Der kam bei dieser Geschichte viel zu gut weg, und das gefiel mir nicht. Das Geständnis des Jungen war für ihn ein Schock, aber gegen Schocks gab es Arbeit, Tabletten und das ›Weiter so‹-Ethos der Nachkriegshelden. Bünting würde seinem Enkel einen guten Anwalt besorgen und ihn nach Ablauf der Haftstrafe in eine Erziehungsanstalt stecken. In eine Privatuni oder eine Kadettenschule, was manchmal das Gleiche war. Er würde ihn drillen lassen, bis er wieder gesellschaftstauglich war, und wenn es nicht funktionierte, würde er ihn fallen lassen. Vielleicht adoptierte er an Arndts Statt den schönen Herrn Knöterich.

Blieb nur die Behauptung Jakob Burkhardts: Bünting sollte ein junges Mädchen vergewaltigt haben. Und zwar vor über einem halben Jahrhundert. Wie sollte man das nachprüfen? Welche Folgen ergaben sich daraus? Das alles war doch viel zu lange her.

»Hast du geglaubt, was dir Jakob erzählt hat?«, durchbrach der Alte die Stille.

Das weckte den Jungen auf. »Gar nichts habe ich geglaubt«, brüllte er den Mann an, über den er die ganze Zeit in der dritten Person gesprochen hatte. »Niemandem mehr! Ihm nichts und dir nichts und allen anderen auch nicht! Hier sagt ja sowieso keiner mehr die Wahrheit! Euch geht es doch nur noch ums Weiterkommen und Kohlescheffeln und …« Ein neuer Schwall Tränen erstickte seinen Ausbruch.

Irgendwo im Haus schlug eine Uhr.

»Sie sind Ihrem Enkel ein paar Erklärungen schuldig, Bünting«, sagte ich und hielt mein Glas ins Licht. Der Oban schimmerte bernsteingelb – Marc Covet hätte vielleicht eine andere Vokabel gebraucht –, meine Stimme war kalt und voller Verachtung.

Ein schwerer Brieföffner wurde zur Seite gelegt. Der Silberrücken musterte seinen schluchzenden Nachkommen, den durstigen Privatflic und zuletzt wieder Arndt. Leise begann er zu lachen, ein Lachen voll tiefster Verachtung … – für mich? Für seinen Enkel? Für die ganze Welt, so klang es.

»Bitte«, sagte er mit heiserer Stimme. »Bitte, wenn Sie meinen, Sie elender Schnüffler. Es geht Sie zwar nichts an, aber Sie stecken Ihre verdammte Nase ja gerne in Familienangelegenheiten.«

Familienangelegenheiten! Das Wort wurde zu Asche in seinem Mund. Hanjo Bünting, der seine Angehörigen systematisch in den Wahnsinn trieb, den Sohn zum Harakiri, den Enkel zum Totschlag, sprach von Familienangelegenheiten! Ihm hätte ich eine Bierflasche über den Schädel ziehen sollen, nicht Heinz Schafstett.

»Jakob Burkhardt war es«, hörte ich ihn sagen. »Er hat 1945 das Mädchen vergewaltigt. Nicht ich.«

Ich lachte auf. »Dummes Geschwätz, Bünting! Das können Sie …«

»Stopp!«, schnitt er mir scharf das Wort ab und richtete einen Finger auf mich. »Sie wissen nicht, wovon Sie reden. Wie so oft, Koller. Lesen Sie Zeitungsberichte aus der Zeit oder fragen Sie jemanden, der noch lebt. Der Vergewaltiger war Jakob. Das wusste jeder. Jakob Burkhardt: der Mann, der dort auf dem Foto zu sehen ist und der letzte Woche zum ersten Mal seit dem Krieg wieder deutschen Boden betrat.«

Ich schwieg. Seine Augen funkelten mich böse an.

»Das Mädchen war 12 oder 13. Soviel ich weiß, hat es aus Angst ein paar Tage lang geschwiegen. Dann kam alles raus. Jakob und ich waren befreundet. Wir waren gleich alt, beide aus Norddeutschland. Mit 16 hatten sie uns in die Waffen-SS gesteckt. Ich weiß nicht, ob Sie das …« Er stand auf und ging zum Fenster. Ein herrlicher Frühlingstag ging zu Ende, Wolken und Sonne in ständigem Wechsel. »Sehen Sie, wir waren verdammt jung damals, und es waren schreckliche Zeiten. Ich hasste mein Elternhaus, Jakob hatte niemanden, er war Vollwaise. Die SS schenkte uns eine Art Heimat, eine Familie, Sie mögen darüber urteilen, wie Sie wollen. Man setzte uns in ganz Deutschland zur Feindabwehr ein, sinnlose Manöver waren das, aber uns gaben sie eine Bestätigung, wie wir sie noch nie erlebt hatten. Es dauerte einige Monate, bis wir unseren törichten Glauben an das Regime verloren. Wie auch immer, im März 1945 kamen wir nach Heidelberg. Wir waren eine kleine Truppe, und ich hatte einen guten Draht zum Chef unserer Einheit. Eines Tages kommt Jakob zu mir und sagt, er habe eine große Dummheit begangen. Er müsse raus aus der Stadt. Am nächsten Tag klopft er wieder an, beichtet die Vergewaltigung und bittet mich inständig, ihm zu helfen. Wenn das Mädchen rede, sei er dran.« Er zog ein Taschentuch aus der Hosentasche und schnäuzte sich ausgiebig.

»Und dann?«

»Um das Folgende zu verstehen, muss man sich die damalige

Situation vor Augen führen. Die Amerikaner standen bereits im Land, uns mangelte es an allem, täglich trafen neue Hiobsbotschaften ein. Das reinste Chaos, Endzeitstimmung. Auch hier in Heidelberg, wo es nicht halb so schlimm war wie in Mannheim oder Ludwigshafen. So. In derselben Nacht, als Jakob mich um Hilfe bat, fielen Bomben auf die Stadt. Es gab Tote, ein knappes Dutzend, drüben in Bergheim.«

»Und diesen Opfern haben Sie Ihren Kumpel Jakob untergeschoben?« Nach und nach klärte sich alles. Auch, warum die alte Frau auf dem Friedhof dem angeblichen Toten immer noch grollte.

»Genau. Es war ein Kinderspiel. Ich sagte meinem Kompaniechef, Burkhardt sei unter den Opfern, ich hätte ihn identifiziert, und um alles andere würde ich mich selbst kümmern.«

»Wen legten Sie statt seiner ins Grab?«

»Niemanden. Das Grab blieb leer. Die Bombentoten wurden in aller Eile verscharrt, ein Holzkreuz, das wars. Später hat die Stadt noch diese Steinplatten hinzugefügt.«

»Aber das Grab hätte doch zufällig geöffnet werden können.«

»Na und? Lag halt keiner drin. In den letzten Kriegstagen ging es hier drunter und drüber. Sie waren nicht dabei, Sie können das nicht wissen, Koller.«

Nein, unsereins konnte das nicht wissen. So hatten sie meine Generation immer abgewimmelt, wenn wir nach dem Krieg und ihrer Nazivergangenheit fragten. Das versteht nur, wer es selbst erlebt hat ... Da könnt ihr nicht mitreden ... Und nun sollte ich Büntings Geschichte glauben; dummer, glücklicher Nachgeborener, der ich war. Glauben oder nicht, ich hatte die Wahl. Arndt hatte sich längst entschieden. Er hörte zu und schwieg. Willenlos. Ein leeres Blatt, von seinem Großvater mit dem gewünschten Text beschrieben.

»Und Jakob? Er tauchte unter?«

»Unser Deal war: Ich verhelfe ihm zur Flucht, und er lässt sich hier nie wieder blicken. Die Familie der Kleinen machte ganz schön Stimmung in der Stadt, als die Vergewaltigung ruchbar wurde.«

»Jakob hielt sich an die Verabredung. Bis vor einer Woche.«

»Er muss sich 1945 bis nach Ungarn oder Rumänien durchgeschlagen haben. Irgendwann saß er im Ostblock fest. Ich habe nie erfahren, wie und wo. Wir hatten keinen Kontakt mehr.«

»Überhaupt keinen? Wollte er nicht irgendwann nach Deutschland zurück?«

»Zunächst auf keinen Fall. Später dann – wer weiß? Ich nehme an, er hat sich drüben eine neue Existenz aufgebaut. Davon abgesehen, lebte er bis 1989 hinter dem Eisernen Vorhang. Vor allem aber: Was hätte er hier gewollt? Er hatte keine Familie, kaum Geld ... Wie sollte er Bekannte von damals aufspüren? Ohne die zufällige Begegnung mit Arndt wäre er wohl niemals zurückgekommen.«

»Und plötzlich meldet er sich und erinnert Sie an einige unerfreuliche Details aus Ihrer Vergangenheit.«

»Hören Sie auf.« Bünting winkte ab. »Dass er die Vergewaltigung mir anhängen wollte, hätte ich dem Kerl nicht zugetraut. Immerhin hatte ich ihm damals geholfen. Eine Schande, was der Kommunismus aus den Leuten gemacht hat. Ruft mich der Kerl an, droht mir und verlangt Geld! Nach 60 Jahren.«

»War da nicht noch mehr als nur die Geschichte mit dem Mädchen?«

»Absolut nichts, Koller. Natürlich weiß ich nicht, was Jakob in seiner Verzweiflung oder seiner Geldgier noch alles erfunden hätte. Die Jahre im Ostblock müssen ihn völlig aus der Bahn geworfen haben.«

»Mag sein.« Ich zupfte an meiner Unterlippe. Ein Pfeifchen, so wie es Marten Micevski rauchte, das wäre jetzt genau das

Richtige. »Und Sie? Sie haben der SS noch vor Kriegsende den Rücken gekehrt?«

»Ja, eine gute Woche nach dem Bombardement. Wir zogen uns aus der Stadt zurück, und auf dem Marsch habe ich die erste beste Gelegenheit genutzt.«

»Könnten sich Jakobs Andeutungen auf Ihre Desertion beziehen?«

»Wieso denn das, Koller?«, entgegnete Bünting erschöpft. »Ich weiß es doch auch nicht. Um an Geld zu kommen, hätte der Kerl vermutlich das Blaue vom Himmel heruntergelogen.«

Das Telefon klingelte. Bevor ich es verbieten konnte, griff Bünting zum Hörer. »Ja?«

Er hörte eine Weile stumm zu und sagte dann: »Mach ich, keine Sorge. Ruf mich in einer Stunde wieder an.« Pause. »Ja, du kriegst dein Geld. Bis gleich.«

Er legte auf und sah mich an. Nicht triumphierend, einfach nur müde. »Das war Heinz. Auf dem Weg zum Flughafen. Er will raus aus dem Land. Ihn kriegen Sie nicht mehr.«

Ich schwieg.

Das also wars. Ein Verdächtiger glatt wie Schmierseife, ein anderer über alle Berge. Und ein geständiger Mörder, der mich nicht interessierte. Dass der alte Bünting einmal stolz die SS-Rune getragen hatte – geschenkt. Dass da in grauer Vorzeit möglicherweise ein paar krumme Dinger gelaufen waren – geschenkt. Er würde das Geheimnis mit ins Grab nehmen, genau wie der tote Serbe. Ich sah zu Arndt hinüber. Zusammengefallen saß er in dem riesigen Sessel, blass und unansehnlich mit seinem trotzigen, verheulten Gesicht und den verschwitzten Haaren. Er wartete auf seinen Scharfrichter, und ich wollte den nicht spielen. Sollte die Familie Bünting selbst sehen, wie sie mit ihren Taten zurechtkam. Was für eine Malebolge …

Ich ließ den Rest Oban in meinem Glas kreisen.

»Koller …«, sagte Bünting mit ungewohnt schwacher Stimme in die Stille hinein. »Bitte, Koller, lassen Sie mich und meinen Enkel in Frieden. Was bringt es, wenn Sie ihn der Polizei übergeben? Sie haben uns schon genug angetan.«

Mir lief die Galle über. »Ich?«, schrie ich den Greis an. »Ich? Ihnen angetan? Wenn hier jemand jemandem was angetan hat, dann Ihr Enkel dem Jugoslawen. Aber noch mehr Sie Ihrem Enkel! Ihre gesamte Familie haben Sie zugrunde gerichtet: Ihren Sohn, Ihre Schwiegertochter, Ihren Enkel. Wahrscheinlich auch noch Ihre eigene Frau, es würde mich nicht wundern.« Mein Stimme kippte, ich musste husten.

Bünting würdigte mich keines Blickes. Er setzte sich, öffnete eine Schublade seines Schreibtischs, nahm einen Scheck heraus und kritzelte in großen, schwerfälligen Buchstaben seinen Namen darauf. Sonst nichts.

»Hier«, sagte er einfach und schob mir den Wisch hin. »Ein Blankoscheck. Setzen Sie eine Summe Ihrer Wahl ein. Was immer Sie wollen, mir ist es gleich … Hören Sie, Koller«, hier sah er mir noch einmal in die Augen, »es ist kein Schweigegeld. Sie hatten Auslagen. Ich verstehe das. Nehmen Sie das Geld und überlegen Sie sich zu Hause in Ruhe, was Sie mit Ihrem Gewissen vereinbaren können. Mehr habe ich Ihnen nicht zu sagen.«

Da lag der Wisch zwischen uns. Ich schüttete den letzten Schluck Whisky in meine Kehle.

»Wissen Sie was, Dr. Hanjo Bünting?«, sagte ich. »Ich nehme das Geld. Ich werde mir einen Betrag überlegen. Eine Summe aus Katerina und Jakob und all den anderen Leichen in Ihrem Keller. Oder ein Produkt. Mal sehen. Arndt ist mir so etwas von schnuppe, da brauche ich nicht lange in mich zu gehen. Mit diesem Großvater ist der Junge gestraft genug. Aber dafür nehme ich noch zwei Dinge mit: das Foto als Andenken und den Whisky, um schlafen zu können.« Ich steckte Foto, Scheck und Pistole ein, griff die Flasche und ging hinaus.

»Lassen Sie das Foto hier!«, schallte es kraftlos hinter mir her.

Draußen vor der Villa starrte ich auf den Scheck und wunderte mich.

44

Meine resolute Freundin war heute nicht auf dem Friedhof zugange. Zu gießen brauchte sie nicht, es hatte ja ausgiebig geregnet. Vielleicht kloppte sie auch jeden Mittwoch Skat mit Gleichgesinnten. Jedenfalls war es nicht schwer, sie zu finden. Ich fragte ein paar graumelierte Damen nach der Schwester von Margarete Neubusch, Stammgast auf dem Bergfriedhof. Ja, natürlich kannten sie die, das ist doch die mit den drei Kindern, die alle studiert haben … mit den vier Kindern, bitte schön, und die haben alle studiert … na, das Geld kam ja auch vom Gatten, der war Richter … genau, Richter war der, und der liegt jetzt da oben hinter dem Krematorium. Und die Adresse der guten Frau? Blumenstraße, überm Aldi, nein, überm Lidl … überm ehemaligen Lidl, genauer gesagt, und das Haus nebenan gehört ihr … die Wohnung auch, in der sie lebt … aber das ganze Haus daneben, das muss man sich mal vorstellen!

Ich bedankte mich. Blumenstraße also, die lag in der Weststadt.

Ich traf die Witwe des Richters nicht beim Skat und auch nicht beim Häkeln, sondern beim Fernsehen. Eine Schwarz-Weiß-Komödie aus den 50-ern mit lauter gut gekleideten, höflichen Schauspielern, die überdeutlich artikulierten. Sie amüsierte sich prächtig.

Ich könne ja später wiederkommen, bot ich ihr an. Falls ich störte. Aber nein, aber nein, erstens sei der Film ausgemachter Schwachsinn, und zweitens habe sie ihn längst auf Video. Überlegen Sie mal, junger Mann, die 20. Wiederholung seit 1955! So konnte man es natürlich auch sehen.

Ich nahm auf einer rustikalen Eckbank Platz und schüttelte ihrem Neffen, dem Physiker, die Hand. Er erinnerte mich an Leander, nicht nur wegen seines Vollbarts und des handgestrickten Pullovers. Auch sein treuherziger Blick und die fahrigen Bewegungen ließen erahnen, dass er tagsüber hauptsächlich mit Quarks und Protonen verkehrte, bevor ihm seine Tante abends die Schinkenbrote schmierte.

»Hier, meine Lieblingskekse«, sagte die gute Frau. »Die müssen Sie probieren.«

Das tat ich natürlich. Lobte sie über den grünen Klee. Und hoffte, mein Whiskyatem würde nicht mehr so penetrant sein, nachdem ich mir zu Hause die Zähne geputzt hatte.

»Wissen Sie«, begann ich, »es geht noch einmal um die Kriegserlebnisse, von denen Sie mir erzählt haben.«

»Diese alten Geschichten? Was wollen Sie denn damit, junger Mann?«

»Ich brauche noch ein paar Informationen. Lassen Sie mich kurz zusammenfassen, was Sie mir vorgestern sagten. Ihre Schwester starb im März 1945, bei einem Bombenangriff auf die Bergheimer Straße.«

Sie nickte.

»Sie war eine von etwa einem Dutzend Toten, die gemeinsam ihre letzte Ruhe oben auf dem Bergfriedhof fanden. In den Gräbern mit der schlichten Steinplatte.«

Sie nickte.

»Waren Sie bei der Beerdigung der Opfer persönlich anwesend?«

»Beerdigung?«, rief sie aus. »Sie haben Vorstellungen, junger Mann! Von Beerdigung kann keine Rede gewesen sein, die Armen wurden so schnell wie möglich verscharrt. Hinterher, nach der Kapitulation, hat man einen Gottesdienst für sie abgehalten, aber damals doch nicht.«

»Verstehe.«

»Mein Vater hat in aller Eile einen Sarg für meine Schwester gezimmert, den haben sie oben in die Grube gelegt. O ja, ich sehe ihn noch vor mir, wie er die paar Nägel, die wir hatten, ins Holz treibt, die Tränen laufen ihm übers Gesicht, und dann war der Sarg noch zu klein!« Sie schüttelte den Kopf.

»Das heißt, die Angehörigen haben mehr oder weniger selbst dafür gesorgt, dass alle begraben wurden?«

»Ja, soviel ich weiß.«

»Eines der Opfer war ein gewisser Jakob Burkhardt. Können Sie sich erinnern?«

»Natürlich kann ich mich erinnern. Warum fragen Sie nach dem?«

»Sie scheinen ihn nicht sonderlich zu mögen. Gemocht zu haben, meine ich. Hat er Ihnen etwas getan?«

»Mir? Nein, mir nicht.«

»Aber einer anderen.«

»Ja.« Sie sah mich scharf an. »Und das soll ich Ihnen jetzt erzählen? Junger Mann, das ist ein Menschenleben her. Damit locken Sie keinen Hund hinterm Ofen hervor.«

»Es ist mir aber wichtig.«

Sie seufzte. »Wenn Sie meinen ... Dieser Burkhardt hat damals ein Mädchen vergewaltigt. Ein Mädchen von 12 Jahren. Dabei war er selbst noch ein grüner Junge. Keine 18 Jahre alt, aber schon ein strammer Nazi, der die Welt erobern wollte. Das mit der Welt wurde ja nix, also hat er sich an denen schadlos gehalten, die sich nicht wehren konnten. Es passierte bei unseren Nachbarn, feinen Leuten. Die hatten immer regen Kontakt zur Wehrmacht und zur SS, ich weiß nicht mehr, warum. Da gingen die Soldaten ein und aus. Und eines Tages schnappt sich dieser Burkhardt die Jüngste von nebenan und macht sich über sie her. Eine Schande war das!«

»Und dann? Wurde er nicht bestraft?«

»Doch. Und zwar von ganz oben. In diesem Fall stimmt die Redensart. Es ahnte ja niemand, was geschehen war. Die Kleine schwieg ein paar Tage lang aus Angst, und erst, nachdem es den Burkhardt erwischt hatte, rückte sie raus mit der Sprache.«

»Erst, nachdem er tot war? Seien Sie mir nicht böse, aber dann hätte sie alles auch erfinden können.«

Sie winkte ab. »Hören Sie auf. Wie hätte sie erfinden können, was in den Monaten danach mit ihr geschah?«

Ich zupfte mich am Ohrläppchen. Das hatte mir Bünting verschwiegen ... Nein, Korrektur: Er hatte es gar nicht wissen können, weil er Heidelberg bereits verlassen hatte.

»Und weiter?«

»Weiter? Die Eltern zwangen die Kleine dazu, das Baby abzutreiben. Wie sie das hinbekamen und bei welchem Arzt: Ich weiß es nicht. Anschließend ließ man Gras über die Sache wachsen. Fertig.«

»Und das Mädchen?«

»Wird die Sache irgendwie überstanden haben. Wir sind uns danach kaum noch begegnet. Wissen Sie, wir waren ja ausgebombt. Wohnten eine Weile bei Verwandten auf dem Land, dann wieder hier, zwischendrin mal im Ruhrgebiet ... wo es einen halt so hintreibt. Soviel ich weiß, hat sie später geheiratet.«

Der Neffe der Oma kam mit einer Kanne Tee herein und setzte sich zu uns. »Wollen Sie auch ein Tässchen?«

»Danke«, wehrte ich ab. Ich mochte mir den angenehmen Oban-Nachgeschmack nicht verderben. Die Kekse passten hervorragend zu dem Whisky.

»Stell dir vor, Engelbert«, sagte meine Gesprächspartnerin, »der junge Mann hier ist der Erste, der sich für diese alten Zeiten interessiert. Von euch hat mich noch nie einer danach gefragt. Und ich könnte euch einiges erzählen!«

»Sicher könntest du das, Oma«, nickte der Physiker und beobachtete den aus seiner Teetasse entweichenden Dampf. Wahrscheinlich kontrollierte er, ob sich der Dampf auch so verhielt, wie es in den Physikbüchern stand. Und seine Tante nannte er Oma. Diese Akademiker werde ich nie verstehen.

»Versuchen Sie sich noch einmal zu erinnern«, sagte ich und holte das Foto aus der Tasche. »Wie sah dieser Jakob Burkhardt aus? Groß, klein, schlank, kräftig? Irgendwelche besonderen Kennzeichen?«

»Keine Ahnung, junger Mann«, entgegnete sie. »Ich kannte ihn ja gar nicht.«

»Sie kannten ihn nicht? Sie haben ihn nie gesehen?«

»Nein. Ich wusste, dass nebenan Soldaten verkehrten, und kannte ein paar vom Sehen. Burkhardt nicht. Seinen Namen hörte ich zum ersten Mal, als er tot war. Und den habe ich natürlich nicht vergessen. Schließlich liegt meine Schwester neben ihm.«

»Aber Sie haben ihn eben noch beschrieben: als strammen Nazi und als jungen Kerl, der die Welt erobern wollte.«

»Na, sicher, weil alle Welt über ihn redete, als die Sache raus war! Meine Eltern, die Nachbarn, die ganze Straße. Da wurde jedes Detail wiedergekäut, erst recht, weil der Junge doch tot war und man ihn nicht mehr belangen konnte.«

Damit hatte ich nicht gerechnet. Mein schönes Foto – es nützte mir überhaupt nichts. »Würden Sie Burkhardt denn beschreiben können? Ich meine, aufgrund der Erzählungen Ihrer Nachbarn?«

Sie schüttelte den Kopf.

»Und der Name Bünting sagt Ihnen auch nichts, oder?«

»Nein. Nach dem haben Sie mich doch schon mal gefragt.«

»Bünting?«, mischte sich der Neffe ein. »Der Chemiker?«

»Ja. Kennen Sie ihn?«

»Kennen ist zu viel gesagt. Ich habe ihn einmal getroffen. Hohes Tier bei den DACH, sonst weiß ich nichts über ihn.«

Schöne Pleite. Ich war ganz umsonst hergekommen.

»Schauen Sie sich trotzdem mal dieses Bild an«, bat ich die beiden und reichte ihnen das Foto.

»Ein Bild von Burkhardt?«, fragte sie und setzte ihr Lesebrille auf. Ich nickte.

Gemeinsam mit ihrem Neffen betrachtete sie die beiden Weltkriegssoldaten. Ein Lächeln huschte über ihr Gesicht. »Nein, wo haben Sie bloß dieses Foto her?« Und als ich nicht antwortete: »Den Jungen habe ich wirklich noch nie gesehen. Aber so ähnlich habe ich ihn mir vorgestellt. Dafür erinnere ich mich an den anderen.«

»Also doch. Das ist nämlich Bünting«, erklärte ich.

»Stimmt«, bestätigte der Physiker. »Er gleicht sich noch ganz gut.«

»Ach, Bünting hieß der? Möglich. Seinen Namen kannte ich nicht. Und der da liegt nun auf dem Bergfriedhof neben Margarete?« Sie zeigte auf den Linken.

Ich zögerte. Brauchte die Oma die Geschichte des leeren

Grabes zu erfahren? Für sie konnte doch alles bleiben, wie es war. Ich nickte also. Währenddessen nahm der Neffe ihr das Foto aus der Hand und tippte auf den rechten der beiden Soldaten.

»Den meinst du wohl«, sagte er. »Der andere ist dieser Bünting.«

»Wie jetzt?«, rief sie aus. »Der andere ist Bünting? Dann kann der hier aber nicht in dem Grab liegen.« Sie zeigte auf Burkhardt, der rechts stand.

Entweder hatte sie etwas durcheinandergebracht oder ihr Neffe. Beiden war es zuzutrauen. Ich beugte mich vor und zeigte nacheinander auf die beiden Figuren. »Der Mann hier rechts ist Jakob Burkhardt, der Vergewaltiger, den Sie nie gesehen haben; und links steht Hanjo Bünting, damals Jakobs Freund, heute Chemiker. Vielleicht sind Sie ihm in den Kriegstagen einmal über den Weg gelaufen.«

»Genau«, sagte der Neffe.

»Von wegen«, rief die Alte empört. »Ihr wollt mich wohl auf den Arm nehmen! Ich bin doch nicht verkalkt!« Flink schnappte sie nach dem Foto und belehrte uns: »Den Linken kenne ich nicht, der mag Bünting heißen oder sonst wie, aber eine Verbrechervisage hat er. Und der hier rechts: Das ist nie und nimmer dieser Burkhardt gewesen. Ich weiß seinen Namen nicht, aber missbraucht hat der niemanden. So wahr mir Gott helfe!« Zur Bekräftigung ihrer Worte nahm sie einen Keks.

Verwirrt schüttelte ich den Kopf. Das ergab doch keinen Sinn … Engelbert, der Neffe, versuchte es mit einem vagen »Vielleicht irrst du dich ja, Oma«, aber damit kam er schlecht bei ihr an.

»Dir ziehe ich gleich die Ohren lang«, fuhr sie auf und fixierte ihn über ihre Lesebrille hinweg. »Ich weiß genau, wann ich mich irre, und hier irre ich mich auf keinen Fall!«

Ich kaute auf meiner Unterlippe. Die Wirkung des Oban ließ nach; vielleicht begriff ich deshalb so langsam. Oder lag es an meinem Personengedächtnis? Bünting hatte sich in gut sechs Jahrzehnten kaum verändert. Selbstbewusstsein und Überlegenheit sprachen schon damals aus seinem Blick, da hätte es der Abzeichen auf seiner breiten Brust gar nicht erst bedurft. Doch ob ich Burkhardt auf Anhieb wiedererkannt hätte? Ein hagerer, großer Kerl mit Hakennase – mehr Erinnerungen hatte ich nicht an den Toten auf dem Grab.

»Also, wir beide sind uns einig«, sagte ich zu dem Physiker. »Links steht der junge Hanjo Bünting, seines Zeichens Chemiker et cetera. Stimmts?«

Er nickte. Die Alte nickte grimmig mit.

»Und jetzt zu dem Mann rechts. Sie haben ihn nie gesehen?« Der Neffe verneinte.

»Aber Sie?«

»Natürlich«, bestätigte die Oma. »Wie oft soll ich das noch sagen: Er war einer dieser Soldaten von nebenan, die uns über den Weg liefen. Kam sogar zwei- oder dreimal zu uns ins Haus, weil er ein Auge auf meine Schwester geworfen hatte, obwohl sie etwas älter war. Bestimmt hat er uns auch seinen Namen gesagt oder seinen Vornamen, aber den habe ich längst vergessen. Überlegen Sie mal, nach so vielen Jahren! Burkhardt hieß der jedenfalls nicht. Ausgeschlossen. Damals sprach man doch über Burkhardt und was er getan hatte. Wenn ich diesen Namen gekannt hätte, hätte ich ihn sofort mit einem Gesicht verbunden. Der hier war das nicht, der war ein netter Mensch. Und Isolde kannte ihn ja auch.«

Da saß ich nun mit meinem großartigen Foto, den Erzählungen aus dem Krieg und einer Handvoll durcheinander gewürfelter Namen. Wieso passte das alles nicht zusammen? Die alte Dame war keineswegs verkalkt, bewahre. Wenn sie sagte, das hier ist nicht Jakob Burkhardt, dann war das nicht Jakob Burkhardt. Punkt. Aber wer war es dann? Den Whisky hatte ich draußen in der Satteltasche gelassen. Ein strategischer Fehler.

Der Neffe schlürfte seinen Tee und griff noch einmal nach dem Foto. Er hielt es so nahe vor seine bebrillten Augen, dass ich die Widmung auf der Rückseite lesen konnte.

Drehen ... Ein einfacher Dreh.

Natürlich: Man musste das Ganze nur drehen. Es war so einfach. Eine haarsträubend komplizierte, haarsträubend einfache Geschichte. Aber Max Koller ließ sich ja alles weismachen. Ließ sich von einem selbstsicheren Großbürger an der Nase herumführen. Na, warte, du elender Kriegsheld!

»Ich schicke Ihnen Blumen«, rief ich und sprang auf. »In die Blumenstraße ... nein, ich bringe sie persönlich vorbei. Die Kekse waren hervorragend. Danke! Vielen, vielen Dank!«

Ich steckte das Foto ein und flitzte hinaus.

45

Mein Auftritt war phänomenal. Ich riss die Tür auf, stolperte über die Schwelle, fiel gegen den Sessel, auf dem Stunden zuvor Arndt um den Gnadenstoß gebettelt hatte, und kam schließlich an Büntings Mahagoni-Ungetüm zum Stehen. Niemand sprang erschrocken auf, niemand schrie mich an. Lediglich aus dem Untergeschoss drang gedämpfter Lärm nach oben, irgendeine Kreuzung aus Mehlschwitze und Filmmusik. Ich war allein. Natürlich nicht lange.

Bevor ich es mir in Büntings Besuchersessel bequem machte und die Füße auf seinen Tisch legte, kontrollierte ich die Bar. Kein Oban mehr, aber einige andere Sorten Single Malt. Ich stellte sie nebeneinander auf den Tisch: einen Dalwhinnie, halb leer, einen Glenlivet, dito, eine verschlossene Flasche Macallan. Die drei von der Tankstelle. Es konnte losgehen, ich war bereit für das Finale.

»Sie schon wieder!«, hörte ich jemanden schimpfen.

Ich drehte mich um.

»Was wollen Sie denn noch, Sie Quälgeist?« Da stand er in der Tür und bebte vor Zorn; aus dem melancholischen Greis von vorhin war wieder der arrogante Eisenschädel geworden. Dr. Hanjo Bünting, wie er leibte und lebte.

»Ihre neue Putzkraft ist nicht so'n Appetithappen wie die andere«, sagte ich. »Aber sie lässt mich immer bereitwillig ins Haus. Wie heißt sie? Katerina die Zweite …?« Ich fand das lustig.

»Sie sind ja besoffen, Koller!«

»Besoffen? Nee. Besoffen war ich vor einer Stunde. Dann hab ich mich über Ihren Oban hergemacht.« Ich wedelte mit der leeren Flasche.

Der Alte mahlte mit den Zähnen. Seine Augen suchten nach Schafstetts Pistole. »Was wollen Sie? Verraten Sie es mir und hauen Sie ab!«

»Nachschub, was sonst?« Sah er nicht, dass ich zur Whiskyprobe hier war? »Diesen Dings … Dalwhinnie, den finde ich ein bisschen zu mild. Vielleicht mögen Sie so etwas … Geschmackssache.«

Büntings eisiger Blick glitt an mir ab wie an einer Teflonbeschichtung. Er war ratlos. Schließlich murmelte er etwas von Unverschämtheit und Polizei und drehte sich um.

»Einen Moment, Kinderficker!«, rief ich.

Hoppla, das saß. Insgeheim hatte ich gehofft, Büntings ehrenwertes Haus werde durch den Gebrauch dieser Vokabel in seinen Grundfesten erschüttert. Wenigstens die Wände der Villa hätten vor Scham erröten können. Nichts geschah. Mauern sind geduldig.

Bünting allerdings blieb auf der Schwelle stehen. Wie angewurzelt.

»Ich bin gekommen, um Ihnen das Foto zurückzugeben«, sagte ich. »Interesse?«

Der Hausherr schwieg. Seine Schulterblätter hoben sich leicht.

»Vorschlag, Herr Bünting: Sie setzen sich zu mir, wir plaudern ein wenig, anschließend bekommen Sie das Bild. Was halten Sie davon?«

Bünting wandte sich langsam um und warf mir lauernde Blicke zu. In diesem Moment erinnerte er mich, warum auch immer, an ein intelligentes kleines Raubtier, das vor Jahren in einen Käfig gesperrt worden war und seither nichts anderes tat, als seine Zähne an den Gitterstäben zu wetzen.

»Vorher können Sie Ihren Enkel herbeizitieren. Damit er seine Familiensaga nicht verpasst.« Schmunzelnd fügte ich an: »Gell ...?«

»Arndt ist nicht mehr im Haus«, sagte der Alte heiser. »Lassen Sie ihn aus dem Spiel.«

»Bitte ... Vielleicht fällt Ihnen dann das Reden leichter. Los, setzen Sie sich!« Ich wedelte mit dem Foto, und tatsächlich: Bünting trottete folgsam um den Tisch herum und nahm seinen üblichen Platz ein.

»Es gibt zwei Möglichkeiten«, begann ich. »Entweder Sie

reden, und ich höre zu – oder umgekehrt. Im letzten Fall muss ich allerdings trinken. Viel trinken. Wenn ich etwas hasse, dann solche langen, trockenen Vorträge.«

Bünting griff zu seinem Lieblingsspielzeug, dem Brieföffner, und schwieg. So einfach ließ er sich nicht aus der Reserve locken.

»Na gut. Hiermit erteile ich Max Koller das Wort. Kapitel eins: der Kinderficker.«

Kein Protest. Hatte er sich schon an die Vokabel gewöhnt?

»Wir schreiben das Jahr 1945. Heidelberg im März. Wie Sie es uns so schön geschildert haben: In der Stadt herrscht das Chaos. Die Amis rücken vor, die Nazis geraten in Panik, ab und zu hängt ein Volksverräter am Baum, fällt eine Bombe auf die Gleisanlagen. Kriegsalltag.«

Im Haus mussten mehrere Türen offen stehen. Die Musik im Erdgeschoss war jetzt gut zu vernehmen.

»Passt prima, dieser Filmschinken, finden Sie nicht?«, sagte ich.

»Das ist der ›Tristan‹, die Lieblingsoper meiner Frau«, herrschte er mich an. »Wenn Sie nicht einmal Wagner von Filmmusik unterscheiden können, tun Sie mir leid.«

Ich lachte schallend und schenkte mir ein Gläschen Glenlivet ein. »Genug gescherzt, Dr. Bünting. Zurück zum Krieg. In dieser Endzeitstimmung passieren Dinge, die nicht passieren sollten. Da hat zum Beispiel ein junger Soldat seine Erektionen nicht unter Kontrolle und vergreift sich an der nächstbesten Kindermuschi. Hinterher Katzenjammer: Wie wird das ausgehen? Die Stimmung gereizt, Militärgerichtsbarkeit, die Eltern der Kleinen sind nicht irgendwer … kein Zuckerschlecken für einen wie Jakob Burkhardt.«

»Warum erzählen Sie mir das?«, fragte er erregt. »Muss ich mir das anhören?«

»Sie wollten ja nicht selbst berichten«, schnauzte ich zurück. Verdammt, es kostete mich viel Konzentration, die Namen

nicht durcheinanderzuwerfen. Und das in meinem Zustand!
»Was also tun? Noch hält das eingeschüchterte Mädchen still,
aber wie lange? Und vor allem: was, wenn der Fehlgriff Folgen haben sollte? In dieser Lage kommt der Zufall Burkhardt
gleich doppelt zu Hilfe. Da ist zum einen sein Kumpel Hanjo.
Sie sind beide 17, haben sich von den Nazis verführen lassen,
inzwischen aber das Vertrauen in das Regime verloren. Hanjo
ist bereit, die Reißleine zu ziehen: Er will sich ins Ausland
absetzen, koste es, was es wolle. Vielleicht hat er Verwandte
im Osten, vielleicht kann er russisch, wer weiß. Jedenfalls wartet er nur noch auf die richtige Gelegenheit. Jakob dagegen
ist unschlüssig, er hat einen guten Draht zum Kompaniechef.
Da werfen, und das ist Zufall Nummer zwei, amerikanische
Jabos Bomben auf Bergheim. 11 Tote in einer Straße. Nein:
10 Tote! Das ist der Moment für einen waghalsigen Plan. Jakob,
der Vergewaltiger, könnte versuchen zu fliehen und sich für
tot erklären lassen; Soldaten waren ja oft zu Gast in der Bergheimer Straße. Nicht schlecht. Viel besser aber, wenn er seinem
Freund Hanjo die Flucht ermöglicht, während es gleichzeitig heißt, er, Jakob Burkhardt, sei in den Trümmern gestorben. Was hat Jakob davon? Ganz einfach: eine neue Identität.«

»Blödsinn!«, schrie Bünting. Es sah aus, als wolle er mich
mit dem Brieföffner massakrieren. »Sie spinnen total! Sie phan-
tasieren im Vollrausch! Sie …« Schwer atmend brach er ab;
seine Augen traten ungewöhnlich stark hervor.

»Von dem Oban sollten Sie sich mehr zulegen. Besser als
Dalwhinnie und Glenlivet, finde ich. Nicht zu mild, nicht zu
scharf. Genau richtig. Aber wir waren bei der Identitätsfrage.
Wichtiges Thema, wenn Sie mich fragen, im Philosophischen
Institut verbringen sie Stunden damit. Für Jakob Burkhardt
war es noch wichtiger: Es ging, möglicherweise, um Leben und
Tod. Der Plan einer einzigen Nacht, die Aktion eines ganzen
Lebens. Ich stelle es mir so vor: Die Bomben fallen. Sirenen.

Er hört von den 10 Toten. Ruft seinen Freund zu sich. Macht ihm den Vorschlag: jetzt oder nie. Wagst du es oder kneifst du? Der Freund zögert noch; aber er will ja fort, unbedingt. Das ist die Gelegenheit, und vielleicht bekommt er von Jakob etwas Geld. Damals schon, es würde mich nicht wundern. Resultat: Hanjo, der Freund, haut ab. Macht sich noch in der gleichen Nacht auf und davon. Jakob eilt zur Bergheimer Straße, findet – er ist untröstlich – die Überreste seines guten Kameraden unter den Trümmern, packt sie in einen Sarg und lässt sie schnellstmöglich vergraben.«

»Die Namen!«, unterbrach mich Bünting heiser. »Die Namen! Sie haben sie verwechselt. Es steht doch Burkhardt auf dem Grab! Burkhardt!«

Ich sah ihn an. Versuchte Verachtung in meinen Blick zu legen. Beugte mich über den Tisch, bis unsere Gesichter nur noch eine Handbreit voneinander entfernt waren. Er wich keinen Zentimeter zurück.

»Ha, ha«, sagte ich. »Selten so gelacht.«

Und das wars dann irgendwie. Ich meine, es gibt diese raren Momente im Leben, auf die man jahrelang hinarbeitet; und kaum sind sie da, zerfließen sie einem zwischen den Fingern, werden zu Asche oder zu Alkoholdunst. Einen kurzen Augenblick lang triumphierte ich über den Alten, freute mich über den Schlag, mit dem ich seine ganze Existenz zertrümmert zu haben glaubte … und schon eine Sekunde später war mir der Triumph egal. Er langweilte mich.

»Ich verwechsele gar nichts, Herr Doktor«, fuhr ich fort. »Sie sind derjenige, der die Namen vertauschte, und zwar mit voller Absicht. Die Flucht Ihres Freundes und sein angeblicher Tod gaben Ihnen die Gelegenheit, sich selbst, Jakob Burkhardt, für tot zu erklären und dafür den Namen des Verschwundenen anzunehmen: Hanjo Bünting.«

Die Musik im Erdgeschoss versickerte, tröpfelte aus. Auch

das passte, denn der Gipfel meines Triumphs als Ermittler war überschritten. Der alte Wagner hatte für eine satte Untermalung gesorgt, nun klang er belanglos und nebensächlich.

»Normalerweise ein wahnsinniges Unterfangen. Aber Sie lebten ja in einer wahnsinnigen Zeit. Ein schneller Fick, eine Flucht, ein angeblicher Tod – was sind das schon für Kleinigkeiten in einem Krieg, in dem Millionen sterben? Menschen haben wir vergast, Welteroberungspläne geschmiedet, Unschuldige hingemetzelt – dagegen sind Sie doch gar nichts, Bünting. Nichts! Für mich sind Sie nicht mal ein Verbrecher, das wäre viel zu hoch gegriffen. Ein mieser Kinderficker sind Sie und ein Schmierenkomödiant, mehr nicht.«

Der Alte schwieg, wahrscheinlich für immer. Es war besser so; ich redete wie im Rausch, eher für mich als für ihn. Während ich mich durch sein Single-Malt-Sortiment trank, ritzte er mit seinem Brieföffner Figuren in den Mahagoni-Tisch, unentzifferbare Buchstaben, Hieroglyphen aus einem vergangenen Jahrtausend.

»Nur der Vollständigkeit halber: Wie konnte dieser Taschenspielertrick gelingen? Dazu muss man sich vergegenwärtigen, dass Sie mit dem Rücken zur Wand standen. Dann war es gar nicht mehr schwer. Jakob Burkhardt, der Soldat und Vergewaltiger, war tot. Man brauchte lediglich mit seinem Vorgesetzten ein paar vertrauliche Worte reden, in der Art von: Ich habe da eine Dummheit begangen ... könnte man nicht ... jeder von uns hat doch Dreck am Stecken ... Und so weiter. Im März 1945 wird sich ein SS-Offizier mit Hakenkreuz auf der Brust so seine Gedanken über die Zukunft gemacht haben. Da kann man Untergebene, die für einen die Hand ins Feuer legen, gut gebrauchen. Abgemacht also: Jakobs Vorgesetzter unterschreibt einen Wisch, der Jakobs Tod bestätigt. Es folgt die Wiederauferstehung als Hanjo Bünting. Dazu ist nicht einmal der Pass des Geflohenen nötig. Dank guter Beziehungen lässt man sich einen neuen ausstellen, gleich mit dem richtigen Foto, oder man gibt an, Bombenopfer zu sein und nichts zu besitzen, als was man auf dem Leib trägt. Auch hier hilft das vertrauliche Gespräch mit dem Vorgesetzten. Heikel wird es nur, wenn einen die Verwandten des Mädchens, die den Vergewaltiger für tot halten, auf der Straße treffen. Was tun? Nun, dann geht man eben nicht mehr auf die Straße. Bittet um Nachtdienst. Und sobald irritierte Nachfragen kommen, von den Kollegen aus der Truppe zum Beispiel, taucht man unter. Nutzt den Rückzug aus der Stadt zur Desertion. Erst verstecken, dann verdrücken. Schon ist es passiert, aus Jakob ist Hanjo geworden. Und nach dem Krieg kann man eine neue, unbescholtene Existenz aufbauen, möglichst weit weg von Heidelberg.«

Ich schöpfte Atem und schenkte nach. Bünting kratzte weiter schweigend Figuren auf den Tisch. Ich versuchte das Gekrakel zu entziffern, aber dafür gab es offenbar keinen Code. Vielleicht protokollierte er mit, formulierte sein Geständnis oder sein Testament. Eine Botschaft für die Nachwelt, mit schwindender Kraft ins harte Holz getrieben.

»Nun brauchten Sie nur noch abzuwarten, bis das Feilen der Zeit Ihr Werk abrundete. Ihr Äußeres veränderte sich, die Menschen vergaßen die alten Geschichten. Was ist mit Verwandten und Bekannten? Auch hier drohte keine Gefahr. Die Büntings sind tot, nach dem Verschwundenen fragt niemand. Sie haben Ihren Vater gehasst, sagten Sie mir, und den Kontakt vermutlich abgebrochen. Aber selbst wenn nicht: Die eigene Familie kann man mit einer Legende aus den Kriegstagen ruhigstellen. Lasst uns nicht mehr drüber reden, stemmen wir lieber das deutsche Wirtschaftswunder. Die Namensgleichheit, gut, die konnte dem ein oder anderen auffallen. Da liest und hört man von einem Chemiker Hanjo Bünting, dabei sieht der einem Mann gleichen Namens, der früher um die Ecke wohnte, gar nicht ähnlich ... Na und? So etwas kommt vor. Nein, Gefahr drohte nur aus dem Ausland: wenn der Vermisste eines Tages wieder auftauchen sollte.«

Nun ging es unten wieder los. Orchestrales Happy End, Schlussapotheose, oder wie man das nennt.

»Und damit kommen wir zu Kapitel zwei unseres Vortragabends. Der Mann, der einmal Hanjo Bünting hieß, kehrt zurück. Damit mussten Sie rechnen, von Anfang an. Aber gerade am Anfang dürfte Ihnen das noch keinen Kummer bereitet haben. Vielleicht haben Sie damit gerechnet, dass er seinen Fluchtversuch nicht überlebt, ich kann das nicht beurteilen. Gleichviel: Er kam durch. Falls er nach dem Krieg wieder auftauchte, würde er sich bei Ihnen melden. Sie sind Freunde, Sie haben ihm zur Flucht verholfen – da lässt sich verschmerzen, dass Sie seinen Namen angenommen haben, um sich einen Neuanfang zu ermöglichen. Und die Vergewaltigung? Er wusste davon. Sie hatten sich an einem Mädchen vergangen, er war desertiert. Fehltritte in Kriegszeiten, jeder auf seine Weise. Nach dem Krieg sieht das Ganze etwas anders aus, aber unter Freunden lässt sich vieles klären, zur Not mit Geld.«

Immer die gleiche Szene: Max Koller, heiser werdend, Whisky in sich hineinschüttend, und Hanjo Bünting, ein Antlitz wie Staub, seinen eigenen Nachruf in Mahagoni meißelnd.

»Die Jahre vergehen, der Namenlose lässt sich nicht blicken. Inzwischen kann man nicht mehr von Freundschaft sprechen, das alles ist zu lange her. Sie sind erfolgreich, wohlhabend, ein Aufsteiger; wie mag es dagegen ihm im Osten gehen? Ich vermute, Sie werden als einer der wenigen Europäer froh über den Eisernen Vorhang gewesen sein. Und dann, nach über 60 Jahren, Sie beide sind alt geworden, steht er plötzlich vor Ihrer Tür. Genauer gesagt, vor der Arndts. Er muss die Gewissheit erlangen, dass sich hinter dem Mann, der seinen alten Namen trägt, sein SS-Kumpel Burkhardt verbirgt. Er hört sich um, erfährt von Ihrer Karriere, Ihren Erfolgen, Ihrem Reichtum. Warum ist er nicht früher gekommen? Was hat er die ganze Zeit getrieben? Wahrscheinlich wissen nicht einmal Sie das. Vielleicht ließ ihn das System nicht ausreisen, vielleicht lebte er zufrieden in seiner neuen Heimat ... möglich. Wir hatten ja keine Gelegenheit, ihn zu befragen. Aber nun kommt er als Fremder. Als Serbe. Er spricht Deutsch mit Akzent, er findet sich hier nicht zurecht, er sieht unseren Wohlstand. Sieht vor allem Ihren Wohlstand, Bünting. Er kapiert: Das Schicksal hat es gut mit Ihnen und schlecht mit ihm gemeint. Sie beide teilten das Geheimnis seiner Flucht, aber nur Sie haben davon profitiert. Und warum nennen Sie sich Hanjo Bünting? Warum haben Sie sich den Namen eines Desertierten zugelegt? Doch wohl nicht aus purer Sentimentalität. Ob er den wahren Grund schon letzten Sommer erahnt hat? Vielleicht, aber da konnte er noch nicht sicher sein, dass Sie und sein Freund Burkhardt dieselbe Person sind. Deshalb musste er nach Heidelberg. Und da wird es ihm endgültig klar: Sie haben seinen Namen benutzt, um sich reinzuwaschen. Auf dem Namen Hanjo Bünting haben Sie eine neue Existenz aufgebaut, die Existenz eines Kinderschänders. Und er? Fühlt sich um sein ganzes Leben betrogen.«

Atemlos hielt ich inne. Ich war blau, hemmungslos besoffen, aber die Konzentration auf das Erzählen hielt mich aufrecht.

»Noch am selben Tag«, fuhr ich fort, »meldet sich der Mann, der früher Hanjo Bünting hieß, bei Ihnen. Die Beschmutzung seines guten Namens will er sich vergolden lassen. Er beschimpft und bedroht Sie. Für ein längst verjährtes Verbrechen. Trotzdem, der jetzige Hanjo Bünting hat viel zu verlieren. Nicht bloß Geld, sondern sein Ansehen. Reputation, wie es manche Leute nennen. Er engagiert einen Privatflic, den er mit den nötigsten Informationen ausstatten will, ohne selbst in

Erscheinung zu treten. Daher das Arrangement mit dem verschlossenen Umschlag, den mir Schafstett zu übergeben hatte. Ich sollte dem Serben nachspionieren, erkunden, wie ernst er es meinte, und ihm eventuelle Beweisstücke abnehmen.« Ich zog das Foto aus der Tasche. »Hat er hiervon gesprochen, Bünting? Wie auch immer: keine Arbeit für einen Schläger wie Schafstett. Den Ermittler beordert man praktischerweise gleich an das leere Grab des geflohenen Vergewaltigers. Ein schöner Bildbeweis, nicht wahr? Und so effektvoll. Was dann passierte, wissen wir von Arndt. Eine Katastrophe für Sie. Und dabei dachten Sie zunächst, mit dem Tod Ihres ehemaligen Freundes sei die Sache ausgestanden.«

Ich schüttete mir Whisky nach.

»Aber das Genick gebrochen hat Ihnen das Foto. Arndt war immerhin so geistesgegenwärtig, es dem Toten abzunehmen, bevor der von Schafstett weggebracht wurde.« Ich hielt inne. Moment … Was hatte der Dicke gesagt? Wohin hatten sie die Leiche gebracht? Fassungslos schlug ich mit der flachen Hand auf den Tisch. Nichts hatte der Dicke gesagt, nichts!

»Verdammt noch mal!«, rief ich. »Ich Idiot! Das Naheliegendste habe ich übersehen! Der Serbe wurde nirgendwo hingebracht, er hat den Friedhof nie verlassen! Natürlich, es war ja so einfach: das Grab leer und für ihn bereitet. Wenn auch unter dem falschen Namen. Seit 60 Jahren …« Ich schluckte. Seit 60 Jahren …

Dem Alten würde ich heute keine Reaktion mehr entlocken, das stand fest. Er war nur noch Hülle, nur noch blinde Motorik und üble Erinnerung.

»Das Foto also. Eigentlich ein harmloses Bild mit Ihnen beiden in jungen Jahren: Hanjo Bünting rechts, Jakob Burkhardt links. Nur, dass seit März 1945 eine andere Gleichung gilt: Hanjo Bünting links, der tote Jakob Burkhardt rechts. Eine ältere Dame mit bemerkenswertem Erinnerungsvermögen brachte mich darauf. Sie kannte weder Sie noch den Namen des Mannes rechts. Dafür war sie sich todsicher, dass der nicht der Vergewaltiger gewesen sein konnte. Nun fragt es sich, wieso man dem Gedächtnis einer 80-Jährigen mehr Glauben schenken sollte als einem der Führungskräfte der DACH, einem Mann von bislang tadellosem Ruf. Warum, Dr. Bünting? Die Antwort steht auf der Rückseite: Zur Erinnerung an Heidelberg. J.B. Nach Ihrer Version ist die Sachlage eindeutig: Der böse Jakob Burkhardt brachte das Foto aus Serbien mit. Einst hatte er es seinem Freund Hanjo Bünting gewidmet, in den hektischen Kriegstagen aber verpasst, es ihm zu geben.«

Ich spülte die immer rauer werdende Kehle.

»So weit, so gut. Nun fiel mir etwas auf: Sie haben Ihren Blankoscheck mit »Hanjo Bünting« unterzeichnet, wie Sie es seit Jahrzehnten tun. Leserlich sind nur die beiden Großbuchstaben H und B. Das H beginnt mit einem Schlenker, der jedem Graphologen Freude bereiten würde. Der gleiche Schlenker findet sich auf der Widmung: beim ersten Buchstaben von Heidelberg. Also haben Sie die Widmung geschrieben.«

Wenn er jetzt schwieg, würde er diese Erde schweigend verlassen. Ich sah den Alten an.

Er schwieg.

»Das fiel mir auf, und so sagte ich mir: Von Ihrem Busenfreund Heinzi werden Sie Jochen genannt, warum nicht auch von Ihrem Kriegskameraden? Dann steht J.B. für Jochen Bünting; Gruß an Jakob Burkhardt. Ein kurioser Zufall, aber warum nicht? Na, warum wohl nicht? Weil Sie selbst Jakob Burkhardt sind, darum nicht. Wenn man sich das einmal klarmacht, wenn man einmal der Oma und dem Serben glaubt, passt alles ineinander. Ist doch viel einleuchtender, dass Sie das Foto Ihrem Freund schenkten, der es behielt, als dass er es mit der eigenen Widmung über all die Jahre hinweg aufbewahrte. Und außer dem Dicken hat Sie wahrscheinlich noch nie jemand Jochen genannt. Vielleicht ist das kein Beweis, aber wir beide wissen, dass ich recht habe. Wir wissen es. Ein H zu viel, Burkhardt, das wars.«

Ja, das wars. Die Abenddämmerung warf lange Schatten ins Zimmer, ein kupferner Himmel wölbte sich über dem Rheintal. Max Koller war ein Fass ohne Boden, seine Kehle war mit Sandpapier ausgelegt, aber er hatte alles gesagt. Bloß Kapellmeister Wagner tat mir keinen Gefallen und wand sich und wand sich … Egal. Ich hatte gesagt, was zu sagen war.

Oder blieb noch etwas?

Über Bünting-Burkhardt hinweg, den ich schon lange nicht mehr als Person wahrnahm, ließ ich meine Blicke über die kleine Familiengalerie an der Wand schweifen. Über all die bemitleidenswerten Opfer von Büntings Selbstherrlichkeit. Und kein einziges Frauenbild dabei.

»Falls es Sie interessiert: Ich werde das alles für mich behalten«, sagte ich, erschöpft und mit nachlassender Konzentration. »Ist ohnehin verjährt. Dass Ihre Biografie so und nicht anders beschaffen ist, müssen Sie mit sich selbst ausmachen. Wenn Sie können. Mir gleich. Sie werden es schon hinkriegen. Sie sind in Ihrer Dreistigkeit ja sogar zurück nach Heidelberg gekommen.« Ich wandte mich ihm noch einmal zu. »Hatten Sie eigentlich keine Angst, dem Mädchen wiederzubegegnen? Sie hätte Sie doch erkennen müssen.«

Bünting gab kein Lebenszeichen von sich. Er saß da wie ein abgestorbener Ast. Nicht ein Haar bewegte sich; das Abendlicht legte sich matt auf ihn. Holzwürmer klopften in seinen Schläfen. Und doch: Irgendetwas blinkte in seinen Augen wie Schadenfreude, ein letzter Rest Überlegenheit. Verrückt.

Rumms! Nun hatte auch die Wagner-Kiste ihren Frieden. Mit einem Gewittergrollen, das die Villa erzittern ließ, beschloss der Dirigent im Erdgeschoss das orchestrale Breitwandspektakel. Oper aus. Vorhang.

Und dann …

Und dann verschlug es mir die Sprache. Die Spucke blieb weg, nichts ging mehr … Mir wurde übel.

Ich stellte mein Glas ab und starrte das Stück Holz vor mir an. Voller Abscheu.

»Sie haben sie geheiratet«, krächzte ich. »Sie … Sie Vieh! Sie haben sie tatsächlich geheiratet.« Ich hatte keinen Beweis, nichts, aber es war gar nicht anders möglich. Tristan und Isolde … die Eltern Wagner-Verehrer … angesehene Familie … Er hatte sie geheiratet!

»Aber das ist doch … Sagen Sie bloß nicht, die Matterns hätten gewusst, wer ihr Schwiegersohn ist. So etwas tun Eltern nicht. Aber warum sie? Wie konnte sie?«

Natürlich blieb das Holz stumm. Er wollte ein Geheimnis für sich behalten, wenigstens eines. Ich stotterte hilflos herum, besoffen, ernüchtert, angeekelt, angewidert.

»Sie kamen nach Heidelberg, trafen sie wieder; sie hat Sie erkannt – und hat geschwiegen. Niemand sonst konnte sich nach so langer Zeit noch an Sie erinnern, nur Isolde von Mattern. Und sie hat Sie trotzdem geheiratet. Warum bloß? – Und danach … Die Ehe mit Ihnen muss die Hölle gewesen sein. Wie eine zweite Vergewaltigung. Daran ist sie zerbrochen. Erst hat sie freiwillig geschwiegen, jetzt kann sie nicht mehr sprechen.«

Ich dachte an den Hautsack mit seinen Knopfaugen und einer Seele, die unter einem Fingernagel Platz hatte. Schwindelnd beugte ich mich zu dem Alten hin.

»Bünting«, lallte ich, »Sie sind ja doch ein Verbrecher.«

Dann erhob ich mich, schwankend wie eine Wetterfahne, steckte eine Flasche Mac … wie? Macallan für den Nachhauseweg ein und torkelte hinaus. An der Tür kehrte ich noch einmal um und legte etwas vor Bünting auf den Tisch.

Ich fand, Schafstetts Pistole machte sich gut neben dem Foto der beiden SS-Pimpfe.

EPILOG

Am nächsten Morgen werde ich aufwachen mit einer Dünen-
landschaft im Kopf. Die Fliegen werden um diese Dünen summen, und auf dem Nachttisch liegt ein Scheck voller unleserlicher Zahlen und Buchstaben. Was für ein Tag! Nicht der
vergangene, nicht diese opake Restmasse aus Rachsucht und
Alkohol, ein Amoklauf verkorkster Biografien ... nein, der
kommende Tag: eine leere, weite Fläche, durchzogen von den
Spuren einer gespenstischen Karawane, Akteuren einer verwor-
renen Geschichte, von der kein Mensch weiß, ob sie wahr ist.
    Kein Mensch.
    Ich werde aus einem Traum aufwachen, der wie Sand durch
meinen Schädel rieselt: Es ist Nacht auf Hanjo Büntings Grundstück, die eisernen Zaunspitzen glänzen im Mondlicht, und
auf dem Teich treibt der Kadaver eines riesigen, alten Goril-
las. Er fault schon, er stinkt vor sich hin, stinkt zum Erbre-
chen. Fliegeralarm. Eine 12-Jährige, eine 19-Jährige, Mädchen
mit den Gesichtern von Greisinnen, spielen am Teich. Mein
Auge schwillt an, schmerzt und schwillt und platzt am Ende
auf. Ein guter Grund, zu erwachen und mir stöhnend den Kopf
zu halten. Alles nur ein Traum. Keine Realität. Vielleicht so
daherfantasiert wie diese Geschichte, von der ich nicht weiß,
ob sie wahr ist.
    Wahr aber ist, was ich am selben Abend erfahren werde:
wie der Vertrauensmann der Darmstädter Chemiebetriebe, Dr.
Hanjo Bünting, erschossen in seinem Arbeitszimmer gefunden wurde; dass er keinen Abschiedsbrief hinterließ; dass sich
niemand im Hause befand außer seiner gelähmten und ver-

wirrten Frau, nicht einmal das ukrainische Dienstmädchen; dass der Gärtner den Enkel benachrichtigte, nachdem ihm niemand öffnete; dass das Dienstmädchen verschwunden ist, aber als Täterin nicht infrage kommt; dass es sich bei Büntings Tod eindeutig um Selbstmord handelt.

Niemand, so die Polizei, könne dagegen sagen, woher die Pistole stamme.

Was werde ich tun? Den Scheck einlösen? Sicher nicht. Welcher Bankangestellte könnte diese Zahlen entziffern? Wer würde nicht misstrauisch werden: ein unleserlicher Millionenscheck, ausgestellt durch einen eben erst Verstorbenen und eingelöst durch einen zwielichtigen Heidelberger mit geschwollenem Auge und fragwürdigem Beruf? Nein, mein Geld muss ich mir auf andere Weise besorgen, bei anderen Fällen, von anderen Personen.

Ich werde frische Eisbeutel auf mein Auge legen. Vielleicht versteigern sie Büntings Nachlass. Ich wäre an einem Mahagonischreibtisch interessiert, der, wie ich vermute, einen vollständigen Bericht der Ereignisse enthält. Die korrekte Version meiner Geschichte, in einer schwer entschlüsselbaren Geheimschrift. Ein Graphologe muss ran, dann wird man sie lesen können, diese Geschichte. Sie wird dort stehen, in all ihren wunderlichen Einzelheiten ... Und falls nicht? Dann sind dort nur hilflose, unkontrollierte Kratzer im Holz, ausgelöst durch die Zuckungen eines alten Mannes, dessen Agonie schon begonnen hatte.

ENDE

*Weitere Titel finden Sie auf den
folgenden Seiten und im Internet:*

WWW.GMEINER-SPANNUNG.DE

Privatdetektiv Max Koller ermittelt:

1. Fall: Bergfriedhof
ISBN 978-3-8392-0003-2

2. Fall: Schlussakt
ISBN 978-3-89977-781-9

3. Fall: Altstadtfest
ISBN 978-3-8392-1001-7

4. Fall: Butenschön
ISBN 978-3-8392-1106-9

5. Fall: Schlossblick
ISBN 978-3-8392-1242-4

6. Fall: Glücksspiele
ISBN 978-3-8392-1311-7

7. Fall: Dreamcity
ISBN 978-3-8392-1524-1

8. Fall: Abschiedstour
ISBN 978-3-8392-1739-9

9. Fall: Ei mit Schuss
ISBN 978-3-8392-2085-6

weitere:

Die Erstürmung des Himmels
ISBN 978-3-8392-1213-4

Spätlese
ISBN 978-3-8392-2128-0

GMEINER SPANNUNG

WWW.GMEINER-VERLAG.DE
Wir machen's spannend

Alexander Hoffmann
Brillanter Abgang
Roman
251 Seiten
12 x 20 cm, Hardcover
ISBN 978-3-8392-0005-6
€ 20,00 [D] / € 20,60 [A]

Was tun, wenn man auf seinem Konto plötzlich
200 Millionen Euro vorfindet, die einem nicht gehören? Der insolvente Antiquitätenhändler Hans
Bäumler aus Frankfurt am Main traut seinen Augen
nicht, als sein Kontostand über Nacht neunstellig
geworden ist. Er nutzt die Chance und taucht mit
seiner neuen Freundin Tonja, einer feurigen Kroatin,
und den 200 Millionen an der Adria unter. Doch dann
gibt es ungeahnte Probleme, und sogar die Mafia ist
hinter ihm her. Bäumler fällt von einer Überraschung
in die andere. Von wegen reich und glücklich …

GMEINER SPANNUNG

WWW.GMEINER-VERLAG.DE
Wir machen's spannend

DIE NEUEN Lieblings-plätze

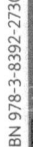